VERLAG
FRITZ
MOLDEN

Liesel Westermann

ES KANN NICHT IMMER LORBEER SEIN

MIT 54 SCHWARZWEISS-ABBILDUNGEN

VERLAG FRITZ MOLDEN
WIEN – MÜNCHEN – ZÜRICH – INNSBRUCK

Bildquellennachweis:

Pressebild Baumann, Ludwigsburg: S. 145; Privatarchiv: S. 146 (o, u), 147 (o, u), 149 (o, u), 152 (u), 156 (o, u), 161 (o); Walter Zingler, Sulingen: S. 148, 152 (o); Hamburger Sportverband: S. 150; Horst Müller, Düsseldorf: S. 151, 153 (u), 158 (o, u), 159 (o, u); Helmut Krieger, Wiesbaden: S. 153 (o), 154; dpa: S. 157, 163 (o), Sven Simon, München: S. 160; Foto Werek, München: S. 161 (u), 163 (u); Bild-Zeitung, Foto: Axel Zajaczek: S. 162; Elfriede Nett, Würtingen: S. 316, 317.

1. Auflage

Copyright © 1977 by Verlag Fritz Molden
Wien – München – Zürich – Innsbruck
Alle Rechte vorbehalten
Schutzumschlag und Ausstattung: Hans Schaumberger, Wien
Lektor: Günter Treffer
Technischer Betreuer: Alfred Rankel
Satz: Gerin, Wien
Druck und Bindung: Wiener Verlag
ISBN 3-217-00846-4

Inhaltsverzeichnis

„Unsere Gedanken und Einsichten sind im besten Fall Halbwahrheiten, mit sehr viel Irrtum untermischt, zu schweigen von den unnötigen falschen Informationen über das Leben und die Gesellschaft, denen wir beinahe von Geburt an preisgegeben sind."

Erich Fromm

Statt eines Vorworts

MICHAEL WIPPER
BRUNNENSTRASSE 2
3559 HOLZHAUSEN/EDER

Holzhausen, 28. 6. 76

Liebe Liesel Westermann!

Ich bin nun schon seit 10 Jahren ein großer Fan von Ihnen, doch
zuerst möchte ich mich einmal vorstellen. Ich heiße Michael Wipper und bin am 30. 11. 1960 geboren. Ich besuche ein Gymnasium
und betreibe mit großer Freude Leichtathletik, seit 1975 auch im
Verein. Bis dahin habe ich immer allein trainiert, habe mir Kugel,
Diskus und Speer selbst gekauft, da es in unserem Dorf, wie ja in
den meisten, keinen Leichtathletikverein gab. So bin ich 1975 (ich
betreibe Leichtathletik seit 1970) in einem der wenigen Vereine in
unserem Kreis eingetreten. Meine beste Disziplin ist Kugelstoßen,
doch den Diskus werfe ich noch lieber. Bis 1970 habe ich, wie fast
jeder (west-)deutsche Junge Fußball gespielt, aber die Sportart lag
mir nicht, ich war immer nur Ersatz. Durch Sie bin ich dann 1971
zu Leichtathletik gekommen. Ich sah im Fernsehen die Übertragungen der Leichtathletik-Europameisterschaften in Helsinki. Ich
drückte Ihnen im Diskuswerfen so die Daumen, und hoffte sehr,
daß Faina Melnik Sie nicht mehr übertreffen würde. Als diese dann
im letzten Versuch Weltrekord warf und Gold gewann, war ich
sehr traurig, aber nicht enttäuscht von Ihnen. Zum erstenmal hörte
ich 1966, als $5^1/_2$jähriger von Ihnen, Sie wurden damals schon
Vize-Europameisterin. Aus dieser Zeit habe ich in der Zeitschrift
„Bild Olympia" aus dem Jahre 1972 auch einen Bericht von
Ihnen, über den „Sex-Test" gelesen. Sie berichteten, wie unange-

9

nehm dieser Test 1966 für die Sportlerinnen war. Einige, z. B. Ewa Klubokowska, wurden ja auch ausgeschlossen. Bei Tamara und Irina Press gab es ja den Verdacht, daß sie Männer seien. Ich kann jedoch nicht glauben, daß es sich in solchen Fällen wirklich um Männer handelte. In Zeitungen wird oft, meiner Meinung nach, zu pauschal geurteilt, wenn es heißt: ,,Tamara stellte sich als Mann heraus." In Wirklichkeit hatten die Sportlerinnen doch nur zuviel männliche Hormone, oder? –

Ich kann mich an die Olympischen Spiele 1968 nicht mehr erinnern, weil ich da noch zu jung war. Aber wie war das damals eigentlich? Stimmt es, daß es in Strömen regnete, und daß Lia Manoliu bei ihrem Siegeswurf noch Sonnenschein hatte? Was dachten Sie 1968 eigentlich vor Ihrem letzten Versuch? Dachten Sie, Sie müßten Lia Manoliu unbedingt noch übertreffen, oder was? Ich finde es sehr schade, daß die deutsche Mannschaft 1969 nicht an den Europameisterschaften teilnahm, denn dieses Jahr war ja Ihr 63,96-m-Weltrekord. Vielleicht hätten Sie damals Gold gewonnen? Ich habe immer gehofft, Sie würden irgendwann doch noch Ihre Goldmedaille gewinnen. Doch jetzt bin ich zu der Überzeugung gekommen, daß nicht nur das Gold zählt. Schließlich warfen Sie als erste Frau über 60 m und wurden zur weltbesten Leichtathletin gewählt. Die Erfolge und die Popularität, die Sie erreicht haben, sind meiner Meinung nach mehr wert, als wenn Sie Olympiasiegerin geworden wären und gleich danach wieder von der Bildfläche verschwunden wären. Ich hätte 1972 bei den Olympischen Spielen in den Boden sinken können, als Ihr erster, ein 65-m-Wurf, ungültig war. Aber Sie sagten später ja selbst: ,,Davon geht die Welt nicht unter", das finde ich auch. – Ich finde es nicht sehr schön, daß Sie nicht für die Olympischen Spiele in Montreal nominiert worden sind. Ich finde, wenn eine Sportlerin deutlich über der internationalen Olympianorm von 56 m bleibt und zudem in ihrem eigenen Land einen Vorsprung von mehr als 10 m hat, dann gehört diese Athletin zu den Olympischen Spielen. Obendrein sind Sie auch noch die beste Werferin der westlichen freien Welt, die zudem so populär ist, und deshalb finde ich, daß Sie nach Montreal gehören. Außerdem glaube ich, daß Sie doch noch Endkampfchancen gehabt hätten. Aus folgenden Gründen: In den letzten Jahren haben sich immer mehr Frauen zu 68- bis 69-m-Werferinnen entwickelt, wie z. B. Romero (Kuba) oder Wergova (Bulgarien). Ich habe jedoch festgestellt, daß diese Frauen in wichtigen Wettkämpfen auch nicht weiter als 62 bis 63 m geworfen (z. B. Wergova beim Europacup und bei der EM.) haben. Ich glaube, daß diese Werferinnen in Montreal nun noch schlechter werfen, da ja Anabolika – ich bin überzeugt davon, daß diese Frauen es nehmen – verboten ist. Ich finde, Sie hätten so durchaus Endkampfchancen gehabt. Und wenn man obendrein bedenkt, daß die USA eine 50- bis 60-m-Werferin schicken . . .

Ich habe gelesen, daß Sie in der Zeit, als Sie nicht in Hannover waren, sogar Deutsche 4 × 100-m-Meisterin wurden, und auch im Mannschafts-Fünfkampf siegten. Ich finde das super. Was sind eigentlich Ihre Einzelleistungen im Fünfkampf und über 100 m?

Doch zurück zu Montreal: Sie haben in verschiedenen Fernsehsendungen gesagt, wir sollten uns nicht mit der DDR vergleichen. Das finde ich auch. Die DDR hat zwar viel mehr Medaillen als wir, aber dafür sind in dieser Diktatur ja auch furchtbare Zustände. Ich glaube, die vielen Medaillen der Ostzone sollen nur Diktatur, Mauer, Stacheldraht, Minen und andere Unmenschlichkeiten vertuschen, doch das tun sie noch lange nicht. Wenn man schon von den vielen Weltrekorden der DDR spricht, sollte man auch den Weltrekord im Minen legen erwähnen. Ich finde, wenn man sich schon mit der DDR vergleicht, dann mit der Anzahl der Kühlschränke. (Das haben Sie, glaube ich, in der Sendung „Tagesausflug" auch so formuliert.)

Ich hoffe sehr, daß Sie Ihre Laufbahn noch nicht beenden. Es wäre zu schön, wenn Sie noch einige Jahre werfen würden, denn es ist auch sehr schön, beste Diskuswerferin der westlichen freien Welt zu sein. Ich hoffe, daß Sie noch lange werfen, denn ich bin ein Fan von Ihnen, wie andere etwa von Franz Beckenbauer. Wenn ich in jedem Jahr die ersten Resultate von Ihnen lese, bin ich sehr froh, denn dann weiß ich, daß Sie Ihre Laufbahn noch nicht beendet haben. –

Bei den Deutschen Leichtathletikmeisterschaften wird doch immer der „Rudolf-Harbig-Preis" für Sportler, die sich um Deutschland verdient gemacht haben, vergeben. Ich finde, dieser Preis muß in diesem Jahr an Sie, liebe Liesel Westermann, gehen. Ich selbst hoffe sehr, daß ich Sie irgendwann bei einem Sportfest mal sehen kann, vielleicht wenn ich in drei Jahren den Führerschein habe, denn meine Eltern und mein Bruder interessieren sich nur wenig für Leichtathletik, die fahren nicht zu Länderkämpfen und dergleichen.

Ich habe in diesem langen Brief sehr viele Fragen gestellt, und könnte noch viel mehr Fragen stellen und noch viel mehr schreiben. Ich habe Verständnis dafür, daß Sie die Fragen nicht beantworten können, denn als Trainerin, Lehrerin und Hochleistungssportlerin hat man sehr viel zu tun. Aber ich bitte Sie sehr, mir ein Autogramm zu schicken.

In der Hoffnung, daß Sie noch lange Diskus werfen:

Freundliche Grüße

Ihr Fan
PS.: (Freiumschlag liegt bei)   Michael Wipper

I. Erste Drehungen

1. Was soll aus diesem Kind einmal werden . . .?

Rrrr . . . Die Schulklingel der Sulinger Volksschule gellt durch den Vormittag. Eine Horde Erstkläßler stürmt aus dem Schulhaus. Anfang der fünfziger Jahre ist der Verkehr für Kinder noch nicht gefährlich, wenngleich die Hauptstraße dicht hinter dem Schultor liegt. Vor allem das nahe Gelände rund um die Kleinstadtkirche lockt die Kinder immer wieder, sich auszutoben. Man kann zwar brav die Straße hinuntergehen, die Mauer entlang. Aber da gibt es noch die vielen Treppen am Kriegerdenkmal, die zum Springen, Hüpfen und Nachlaufen verleiten. Sie führen zur Kirche hinauf, die auf einem kleinen Erdhügel in der Ortsmitte liegt. Häufig sind auch die hohen Holztore unverriegelt, die den Kirchplatz zur Straße hin abschließen. Es ist ein besonderes Vergnügen für die Kinder, sich an diese Tore geklammert hin- und herschwingen zu lassen. Eine täglich wiederkehrende Versuchung: Ist das Tor offen oder zu?

Ich stürme die Treppen hoch, die anderen rennen an der Straße entlang. Fast gleichzeitig kommen wir an. Das Tor ist offen. Doch die anderen halten das Tor zu. Verflixt, alles Schieben, Drücken, auch Zwicken und Kneifen durch die Latten hindurch nützt nichts. Johlend und lärmend verrammeln sie das Tor. Was nun? Soll ich zurückgehen? – ne, nachgeben auf keinen Fall. Also klettern. Das ist nicht ganz so einfach, weil die hohen Latten oben angespitzt sind. Will man sich nicht daran verletzen, muß man nur mit einer kleinen Drehung weit genug abspringen. Daß ich das kann, sollen die schon sehen. Also los!

Rauf – Absprung – und da ist es auch schon geschehen. Die Hose bleibt an einer Lattenspitze hängen. Der ganze Hosenboden ist ausgerissen. Aus ist es mit der Fröhlichkeit. Alle stehen betroffen herum. Ein Klassenkamerad hängt mir hilfsbereit den vorausgeworfenen Tornister wieder um. Ich muß meine Hose mit beiden Händen zusammenhalten. Ein kläglicher Triumph. Oh je, was wird Mutti sagen!

Von der Kirche ist es nicht mehr weit bis zur Kampstraße. Ich schleiche ins Haus, drücke mich durch die Küchentür und bleibe mit einem kleinlauten Gruß im Türrahmen stehen, so daß sich Mutti erstaunt vom Herd abwendet und beunruhigt fragt: „Ist was, Kind?"

Wortlaus drehe ich mich um, hebe die Hände, und die Hose fällt auseinander. Mutti holt hörbar Luft, ich schiele ängstlich, ein Donnerwetter erwartend, über die Schulter, und . . . sie lacht. Mutti lacht, lacht schallend über die unfreiwillige Komik ihrer Tochter. Welch eine Erleichterung für mich.

Jahre später erzählte sie, daß sie unserer Oma gleich darauf von dieser meiner Untat geschrieben hatte, daß sie sich nicht hatte beherrschen können und einfach lachen mußte. Eigentlich hatte ich wirklich etwas Schlimmes angestellt. Meine Eltern waren nie auf Rosen gebettet gewesen, und besonders Anfang der fünfziger Jahre war es meiner Mutter immer schwer gefallen, meine zwei Schwestern und mich adrett und ordentlich gekleidet in die Schule zu schicken. Und jetzt war wieder ein Schulanzug hinüber. Deshalb und weil ich so ungeschoren davongekommen war, hatte Oma auch empört zurückgeschrieben: Was soll denn aus diesem Kind einmal werden, wenn du auch noch lachst . . . ?

Meine beiden Schwestern waren wohl immer mädchenhafter gewesen als ich, die mittlere. Am liebsten hätte meine Mutter mich von Anfang an in Lederhosen gesteckt, die jedoch entweder nicht zu haben oder unerschwinglich teuer waren. Ähnlich war es zu der Zeit mit Gummistiefeln. Sie waren ein, wenn auch unerfüllter, Wunschtraum für mich.

Es gab da nämlich noch einen anderen Schulweg, der vor allem nach einer langen Regenperiode besonders verlockend war. Er führte über die Meyerhofwiesen und war, ehrlich gesagt, ein Umweg. Was wog das aber gegen die herrlichen sumpfigen Wiesen! Wackelpudding nannten wir diese Gegend. Wenn ausreichend Kinder beisammen waren, konnte man durch Hüpfen und Hopsen eine ganze Wiesenfläche zum Schwingen bringen, daß das Wasser nur so schwappte. Ein paar Male war ich völlig durchnäßt nach Hause gekommen. Weil meine Mutter um mein Schuhwerk bangte, mußte ich ihr bald hoch und heilig versprechen, nie mehr bei diesen Spielen mitzutun.

Und dann öffnete sich eines Tages das Himmelreich für mein Kinderherz. Ich bekam von einer befreundeten Familie ein Paar abgelegte Gummistiefel geschenkt. Sie drückten zwar ein wenig, aber nichts konnte meine Freude trüben. Und endlich, endlich regnete es wieder genug. Erhitzt, verschwitzt und verdreckt stürmte ich die häusliche Küche.

„Oh, Mutti, das war schön! Das Wasser ging oben in die Gummistiefel hinein."

„Mein Gott, Kind, wie könnt ihr euch bei diesem Wetter nur so lange in den Wiesen herumtreiben? Ute und Ilse sind längst zu Hause."

„Wenn doch die ganze Klasse dabei war!"

Kopfschüttelnd kam die ungläubig forschende Frage: „Wer hat denn dabei mitgemacht?"

„Der Bernd, Wolfgang, Jürgen, Manfred, Dieter, Heinz und . . . alle!"

„Und die Mädchen?"

Entrüstung!

„Ja, ich!"

Eine rechte Mädchenfreundschaft begleitete mich durch meine Schulzeit eigentlich erst vom Gymnasium an. Von klein auf und die Grundschulzeit hindurch spielte ich fast nur mit Jungen. Schon am ersten Schultag, als die anderen kleinen Mädchen brav mit der Schultüte im Arm an der Hand ihrer Mutter auf die Klasseneinteilung warteten, hatte ich meine Zuckertüte Mutti in die Hand gedrückt und war verschwunden. Bei Gleichgesinnten bedarf es wohl immer nur kürzester Zeit der „Beschnüffelung". So hatte ich gleich mit neuen Freunden herausgefunden, welch ein herrlicher Spaß es ist, Steine in die Sule zu werfen. Die Sule, der Bach, von dem Sulingen seinen Namen hat, plätscherte nämlich munter am Schulhof vorbei, von diesem nur durch einen Drahtzaun getrennt.

Diese Selbständigkeit und Unternehmungslust ihrer zweiten Tochter hat meine Mutter allerdings nie gestört. Sicher verlangte ich ihr immer ungeheure Geduld ab, ein wenig konnte ich das jedoch wieder ausgleichen. Wenn sie mit ihren drei kleinen Kindern durch den Ort mußte, um Besorgungen zu machen, hingen Ute und Ilse nämlich immer wie Kletten an ihr. Für mich dagegen waren die Kellerlöcher, die Treppen an der Sparkasse, die Fahrradständer und die vielen Stufen der verschiedenen Hauseingänge eine viel verführerische Angelegenheit als Mutters Hand. Nichts ließ ich aus. Wäre ich aber wie meine Schwestern gewesen, wo hätte Mutti wohl die dritte Hand hernehmen sollen?

2. Dahin gehe ich nicht mehr

Bereits mit drei Jahren war ich aufgrund dieses Unabhängigkeitsdranges und des mir wohl angeborenen Wipp-Steerts aus eigenem Antrieb zum Kinderturnen des TuS Sulingen gegangen. Da ich selten zu Hause spielte, sondern meistens auf Nachbars Höfen unterwegs war, hatte Mutti mir früh beigebracht, ihr immer zu sagen, was ich vorhatte. Getreu dieser mütterlichen Forderung hatte ich auch immer gesagt: „Ich gehe turnen." Mutti gab sich zufrieden und vermutete mich an irgendeiner Teppichstange oder Schaukel in der Nachbarschaft.

Eines Tages stand dann allerdings der Vereinskassierer vor der Haustür. Er wollte den fälligen Beitrag für die Tochter einziehen.

„Da müssen Sie sich irren", wies Mutti ihn ab. „Ich habe sogar drei Töchter, aber die sind alle noch zu klein für den Turnverein. Keines meiner Mädel ist bei Ihnen angemeldet."

„Sie haben keine Tochter namens Liesel?"

„Ja, aber . . . du meine Güte! Liesel komm mal schnell her! Bist du schon je in die Turnhalle gegangen?"

„Ja, Mutti, und ich habe dir auch immer Bescheid gesagt."

Was anderes blieb Mutti übrig, als den Beitrag zu zahlen. Und weil es für zwei billiger war, meldete sie Ute, meine ältere Schwester, gleich mit an. Ute hat das Ganze jedoch nie so viel Spaß gemacht wie mir. Kein Wunder. Für sie war ja fortan Pflicht, was ich mir frei erobert hatte.

Die Mädchen, die damals die Kinderriege des TuS Sulingen ausmachten, waren alle in Utes Alter. Also zwei bis drei Jahre älter als ich. Kleinkinderturnen für Drei- bis Fünfjährige wurde damals noch nicht angeboten. Offensichtlich konnte ich mit den „Großen" aber wohl gut mithalten. Man hatte mich ja nie fortgeschickt. Und mich störte der Altersunterschied am wenigsten.

Zwei, drei Jahre später bekamen wir eine neue Turnlehrerin. Sie war eine richtige Lehrerin und kam extra aus Barenburg, einem Flecken in der weiteren Umgebung Sulingens, um neuen Schwung in das Kinderturnen des Vereins zu bringen. Bis dahin hatte eine ältere Turnerin des Vereins mit uns gearbeitet. Wir waren alle gespannt auf die „Neue".

Sie kam, und, wie üblich, mußten wir vor der Turnstunde der Größe nach in einer langen Reihe antreten. Dieses Mal war es jedoch mit dem Abzählen nicht getan. So wurden die verschiedenen Riegen nämlich sonst immer eingeteilt. Frau Hahnenklee (so hieß sie bestimmt nicht, aber irgendwas mit Hahn war es) wollte auch unsere Namen und unser Alter wissen. Nichtsahnend hielt ich mich an die Wahrheit: Liesel Westermann, fünf Jahre alt.

Was dann kam, führte zu meiner ersten Auseinandersetzung mit dem, was gemeinhin bis heute das Geschäft der sogenannten Sportfunktionäre geblieben ist: Prinzipien um der Prinzipien willen.

Wer noch nicht sechs Jahre alt war, sollte ab dem nächsten Mal eine Stunde früher da sein, die Älteren eine Stunde später. Schleunigst stellte ich mich zurück in die Reihe der Älteren, mit denen ich ja von Anfang an zusammen geturnt hatte. Nichts da, ich wurde zurückbeordert. Alle meine Erklärungen und selbst die Proteste meiner Kameradinnen nützten nichts. Ab sofort hatte ich nicht mehr zu ihnen zu gehören. Für mich stand fest: Das ließ ich mir nicht gefallen. Das würde ich meiner Mutti sagen.

Zuhause mußte Mutti die von Zornestränen unterbrochene Schilderung ihrer empörten Tochter über sich ergehen lassen. Was sollte Mutti tun? Alles Beruhigen und Besänftigen fruchtete nichts.

„Da kann doch nicht einfach eine aus Barenburg kommen und in Sulingen machen, was sie will! Da gehe ich nie wieder hin!"

Einige Wochen wartete Mutti ab, ob nicht doch die Freude am Turnen den kindlichen Trotzkopf überwinden würde. Aber sie hatte die Wirkung dieser „unverschämten Ungerechtigkeit" unterschätzt. Tatsächlich, ich ging nicht mehr zum Turnen. Da Mutti mit jedem Groschen rechnen mußte, zog sie den Schlußstrich: Sie meldete mich ab, um den Beitrag zu sparen und sinnvoller zu verwenden.

Am Anfang fiel mir das trotzige Durchhalten nicht schwer. Das Ganze war nämlich im Frühjahr passiert, und das Freibad hatte bald seine Tore geöffnet. Schon die dreijährige Liesel hatte Mutti nicht festhalten können. Fast jeden Nachmittag verbrachte ich im Schwimmbadbecken, ausgerüstet mit einem alten Schlüpfer als Badehose und einem abgewetzten Handtuch. Während des Sommers konnte ich also den Turnstreik gut durchhalten.

Als ich Anfang November dann sechs geworden war, hätte ich ja wieder in meiner früheren Riege mitturnen können. Das aber war keine Lösung nach meinem Geschmack. Zu dieser Turnlehrerin würde ich nie, nie gehen. Basta!

Doch bereits nach einem Jahr war das Intermezzo der Frau Hahnenklee beendet. Alles rutschte zurück in die alte schöne Ordnung, und Liesel wurde wieder Mitglied beim TuS Sulingen.

3. Singen

Mein eigenwilliges, widerspenstiges Rechtsempfinden hat mir nicht nur dieses eine Mal das Leben schwer gemacht. Ich erinnere mich an eine Epidode aus dem vierten Schuljahr. Wir hatten Singen (damals nannte man das noch nicht Musikunterricht) bei Herrn Birkner. Herr Birkner hatte eigentlich als einziger Lehrer meiner ganzen Schulzeit mich zu einem seiner Lieblinge auserkoren. Warum er der einzige geblieben ist, wußte ich mir als Kind nicht zu erklären, wo ich doch immer zu den Besten gehörte. Heute, selbst Lehrerin, ist mir das allerdings nur zu klar. Der Himmel möge mich davor bewahren, einmal ein so lebhaftes, um nicht zu sagen vorlautes Kind in der Klasse zu haben, wie ich es wohl lange gewesen bin.

Herr Birkner handhabte ein einfaches und äußerst wirkungsvolles Rezept, um seinen Singunterricht möglichst ungestört durchführen zu können. Die Mädchen kriegten mit dem Zeigestock schmerzhafte Schläge in die Handflächen verpaßt, die Jungen legte er quer über die Bank und verdrosch ihnen mit einem vierkantigen Prügel den Hintern. Ich gehörte freilich selten zu den Gemaßregelten, weil ich eigentlich nie durch Unfug oder Blödsinn den Unterricht störte. Ich bin immer gern zur Schule gegangen, und wenn ich meinen Lehrern lästig wurde, so deshalb, weil meine Teilnahme am Unterricht durchwegs äußerst lebhaft, lautstark und temperamentvoll ausfiel. Noch im Gymnasium mußte ich immer auf der hintersten Bank sitzen. Was mich jedoch nicht davon abhielt, bei jedem Melden aufzuspringen und fingerschnackend bis vor das Lehrerpult zu hüpfen.

Doch zurück zu Herrn Birkner. Als er wieder einmal gegen Ende einer Stunde einen meiner Freunde quergelegt und versorgt hatte, hielt mich nichts davor zurück, alles mir entgegengebrachte Wohlwollen aufs Spiel zu setzen. Ich ging also nach vorn, baute mich vor Herrn Birkner auf, beide Hände in die Hüften gestützt, und verabschiedete mich von ihm mit einer fürchterlichen Drohnung: „Und das will ich Ihnen sagen. Solche Stöcke (gemeint war der Prügel) benutzt mein Papa als Bohnenstangen. Die sind viel zu dick und eckig. Wenn ich damit jemals welche kriege, dann sage ich das meiner Mutti. Auf Wiedersehen!" Sprach's und verschwand. Verdutzt und sprachlos ließ Herr Birkner mich laufen.

Aus eigener Erinnerung könnte ich diese Episode heute kaum erzählen. Herr Birkner gab den Vorfall seinem Kollegen, Herrn Stahmann, gegenüber zum besten, dieser wiederum zählte zu dem Bekanntenkreis meiner Eltern. Daß meine Eltern davon erfuhren, lag sicherlich daran, daß ich mich Herrn Stahmann gegenüber auch einmal unerwartet „hervorgetan" hatte. Er hatte einmal Vertretungsunterricht in unserer Klasse gegeben und war dabei sehr von mir ins Herz geschlossen worden, weil er so schön malen konnte. Als er dann eines Tages auch krank war, ich ihn aber auf der Straße getroffen hatte, stellte ich ihn kurzerhand zur Rede:

„Warum sind Sie denn nicht in der Schule gewesen?"

„Ich war krank und bin noch nicht wieder ganz gesund."

„Aber das haben Sie mir doch gar nicht gesagt!"

So ungewöhnlich und ungehörig diese Vorwitzigkeit wohl war, so gut kann ich verstehen, daß solche und ähnliche Vorkommnisse die Würze des Schulalltags sind und man sie nur allzu gern weitererzählt. Mir geht es heute nicht anders.

Um noch einmal auf Herrn Birkner zu sprechen zu kommen, bei ihm erhielt ich ein für mich außerordentliches „befriedigend" im Fach Singen. Richtig zu singen war und ist eine Fähigkeit, die mir immer abgegangen ist, und das sich wird wohl nicht mehr ändern. In der Schule hatte ich mich in diesem Fach unweigerlich mit einer Vier zufriedenzugeben. Lesen und Rechnen brauchte ich nie zu üben. Hier gab es genauso selbstverständlich immer eine Zwei wie im Singen die Vier. Dabei übte ich gegen Ende jedes Halbjahres, wenn das peinliche Vorsingen bevorstand, unermüdlich jeden Tag beim Abtrocknen mit Mutti ein Lied ein. Enttäuscht und verständnislos fand ich dann trotzdem mit schöner Regelmäßigkeit im Zeugnis im Singen wieder eine Vier vor.

Das Singen wuchs sich zu einem schweren Problem aus, dem einzigen in meiner Grundschulzeit. Hatte ich mich schon mit der Vier abgefunden, blieb mir dennoch die ungeheure Peinlichkeit des Vorsingens nicht erspart. Ein Alptraum für mich, ein Vergnügen für die Mitschüler.

Daß dieses Vergnügen der anderen nicht in lauten Spott und hämisches Lachen ausuferte, bekam ich bald in den Griff. Ich gehörte nämlich zu den Wendigsten und Kräftigsten in meiner Klasse. Dort gab es nur zwei Jungen, die schon einmal sitzengeblieben waren, mit denen ich es nicht aufnehmen konnte. Zwischen uns dreien gab es eine stillschweigende Übereinkunft und dementsprechend auch nie eine Prügelei. Wir stritten nie miteinander und achteten die körperliche Leistungsfähigkeit des anderen in hohem Maß. Daß den anderen Mitschülern solche Überlegenheit schnell klar wird, hat sich wohl bis heute nicht verändert. Es lachte also niemand mehr, wenn ich vorsingen mußte.

Dann bekamen wir einen Neuen. Bevor der sich unter seinen Mitschülern richtig einleben konnte, war es mal wieder so weit: Vorsingen! Westermann, als letzte war ich dran. Oh, mein Gott, immer diese weichen Knie! Das Herz pochte mir zum Hals heraus, das Blut schoß mir vor Verlegenheit in den Kopf. Jedes halbe Jahr stand da eine völlig veränderte Liesel vor der Klasse. Bevor ich mich einigermaßen gefangen hatte, waren sicher schon etliche besonders krumme Töne über meine Lippen gekommen. Eines aber entging mir bei aller Peinlichkeit nicht. Dieser Neue da, der amüsierte sich köstlich. Sein widerliches Kichern erboste mich maßlos. Und wie er die andern anstieß und so dämlich feixte. Wut und Unvermögen vermasselten gleichermaßen meinen auch diesmal wieder so intensiv trainierten Auftritt. Als endlich auch dieses Lied vorüber war, sank ich in mich zusammen – ein Häufchen zerstörtes Selbstbewußtsein. Aber bald überstrahlte der Zorn auf diesen Neuen selbst diese deftigste Blamage. Mit funkelnden Augen ballte ich unter der Bank die Fäuste. Na, warte! Der lacht so schnell nicht wieder, jedenfalls nicht über mich.

Auf dem Heimweg konnte ich endlich zur Tat schreiten. Als ob er den Braten gerochen hätte, hielt er Abstand von mir und wäre mir fast noch entwischt. Genau vor Kennewegs Gasthaus, leider auf der Hauptstraße, hatte ich ihn endlich vor mir. Vorsichtig, ich weiß es noch genau, hielt ich Ausschau, ob nicht zu viele Beobachter da waren. Frau Jenkner, unsere Klassenlehrerin, hatte uns nämlich kurz zuvor eindringlich klargemacht, daß sämtliche Streitereien und Raufereien auf dem Schulweg zu unterbleiben hätten. Wer sich nicht daran hielte, würde zu Herrn Meyer, dem Rektor, geschickt werden.

Gut, die Luft schien einigermaßen rein. Also ran an den Feind! Ich schlug und boxte, kratzte oder biß nie, wie es Mädchen im allgemeinen zu tun pflegen. Nein, ich packte den Burschen an den Tornisterriemen, und ehe er sich's versah, drehte und wirbelte ich ihn so blitzschnell im Kreis um mich herum, bis er das Gleichgewicht verlor. Kaum war er hingeflogen, hockte ich schon auf ihm wie weiland Tarzan. Schimpfend und ächzend trommelte ich ihm nun mit meinen Fäusten solange auf dem Brustkorb herum, bis er jeglichen Widerstand aufgab. So, der hatte wirklich begriffen, daß beim Vorsingen keiner ausgelacht wird, jedenfalls nicht in unserer Klasse und schon gar nicht ich.

Tornister, Schuhe, Strümpfe und was sonst noch verrutscht war, alles wurde geradegerückt, bevor die Hitzköpfe, nun wieder friedlich, auseinandergingen. Ein triumphaler Blick in die Runde des Schülerpublikums – und da stockte mir der Atem. Auf der anderen Straßenseite stand Herr Meyer! Wie lange schon? Ob der alles gesehen hatte? Himmelangst wurde mir, und allen anderen, die um uns herumgestanden hatten, wohl auch. Wie der Blitz stoben wir auseinander und setzten in ausgesuchtester Harmlosigkeit unseren Heimweg fort. Schnell noch die Hände am Rock abgewischt. Wer von diesen braven Kinderchen könnte wohl je ein Wässerchen trüben?

Vorsichtig – nur ja kein Aufsehen erregen! – schlich ich mich nach Haus. Erst als die Haustür hinter mir zuschlug und niemand mich bis dahin angesprochen hatte, atmete ich auf. Tja, nun mußte Mutti mir helfen. Sie aber hielt sich spürbar zurück. Was sollte ich bloß tun, wenn Herr Meyer mich anderntags zu sich befahl, weil er vielleicht doch schon länger da gestanden hatte? Wie allen Kindern in dem Alter kam es mir keineswegs in den Sinn, daß Herr Meyer nicht alle Schüler seiner Schule genau kennen konnte. Oder daß der gute Mann sicher Besseres zu tun hatte, als unter den vielen Schülern seiner vierzügigen Volksschule einzelne Missetäter selbst herauszufischen. Ich machte tausend Pläne für den Fall des Falles.

Daß die verstorbene Frau des Rektors eine Spielfreundin meiner Tante Dora gewesen war, diese sich auch heute noch mit ihm duzte, wußte ich aus den Erzählungen der Tante. Ob ich einen tiefen Knicks machen und dann vorab einen Gruß von Tante Dora bestellen sollte? Das würde ihn vielleicht milder stimmen. Himmel, was sollte ich nur tun! Eine ruhige Nacht hatte ich jedenfalls nicht. Selbst der neue Tag milderte meine Nöte nur geringfügig. Langsam trollte ich mich in Richtung Schule. Ich wollte als Letzte nur so eben noch vor Frau Jenkner in die Klasse huschen. So hoffte ich, nicht schon am Schultor abgefangen zu werden. Aber wie es das Unglück nun einmal wollte, auch Herr Meyer kam erst nach dem zweiten Klingeln. Was blieb mir übrig, als die Flucht nach vorne anzutreten! Ein tiefer Knicks, „Guten Morgen, Herr Rektor!", schnell vorbei und rein in die Klasse. Atemlos zog ich die Tür hinter mir zu. Ging er vorbei? Er ging vorbei.

Ich glaube, die Rauferei mit dem Neuen damals war mein letzter ernsthafter Streit mit den Fäusten. Das schnelle Drehen verlernte ich aber trotzdem nicht, und es galt noch viel später als besonderes Charakteristikum von mir. Nun ja, früh dreht sich, was ein Wirbel werden will!

4. Mensch, der ist doch der Vorsitzende!

Die selbstverständliche Autorität, die ich in diesem Fall dem Herrn Rektor Meyer zugestanden hatte, kennzeichnete lange Jahre mein Verhalten gegenüber allen Erwachsenen, die irgendein in meinen Augen wichtiges Amt bekleideten. Das hat sich übrigens im Lauf der Jahre schwer geändert. Kaum dem Krabbelalter entwachsen bis in meine Gymnasialzeit hinein grüßte ich beispielsweise jeden Polizisten mit ausgesuchter Höflichkeit und meinem besten Knicks. Nicht daß ich schon früh mit dem Gesetz in Konflikt geraten wäre; auch Mutti konnte sich diese konsequente Wohlerzogenheit ihrer Tochter nie richtig erklären. Wenn ich es recht bedenke, lag das sicher darin begründet, daß das Amtsgericht mit Gefängnis an der Ecke der Kampstraße zur Langen Straße, unserer Hauptstraße, gelegen ist. Und in der Kampstraße Nr. 8 bin ich geboren und aufgewachsen. Dieses Gefängnis nun reicht etliche Meter in die Kampstraße hinein. Es hat hohe Mauern aus dunklen Ziegeln. Hinter den drohenden Mauervorsprüngen liegen ganz oben ein paar winzige vergitterte Fenster. Vor allem im Dunkeln hat mir dieses Gemäuer immer kalte Schauer über den Rücken gejagt. Da ging ich nicht gern allein vorbei. Es muß mir wohl früh klar geworden sein, daß die Polizei damit etwas zu tun hat. Vielleicht daher die bevorzugte Behandlung der Uniformierten?

Das sichere Wissen, daß alle Amtsinhaber über außerordentliche

Fähigkeiten kraft dieses ihres Amtes verfügen, hat mich als Grundschülerin fast in eine Rauferei verwickelt. Herr Göhns, von mir immer mit ungeheurer Hochachtung betrachtet, war Lehrer an unserer Schule. Er war aber auch erster Vorsitzender des TuS Sulingen. Bei ihm hatten wir für kurze Zeit einmal Zeichenunterricht. Turbulent geht's ja in solchen Stunden immer zu, vor allem, wenn der betreffende Lehrer nur dieses eine Fach in der Klasse vertritt. Ganz so war's auch bei Herrn Göhns. Ich natürlich war in diesen Stunden an mustergültigem Verhalten durch nichts und niemand zu übertreffen. Der erste Vorsitzende vom TuS – das erklärt alles. Als die anderen es aber wieder einmal zu weit getrieben hatten und Herr Göhns drohte, handgreiflich dazwischenzufahren, schnappte ich den Anstifter, übrigens einer aus unserem Triumvirat, am Ärmel und raunte ihm warnend zu: „Mensch, der ist doch der Vorsitzende vom Turnverein!"

„Himmel, du dumme Kuh, denkste denn, deswegen kann der über die Bänke fliegen?" war die unverschämte Antwort.

Mir blieb vor so viel Unverfrorenheit und Ignoranz der Mund offen. Ich hatte mich nicht einmischen wollen, noch viel weniger streiten, ich wollte den anderen nur warnend auf die ungeheuren Fähigkeiten dieses Lehrers hinweisen. Daß Herr Göhns wie ein Blitz über die Tische springen könnte, hätte ich nie anzuzweifeln gewagt.

Mittlerweile weiß ich, daß gewaltige Sprungfähigkeiten keine Voraussetzungen sind für das Bekleiden des Amtes eines Sportfunktionärs. So richtig herausgefunden habe ich allerdings bis heute nicht, welche Fähigkeiten stattdessen vonnöten sind.

5. Was die kann, kann ich auch

In der Abenddämmerung im Frühling und Herbst war in der Kampstraße immer was los. Mir nichts, dir nichts fanden sich immer zehn bis zwanzig Kinder zusammen. Mit Vorliebe spielten wir Völkerball. Die Straße war mit rechteckigen Steinen gepflastert. In den Rillen zwischen diesen Steinen konnte man wunderbar von Bürgersteig zu Bürgersteig die Linien für das Feld ziehen, und Autos gab es damals kaum. Ein tauglicher Ball fand sich immer schnell, denn es gab viele Kinder in der Kampstraße. Allein die Kaulffers-Kinder stellten drei sehr gute Spieler. Bei Oma Cordes hielten sich auch meistens ein oder zwei Enkel auf. Karin, Waltraut von gegenüber und unsere Ute gehörten zu den Stammspielern. Wenn dann auch noch der große Kaulffers-Junge dazukam, der einzige, der schon aus der Schule war, versprach es, ein spannendes Spiel zu werden. Die Kleinen, so wie ich, waren immer nur geduldet. Der große Kaulffers hätte mich am liebsten immer ausgeschlossen. Als Füllmaterial durfte ich dann aber doch hin und wieder mitspielen. Einmal Hinterspieler zu sein, davon träumte ich nur.

Manchmal gelang mir zum Ärger der Älteren sogar ein großer Auftritt. Geschickt und wendig, hatte ich mich bis zum Schluß als letzte Feldspielerin gehalten. Es war schwer, mich abzutreffen. Um vieles schwerer war es aber für mich, den Ball zu fangen. Hatte ich den Ball dann aber doch erwischt, begann der beschämende Teil meines „großen Auftritts". Die Großen fingen an zu lästern und zu schimpfen. Nie wieder würden sie Kleinkinder mitspielen lassen. Das wurmte mich immer fürchterlich, wo ich doch fast schon in die Schule ging.

Was war der Stein des Anstoßes? Flink wie ein Wiesel hielt ich mich zwar im Feld, aber nie, nie schaffte ich es, einen gewonnenen Ball über das gegnerische Feld meinem Hinterspieler zuzuwerfen. Der große Kaulffers hatte also allen Grund zu schimpfen. Und ich, ich träumte weiter davon, einmal so gut werfen zu können, daß ich sogar zum Hinterspieler gewählt werden würde.

Beim Schwimmen war das schon etwas anderes. Da konnte ich gut mithalten. Vom 15. Mai an, wenn das Freibad in Sulingen öffnete, bis zum 15. September, wenn es wieder schloß, waren die Westermann-Mädchen tagtäglich dort zu finden. Frei- und Fahrtenschwimmen hatte ich bereits absolviert, bevor ich in die Schule ging. Selbstverständlich war ich auch in den Übungsstunden der Schwimmabteilung des TuS Sulingen regelmäßig mit von der Partie. Ich hatte mich zu einer recht guten Brustschwimmerin gemausert. Wer weiß, hätte Sulingen damals schon ein Hallenbad gehabt, ich wäre sicherlich dem Schwimmsport treu geblieben. Immerhin brachte ich es im Brustschwimmen der Mädchen C und B zu einigen Kreis- und Bezirksmeisterschaften.

Ich war zehn oder elf Jahre alt, als ich im Training zum ersten Mal Angelika, das schwarzhaarige Mädchen aus der Schmiedebrake, schlug. Angelika war zwei Jahre älter als ich und gehörte zu den besten Schwimmerinnen des TuS Sulingen. Wie um ihre Niederlage gegen mich wettzumachen, prahlte sie später in der Umkleidekabine damit, daß sie ja eigentlich eine viel bessere Läuferin sei und am Schwimmen gar nicht mehr so großen Spaß hätte. Sie gehe jetzt häufig abens auf den Sportplatz, und dort liefe sie allen davon. Der Trainer sei schon auf sie aufmerksam geworden.

„Na, die hat's nötig", dachte ich bei mir. „Wie kann man nur eine so schlechte Verliererin sein!"

Als sich diese Szene dann mehrmals wiederholte, wurde es mir zu bunt. „Warte nur, dir stopfe ich schon noch das große Maul", schoß es mir durch den Kopf. Laut sagte ich:

„Nimm mich doch mal mit, Angelika, Ich kann, glaub' ich, auch ganz gut laufen."

Vom Nachlaufen auf dem Schulhof und beim „Lagerkriegen" durch die Straßen und Hinterhöfe wußte ich, daß ich immer zu den Schnellsten gehörte.

Aber Angelika wollte nicht so recht. Alles Drängen nach einer Verabredung nützte nichts. Eines Tages nahm ich einfach meine Turnschuhe mit ins Schwimmbad, gab Ute und Ilse meine Badesachen mit nach Hause und verkündete Angelika kurzerhand: „Heute gehe ich mit zum Sportplatz!" Jetzt konnte sie mich nicht mehr abschütteln. Ich trotte den langen Weg zum Sportplatz hinter ihr her. „Was die kann, kann ich auch." Das stand für mich fest.

Auf dem Sportplatz waren viele Jungen und einige Mädchen. Alle älter als ich. Ziemlich verloren kam ich mir vor, weil alles so fremd war. Ich kannte nur Angelika, und die kümmerte sich nicht um mich. Also machte ich ihr alles nach. Zuerst drei Sportplatzrunden einlaufen, dann Steigerungen. Noch nie zuvor war ich auf dem Sportplatz gewesen. Auch den Mann, der da in der Mitte der Geraden am Einsäumungsdraht lehnte, hatte ich noch nie gesehen. Daß er der Trainer sein mußte, schloß ich aus dem Verhalten der anderen. Der also war auf Angelika aufmerksam geworden. Na, schön, was kümmerte der mich. Zuerst mal mußte ich es der Angelika zeigen.

Nun wurden also Steigerungen gelaufen. Der Ausgangspunkt war am Kriegerdenkmal in der Mitte der Startkurve. Bis zu der dicken Eiche eingangs der Geraden mußte man schon so schnell sein, wie man konnte, und das Tempo dann durchhalten bis zu der Fahnenstange in der Mitte der Geraden. Kurz dahinter lehnte der Trainer, der das alles beobachtete. Es dauerte eine Weile, bis ich die Laufeinteilung begriffen hatte, aber dann rannte ich Angelika jedes Mal ein paar Meter davon. Der hatte ich es nun gezeigt, daß ich nicht nur im Schwimmen besser war. Jetzt schielte ich schon zum Trainer hinüber. Ob der wohl bemerkt hatte, wie toll ich laufen konnte? Ich war enttäuscht. Allerdings nicht so sehr, daß ich von nun an nicht häufiger auf den Sportplatz ging, auch ohne Angelika. Einige Zeit später, ich gehörte nun schon zu den Leichtathleten, fragte ich den Mann, Herrn Vogt, danach, ob ich ihm nicht schon damals aufgefallen wäre.

„Hm, das habe ich schon beim erstenmal gesehen, daß du gut laufen kannst."

„Und warum haben Sie nichts zu mir gesagt?"

„Es kommen immer so viele her. Ein- oder zweimal. Ich wollte erst einmal abwarten, ob du öfter kommst und es sich überhaupt lohnt, mit dir zu reden."

Vielleicht hat es sogar nur an dem (damals für mich unverständlichen) Verhalten dieses geschickten Jugendtrainers gelegen, daß fortan mein Interesse an der Leichtathletik geweckt war und bestehen blieb.

6. Und dann rufe ich Hopp!

Ganz so schnell und reibungslos, wie es hier klingt, löste ich mich allerdings nicht vom Schwimmsport. Es bedurfte der Erfahrungen eines weiteren Jahres, daß ich mich endgültig den Leichtathleten anschloß. Wesentlich dafür war sicherlich, daß es in Sulingen kein Hallenbad gab, die Schwimmabteilung also jedes Jahr zwangsläufig in einen Winterschlaf verfiel. Die Leichtathleten aber trafen sich auch während der Wintermonate zweimal pro Woche in der Turnhalle zu einem regelmäßigen Wintertraining. Ein solcher ganzjähriger Übungsbetrieb schafft starke Beziehungen der Zugehörigkeit. Man weiß, wohin man gehört, man trifft sich ununterbrochen mit Gleichgesinnten, und die Macht der Gewohnheit schafft ein Gefühl der Geborgenheit in der Gruppe, während beim Schwimmen in jedem Sommer ein neuer Anfang gefunden, ein neuer Anlauf genommen werden mußte. Selbst die Weihnachtsferien, wenn die Turnhalle für alle geschlossen blieb, wußte Herr Vogt zu überbrücken. Am Morgen des zweiten Weihnachtstages wie zu Neujahr war er bei Wind und Wetter um zehn Uhr auf dem

Sportplatz und sammelte sein Häuflein von Unentwegten um sich. „Das gute Festtagsessen muß verdaut werden", war seine Parole. Ich erinnere mich allerdings weniger an das Training als an unseren Drang, Neuigkeiten auszutauschen. Wir Kleinen erzählten von Geschenken, die Großen von Parties und ersten Ballbesuchen. Es wurde endlos erzählt, viel gelacht und sicherlich nur zwischendurch ein wenig trainiert.

Nachdem ich mein erstes Winterhalbjahr bei Herrn Vogt verbracht hatte, war ich schon so fest in die Gemeinschaft der Leichtathleten hineingewachsen, daß im Mai, als das Freibad eröffnet wurde, es mich nicht mehr unwiderstehlich zum Schwimmtraining zog. Hinzu kam sicherlich, daß Herr Vogt das Schwimmen fast als eine Todsünde für einen Leichtathleten ansah. Nur Baden, eben einmal Untertauchen im Wasser und das auch nur an ganz heißen Tagen, fand Gnade vor seinen Augen. Da nützte es auch nichts, daß der Schwimmtrainer ein paar Mal sogar mit meinen Eltern sprach. Fürs Schwimmen war ich „verdorben". Mehr und mehr galt für mich nur noch das Wort des Herrn Vogt, und das ganz sicherlich auch deshalb, weil ich gleich von Anfang an erste leichtathletische Erfolge verbuchen konnte. Damit war auch in dieser Beziehung der Reiz des Schwimmens verblaßt.

Sobald es wieder warm wurde, tummelten wir uns jeden Nachmittag auf dem Sportplatz im Bürgerpark Sulingens. Um fünf Uhr, direkt vom Betrieb kommend, stand Herr Vogt auf dem Platz. Man hätte die Uhr danach stellen können. Und um fünf Uhr, da konnte kommen, was wollte, klappte ich meine Schulbücher zu, ließ alles stehen und liegen, schwang mich aufs Fahrrad und verschwand in Richtung Bürgerpark.

Das erste Ereignis der Leichtathletiksaison, das seine Schatten vorauswarf, waren in diesem Jahr die Bezirkswaldlaufmeisterschaften in Syke, knapp 50 km von Sulingen entfernt. Für meine Altersklasse, Mädchen B, war ein Waldlauf von 300 m ausgeschrieben. Herr Vogt hatte mich dafür gemeldet. Alles trainierte für diesen Wettkampf, und ich machte mit. Anfangs wie selbstverständlich; dann, je näher der Wettkampf heranrückte, wurde das Ganze immer beunruhigender für mich. Mein erster großer Wettkampf in der Leichtathletik und 300 m – welch eine Strecke! Fast eine ganze Sportplatzrunde – erdrückend! Beinahe in jedem Training versuchte ich mich an dieser Strecke. An der großen Linde, dort, wo unsere Laufbahn am glitschigsten war – selbst längere Trockenperioden konnten diesen Zustand nur wenig verändern –, mußte ich loslaufen und durchhalten bis zum Ziel. An den letzten Trainingstagen vor dem großen Ereignis lief Herr Vogt immer mit mir mit. Das war eine große Erleichterung für mich, für die Großen, die Fünfzehn-, Sechzehnjährigen ein Ärgernis. Ich fühlte mich ernst genommen, sie sich vernachlässigt auf Kosten eines unbedeutenden Neulings.

Daß Herr Vogt mich besonders beachtet hätte, wäre mir gar nicht in den Sinn gekommen, hätte ich nicht ein paar Fetzen eines Gespräches aufgeschnappt, das hinter meinem Rücken geführt wurde. Ede Lüning war's, der Herrn Vogt zur Rede stellte: „Was soll das Getue mit diesem Küken! Daß Sie die mitnehmen nach Syke, sollte doch wirklich genügen."

„Laß mich nur."

„. . . rennt da doch sowieso nur hinterher."

„Werden wir ja sehen."

Knacks, ein Schlag für mein Selbstvertrauen. Küken. Gleichzeitig empfand ich Stolz. Für Herrn Vogt war ich jedenfalls kein Küken.

Und dann ging's los. Schon die Fahrt nach Syke war ein Ereignis für sich. Zu acht drängten wir uns in Herrn Vogts klapprigen VW. Rudi, der zwar älter war als ich, aber irgendwann vergessen hatte zu wachsen, wurde in der Gepäckablage hinter den Rücksitzen verstaut. Bei Gegenverkehr mußte er immer untertauchen. Es durfte doch niemand mitkriegen, daß wir zu acht im Auto saßen. Das gleiche galt für mich, die ich als vierte zwischen den Großen auf der Rückbank steckte. Genauso Gerd, der neben Dieter und halb auf die Handbremse zwischen die Vordersitze gezwängt war. Wären Gelächter und Gekreische ausreichend gewesen für den Antrieb eines Motors, kein Porsche hätte es mit uns aufnehmen können! Statt dessen mußte Dieter vorne rechts die Tür festhalten, deren Schloß dem Gedränge nicht so ganz gewachsen war, und vor der einzigen Ampel in Syke – es war an einer Baustelle – die Tür aufreißen, herausspringen und den Bremsvorgang mit aller Kraft verstärken, weil die Fußbremse ausgeleiert war und Gerd auf der Handbremse hockte. Eine einmalige und (bei der heutigen Verkehrsdichte) unwiederholbare Fahrt.

Im Syker Wald zogen wir uns hinter Bäumen um, dann ging's zur Sache. Großes Hallo, einen langen Winter hindurch hatte man sich ja nicht gesehen. Gesprächsgrüppchen hier und dort. Die einen liefen sich gemeinsam ein, die anderen taten sich zusammen, um die gekennzeichneten Rennstrecken abzugehen, Hindernisse und Engpässe vorab kennenzulernen. Abseits und allein stand ich. Mit großen Augen das geschäftige Treiben beobachtend, bemüht, Gleichaltrige zu entdecken und einzuschätzen – ein Neuling, ein unbeschriebenes Blatt. Nervosität, Furcht, hinterherzulaufen – wie Ede prophezeit hatte – kroch in mir hoch.

Da drehte sich Herr Vogt nach mir um, gab mir meine Startnummer, half mir, sie festzustecken. Wieder allein – wieder Herr Vogt: „Komm, ich zeig dir deine Strecke." Neugierig, aufgeregt, zugleich ängstlich und gespannt, lief ich neben ihm her. Es war ein breiter Waldweg, den die Veranstalter ausgewählt hatten. Hier und dort lag ein großer Findling am Rand. Sollte ich mich nicht lieber niedersetzen und zugucken?

„Du mußt von Anfang an vorne mitlaufen", riß des Trainers Stimme mich aus den zagenden Gedanken. „Laufe nie als erste, aber lasse auch nie eine Gruppe vorne wegziehen, die kannst du sonst nicht wieder einholen." Ich nickte gehorsam, mein Herz begann schneller zu pochen. „Schau mal, da vorne, das ist Bärbel Brandscheidt aus Diepholz. Sie hat im Herbst die Kreismeisterschaft gewonnen. Halte dich an die, aber immer schön hinter ihr!"

Mittlerweile waren wir die 300 m fast abgegangen. Bis auf dreißig Meter vor dem Ziel. Hier verengte sich der breite Weg. In Radspuren hatte sich Feuchtigkeit festgesogen, sich in modrigen, glitschigen Schlamm verwandelt. Nur ein schmaler Steg war trocken geblieben. „Hier stelle ich mich hin", fuhr Herr Vogt fort „hier dürfen nur noch höchstens zwei vor dir sein. Und dann rufe ich ‚Hopp'. Dann rennst du los, so schnell du kannst. Guck dich nicht um, renn, was du drauf hast!" Er glaubte also, ich könnte unter den ersten sein, vielleicht sogar gewinnen! Alle Zaghaftigkeit fiel ab von mir. Was weiß denn Ede schon . . .

Und dann war es soweit. Auf einmal war eine riesige Schar Mädchen am Start zusammengekommen, wie aus dem Nichts. Aufstellen zum Start. Ich hatte mich in die erste Reihe gestellt. Immer vorne mitlaufen. Aber ehe ich mich's versah, stand ich ganz hinten. Da ging der Schuß schon los. Nach vorne, den Anschluß nicht verpassen! Mein Gott, was rannten die! Nein, das schaffe ich nicht. Die sind alle besser. Also in der Mitte bleiben. Herr Vogt, Ede – da hören ja schon welche auf! Die Gruppe der ersten löste sich auf. Keuchend bleiben die Mädchen stehen. Halt, jetzt bin ich ja vorne mit dabei. Ich kann auch nicht mehr. Die Beine – so schwer . . . Da ist Bärbel Brandtscheidt. Dranbleiben. Ich komm' nicht mehr weiter . . . Dranbleiben! Gleich kommt das ‚Hopp'.

Ich kann doch nicht mehr, sieht er das denn nicht? „Hopp", brüllt Herr Vogt. Und ich renne. Meine Beine wollen mir nicht gehorchen, aber ich kann doch noch. O Wunder, ich kann ja noch schneller! Vorbei an Bärbel, ins Ziel – Erste!

Keuchend bleibe ich stehen, die Beine wollen wegknicken, ich halte mich an einem Baum fest – eine Hand schiebt mich weiter: „Nicht stehenbleiben, gehe weiter, atme tief durch, versuche langsam zu laufen." Herr Vogt steht hinter mir, ich drehe mich um, will was sagen, seine Augen lachen mich an, seine Hand schiebt mich an. Ja, tatsächlich, ich kann noch gehen, mein Atem beruhigt sich, ich laufe mich aus. Der TuS Sulingen hat seinen ersten Titel, den einzigen dieser Meisterschaft. Händeschütteln, Glückwünsche – alle freuen sich mit mir. Ede zwinkert Herrn Vogt zu: „Sie sind doch ein verdammter Fuchs. Wer hätte damit gerechnet!" „Ich", ist die trockene Antwort, und dann zwinkert er auch, aber zu mir herüber.

7. Ein Diskus fällt mir in die Hände

Es mögen noch etwa zwei Jahre gewesen sein, in denen ich unter den Fittichen von Herrn Vogt in die Leichtathletik hineinwuchs. Fast jedes Wochenende im Sommer waren wir unterwegs, die Leichtathletikabteilung des TuS Sulingen. Und wochentags, man hätte die Uhr danach stellen können, waren wir um 5 Uhr nachmittags auf dem Sportplatz. Ob die Schularbeiten fertig waren oder nicht, ab ging's ins Bürgerparkstadion.

Direkt von der Arbeit kam nämlich Herr Vogt Tag für Tag auf den Platz. Er war einfach da, und deswegen waren wir auch da – Jungen wie Mädchen. Im Winter trafen wir uns nur dreimal pro Woche. Zweimal in der Turnhalle und samstags um 3 Uhr draußen auf dem Platz. Ob es regnete, schneite oder stürmte, Herr Vogt war da.

Dann aber passierte etwas Einschneidendes: Herr Vogt ging fort. Er hatte eine Arbeitsstelle in Süddeutschland angenommen. Als ob unserem fröhlichen Kreis der Mittelpunkt genommen wäre – zweifellos war es ja auch so –, nahm die Leichtathletikbegeisterung ab. Mal blieb der eine fort, dann der andere, mancher steckte ganz auf. Übrig blieb ein kleines Häufchen Unentwegter. Von diesen fanden sich auch nur drei oder vier Unverbesserliche regelmäßig zum täglichen Training ein. Wir trainierten so weiter, wie wir es bei Herrn Voigt gelernt hatten.

Ich hatte nie etwas anderes als Laufen und Springen geübt. Also übte ich das weiter: 2 Runden Einlaufen, Gymnastik, Steigerungsläufe und Weitsprünge. Als Dreizehnjährige waren meine Bestleistungen im 75-m-Lauf 9,9 sec, im Weitsprung 4,79 m, im Kugelstoßen 8,12 m mit der 4 kg-Kugel, im Schleuderballwerfen 27 m und im 100-m-Lauf 13,8 sec. Damit war ich die Leistungsstärkste unter den Gleichaltrigen im Umkreis.

Nach der Verwaisung durch den Weggang des Trainers traf die Sulinger Leichtathletik ein weiterer Schlag. Der Sportplatz wurde renoviert. Umgepflügt und neu angelegt. Es dauerte länger als ein Jahr, bis alle Anlagen wieder benutzbar waren.

In dieser Zeit bröckelte unsere Truppe immer weiter ab. Zu guter letzt war ich manches Mal die einzige, die noch zum Training ging. Aber auch meine Begeisterung reichte für ein tägliches Training nicht mehr aus. Wer dreht schon gern allein seine Runden! Immerhin: zweimal die Woche, das hielt ich auch in dieser Zeit durch.

Zur Verfügung stand uns fast ausschließlich der Schlackenplatz neben der aufgewühlten Hauptanlage, der ehemalige Faustballplatz. Eine Blockhütte, besser gesagt, der Geräteschuppen, stand am Fuße des Faustballplatzes unter einer riesigen alten Eiche, in der Ecke eines schmalen Grasplatzes. Hier hatte man uns eine provisorische Weitsprunganlage hergerichtet. Bei vollem langem Anlauf mußten wir fast in der Tannenschonung hinter der Blockhütte anlaufen, so beengt waren die Verhältnisse. Am Kopf des Faustballplatzes gab es noch eine ehedem als Parkplatz benutzt Grasfläche, dreißig Meter tief nur, dann begann bereits die Parkanlage mit den riesigen Bäumen. Im Schatten dieser Bäume und der alten knorrigen Eiche an der Blockhütte spielte sich nun unser Sportbetrieb ab.

Brauchten wir Geräte, so mußten wir den Platzwart um den Blockhüttenschlüssel bitten und dann unter allerlei Gerätschaften herumkramen, bis Bälle, Kugeln, Hürden oder Hochsprungständer ans Tageslicht befördert werden konnten.

Mit ihrer unermüdlichen Einsatzbereitschaft hätte sicherlich die ganze Gruppe jugendlicher Sulinger Leichtathleten diese Zeit erschwerter Bedingungen ohne Einbuße an Begeisterung und Gruppenstärke überstanden. Doch die Gruppe blieb führerlos. Trotz einiger Bemühungen von seiten der Vereinsführung konnte niemand gefunden werden, der Herrn Vogt zu ersetzen vermocht hätte. So war es denn gekommen, daß es mir, wie gesagt, manches Mal ganz allein auf dem Sportplatz überlassen blieb, die Fahne der Leichtathletik hochzuhalten.

Irgendwann, an einem Spätsommernachmittag, war es, daß ich, ziellos nach einer neuen Beschäftigungsmöglichkeit suchend, in der Blockhütte herumstöberte. Dabei fiel mir ein Gerät in die Hände. Rund und flach, handtellergroß, aus Holz, mit einem Eisenkern und einem eisernen Ring am Rand.

Ein Diskus!

Nachdenklich hielt ich ihn in der Hand. Was machte man damit? Nur vage war die Erinnerung. Zu Herrn Vogts Zeiten hatten doch einige Mädchen damit geübt? Wie war das nur gleich?

Ach ja, ich hatte doch sogar einmal mitmachen, den großen Mädchen dieses Ding zurückholen dürfen. Dabei hatte ich doch auch schon einmal damit geworfen. Zur Belustigung der anderen, gewiß. Aber Spaß hatte es schon gemacht!

„Also das probiere ich jetzt noch einmal!" entschloß ich mich.

Drehen mußte man sich dabei und dann den Diskus loslassen, so daß der Diskus geradeaus flog. Soweit reichte meine Erinnerung noch aus. Und ich versuchte mein Glück! Ich drehte mich mit dem alten angerosteten, ein Kilo schweren Diskus rechtsherum und linksherum. Aber was immer ich versuchte, mit schöner Regelmäßigkeit verlor ich das Gleichgewicht, landete einmal auf dem Hintern, dann auf dem Bauch. Wohin der Diskus flog? Nach hinten in das Gebüsch unter der Eiche, zur Seite in die Tannenschonung. Jede Richtung traf ich, nur nie die, die ich beabsichtigte. Ein verflixtes Ding, dieser Diskus! Es mußte doch möglich sein, auf den Füßen stehenzubleiben und nach vorne zu werfen! So blöd konnte ich doch nicht sein, daß ich dieses Gerät nicht zu zwingen vermochte!

Unverdrossen rappelte ich mich nach jedem erneuten Versuch wieder hoch, suchte den Diskus aus seinem jeweiligen Versteck unter Tannen, in hohen Gräsern oder hinter Steinen hervor und versuchte mich erneut. Wie gut, daß ich damals wirklich als einzige Leichtathletin übrig geblieben war! Lebensgefährlich für alle anderen wären sie geworden, meine entschlossenen Versuche, dieses Gerät zu bezwingen. Mindestens soweit wollte ich es bringen, daß ich mich auf den Beinen halten konnte. Es wäre doch gelacht, dachte ich grimmig bei mir, wenn ich das nicht schaffen sollte.

Blindes Probieren konnte mich nicht weiterbringen. Also innehalten, überlegen. Ich setzte mich auf den großen Findling am Rande der Weitsprunggrube, den Diskus vor den Füßen. Drehte ich mich nach rechts, waren die Stürze am ungeschicktesten. Sich nach links zu drehen, mußte also besser, richtiger sein. Vielleicht stolperte ich auch nur, weil der Grasboden hier zu uneben war. Also auf ein Neues! Linksherumdrehen, ich bin Rechtshänderin, und nur noch auf dem Schlackenplatz drehen! Das Hinfallen war da allerdings wesentlich schmerzhafter.

Nach vielen mehr oder weniger erfolglosen Versuchen beruhigte ich mich damit, daß man ja nicht alles beim ersten Mal können kann. Ich ging also nach Hause. Aber ich hatte nun etwas Reizvolles gefunden, das mich unwiderstehlich immer wieder zum Sportplatz zog. Mit dem Diskus wollte ich umgehen können. Ich wollte bestimmen, wohin er flog. Nicht der Diskus sollte bestimmen, wohin ich flog!

Mittlerweile kam ich dann auf die Idee, zwischendurch immer mal ohne Drehung zu werfen. Dabei geriet ich nicht in die Gefahr, das Gleichgewicht zu verlieren, und der Diskus flog wenigstens fast geradeaus. Zumindest landete er mit Sicherheit dann nicht mehr hinter mir. Und ich machte Fortschritte. Mit Zufriedenheit registrierte ich, daß ich immer seltener hinfiel. Welch eine Genugtuung, wenn es mir nun hin und wieder sogar gelang, den Diskus nach einer Drehung auch noch geradeaus zu werfen! Zugegeben, das passierte nicht häufig. Jedoch häufig genug, daß es für mich ein Ansporn war, weiter zu üben. Oh, es machte mir unendlich viel Spaß, nach meinem Laufpensum zum Diskus zu greifen und mich mit den vertrackten Zwängen dieses Gerätes auseinanderzusetzen.

Wie es der Zufall wollte, war eines Samstagsnachmittags auch Dieter wieder einmal auf dem Platz. Dieter Tietjen, vier Jahre älter als ich, war ein begeisterter Mehrkämpfer. Weil er sich bereits außerhalb Sulingens in der Berufsausbildung befand, konnte er nur noch selten auf den Sportplatz kommen. An diesem Herbstnachmittag stand er aber da. Er war für ein Wochenende nach Hause gekommen und der alten Gewohnheit entsprechend am Samstagnachmittag zum Training erschienen. Gemeinsam mit einigen anderen – samstags fanden sich immer einige ein – hatten wir uns eingelaufen, eine große Runde durch das Parkgelände. Unsere Weitsprünge hatten wir auch bereits hinter uns. Dieter hatte das Kommando dabei übernommen und uns einige Hilfen und Anleitungen gegeben. Danach machte jeder, was ihm so einfiel. Einer kramte einen Speer aus der Blockhütte heraus, Dieter griff zur Kugel, ich, jetzt schon selbstverständlich, zum Diskus.

Jeder übte für sich. Ich traute mich nicht, aus der Drehung zu werfen. Mein unberechnbarer Diskus hätte ja die anderen durchaus treffen und verletzen können. Außerdem wollte ich das Risiko nicht eingehen, eine meiner immer noch möglichen Landungen vorzuführen. Die Jungen hätten mich sicherlich ausgelacht. Also warf ich ohne Drehung, aus dem Stand.

Wir befanden uns oben auf dem ehemaligen Parkplatz, weil die Faustballer ihren Platz mit Beschlag belegt hatten. Dieter bückte sich gerade nach seiner Kugel, als mein Diskus über den Platz flog.

„Wer hat denn den geworfen?" überrascht richtete sich Dieter auf, seinen fragenden Blick auf mich gerichtet. Gerade wollte ich meinem Diskus nachlaufen, hielt nun aber inne.

„Na, wer schon. Ich", entgegnete ich verständnislos auf diese in meinen Augen sinnlose Frage.

„Komm, komm, du kannst mir ja viel erzählen. Aber von da hinten, wo du standest, hast du den Diskus nie geworfen. Hat Ede dir gezeigt, wie man damit umgeht?"

„Also wirklich, Dieter, der wirft doch da hinten Speer, siehst du doch. Ich habe geworfen."

„Mit Drehung?"

„Nein, aus dem Stand. Die Drehung kann ich nicht so richtig!"

„Mädchen, Mädchen! Zeig mir mal genau, wo du abgeworfen hast!"

Schnell lief ich, meinen Diskus zu holen. Dieter ließ seine Kugel Kugel sein und wartete auf mich. Zielbewußt steuerte ich auf eine versandete, einigermaßen ebene Stelle des Gländes zu und wandte mich zu Dieter um.

„Hier, von hier aus werfe ich."

„Das ist unmöglich. Im Leben kannst du nicht so weit über den ganzen Platz werfen! Da hat jemand anders eben geworfen. Du nimmst mich auf den Arm!"

„Also, Dieter, was soll der Quatsch? Zugegeben, das war gerade ein gelungener Wurf. Aber ich kann das. Was stellst du dich überhaupt so an?" Sprach's und holte aus, um meinen Worten durch einen ähnlichen Wurf Nachdruck zu verschaffen.

„Tatsächlich" beinahe sprachlos stand Dieter da. „Sag mal, wer hat dir das beigebracht?"

„Niemand. Ich hab es selbst ausprobiert. Ist es denn so gut, daß du dich so anstellst?"

„Mensch, Liesel, hast du 'ne Ahnung! Damit wirst du Bezirksmeisterin." Mit Riesenschritten maß Dieter die Wurfweite ab.

„Fast fünfundzwanzig Meter! Unglaublich!"

„Soll ich wirklich in Diepholz bei den Meisterschaften diskuswerfen? Ich bin gar nicht gemeldet dafür."

„Du wirst nachgemeldet. Sollst man sehen, das klappt bestimmt."

Und Dieter sollte Recht behalten. Wenngleich die Meldefrist für die Bezirksmeisterschaften am folgenden Wochenende längst überschritten war, wurde meine Nachmeldung am Tag der Meisterschaften angenommen.

„Ausnahmsweise", hieß es im Wettkampfbüro, „weil diese Meisterschaften so spät im Jahr stattfinden und nur wenig Athleten gekommen sind."

Ich gewann meinen ersten Wettkampf im Diskuswerfen ohne hinzufallen. Auch traf ich den Wurfsektor anscheinend ohne Schwierigkeiten. Dabei hatte ich sogar mit Drehung geworfen. Beim Diskuswerfen muß der Wettkämpfer aus einem Kreis mit einem Durchmesser von 2,50 Meter werfen. Betritt oder übertritt er den Kreisrand, ist der Wurf ungültig. Außerdem ist immer ein Wurfsektor gekennzeichnet, der getroffen werden muß. Landet der Diskus außerhalb dieses Sektors, ist der Versuch ebenfalls ungültig. Der Kampfrichter hebt dann eine rote Fahne. Bei gültigen Versuchen wird die weiße Fahne gezeigt.

30,06 m betrug meine erste gemessene Wurfweite. Erst die Aufregung der anderen zeigte mir, daß es ein gutes Ergebnis war. Und natürlich Dieter. Er hatte während des ganzen Wettkampfes neben dem Kreis gestanden. Als mein Sieg feststand, die Weite gemessen worden war, strahlte er wie ein Honigkuchenpferd. Mehr hätte er sich über einen eigenen Sieg nicht freuen können. Mir selber fehlte absolut das Einschätzungsvermögen für meine Leistung, weshalb ich auch mehr Spaß an der Freude der anderen hatte als an dem erzielten Ergebnis selbst. Und überhaupt betrachtete ich mich damals nicht als Werferin. Ein Sieg im Weitsprung oder 100-m-Lauf war mir wesentlich mehr wert. Die 4,88 m im Weitsprung und die 13,3 sec über 100 m bedeuteten mir mehr als die 30 m im Diskuswerfen. Allein, daß ich nicht hingefallen war, darauf war ich wirklich stolz. Das aber konnte ich niemandem anvertrauen. Wer hätte schon Verständnis dafür gehabt? Außer mir hatte ich nämlich noch niemanden beobachtet, der in Gefahr geraten wäre, beim Diskuswerfen hinzufallen.

8. Landesjugendmeisterschaften 1960 in Hannover

Einzelwettbewerbe bei den Landesjugendmeisterschaften gab es damals noch nicht für meine Altersklasse, die weibliche Jugend B. Nur ein Dreikampf war ausgeschrieben für uns: 100 m, Weitsprung, Ballweitwurf. Und der Ballweitwurf hatte mir noch jeden Dreikampf vermasselt. Das konnte ich einfach nicht. 30 bis 35 m mit dem 80-g-Ball war meine Standardweite. Wenn mir einmal ein 40-m-Wurf rausrutschte, war das ein ausgesprochener Ausnahmefall. Da konnte ich noch so weit springen und so schnell laufen wie die anderen, durch den Ballwurf rutschte ich immer ab unter „ferner liefen".

So war es schon im Vorjahr in Braunschweig gewesen. Mit einer kleinen Truppe hatten wir vom Bezirk Huntegau an den Landesjugendmeisterschaften teilgenommen, unter der Leitung unseres Bezirksvorsitzenden. Dort hatte ich auch am Dreikampf teilgenommen. Ich bin mir heute nicht mal mehr sicher, ob ich es damals geschafft hatte, unter die ersten zwanzig zu kommen. An eines aber erinnere ich mich noch genau, als wäre es gestern gewesen. Zufällig wurde ich Zeuge folgender Szene:

Fröschchen, das war der Spitzname eines Mädchens aus einem hannoverschen Sportklub, hatte unseren Dreikampf gewonnen. Um sie drehte sich alles, was ich da beobachten konnte. Ein Haufen Mädchen aus diesem Klub hockte zusammen, Fröschchen in der Mitte. Ein Sonnenstrahl tauchte die Gruppe in ein heiteres Licht, und der Vereinsbetreuer hielt eine Rede auf den Star seiner Truppe. Wie sehr es sich den Sieg verdient hätte, das Fröschchen. Immer eifrig und fleißig beim Training und stets freundlich und gut aufgelegt sei sie gewesen. Die anderen sollten sich ein Beispiel an ihr nehmen. Dann klatschten alle, und Fröschchen wurde umarmt und beglückwünscht.

Ich saß einige Meter weiter unbeachtet im Schatten und bewunderte die große Siegerin. Ob ich auch neidisch war, ich, die ich abgeschlagen ganz weit hinten gelandet war? Vielleicht. Dann aber nur ein ganz, ganz kleines bißchen. Vor lauter Bewunderung und Respekt konnte sich sicherlich gar kein Neid in mir ausbreiten.

Nun waren wir ein Jahr weiter. Was zuvor sich in Braunschweig abgespielt hatte, fand 1960 in Hannover statt. Es war keine gemeinsame Gruppe aus dem Huntegau mehr dabei. Ich war die einzige. Mußte mich allein in der Landeshauptstadt zurechtfinden.

Unterkunft war mir in der Jugendherberge in der Nähe des Niedersachsenstadions zugewiesen worden. Zum ersten Mal allein in einer Großstadt! Aufregend!

Am Samstagvormittag fand der Dreikampf statt. Dieses Mal kam ich sogar unter die ersten Zehn. Einen vorderen Platz vermasselte mir wieder einmal das Ballwerfen. Damit war aber für dieses Jahr mein Wettkampf noch nicht beendet. Weil ich doch schon einmal in Hannover sei, könnte ich ja auch gleich am Diskuswerfen und Kugelstoßen der weiblichen Jugend A, der bis zu zwei Jahren älteren Mädchen also, teilnehmen. Das bringt Erfahrung und kostet auch nur ein paar Mark mehr, hatte Wilhelm Köster, unser Abteilungsleiter im TuS Sulingen, entschieden und mich für diese Einzelwettbewerbe gleich mit gemeldet. Im Diskuswerfen hatte ich mich auf den Kreismeisterschaften kurz zuvor nämlich auf über 34 Meter gesteigert und damit die geforderte Mindestleistung für Hannover sicher überboten.

Da hockte ich nun in der Mittagspause im Mädchenumkleideraum des Niedersachsenstadions, aß meine Butterbrote und wartete auf den Beginn des Diskuswerfens. Laut und fröhlich ging es da zu, unter denen, die sich kannten. Mich kannte ja keiner. Sulingen, der Huntegau lagen zu weit ab vom Geschehen. Dafür erkannte ich sie aber alle wieder, die Stars von Braunschweig.

Wie toll sie in Form seien, erzählten sie einander, und wie sicher sie die eine oder andere zu schlagen gedächten. Letzte Wettkampf- und Trainingsleistungen der Konkurrentinnen wurden ausgeplaudert und kommentiert. Wer dies gewinnen würde und wer das, wurde mit Sicherheit im voraus bestimmt. Ich kaute meine Butterbrote, aufmerksam und neugierig lauschend. Tolle Sportlerinnen waren die alle. Bestimmt. Und die schicken Trikots! Ich war beeindruckt.

Manchmal verstummte das Gespräch, wenn eine der ganz großen Favoritinnen den Raum betrat. Jetzt wurde nur noch respektvoll getuschelt, abschätzend zur Seite geblickt. Ganz besonders imponierte mir eine Speerwerferin. Wie die sich bewegte! Als hätte sie schon gewonnen. Braungebrannt und schneeweiße Shorts. Toll! So braune Beine würde ich nie haben. Als sie wieder ging, hob sich der Geräuschpegel sofort. „Hast du gehört, was die letzte Woche geworfen hat?" „Die gewinnt bestimmt." Und wieder wurden die letzten Neuigkeiten ausgetauscht.

Interessant war das. Aber ich hatte keine Zeit mehr, länger zuzuhören, mußte mich nun auf meinen Wettkampf vorbereiten. Ich raffte meine Sachen zusammen und folgte der tollen Speerwerferin nach draußen. Immer einige Schritte Abstand. Die war ja wohl wirklich allen bekannt, stellte ich dabei fest. Fast jeder drehte sich um nach ihr. Viele Male hörte ich, wie respektvoll man sich ihren Namen zuflüsterte.

Dann kam mein Wettkampf. Der Dreikampf der B-Jugend hatte noch außerhalb des Stadions stattgefunden, das Diskuswerfen der A-Jugend sollte nun im Innenraum durchgeführt werden. Auch da gab es einen großen Star. Es war ein großes blondes Mädchen aus Göttingen. Titelverteidigerin war sie, die Siegerin vom Vorjahr. Und bei Deutschen Jugendmeisterschaften sollte sie auch schon gut abgeschnitten haben, erfuhr ich wiederum aus den Gesprächen der anderen. Na, ja, mich brauchte das ja nicht zu stören. War ich doch noch B-Jugendliche und hatte hier nichts zu verlieren oder zu gewinnen.

Der erste Durchgang begann. Was war das? Die meisten hatten doch tatsächlich Mühe, dreißig Meter zu werfen! Da kam ich an die Reihe. Die Probleme mit dem Gleichgewicht hatte ich schon lange überwunden. Und mein erster Wurf gelang auch gleich gut. Ob es neue Bestleistung war, weiß ich nicht mehr so genau, aber nahe dran war ich bestimmt. Zufrieden streifte ich meinen Trainingsanzug wieder über und bemerkte plötzlich, daß sich die Stimmung um den Diskusring verändert hatte. Wie die anderen mich mit einem Mal ansahen! Hatte ich irgend etwas an mir? Prüfend blickte ich an mir hinunter. Nein, nichts Auffälliges. Achselzuckend bewegte ich mich von dannen. So wie Herr Vogt es mich früher für Weitsprungwettbewerbe gelehrt hatte. Nicht hinsehen, immer in Bewegung bleiben, ein bißchen Gymnastik bis zum nächsten Durchgang.

Heike, der Göttingerin, war der erste Versuch nicht so ganz gelungen. Sie hatte nur wenig weiter geworfen als ich. Warum die wohl so angestrengt über mich hinwegsah? Dann sprach mich plötzlich ein Mädchen an:

„Woher kommst du denn?"

„Aus Sulingen."

„Wo liegt das denn?"

„Zwischen Bremen und Minden."

„Ach so."

Und noch eine begann ein Gespräch mit mir:

„Hast du schon mal weiter geworfen?"

„Ja, über 34 Meter."

„Na, sowas, das wußte aber niemand von uns."

Überrascht nahm ich den respektvollen Unterton in der Stimme dieses Mädchens wahr. Bevor ich mir jedoch Gedanken darüber machen konnte, war ich schon wieder dran. Zweiter Versuch. Und dieser Versuch gelang mir noch besser. Ich hatte die Göttingerin übertroffen. Es mag wohl bis zum dritten Durchgang gedauert haben, bis ich begriff, daß die anderen wirklich nicht viel besser waren, als es der erste Versuch gezeigt hatte. Ich, die kleine Liesel Westermann aus Sulingen, hatte Unsicherheit unter die anderen gebracht, die die Plätze schon im vorhinein meinten verteilen zu können.

Heike, die große Favoritin, wurde zusehends unruhiger. Je nervöser sie wurde, desto unternehmungslustiger war ich. Von Wurf zu Wurf verbesserte ich mich, Heike immer um ein paar Zentimeter übertreffend. Aus Heikes Nichtbeachtung war Unfreundlichkeit geworden. Vor meinem letzten Wurf versuchte sie gar, mich mit giftigen Blicken zu lähmen. Das nutzte ihr jedoch nichts, prallte ab an meiner Unbekümmertheit. Letzter Versuch: erneut Bestleistung für mich. Über 36 Meter. Ich hüpfte vor Freude und Ausgelassenheit über meine gelungene Leistungssteigerung. Und alle freuten sich mit mir, bis auf Heike. Ihr letzter Versuch stand noch aus. Aber er mißlang ihr völlig. Ich hatte gewonnen.

Wilhelm Köster, unser Abteilungsleiter, war als Kampfrichter anwesend; er kam strahlend angerannt, schloß mich in die Arme. Ein Titel für den Huntegau, den TuS Sulingen! Er konnte sich kaum beruhigen. Alle wollten ihre Glückwünsche anbringen. Ich war umringt. Welch eine köstliche Situation! Als Unbekannte, als ein Nichts angetreten und als Siegerin plötzlich lachender Mittelpunkt.

Unbeschreiblich, und verglichen mit den sicherlich viel größeren Wettkampferfolgen der späteren Jahre einer meiner schönsten Wettkämpfe: Hannover 1960 – Landesjugendmeisterschaften.

Nur Heike war es schwergefallen, mir die Hand zu schütteln. Ein wenig nachdenklich blickte ich ihr nach, als sie, die Geschlagene, nach der Siegerehrung sofort verschwand. Eigentlich war es ja von mir wirklich eine Unverschämtheit gewesen, sie zu schlagen. Niemand hatte sie vorgewarnt vor mir, dem Mädchen aus der Provinz. Hatte ich doch überhaupt erst zweimal im Wettkampf Diskus geworfen. Und wer las schon Ergebnisse aus Sulingen! Wie sollten sie sich auch bis Göttingen oder Hannover herumgesprochen haben. Aber wenn schon, schüttelte ich diese Gedanken ab.

Zu jedem Wettkampf gehört die Möglichkeit der Niederlage. Ein bißchen freundlicher hätte sie also schon sein sollen. Wer gewinnen will, muß auch verlieren können!

9. Herr Vogt kehrt zurück

Noch heute bin ich stolz darauf, mich als Diskuswerferin selbst entdeckt zu haben. Wessen Selbstbewußtsein täte es nicht gut, den entscheidenden Schritt auf der Straße des Erfolges aus sich selbst heraus gewagt zu haben? Meine Anfänge, meine erste überregionale Meisterschaft mit dem Diskus verdanke ich eigener Geschicklichkeit und nicht dem erfahrenen Weitblick eines gewitzten Talentsuchers.

Anders sieht es aus, betrachte ich die weiteren Fortschritte meiner sportlichen Entwicklung. Im Spätherbst nach jenem hannoverschen Überraschungserfolg, nach einer weiteren Verbesserung meiner Bestweite auf 38,12 m beim Jugendvergleichskampf Westfalen gegen Niedersachsen in Stadthagen, ergab sich eine wesentliche Veränderung für mich. Es war ein Bezirkslehrgang in Bassum gewesen, der mir die Notwendigkeit dieser Veränderung deutlich vor Augen geführt hatte. Auf diesem Lehrgang, dessen Leiter Friedel Schirmer später zum erfolgreichsten deutschen Zehnkampftrainer wurde, wurden wir Jungen und Mädchen einem harten Training in der Sporthalle unterzogen. Wir quälten uns unglaublich ab, um alle Übungen auszuführen, die Friedel Schirmer von uns verlangte. An Sprünge, auf und über die Kästen, Klettern und Hangeln die Taue hinauf und hinunter, Liegestütze, Medizinballwürfe und zum Schluß Stützkraftübungen am Barren kann ich mich noch gut erinnern.

So erschöpft wir auch schließlich beim Abendessen wieder zusammentrafen, Spaß machte es uns allemal. So ein tolles Training hätten wir noch nie gehabt, darin waren wir uns einig. Ob man das denn den ganzen Winter hindurch durchhalten müßte, wollten wir von unserem Lehrgangsleiter wissen. Ohne Belastung kein Erfolg, setzte er uns auseinander. Wir müßten umdenken. Der Winter sei für einen Leichtathleten äußerst wichtig und entscheidend für jeden Leistungsfortschritt.

Schön und gut, aber wie sollte ich das in Sulingen durchführen?

War ich doch die einzige der ehemaligen Vogt-Truppe, die noch regelmäßig wenigstens im Sommer trainierte. Nachdenklich griff ich zu meiner Teetasse und – ich traute meinen Augen nicht –, ich konnte meine Tasse nicht halten. Meine Hand, mein Arm zitterten dermaßen, daß ich die Hälfte des Tees verschüttete. Alles um mich herum lachte, als ich nur mit äußerster Vorsicht und mit beiden Händen zugreifend in den Genuß meines Getränkes kommen konnte. Ich schämte mich, daß mich das Training so geschafft hatte und entschloß mich im gleichen Augenblick zu einem Wintertraining. Ein Weg mußte gefunden werden.

War Herr Vogt nicht wieder nach Sulingen zurückgekehrt? Ich hatte davon reden gehört. Auf dem Sportplatz war er noch nicht gewesen. Er wollte nicht wieder Trainer sein, hatte irgend jemand gesagt. Sollte ich ihn nicht einmal besuchen? Vielleicht ließ er sich überreden! Es sollte auch nicht täglich sein wie früher. Nur zweimal die Woche brauchte er mir das Wintertraining zu gestalten . . .

Kaum zurück aus Bassum, faßte ich mir ein Herz und suchte Herrn Vogt noch am selben Nachmittag auf. Es gelang mir, ihn zu überreden. „Gut, zweimal die Woche. Aber nicht mehr", er war einverstanden, und wir verabredeten uns sofort zum ersten gemeinsamen Training.

Herr Vogt war der Leichtathletik zurückgewonnen, und ich hatte den besten Trainer, den ich mir vorstellen konnte. Es dauerte auch nur einige Monate, bis er vergessen hatte, daß er eigentlich nur noch zwei Nachmittage dem Sport opfern wollte. Immer häufiger war er bei meinem Training anwesend, um es endlich ganz in die Hand zu nehmen. Das Diskuswerfen hatte fortan nicht nur mich gepackt. Ich hatte einen unermüdlichen Antreiber und Helfer zur Seite.

II. Das Amateurproblem oder der Wettlauf um die beste Tarnung

1. Würmeling

Im Winter 1960/61 flatterte mir die Einladung zu einem Lehrgang des deutschen Leichtathletikverbandes nach Mainz ins Haus: ‚Olympiavorbereitung und Talentförderung auf weite Sicht' hieß die fettgedruckte Überschrift auf der Einladungskarte. Mit klopfendem Herzen und heißen Wangen nahm ich diese Karte immer wieder in die Hand, um die Überschrift wieder und wieder zu lesen.

Ich sollte nach Mainz fahren, ich, Liesel Westermann aus Sulingen, und Olympiavorbereitung und Talentförderung! Acht Stunden würde ich unterwegs sein – meine erste Sportreise über die Grenzen Niedersachsens hinaus.

Den Samstag hatte ich in der Schule freibekommen. In aller Herrgottsfrühe fuhr Papa mich nach Nienburg. Umsteigen in Hannover und in Frankfurt. Spät am Mittag in Mainz. Die Straßenbahnlinie zur Universität war im Einladungsschreiben benannt worden. Mittagessen gab es im Unigelände, in der Taverne. Ich fragte mich durch, kannte niemanden, saß endlich mit großen Augen schüchtern am Mittagstisch. Sportler konnte ich nicht entdecken; ob unter den Männern am Tisch dort hinten wohl Herr Bode, der Bundestrainer, saß? Da kam der Kellner. Unsicher zeigte ich ihm die Einladung. Er wußte gleich Bescheid. Ein Getränk sei frei. Zu Hause gab es mittags nie etwas zu trinken. Ich bat um Apfelsaft. Mein Essen wurde gebracht, welch ein Essen! Ein großes Stück Fleisch, Braten war es nicht, auch kein Kotelett. Trotzdem lecker. Und Kartoffeln, geschnippelt in Spalten, goldbraun und knusprig, die hiesige Art von Bratkartoffeln? Mein erstes Rumpsteak, meine ersten Pommes Frites . . .

„Ach bitte, kennen Sie einen Herrn Bode?" fragte ich zaghaft den Kellner. „Der sitzt da drüben, der da!" er wies auf den Tisch mit den Herren, die gerade in lautes Lachen ausbrachen. Wer von ihnen war wohl Herr Bode? Nein, weitere Fragen zu stellen, getraute ich mich nicht, also schnappte ich meine Reisetasche und fragte mich weiter durch das Unigelände durch. Sporthalle des Instituts für Leibesübungen, Umziehen, warten bis 15.00 Uhr, der Lehrgang begann. Ich lernte Herrn Bode kennen und schloß mich an zwei andere Mädchen an, die auch zum ersten Mal dabei waren: Ursula Bednarczyk aus Bayern und Margit Biederbeck aus Mettmann. Sie hatten beide schon über 40 m geworfen und waren zwei Jahre älter als ich, wie ich bald herausfand. Die anderen kannten einander alle schon, lachten und schwatzten, wir drei standen etwas abseits.

Aber nicht lange. Training, gemeinsames Duschen, Abendessen, Kinobesuch, Eisdiele – auf dem Heimweg ins Hotel schwatzten und lachten wir drei schon mit den anderen zusammen, als wären wir immer dabeigewesen. Immer wieder habe ich von nun an erlebt, wie schnell der gemeinsame Sport Brücken zu schlagen vermag zwischen eben noch Fremden. Das kommt von selbst, da bedarf es keiner Einflußnahme von außen.

Das unbekannte Mainz war erobert, das Fremde, Aufregende des DLV bekannt geworden, war doch fast alles genauso wie bei unseren Bezirkslehrgängen in Bassum. Bis auf eines. Am Sonntagmorgen gab es da nämlich noch etwas unerwartet Neues für mich: die Abrechnung der Fahrtkosten.

Eine so teure Fahrkarte hatte ich noch nie vorzulegen gehabt: Sulingen – Mainz. So um die vierzig Mark hatte Papa vorgestreckt. Nacheinander ging es in das Abrechnungszimmer. „Neulinge voran", lachten die Großen. Die deutsche Meisterin Kriemhild Hausmann war auch darunter. Als erste rechnete ich ab: Fahrtkosten plus zweimal fünf Mark Taschengeld, diese zehn Mark erfreuten mich besonders. Kinokarte und Eisessen abgerechnet, blieb doch noch ein hübsches Sümmchen als Aufstockung meines Schülerinnenetats übrig.

Alle waren fertig. Wir hatten das Geld noch in der Hand. Hanna Bienert aus Hannover hatte über 100 Mark, ich um die fünfzig. Da stieß Hanna mich in die Seite: „Hör mal, du hast doch nicht etwa vergessen, die Rückfahrt mit abzurechnen?" Sie schaute auf mein Geld. „Nein, ich kriege nicht mehr. Wir sind drei Kinder, also fahre ich zum halben Preis." Fassungslos starrten die ‚alten Hasen' mich an. „Mensch, die fährt auf Würmeling* und sagt das auch noch." „Aber ich habe doch gar nichts gesagt, und meine Fahrkarte wollte auch niemand sehen", erwiderte ich leicht begriffsstutzig. „Wie kann man nur so blöd sein!" „Der weiß doch da drinnen gar nicht, wo Sulingen liegt." „Wenn der merkt, daß Sulingen weiter ist als Hannover", stöhnt Hanna, „denken die alle, ich hätte zuviel abgerechnet." „Du gehst sofort wieder rein und sagst, daß du dich vertan hast." „Ich habe mich doch aber gar nicht vertan." „Papperlapap, begreifst du nicht, daß du denen über vierzig Mark schenkst?"

Was mir nun dämmerte, übertraf fast das Außerordentliche, das dieser Aufenthalt in Mainz ohnehin schon für mich bedeutete. Fünfzig Mark und mehr haben zu können, ganz allein für mich, mehr als ich in zwei Monaten mit Nachhilfestunden verdiente!

„Das ist doch Betrug", ganz schwach war dieser Einwand schon. „Es ist doch nicht Sache des DLV, daß du zwei Schwestern hast", schob Hanna meine Bedenken zur Seite und schubste mich ins Abrechnungszimmer zurück. „Liesel hat nur die Hinfahrt abgerechnet", sagte sie hinter mir zu Herrn Saul. „Sie ist das erste Mal hier und kennt sich noch nicht aus. Das kann man doch sicher noch berichtigen?" „Ist dieses Sulingen denn so weit weg?", war die erstaunte, aber freundliche Gegenfrage, und in wenigen Minuten hatte ich den unerwarteten Reichtum in der Tasche.

Das war das erste Mal, daß ich am Sport Geld verdiente. Unrecht getan zu haben als Amateur, einen Betrug begangen zu haben – ein wenig belasteten mich solche Gedanken noch einige Zeit, aber das legte sich bald. Hanna hatte ja recht. Warum sollte es auch wirklich dem DLV zugute kommen, daß wir drei Kinder zu Hause waren.

Nach diesem ersten Auftritt auf nationaler Bühne, dem Einzug in die ‚nationale Elite‘, ergaben sich von nun an immer häufiger Gelegenheiten zu Rumpsteak und Pommes frites, zu längeren Reisen und zu ein paar Mark nebenbei. Es blieb nicht bei den Erträgen aus dem Würmeling-Paß für kinderreiche Familien, wenngleich das immer der dickste Batzen war. Mit der Zeit wurde ich auch zu

---

* Der Familienminister Würmeling ermöglichte für Familien mit mindestens drei Kindern unter 18 Jahren die Benutzung der Bundesbahnverkehrsmittel zum halben Preis.

Wettkämpfen eingeladen, bei denen der Veranstalter nicht nur das Fahrtgeld, sondern auch das Essensgeld bezahlte. Dabei drehte es sich immer um Beträge um die zehn Mark. Nahm ich genügend Butterbrote von zu Hause mit, dann brauchte ich nur Geld für 'ne Cola oder leistete mir höchstens mal 'ne Bratwurst extra. So blieb ein Fünfmarkstück nach dem anderen in meiner Kasse hängen. Ließen sich dagegen Fahrgemeinschaften organisieren von Hannover aus, dann teilten wir uns das Benzingeld, rechneten die Kosten der Bahnkarte ab, und ich hatte über den Würmeling-Ertrag hinaus noch einen netten Batzen zusätzlich in der Tasche.

Batzen, Reichtum, Erträge, Verdienst – große Worte für kleine Summen? Nun, es kommt immer auf den Standpunkt des Betrachters an.

Mein Taschengeld hatte ich mir immer selbst verdient, wenn man von den zwei bis fünf Mark im Monat absieht, die ich für Schulsachen von den Eltern erhielt. Das erste Geld verdiente ich beim Kartoffelkleen. In den Herbstferien stellten die Bauern auch Kinder für die Kartoffelernte ein. Im Volksmund heißen diese Ferien darum bei uns auch heute noch Kartoffelferien. Von diesem Geld wurde damals ein Anorak für mich angeschafft, ein Tarzanbuch kaufte ich außerdem, der Rest kam aufs Sparbuch.

Zur ständigen Einnahmequelle wurde für mich als Schülerin der Nachhilfeunterricht. Bei 10 Pfennig die Stunde fing es an. Kaum zu glauben, aber wahr! Es war eine Spielkameradin aus der Nachbarschaft. Ich mochte nicht mehr verlangen, und von sich aus gaben die Eltern mir nicht mehr. Im Verlauf meiner Nachhilfetätigkeit steigerte sich der Verdienst aus dieser Quelle bis auf zwei Mark pro Stunde.

In den Sommerferien 1960, vor meinem ersten Lehrgang in Mainz, arbeitete ich im Sulinger Krankenhaus als Putzmädchen und Küchenhilfe für 89 Pfennig die Stunde. Ob ein Stäubchen zu entdecken war oder nicht, es mußte gewischt und gescheuert werden, täglich aufs neue. Selbst die Schwesternzimmer waren sauber wie geleckt. Um mittags nach Hause gehen zu können, sparte ich die Frühstückszeit ein. Nachmittags war ich dann auf Station oder wurde zur Küchenhilfe eingeteilt. Wannenweise wurden Kirschen entsteint, oder ich mußte körbeweise Zwiebeln schälen und schneiden. Seither weiß ich, wie Zwiebeln geschnitten werden müssen, ohne daß die Schalen gleich auseinanderfallen. Die Oberschwester selbst hat es mir gezeigt. Ich war zufrieden bis auf eines. „Mensch, Mutti, stell' dir vor", beklagte ich mich eines Tages zu

Hause, „die Frau Meier bekommt 1,69 die Stunde. Mich speist man mit 89 Pfennig ab. Aber wenn die zwei Zimmer fertig hat, bin ich mindestens mit dreien fertig. Sauerei!" Diese Art der Bezahlung nach Lebensalter und nicht nach Leistung hat mich beträchtlich geärgert.

Doch abgesehen von dieser ersten Erfahrung als Arbeitnehmer blieb mir, der Gymnasiastin, noch zweierlei mehr aus diesen Wochen in Erinnerung. Acht Stunden körperlicher Arbeit pro Tag sind so anstrengend, daß man dabei nicht mehr trainieren kann, die sportlichen Leistungen leiden darunter. Die andere Erfahrung läßt sich so leicht nicht darstellen, ist aber sicherlich wertvoller: Arbeit adelt oder so ähnlich heißt doch eine Volksweisheit. Daß dieser Adel allerdings von der Art der Arbeit abhängt, wurde mir handfest verdeutlicht von einem Arzt, der in der Nachbarschaft meines Elternhauses wohnte. Als ich, die Krankenhaustreppen putzend, ihn genauso freundlich und höflich grüßte wie sonst auf der Straße, ging er, obgleich er mich erkannt hatte, erstaunten Blickes grußlos an mir vorbei. Meine Mutter hatte mich zwar schon vor dem Arbeitsantritt im Krankenhaus auf solche möglichen Erfahrungen hingewiesen. Daß aber nun gerade der sonst so freundliche Nachbar es sein sollte, der mir zu erkennen gab, daß das mit der Menschenwürde, der Gleichheit aller Menschen und so weiter seine besondere Bewandtnis hat, traf mich unerwartet. Am liebsten hätte ich ihm die Kehrschaufel nachgeschmissen. „Was glaubt denn der, was er besonderes ist, dieser feine Pinkel! Nur weil er einen weißen Kittel anhat!" Wütend strich ich meine, genauer betrachtet, viel weißere Schürze glatt. Und besser gestärkt war sie auch!

Was ich hier als Kind lernte, konnte ich Jahre später als Prominente, dann allerdings in umgekehrter Form, wieder beobachten: Achtung oder Mißachtung einer Person hängt fast immer von der Rolle, der Position ab, die ein Individuum innehat; selten oder nie zählt der Mensch, der dahintersteckt.

Kartoffelkleen, Ferienarbeit, Nachhilfestunden, all das stellte ich nun ein. Stattdessen bezog ich fortan mein „Nadelgeld" aus Wettkampfabrechnungen und verfügte über mehr Geld als je zuvor. Die anfänglichen Bedenken waren abgebaut, die neue Geldquelle erwies sich als einträglich.

Ganz gewiß fühlt sich der Sportler, der seinen kleinen Schnitt macht, fühlte auch ich mich trotz der Beträge, die ich nun entgegennahm, noch als Amateur, denn sie waren objektiv unerheblich für meinen Lebensunterhalt. Genau genommen aber müßte man schon in diesen Ansätzen einen Verstoß gegen die Amateurbestimmungen* sehen. Haarspalterei? Je nachdem, wie man es sehen will.

2. Vereinswechsel zu Hannover 96

Die Zeiten, da ich als Mitglied einer kinderreichen Familie die Bundesbahn zu halben Tarifen benutzen durfte, gingen vorbei. Ute, unsere Älteste, hatte ihre Ausbildung bei der Post abgeschlossen. Aus, kein Würmeling-Paß mehr. Fahrgemeinschaften und zweckentfremdetes Essensgeld wurden zur einzigen Taschengeldquelle. Bei der Wahl meines Studienortes beschloß ich darum mit Bedacht und beizeiten vorzugehen.

Anspruch auf ein Stipendium hatte ich nicht, weil meine Mutter als sogenannte Hausfrauenlehrerin seit drei Jahren aus dem Schuldienst ein zusätzliches Einkommen bezog. Die Finanzierung meines Studiums mußte vor allem deswegen möglichst niedrig gehalten werden, weil nach Muttis Ansicht Ute und Ilse, deren Berufsausbildung bei der Post meine Eltern nichts gekostet hatte, durch eine Finanzierung meines Studiums ungerechtfertigt benachteiligt worden wären. Also suchte ich nach Wegen einer finanziellen Beihilfe von seiten Dritter.

Für mein letztes Schuljahr und mein erstes Jahr in der Frauenklasse der Leichtathletik wollte ich die Weichen schon stellen. 1962 war ich deutsche Jugendmeisterin in Fünfkampf und Diskuswerfen geworden, zweite im Kugelstoßen. Meine Leistungen würden jeder Frauenmannschaft eines großen Vereins eine wertvolle Unterstützung für Mannschaftswettkämpfe sein, so kalkulierte ich. Zum Studium müßte ich sowieso den Verein wechseln,

---

* Aus den Amateurbestimmungen der Deutschen Leichtathletik-Ordnung (DLO), Ausgabe 1966; Teil VIII, Punkt A, 1 u. 2, S. 121:
  1. Amateur ist, wer an Wettkämpfen teilnimmt, ohne materiellen Gewinn daraus zu ziehen.
  2. Die nach den Regeln der IAAF durchgeführten Kämpfe sind nur für die Athleten offen, die nach den durch die IAAF niedergelegten Bestimmungen hierzu berechtigt sind.

warum also nicht gleich mit meinem ersten Jahr in der Frauen-klasse?

Selbstbewußt aufgrund meiner Erfolge, wollte ich schon jetzt meinen Studienort wählen. Entscheidend sollte sein, welcher Verein einer Universitätsstadt mir das günstigste Angebot für meine Studienzeit machte.

Diese Idee war keineswegs meinem eigenem Einfallsreichtum zuzuschreiben. Sonderlich originell erscheint sie aus heutiger Sicht sowieso nicht. Gerüchte hier, Vermutungen und Andeutungen dort hatten die Vorstellung in mir reifen lassen, daß es wohl Vereine geben müsse, die die Verstärkungen ihrer Mannschaften ‚einkaufen'. An mich war allerdings noch kein ‚Einkäufer' herangetreten, also ergriff ich die Initiative. Ich schrieb drei Vereine an, den Hamburger Sportverein, den OSC Berlin und Hannover 96.

Was ich erwartete? Ich wußte es selbst nicht genau. Irgendwo hatte ich einmal etwas von freien Abendessen im Vereinsheim gehört. Ein anderes Mal bezog sich das Gerücht auf freies Wohnen bei einem Vereinsanhänger. Aber, wie gesagt, Genaueres konnte ich von nirgendwo und niemandem herausbekommen. Wo immer ich nachzuhaken versuchte, verflüchtete sich jede Information in Dunst und Nebel.

Entsprechend war das Ergebnis meiner ‚Angebotsaktion'. Schlichtweg gesagt: Es kam nichts dabei heraus als Enttäuschung meinerseits. Entweder war ich mit meinen Leistungen noch nichts wert für diese Vereine, oder ich hatte mich nicht eindeutig genug ausgedrückt. Möglicherweise hatte auch das ‚dem Volk auf's Maul schauen' zu einem Mißverständnis meinerseits geführt und in mir einfach falsche Vorstellungen über Vereinsunterstützungen geweckt.

Die Antwort der drei Vereine ist schnell zusammengefaßt: Wir würden es sehr begrüßen, wenn Sie ein Studium in unserer Stadt aufnähmen und sich unserem Verein anschlössen. Bei der Suche nach einem preiswerten Studentenzimmer sind wir selbstverständlich behilflich. Außerdem ist es uns möglich, sie betreffs Ihres Studienganges mit einflußreichen Persönlichkeiten bekannt zu machen. Mit sportkameradschaftlichen Grüßen . . . Das war's.

Ernüchternd, nicht wahr? Oder hatte ich nur den Code dieser schriftlichen Antworten nicht verstanden? Aus heutiger Sicht neige ich fast zu dieser Ansicht. In meiner näheren Umgebung war jedoch niemand, der mir hätte beratend zur Seite stehen können. Meine Eltern kannten sich mit solchen Dingen noch weniger aus als ich, und Herr Vogt hielt sich heraus. Wäre es nach ihm gegangen, hätte ich mein Studium erst zum Wintersemester aufgenommen und mich im Frühjahr und Sommer nur auf eine mögliche Olympiaqualifikation für Tokio konzentriert.

Unbeeinflußt durch lukrative Angebote und ungefährdet hinsichtlich meiner Amateureigenschaft entschied ich mich meiner Neigung gemäß für Hannover 96. Irgendwie wirkte es beruhigend auf mein Weltbild, daß es offensichtlich keine krummen Wege gab. Und ein bißchen schämte ich mich wegen der erhaltenen Abfuhr.

Bei den 96ern fühlte ich mich wohl. Mein Onkel Ludwig war in den zwanziger Jahren bei den Grünhosen ein erfolgreicher Sprinter gewesen. Schon allein dieser Tradition wegen zog es mich nach Hannover. Außerdem hatte ich mich bei den Meisterschaften in Augsburg und den Juniorentitelkämpfen in Ludwigshafen den 96ern als Gast anschließen dürfen.

Dafür gab es mehrere Gründe. Mittlerweile war ich beim TuS Sulingen als einzige übriggeblieben, die zu Wettkämpfen und Meisterschaften fuhr. Das bedeutete, daß ich auch alles allein organisieren mußte. Der Teilnahme an Wettkämpfen geht voraus, daß man sich für diese zu melden hat. Meldungen müssen rechtzeitig beim Veranstalter eintreffen. Dazu wird ein Termin als Meldeschluß festgelegt. Nun kosten Fahrten wie zu den Deutschen Jugendmeisterschaften in Kiel 1961 oder Weinheim 1962 ja auch Geld. Wieviel und ob überhaupt der Verein solche Wettkampfreisen zu tragen bereit war, mußte ich immer mit dem Vorstand des TuS klären, bevor ich überhaupt meine Meldung abgeben konnte. Nachdem einmal ein wichtiger Termin verpaßt worden war, machte ich das alles selbst. Als sechzehn- oder siebzehnjährige Schülerin hatte ich natürlich auch andere Sachen im Kopf als Termine und Absprachen. So kam es, daß ich auch dann noch mit manchem Terminschluß in Schwierigkeiten geriet. Aus solchen Nöten halfen mir dann Ilse und Ute heraus. Beide waren nach der mittleren Reife zur Bundespost gegangen, und auch als angehende Beamtinnen konnten sie recht freizügig mit dem Telefon umgehen. Wie oft haben die beiden für mich quer durch die Bundesrepublik telefoniert. „Nehmen Sie eine telefonische Meldung an? Ist eine Nachmeldung möglich?" So oder ähnlich retteten die beiden manchen Termin für mich, und die Deutsche Bundespost wurde ungefragt zu Sachspenden für Liesel Westermanns sportliche Laufbahn herangezogen.

Wenn ich mit meiner Schwestern Hilfe meine Meldungen abgegeben hatte, war allerdings für meine Teilnahme an den Wettkämpfen erst die Hälfte getan. Die Reise selbst mußte ich noch planen: Fahrgeld auftreiben, Unterkünfte buchen und zu guter Letzt die Abrechnung für den Verein erstellen.

Ich weiß nicht, ob Jugendliche in kleinen Vereinen auch heute noch mit diesen Dingen belastet werden. Das soll kein Vorwurf gegen meinen TuS Sulingen sein. Es ist ja nur zu verständlich, daß unsere Vereinsfunktionäre damals ausreichend zu tun hatten, den Sportbetrieb auf Kreis- und Bezirksebene reibungslos in Gang zu halten. Wenn dann, was alle zwanzig Jahre einmal passieren mag, ein Vereinsmitglied über die heimischen Grenzen hinausstrebt, kann man für dieses allein schwerlich den ganzen Betrieb auf den Kopf stellen. Ich habe das auch immer so gesehen und mich nie beklagt; für mich war meine nebenamtliche „Funktionärstätigkeit" immer etwas ganz Selbstverständliches. Solche Nebenaufgaben müssen eben geleistet werden; ohne Frage aber belasten sie den Athleten. Bei einem großen Verein ist das anders; und das mag mit ein Grund dafür sein, daß die großen Vereine vielversprechende Jugendliche anziehen wie das Licht die Motten.

Mit der organisatorischen Vorarbeit freilich war es noch nicht getan. Konnte ich mich nun endlich auf den Weg machen, dann mußte ich in unbekannten Städten meinen Weg zum Hotel oder der Privatunterkunft allein finden, die Startnummern selbst abholen, selbständig Zeitplanverschiebungen beachten und für die Verpflegung während des Wettkampfes sorgen.

Verständlich, daß ich es unter solchen Vorzeichen unendlich genoß, 1963 in Augsburg und Ludwigshafen bei den 96ern Gast sein zu dürfen. Ab Hauptbahnhof Hannover ging es mit einer großen Gruppe per Bus los. Treffpunkt war immer unter dem Schwanz auf dem Bahnhofsvorplatz. Unter dem Schwanz? Gemeint war der Schweif des Pferdes von Herzog Ernst August, das Reiterdenkmal vor dem Haupteingang des Bahnhofes. Einmal im Bus, schnell und freundschaftlich aufgenommen inmitten der Schar der 96er, brauchte ich mich nun um nichts mehr zu kümmern. Rudi Franz, der Leichtathletikboß der Hannoveraner, besorgte meine Startnummern, löste Zeitplanprobleme für mich, plante mich bei der Organisation des Transfers Hotel - Stadion wie eine der seinen selbstverständlich mit ein. Ich fühlte mich wohl in dieser Geborgenheit inmitten einer fröhlichen Vereinsfamilie. Dieses Wohlbefinden steigerte sich in dem Augenblick noch um einige Grade, als

Rudi mein Geld zurückwies. Das Geld, das ich für Augsburg, für die Fahrt und die Unterkunft von meinem Verein erhalten hatte, Rudi wollte es nicht. Herr Scheland, unser Kassenwart vom TuS Sulingen, wird es mir im nachhinein hoffentlich nicht verübeln, daß ich dieses Geld nicht zurückgab. An den Juniorenmeisterschaften in Ludwigshafen verdiente ich einige Wochen später ebenfalls als Gast von Hannover 96 einige Mark extra auf Kosten meines Vereins. Zu meiner Ehrenrettung sei gesagt, daß ich doch Gewissensbisse wegen dieser Unehrlichkeit hatte, so schwach sie auch waren.

Löst sich mit diesem Geständnis nun alles Hehre und Edle auf in Beutelschneiderei? Auch hier Geld als letzter und ehrlichster Beweggrund? Scheint fast so, nicht wahr? Geld regiert die Welt, und wenn es nur Pfennigbeträge sind . . .

Das war's aber nicht, was mich fortan an Hannover band, nein, gewiß nicht. Es gab einen viel triftigeren Grund. Doch dazu muß ich mehr von Augsburg erzählen. Es begann mit dem Treffpunkt unter dem „Schwanz". Alle stiegen in den gerade angekommenen Bus ein. Alle, das waren auch Erika Fisch, Renate Meyer-Rose, Helga Henning, Christa Elser (spätere Czekay), Hannelore Richter, Vera Bohne, Fritz Roth, Klaus von Boddien, Dirk Vetter, Heinrich Helmke und viele andere. Namen, an die ich mich nicht mehr erinnere, die Gesichter habe ich allerdings noch klar vor Augen. Einige Mädchen kannte ich von den Jugendwettkämpfen recht gut. So fühlte ich mich schnell heimisch. Das ein wenig Prikkelnde kam dazu – die Jungen. Abgesehen von meinen Anfängen in der Leichtathletik, war das für mich etwas Neues an einer Wettkampfreise. Und eine Dreizehnjährige sieht das natürlich anders als eine Siebzehnjährige. Schnelle, kecke Wortwechsel, ein Lächeln hier, ein Augenaufschlag da – die Busfahrt reichte, und bei der Ankunft in Augsburg war ich auch bei diesem Spiel bereits in jeder Beziehung mit von der Partie.

Nie wieder habe ich so gelungene Meisterschaften erlebt wie damals, 1963. Die Mannschaft stieg in einem Landhaus außerhalb Augsburgs ab, das dem Ausburger Lebensmittel-Großhandelsbetrieb Bernhard Müller gehörte. Auf den Zimmern wartete eine liebevoll gefüllte Plastiktasche dieser Firma auf uns. Diese Tasche gibt es bis heute noch im Haushalt meiner Eltern. Die Zimmer waren einfach, der Aufenthaltsraum rustikal, mit Geweihen an der Wand, alkoholfreie Getränke kostenlos. Und wir waren unter uns. Weit und breit kein anderes Haus, soweit ich mich erinnern kann.

Auf einem Spaziergang durch die Felder oder einem kleinen Waldlauf je nach Lust und Laune und Ansicht der Trainer wurde die Reisemüdigkeit aus den Beinen geschüttelt. Rudi Franz war gleich in die Stadt gefahren, um die Startunterlagen zu holen. Beim Abendessen gab es die Startnummern. Danach ab ins Bett, Ruhe vor dem (Wettkampf-)Sturm!

Samstag die ersten Entscheidungen, die ersten Titel. Für mich der Tag meines ersten großen Wettkampfes in der Seniorenklasse. Ich war mit einer Bestleistung von 49,08 m nach Augsburg gekommen. Ob ich es schaffen würde, Zweite zu werden?

Es war ein herrlicher warmer Augusttag. Blauer Himmel, Sonne und ein zahlreiches leichtathletikbegeistertes Publikum. Mein erster Wettkampf vor großer Kulisse. Kriemhild Hausmann, die fast schon abonnierte Meisterin, würde mit Sicherheit gewinnen. Hinter ihr aber waren die Plätze ziemlich offen. Sicher Sigrun Kofink aus Tübingen, Heidi Schwarz aus Göttingen, Marlene Klein (die spätere Marlene Fuchs) aus Euskirchen, das waren bekannte Namen, Athletinnen, die mit Sicherheit so zwischen 46 m und 50 m warfen. 48 m hatte ich ja schon mehrfach geworfen – ob mir das auch hier gelingen würde? Wie weit würde ich damit kommen?

Der Wettkampf begann. Wir hatten die Sonne im Rücken. Der Diskuskreis lag in der Kurve des Starts zum 200-m-Lauf. Als Titelverteidigerin wurde Kriemhild Hausmann über den Lautsprecher extra angekündigt, als deutsche Juniorenmeisterin Marlene Klein und, tatsächlich, auch mich nannte der Stadionsprecher – die deutsche Jugendmeisterin des Vorjahres.

Kriemhild warf gleich im ersten Versuch 52.89 m. Für sie war damit der Wettkampf gelaufen. 50 m würde außer ihr wohl niemand übertreffen. 47,01 m mein erster Versuch. Ein Stein fiel mir vom Herzen, die Nervosität wich. Der erste Versuch gelungen, das ist entscheidend in jedem Wettkampf; wenn er mißlingt, kann man sich vor lauter Unsicherheit häufig nicht mehr fangen. 47,01 m; und die anderen? Sie hatten mit ihrem ersten Versuch weniger Glück. Marlene trat über – ungültig; Heide – 38,48 m – verrissen; einigermaßen zufrieden war nur noch Sigrun mit 46,48 m. Zweiter Platz für mich. Himmel, das ließ sich gut an!

„Nur nicht zu sehr freuen, die können alle mehr. Du mußt kontern können", das etwa mögen meine Gedanken gewesen sein nach dem ersten Durchgang. 46,96 m mein zweiter Versuch, die anderen immer noch hinter mir. Und dann drei ungültige Würfe hintereinander, meine Nerven!

Sechster Durchgang. Sigrun Kofink konzentriert sich lange, holt aus, dreht sich, wirft ab – 47,63 m. Alle Zappeligkeit fällt von mir ab. „Reiß dich zusammen – vergiß alles – rechtes Knie, Hüfte, linker Fuß – alles egal – Augen zu und schnell, schnell, nichts als schnell drehen!" Meine Hände waren feucht, als ich in den Kreis ging. Ein letztes Abwischen an der Hose. Tief Luft holen, ruhig ausatmen, ein letztes Maßnehmen an der Weite Sigruns – Drehung, alle Kraft in den Abwurf, Explosion, der Diskus – wie weit fliegt er? Nur nicht übertreten! Er fliegt, er fliegt über Sigruns Marke hinaus, er landet, ja tatsächlich, auf der weißen Fünfzigmeterlinie! Ich halte die Luft an, laufe zum Kampfrichter, der die Weite abliest: 50,16 m. Ein Jauchzer, ein Luftsprung und noch einer, noch einer. Da hockt Kriemhild. Ich überfalle sie mit einer stürmischen Umarmung. Sigrun kommt auf mich zu. Nein, sie ist nicht traurig. Sie freut sich mit mir über meine neue Bestleistung, meinen ersten Fünfzigmeterwurf! Blauer Himmel, Sonnenschein und eine Diskuswerferin, die außer sich vor Freude im Augsburger Rosenaustadion herumhüpft.

1963 ein Blondschopf, 1972 fast das gleiche Bild am selben Ort. Nur die da hüpft, ist schwarzhaarig: Faina Melnik bei ihrem Weltrekord mit 65,48 m. Wie sich die Bilder gleichen: Rekorde und Freudentaumel, nur die erzielten Weiten – 50,16 m und 65,48 m, dazwischen liegen Welten!

Aber wer 1963 solche Leistungen vorausgesagt hätte, wäre der nicht ausgelacht worden, allen Ernstes für verrückt erklärt, angesichts der Superdame des Diskuswerfens der damaligen Zeit, der Sowjetrussin Tamara Press mit Weiten zwischen 58 m und 59 m? Was waren aber auch, an Tamaras Würfen gemessen, meine 50 m damals schon wert? Aus solchem Blickwinkel heraus wenig, jedoch war das eben nicht mein Blickwinkel. Zum ersten Mal fünfzig Meter, persönliche Bestleistung bei den ersten Deutschen Meisterschaften in der Frauenklasse, Zweite, gekontert im letzten Versuch – das allein zählte für mich und das war, und wäre auch heute noch, Grund genug für ausgelassene Freude. Nichts schmälerte meine Begeisterung. Das Publikum freute sich mit mir. Ja, anderntags stand es sogar in der Augsburger Zeitung: „Wer konnte es der Liesel Westermann aus Sulingen wohl verargen, daß sie sich ‚damisch‘ gebärdete, als ihr letzter Wurf bei 50,16 m landete, womit sie sich den zweiten Platz sicherte. Zum ersten Mal hatte sie die 50-m-Grenze geschafft." Wer strahlte zu dieser Stunde wohl mehr – die Sonne oder ich? Das wäre eine Preisfrage wert gewesen.

Mein Strahlen und meine Freude waren keineswegs mit dem Abschluß der Wettkämpfe dieses Tages zu Ende. Wie eine der ihren freuten sich und feierten die 96er noch am gleichen Abend mit Helga Henning und mir. Helga hatte die Meisterschaft über 400 m gewonnen und dabei den deutschen Rekord (gesamtdeutschen muß man aus heutiger Sicht hinzufügen) von Ulla Donath aus der DDR unterboten. Es gab also zwei Anlässe für eine ausgelassene Feierei. Bereits beim Abendessen wurden Helga und mir von Seiten der Bernhard-Müller-AG je eine Flasche Sekt überreicht, und für die anderen gab's auf Kosten des Hauses Freibier. Ausgelassen war die Stimmung und nicht wenig laut. Am besten gelingen Feiern ja meist dann, wenn sie nicht geplant sind. So war es auch an diesem Samstagabend, und Rudi hatte es schwer, beizeiten die nötige Ruhe wiederherzustellen, die die anderen Wettkämpfer für den nächsten Tag brauchten.

Mit meiner Sektflasche unter dem Arm zog ich gemeinsam mit meiner Zimmerkameradin ab nach oben. Uns war aber bei weitem nicht zum Schlafen zumute, wir lachten und kicherten weiter. Das wiederum entging unseren Zimmernachbarn nicht, und über kurz oder lang feierten wir zu viert weiter. Zu viert? Klaus und Ulli hatten sich zu uns gesellt. Auf dem Höhepunkt unserer Fete köpfte Klaus den Sekt, wir stießen mit unseren Zahnputzgläsern auf meine Bestleistung an und – ich war bis über beide Ohren verliebt.

Da ist er heraus, der eigentliche Grund, warum ich mich abgesehen von allen anderen Annehmlichkeiten so unsagbar wohl fühlte bei den 96ern, weshalb schließlich auch kein anderer Verein mehr für mich in Frage kam. Die HSVer, denen ich ja bei meiner Suche nach „Einkäufern" auch geschrieben hatte, machten zwar bereits in Augsburg schon so seltsame Andeutungen über die Finanzkraft von Hannover 96, und ich konnte entgegnen, was ich wollte. Ganz bestimmt hatte ich Gerüchten, deren Opfer ich zuvor mit meinen Erwartungen selbst geworden war, neue Nahrung gegeben. Ein kostenloses Abendessen, preiswerte Wohnung, nichts von alledem war eingetroffen. Eingekauft worden war ich eingestandenermaßen, nicht jedoch für Geld, wohl aber für ein paar gute Worte, und noch viel mehr durch tiefe Blicke in die blauen Augen eines Vierhundertmeterläufers und durch verliebtes Händchenhalten im Morgengrauen.

3. Göttingen, die trainerlose Zeit

Februar 1964, Abitur und endgültig Vereinswechsel zu H 96. Die grüne Hose, das weiße Trikot mit der großen grünen 96, das stand mir gut zu Gesicht. Ein Semester lang blieb ich in Hannover. Mit den Olympischen Spielen in Tokio hatte es nicht geklappt. Die gesamtdeutschen Olympiaausscheidungen in Berlin und Jena waren zur vorläufigen Endstation meines sportlichen Höhenfluges geworden. Herr Vogt wollte mich nicht mehr trainieren. Er war schon nicht damit einverstanden gewesen, daß ich nach meinem Abitur das Studium in Hannover aufgenommen hatte. In Bremen, 50 km entfernt von Sulingen, war die neue Universität gerade eröffnet worden. Dorthin hätte ich gehen, täglich zwischen Sulingen und Bremen pendeln sollen, so daß er ständig mein Training überwachen konnte. Vom sportlichen Gesichtspunkt aus hatte er sicher recht. Aber ich wollte nicht in erster Linie Leistungssportlerin sein, sondern als „echte" Studentin von zu Hause fort, wirklich studieren und eine eigene Studentenbude haben. Also trainierte ich wochentags in Hannover nach Herrn Vogts Plänen und kehrte nur an den Wochenenden unter seine kritischen Augen zurück.

Weil sich nun meine Leistungen nicht in dem erwünschten und angestrebten Maß verbesserten, war er unzufrieden und unterstellte mehr als einmal, daß ich in Hannover unter fremdem Einfluß mich nicht mehr genau an seine Anweisungen gehalten hätte. Er tat mir Unrecht mit diesen Vermutungen. Nach wie vor galt in meinen Augen und für mein Training allein das, was Herr Vogt für richtig hielt. Aber das Mißtrauen war da.

Den Ausschlag für die „Aufkündigung" unseres Trainingsverhältnisses gab dann ein konkreter Anlaß. In Diepholz, unserer Kreisstadt, wurde im Olympiajahr 1964 ein Nationales Leichtathletik-Sportfest veranstaltet. Zwischen Herrn Vogt und den Diepholzern hatte es vor Jahr und Tag Kontroversen gegeben. Auch für mein Verständnis war Herr Vogt damals zu Unrecht in eine unangenehme Situation gebracht worden. Dennoch wollte mir nicht einleuchten, daß ich nun deswegen in Diepholz nicht teilnehmen sollte.

Ich war die einzige Sportlerin von nationalem Rang aus unserem Heimatbezirk. Mußte ich nicht gerade deswegen jede Initiative bei uns auf dem Lande unterstützen? Meine Eltern, mein Stammverein, der TuS Sulingen, und auch die Diepholzer erwarteten das ohne Zweifel von mir.

Herr Vogt wollte den Boykott. In diesem Konflikt entschied ich mich gegen ihn und hatte den besten Trainer verloren, dem ich mich bisher in uneingeschränktem Vertrauen in jeder Beziehung untergeordnet hatte. Es gab kein Zurück. Herr Vogt wollte nichts mehr mit mir zu tun haben.

Einen Trainer hatte ich also nicht mehr. Dazu kam, daß ich mich während meines ersten Semesters unter den Studenten in Hannover nicht so eingelebt hatte, wie es für mein Wohlbefinden gut gewesen wäre. Mein Verhältnis zu Klaus war Episode geblieben. Das Neue und Fremdartige der Hochschule, dazu das Olympiatraining hatten mich absolut gefordert. So oft als möglich war ich nach Sulingen zum Training mit Herrn Vogt gefahren. Da war keine Zeit dafür geblieben, Freundschaften zu pflegen und neue Kontakte zu suchen. In dieser Beziehung war ich ein Opfer meiner eigenen Zielstrebigkeit geworden. Auf der Hochschule war ich eine Fremde geblieben, der Studienbeginn hatte mir keine Freude bereitet. Ich wollte nicht länger in Hannover bleiben.

Es zog mich nach Göttingen. Zwei Schulfreundinnen studierten dort. Der Anfang würde mir also von vornherein leichter gemacht werden. Vielleicht würde mich das Studium an einer anderen Hochschule, bei anderen Lehrern auch mehr ansprechen. Die meisten Studenten aus unserer Vereinsgemeinschaft von Hannover 96 studierten ebenfalls in Göttingen. Also wechselte ich, blieb dem Verein aber treu.

In Göttingen fühlte ich mich sofort wohl. Der Unterricht bei Herrn Professor Häusler, einem bekannten und anerkannten Hochsprungtrainer – Ralf Drecoll war sein Meisterschüler gewesen – und die Stunden bei Frau Professor Hölzer begeisterten mich von Anfang an. Ich hatte mein geistiges Zuhause gefunden.

Mit dem Training war die Situation allerdings verzwickter. Niemand konnte mich beraten, ich war auf mich allein gestellt. Zum einzigen Bezugspunkt wurden fortan die DLV-Lehrgänge bei dem Bundestrainer Kurt Scheibner. Solch ein Lehrgang, alle fünf bis acht Wochen, löst natürlich nicht die Probleme des täglichen Trainings. Herr Vogt und sein profunder Rat fehlten mir an allen Ecken und Enden. Deswegen nun aufzugeben, kam jedoch keinen Augenblick in Betracht. War ich mit meinen gerade 20 Jahren nicht alt genug, mein Geschick nun in die eigenen Hände zu nehmen?

Ich fand Wege und Möglichkeiten für das Krafttraining. Im Geräteraum der Hochschulhalle lagen einige Hanteln, die Professor Häusler für seine Hochsprunglehrgänge beschafft hatte. Ich durfte sie benutzen. Im Hallenbelegungsplan waren natürlich keine Lücken zu finden; Freistunden, in denen ich nun mein zielgerichtetes Training hätte durchführen können, gab es nicht. Wintertraining mußte aber sein. Zweimal Krafttraining pro Woche galten als Minimum. Was tun?

Die Lehrer erlaubten mir, daß ich mich wochentags zweimal während ihres Unterrichts im verschlossenen Geräteraum aufhalten durfte. Zwischen Kästen, Barren und Turnpferden turnte ich fortan mit meinen Hanteln herum. Und ich trainierte hart, selbst unter diesen widrigen Bedingungen.

Für das technische Training mit dem Diskus entdeckte ich auch bald eine Lösung. Der Bundestrainer hatte mir einen Lehrfilm überlassen. Unter den darin gezeigten Werferinnen suchte ich mir die DDR-Athletin Ingrid Lotz, Silbermedaille in Tokio mit 57,21 m, aus. Immer und immer wieder sah ich mir ihren Bewegungsablauf an. – Professor Häusler hatte mir die Benutzung des Hochschulprojektors gestattet, der Hausmeister mir, wann immer möglich, das Gerät aufgestellt. – Bis in die letzten Einzelheiten studierte ich Ingrid Lotz' Technik. Und dann prägte ich mir ihren Rhythmus ein. Hoop–hop–hopp! Lang, kurz, kurz. In dieser Zeitfolge setzte sie die Füße auf. Genau das versuchte ich bei meinem Wurftraining zu kopieren.

Ich wohnte damals in dem Göttinger Vorort Weende, wo es sogar einen Sportplatz mit einem separaten Werferplatz gab. Der Diskusring lag direkt an der dichten, hohen Hecke, die das Sporgelände gegen die Straße abgrenzte. So konnte ich, vor allen neugierigen Passanten wohl verborgen, ungestört an meiner Diskustechnik feilen.

Zwei Dinge wollte ich erarbeiten: die Fußstellung im Abwurf nach der Drehung und den Rhythmus, die richtige Temposteigerung. Um die Fußstellung kontrollieren zu können – einen Beobachter hatte ich ja nicht – deckte ich den Teil des Betonkreises mit alten Handtüchern und Lappen ab, den ich auf keinen Fall betreten durfte. Blieben die Handtücher glatt, war es gut, waren sie verrutscht, hatte ich einen Fehler gemacht.

Beim Rhythmustraining half ich mir mit meiner eigenen Stimme. Ohne den Diskus abzuwerfen, begleitete ich jeweils drei Imitationsdrehungen laut und deutlich mit jenem bei der Beobachtung des Films eingeprägten „Hoop-hop-hopp!" Erst dann erlaubte ich mir einen normalen Wurf ohne akustische Begleitung. Wer immer während meiner Weender Diskus-Exerzitien hinter der Hecke vorbeigekommen sein und dieses energisch laute „Hoop-hop-hopp" vernommen haben mag, hat sich wohl sehr gewundert. Zu sehen war ja nichts, allein hören konnte man das „Hoop-hop-hopp", und das unaufhörlich.

Insgesamt verliefen Studium und Training in Göttingen zu meiner größten Zufriedenheit. Ein wenig problematisch war es dagegen, mit dem Geld auszukommen. Nicht mehr so häufig zu Hause, es war zu weit, mußte ich dennoch mit demselben Betrag pro Monat auskommen: 200 Mark plus 80 Mark Miete im Winter, 60 Mark im Sommer. Davon mußte alles gekauft werden: Bücher, Schreibmaterial, Kleidung und Lebensmittel. Sporthilfe gab es damals noch nicht. Professor Häusler, der Leiter der Fachausbildung Leibesübungen und Leibeserziehung, hatte mir aber ein Einsatzstipendium als studentische Hilfskraft in Aussicht gestellt.

150 Mark pro Semestermonat verdiente ich mit einer allerdings nerventötenden, langweiligen Büroarbeit. Da meine Eltern mir nicht den ganzen Verdienst auf den Monatswechsel anrechneten, hatte ich mit der Aufnahme dieser Arbeit ein paar Mark mehr in der Tasche. Bis dahin waren mir nach Abzug aller anderen Ausgaben 5,28 DM pro Tag für Lebensmittel geblieben, und ich kam gut aus damit. In der Regel aß ich mittags in der Mensa für 1,10 DM, manchmal auch das Sonderessen für 1,50 DM. Vor Wettkämpfen leistete ich mir ein ‚Sportessen': 150 g Beefsteak, $1/2$ l Buttermilch und einen Kopf Salat – ich war überzeugt, mich damit vorbildlich leistungsgemäß zu ernähren. Beim Niederschreiben dieser Zeilen muß ich selbst schmunzeln über soviel naive ernährungswissenschaftliche Unwissenheit einer 21jährigen Leistungssportlerin, noch dazu einer Werferin!

Aber, wie gesagt, Sporthilfe gab es damals noch nicht, und daß bei einem Leistungstraining 2 g Eiweiß täglich pro Kilogramm Körpergewicht das Mindestquantum sein muß, hatte mir niemand gesagt. Das war auch gut so, denn wie hätte ich eine solche Sportlernahrung auch finanzieren sollen?

Sparsamkeit mit dem Essensgeld der Veranstalter, dazu möglicherweise Fahrtkostenabrechnungen von Sulingen bzw. Göttingen (je nachdem, welcher Ort weiter war) zum Wettkampfort oder Einsparungen durch Fahrgemeinschaften: das blieben meine einzigen Einnahmequellen aus dem Sport. Immerhin ergab das aber bei aller Bescheidenheit manchen zusätzlichen Zwanzigmarkschein und damit eine hochwillkommene Aufstockung meines Tagesetats von 5,28 DM. Es ging mir nicht schlecht, besser sogar als meinen Freundinnen, die keinen Leistungssport trieben.

Dann, eines Tages, flatterte mir ein Brief des Vereines der Freunde der Leichtathletik ins Haus. 75 DM Unterstützung pro Monat sollte ich bekommen. Das Geld kam allerdings keineswegs per Postanweisung bar ins Haus. Die Gepflogenheiten waren anders, wesentlich komplizierter.

Ich sollte einen Lebensmittelhändler benennen, der bereit war, mir monatlich für 75 DM Lebensmittel zur Verfügung zu stellen, und diesen Betrag dann mit dem Fördererverein abzurechnen. So ganz einfach war das nicht. 75 DM sind ja schließlich für einen Kaufmann keine Umsatzerhöhung, die eine besondere Rechnungsführung lohnen würde. Zu verstehen ist ein solcher Verwaltungsaufwand gewiß auch nur aus der Sicht des Fördererverbandes. Man wollte sichergehen, daß das Geld auch wirklich für die Ernährung ausgegeben wurde.

Dennoch, ein gutes Maß an Naivität läßt sich hinter einer solchen Regelung nicht verbergen. Wohl jeder gibt 75 DM im Monat für Lebensmittel aus. Ob er sie nun zusätzlich zu seinen vorherigen Ausgaben verwendet – wie sollte das wohl auf diese Weise überprüft werden? Jahre später, als selbst Jugendliche Summen zwischen 300 und 400 DM von der Sporthilfe bezogen, gab es solchen Verwaltungsaufwand nicht mehr, wenngleich er da wohl angebrachter gewesen wäre. Denn ich weiß gewiß, daß diese Jugendlichen das Geld teilweise zu allem anderen verwendet haben als zur Verbesserung der Grundernährung.

Es erübrigt sich jedoch, weiter darüber nachzudenken, weil heute, 1977, eine derartig großzügige Unterstützung des talentierten Nachwuchses der Vergangenheit angehört. Die Mittel der Sporthilfe sind geschrumpft, und zwar so stark, daß selbst die Montrealer Olympiakämpfer teilweise weniger Unterstüzung erhielten als die Jugendlichen der Jahre um 1972.

4. Der „Schuhkrieg"

Doch zurück zum Jahr 1966. Einen besonderen Stellenwert auf der Liste der Gefährdungen des Amateurstatus nehmen im Bewußtsein der Öffentlichkeit sicherlich die Sportschuhfirmen ein. Nicht nur „Eingeweihte" amüsieren sich augenzwinkernd über den Athleten, der nach einem Olympiasieg zur Siegerehrung plötzlich mit zwei verschiedenen Schuhen an den Füßen erscheint. Rechts Puma, links adidas oder umgekehrt. Daß solche ‚Zweifüßigkeit' nur mit unerlaubten Geldzuwendungen zu erklären sei, vermutet auch der unbefangene Sportfan vor dem Bildschirm.

Der erste Athlet, von dem mir derartiges zu Ohren kam, war Armin Hary 1960 bei den Olympischen Spielen in Rom. Summen, Verhandlungen, Verträge – das alles liegt jedoch im Dunklen und gibt dementsprechend immer wieder erneut Anlaß zu Gerüchten und Vermutungen, denen prompt die Dementis folgen. Genaueres weiß niemand, es wissen immer nur die direkt Beteiligten, und die schweigen, wohl wissend warum. Ehrlichkeit, Offenheit sind in diesem Geschäft etwas, was niemand erwarten darf. Der Athlet wird immer schweigen, weil er als Amateur eine weiße Weste haben muß, will er nicht ein „Berufsverbot" als Sportler riskieren, denn die nationalen Sportverbände und die nationalen Olympischen Komitees müssen von Amts wegen überwachen, daß ihre Athleten dem Buchstaben nach keinerlei materiellen Gewinn aus ihrem Sport ziehen. Die Sportschuhfirmen wieder müssen um Verschwiegenheit bemüht sein, wollen sie nicht eine Lawine von Forderungen auf sich zukommen lassen – Forderungen, die dann jeder Athlet internationaler Klasse an sie stellen würde, der ihre Produkte durch die Gegend trägt. Das würde mit Sicherheit den Werbeetat auch der finanzkräftigsten Firma über alle Maßen aufblähen.

Die begründet notwendige Geheimniskrämerei um die Zapfstelle Schuhfirma hat demgemäß zur Folge, daß bei weitem nicht jeder Weltklasseathlet von dieser Quelle profitiert. Voraussetzung dafür, zum Reklameträger zu werden, sind neben dem außerordentlichen sportlichen Talent noch zwei Talente mehr: Der Athlet muß kaufmännische Begabung haben, seinen Marktwert kennen und diesen mit nötigem Nachdruck und Geschick verkaufen können – einschließlich des Know-how, nicht erwischt zu werden; außerdem bedarf er eines erklecklichen Showtalents als unauffällig-auffälliger Werbeträger. Ist es schon schwierig genug, zur sportlichen Spitzenklasse vorzudringen, so schränkt die Notwendigkeit der weiteren außerordentlichen Talente den Kreis der von den Schuhfirmen Auserwählten weitgehend ein.

Im übrigen bin ich der Meinung, daß eine Anhäufung so vielseitiger Talente auch auf jedem anderen Gebiet außerhalb des Sports zu großem Geld führt. Die „Dummen" sind wie überall in unserer Gesellschaft auch im Sport diejenigen, die nur einseitig begabt sind und ihr Talent nicht zu vermarkten wissen. Moral ist in diesem Zusammenhang sicherlich ein unangebrachtes Wort und wird vornehmlich von denen ins Spiel gebracht, deren Bewußtsein sportideologisch leicht getrübt ist oder die es eben nicht verstehen, ans Geld heranzukommen.

Nun lassen sich solche Betrachtungen und Wertäußerungen aus einigem Abstand heraus leicht anstellen. Sobald man selbst in die Dinge verwickelt ist, ist das schon schwieriger. Wie ordne ich mich, auf meine Karriere, zurückblickend ein? Gehörte ich zu den Dummen oder zu den Tüchtigen, zu den Gerissenen oder den Unfähigen? Ehrlich gesagt, ich weiß es nicht. Ein gerüttelt Maß an kaufmännischer Unfähigkeit ist mir allerdings nie abzusprechen gewesen.

Doch ich will's von Anfang an erzählen, was ich von dem ‚Schuhkrieg' miterlebt habe, alles fängt ja immer äußerst harmlos an. So war es auch bei mir.

Es war im Winter 1960/61 auf einem meiner ersten Verbandslehrgänge. Wir saßen in einer Trainingspause auf einer Turnbank und schwatzten fröhlich. Plötzlich unterbrach Kriemhild Hausmann (jetzt Limberg) das muntere Geplänkel. Sie hatte einen beleibten Herrn mittleren Alters gesichtet, der im Straßenanzug gerade die Halle betreten hatte. Sie rief ihn an und winkte ihn herbei. Der Herr reagierte sofort auf Kriemhild, sie war ja auch deutsche Meisterin, begrüßte sie freundlich lebhaft und fragte nach ihren Wünschen. Erstaunt verfolgte ich, neben Kriemhild sitzend, den Wortwechsel. Tatsächlich, da hatte der Mann auch schon ein Notizbuch in der Hand. „Ich brauche neue Schuhe, und zwar Werferschuhe und Trainingsschuhe", äußerte Kriemhild ihre Wünsche, die eifrig notiert wurden. Inzwischen hatte sich der Fremde, der den anderen anscheinend gut bekannt war, schon unter uns niedergelassen. „Hat eine der anderen Damen auch noch Wünsche?" erkundigte er sich höflich, und richtig, die anderen bestellten auch. Schließlich wandte er sich zu mir. „Und wie heißen

Sie?" Ich antwortete und fügte auf sein Befragen meine Anschrift hinzu. „Welche Schuhgröße haben Sie?" Auch das notierte er sich. „Bestellt habe ich ja nicht", dachte ich bei mir und beruhigte mich selbst, daß ich dann ja auch nichts bezahlen müßte. Später fragte ich die anderen, wer denn der Herr mit dem Notizbuch gewesen wäre. „Der war von adidas." Ich wollte nicht weiter nachfragen, wer gibt schon gerne zu, daß er sich nicht auskennt mit offensichtlichen Selbstverständlichkeiten! Wieder zu Hause, hatte ich die ganze Angelegenheit schnell vergessen. Um so größer war das Erstaunen und die Überraschug, als eines Tages ein Paket für mich ankam. Hastig riß ich es auf, ein Paar wunderschöne neue Trainingsschuhe lagen vor mir. Einen Lieferschein kramte ich noch hervor und eine schmale Karte mit einem Gruß der adidas-Schuhfabriken. Auf dem Lieferschein waren anstelle des Preises die Buchstaben o. B. geschrieben. O. B. heißt ohne Berechnung.

Umsonst! Ich brauchte nichts zu bezahlen! Da lagen sie, meine ersten kostenlosen Schuhe. Sollte das bedeuten, daß ich schon zu den Guten unter den Athleten gehörte? Nein, das war mir sofort klar, diese Schuhe hatte mir das Glück beschert, daß ich gerade neben Kriemhild saß, als sie Schuhe bestellte. Zufall, nicht meine 38,21 m waren der Grund für dieses Paket.

Damit war der Anfang gemacht. Fortan brauchten meine Eltern keine Sportschuhe mehr für mich zu kaufen. adidas sorgte für mich, und ich war dankbar dafür. Nie wäre ich auf die Idee gekommen, die Schuhmarke zu wechseln, wenn 1966 bei den Europameisterschaften und danach nicht etwas passiert wäre, das mich nachdenklich und ‚undankbar' werden ließ.

Die Europameisterschaften in Budapest waren mein erster internationaler Wettkampf. Es gab keine gesamtdeutsche Mannschaft mehr. Zum ersten Mal nahmen zwei deutsche Mannschaften teil. Zum ersten Mal wurde eine Sexkontrolle durchgeführt. Zum ersten Mal war ich als deutsche Meisterin mit von der Partie. Zum ersten Mal galt es für mich, eine Qualifikation zu überstehen. Zum ersten Mal hatte ich schadhaftes Schuhwerk im Gepäck.

Allerdings war mir von adidas zugesagt worden, daß die Repräsentanten ihrer Firma neue Werferschuhe für mich nach Budapest mitbringen würden. In dem vorangegangenen Trainingslager der Europameisterschaftsteilnehmer hatten meine Schuhe bei dem täglichen Wurftraining den Rest bekommen. Die Sohle des linken Schuhs war durchgedreht bis auf die Textileinlage. (Bei intensivem täglichen Wurftraining sind die Werferschuhe nach drei bis vier

Wochen verschlissen.) Kurz nach unserer Ankunft in Budapest suchte ich den adidas-Stand auf und fragte nach meinen Schuhen. Es sei noch nicht alles ausgepackt, beschied mich Werner von Moltke, der adidas-Vertreter, ich solle doch später noch einmal wiederkommen.

Nun, ich trainierte also mit den normalen Trainingsschuhen und tauchte zwei Tage später wieder auf bei adidas. Vergeblich, für mich waren keine Schuhe mehr zu finden. Die mir versprochenen Schuhe hatten bereits einen anderen Abnehmer gefunden. Mir blieb nichts anderes übrig, als mit Spezialschuhen abzuziehen, die eineinhalb Nummern zu groß waren.

„Zieh dicke Socken an, dann geht das schon", riet mir Werner. Verärgert war ich nicht wenig, daß Werner mich vergessen und ausländische Athleten vor den bundesdeutschen versorgt hatte. Was sollte es, zu ändern war nichts mehr daran. Ich zog also mit den zu großen Schuhen in meinen ersten großen Wettkampf. Sicherheitshalber schleppte ich auch die alten Treter mit.

Qualifikation, Diskuswerfen Frauen, früher Vormittag: Diese Qualifikationen haben es in sich. Kaum ein Wettkämpfer, der sie nicht fürchtete! Selbst Weltrekordler blieben dabei schon auf der Strecke. Ich trat mit einer Bestleistung von 57,03 m an, um die geforderte Weite von 50 m zu übertreffen. Nur wer diese Mindestweite übertrifft, wird zu dem eigentlichen Wettkampf zugelassen. Jeder gemeldete Teilnehmer hat den Regeln nach drei Versuche. Wenn weniger als 12 Athleten die Mindestleistung erreichen, werden der Reihe nach die Nächstbesten zum Wettkampf zugelassen, um das Startfeld auf 12 Teilnehmer zu bringen. Das ist auch heute noch so.

Beim Einwerfen hatte es ganz gut geklappt bei mir, die 50 m schienen keine Schwierigkeit zu bedeuten. Dann Aufruf: Liesel Westermann, Deutschland, Erster Versuch. Es ist unbeschreiblich, wie bei diesem Aufruf plötzlich alle Sicherheit von einem abfallen kann. Ich hatte schlichtweg weiche Knie. „Konzentriere dich, das ist ein Wettkampf wie jeder andere, 50 m kannst du werfen, wenn man dich um Mitternacht aus dem Bett holt –", so und ähnlich versuchte ich meine Nervosität zu überwinden. Ohne Erfolg. Mein Diskus flatterte durch die Luft. Ich sah irritiert hinterdrein: kaum 48 m. Als hätte der Diskus das Flattern meiner Nerven übernommen, so ruhig wurde ich plötzlich wieder – genauso plötzlich wie zuvor unruhig. Der erste Auftritt war zwar mißlungen, doch es blieben ja noch zwei.

Zweiter Versuch. Keine weichen Knie! Ausholen, Drehung, Abwurf, Abdrehen, gültig, rückwärts den Kreis verlassen. Gelungen! Doch was war das – der Kampfrichter hob die rote Fahne, ungültig. Das konnte nicht sein! Ich fragte gestenreich nach. Ich sollte beim Abdrehen nach dem Wurf auf den Kreisrand getreten haben. Unmöglich. Irrtum des Kampfrichters. Das hätte ich doch gemerkt! Ein fassungsloser Blick auf meine Füße. Verdammt: die zu großen Schuhe!! Ohnmächtige Wut auf Werner von Moltke stieg in mir auf.

Plötzlich stand Marlene Klein, die Kugelstoßerin, neben mir, meine Freundin. Einfach über die Barriere war sie gesprungen und in den Innenraum gelaufen, um mich zu trösten, zu beruhigen. Käsebleich nahm sie mich in die Arme, und es sei dahingestellt, wer wen mehr beruhigte. Fast unheimlich ruhig war ich nun. Bestleistung zu werfen hatte ich mir vorgenommen, vielleicht war sogar eine Medaille drin. Und nun das! Ein Versuch nur noch. Verflixt, ich laß mir doch nicht die Petersilie verhageln von diesen blöden Schuhfritzen! Kurzentschlossen schleuderte ich die neuen Schuhe von meinen Füßen, kramte die alten heraus. Und wenn ich auf bloßem Fleisch über den Betonboden drehe – ich schaffe es.

Dritter Versuch. Fast grimmig greife ich zum Diskus. ,,Du darfst jetzt nicht vor Wut verkrampfen. Bleibe locker. Dreh, so schnell zu kannst. Bloß jetzt nicht aus lauter Vorsicht scheitern!" So gebe ich mir letzte Anweisungen. Und nun tief Luft holen, Augen zu, los, gültig. Und der Diskus fliegt immer noch. Weit, weit über der 50-m-Markierung schlägt er auf. Wie eine Schlafwandlerin verlasse ich den Ring. Die weiße Fahne. Zur Rückversicherung der Blick auf die Anzeigetafel: 56,42. Geschafft.

War das eine Zitterei! Gott sei Dank – ausgestanden. Erst langsam kommt mir zum Bewußtsein, daß meine 56,42 m die beste Weite überhaupt ist. Keine hat weiter geworfen. Vergessen ist die Nervosität, vergessen sind die Schuhe, Übermut blitzt auf. Ich stoße Marlene in die Seite: ,,Du, jetzt zittern die anderen."

Am nächsten Tag, zum Wettstreit um die Medaillen, hatte ich die neuen Schuhe gar nicht mehr eingepackt. Zwei Paar Socken, eine Rolle Leukoplast – so ausgerüstet überstand ich den Wettkampf in den alten Schuhen und konnte überglücklich eine Silbermedaille mit nach Hause nehmen, dazu Bestleistung: 57,38 m – ich hatte mein Ziel erreicht. Und eigentlich war ich Werner von Moltke wegen seiner Nachlässigkeit in Sachen Werferschuhe auch nicht mehr böse.

So weit, so gut. Deswegen allein kam es nicht zum Wechsel der Schuhfirma. Eine zweite Erfahrung erst gab den Anlaß dazu. Nach den Europameisterschaften, ich steckte bereits bis über die Ohren in Examensvorbereitungen, gönnte ich mir für einige Tage Pause und nahm an einer Wettkampfreise in die Türkei teil. Auf der Rückfahrt vom Flughafen Frankfurt nach Göttingen nahm mich der Hochspringer Wolfgang Schillkowski mit. Er war der erste Athlet aus dem Nationalkader, der die Schuhe einer auf dem Sportschuhmarkt noch nicht eingeführten Firma trug. Mit beredten Worten versuchte er mich zu bewegen, die neuen Schuhe doch zumindest einmal auszuprobieren. Ihm zuliebe, ohne jede feste Absicht allerdings, versprach ich, einen Versuch zu machen.

Ob es allein aus Sympathie für Wolfgang war, mag ich ehrlicherweise nicht behaupten. Es war da nämlich noch etwas anderes im Gespräch. Der Produzent dieser Schuhmarke hatte von Haus aus eine Damenschuhproduktion. Und ich sollte ganz unverbindlich ein Paar Straßenschuhe zusammen mit den neuen Trainingsschuhen bekommen. Nicht nur für eine Studentin verlockend, oder? Jedoch nicht Grund genug, tatsächlich die Schuhfirma zu wechseln.

Ich fühlte mich adidas verpflichtet, weil ich bereits als unbedeutende Jugendliche kostenlose Schuhe bekommen hatte. War es da nicht, trotz des Mißgeschicks von Budapest, mehr recht als billig, wenn ich nun als Athletin von einigem internationalem Format meiner angestammten Marke auch treu blieb?

Im kommenden Winter ließ ich Training Training sein – es war Examenszeit. Erst nach der letzten Prüfung nahm ich im Februar/März 1967 das Training wieder auf. So ein neuer Anfang ist schwer, beinahe hätte ich auch ganz aufgehört. Doch nicht davon will ich berichten, sondern von dem ersten Lehrgang nach der trainingslosen Zeit. Ohne mir dabei was zu denken, trug ich damals in Mainz die neuen, die Brütting-Schuhe. Ich hatte nämlich keine brauchbaren adidas-Trainingsschuhe mehr gehabt. Das würde sich aber ja dort in Mainz regeln lassen.

Dachte ich. Es kam jedoch anders.

Kaum hatte ich in Mainz die Sporthalle betreten, als auch schon Frau von Moltke, die gemeinsam mit ihrem Mann für adidas die Spitzensportler betreute, auf mich zustürzte. Ich wußte gar nicht, wie mir geschah, da stand sie schon vor mir, die Hände in die Seite gestemmt.

„Spinnst du? Bist du verrückt geworden?"

„Ich, wieso? Guten Tag, erstmal."

„Zieh sofort die Schuhe aus!"

„Sag mal, Margitta, was ist denn in dich gefahren? Deswegen regst Du dich so auf?"

Margitta war nicht zu bremsen.

„Laß den Quatsch, zieh die Schuhe aus! Die von Brütting haben dir wohl einen Trainingsanzug versprochen. Den kannste von uns auch haben. Und einen viel besseren, als die dir geben!"

Jetzt wurde ich hellwach . . .

„Einen Trainingsanzug also, Margitta, soll ich bekommen. Nur weil ich die ‚falschen‘ Schuhe anhabe?"

„Denkst du denn, wir ließen uns wegen eines schäbigen Trainingsanzuges die besten Athleten ausspannen?"

„Ich soll also einen Trainingsanzug bekommen, weil du meinst, Brütting hätte mir einen angeboten. Nicht, weil ich wegen meiner guten Leistungen euch so viel wert wäre?"

„Jetzt drehe die Worte nicht so hin und her. Natürlich können wir nicht jedem auch einen Trainingsanzug anbieten, wenn es nicht nötig ist."

Das reichte mir. Mir waren die Augen geöffnet. Alle Naivität war abgefallen. Im Leben war mir von den Brütting-Leuten kein Trainingsanzug angeboten worden, weder ein Trainingsanzug noch sonst etwas. Und wäre es so gewesen, ich wäre adidas trotzdem erhalten geblieben.

Schlagartig wurde mir klar, daß es hier nur um Geschäftemacherei ging. Nur durch Forderungen erreichte man was, clever mußte man sein! Ich wollte es genau wissen, das Gespräch sollte nicht mit dem Trainingsanzug beendet werden.

„Jetzt hör mir mal gut zu, Margitta. Ich habe da was munkeln hören, daß ihr von adidas einige Athleten auch finanziell unterstützt. Was ist damit?"

Hörbar schnappte Margitta nach Luft. Diese Gesprächswendung hatte sie nicht erwartet. Mit unbeschreiblicher Beredtsamkeit machte sie mir klar, daß solche Gerüchte jeder Grundlage entbehrten. Es klang sogar einleuchtend, wie sie argumentierte: Es gebe so viele Spitzenkönner, wenn adidas einem etwas zukommen ließe, dann zöge dies mit Sicherheit eine Lawine von Forderungen nach sich. Außerdem solle ich bedenken, daß dann auch die ausländischen Athleten nicht zurückstehen wollten. Zudem gebe es ja nicht nur die Leichtathletik. Nein, Geld gebe es für niemanden und würde es auch nie geben. Jede Firma, die solches anfinge, würde sich den Bankrott selbst programmieren.

Das war wirklich einleuchtend. Ich wäre auch überzeugt worden, wenn da nicht die Information eines vertrauenswürdigen Athleten gewesen wäre, der behauptet hatte, Geld zu bekommen.

„Was dir da jemand erzählt hat, stimmt nicht, der hat dir einen Bären aufgebunden", fuhr Margitta fort. „Du kriegst einen Trainingsanzug von uns. Das ist abgemacht. Also ziehe jetzt diese dämlichen Schuhe aus. Ich hole dir gleich ein Paar neue von uns!"

Sprach's und drehte sich um. Doch sie hatte die Rechnung ohne mich gemacht. Geld hin, Geld her, meine Wut war trotz der schönen Worte nicht verraucht. Auf diese schäbige Art wollte ich mir nicht einmal einen Trainingsanzug einhandeln. Ich hielt Margitta zurück. „Ob ihr Geld zahlt oder nicht, Margitta, das ist mir egal. Wenn ihr mir den Anzug nur geben wollt, weil ich, durch welchen Zufall auch immer, heute Brütting-Schuhe anhabe, dann könnt ihr euch das Zeug an den Hut stecken. Erpressung ist nicht mein Geschäft und war auch nicht meine Absicht. Ich behalte diese Schuhe an und werde sie auch in Zukunft tragen. Und außerdem sind es hervorragende Schuhe!" Damit ging ich weg und ließ die verblüffte Margitta einfach stehen. Ich müßte lügen, wenn ich nicht zugäbe, daß ich mir großartig vorkam und stolz war, mit meiner Unbestechlichkeit anderen eine Lehre erteilt zu haben.

Selbst aus heutiger Sicht, mit dem Wissen um all das, was von hohen Summen immer in den Zeitungen zu lesen war und ist, nicht einmal heute bin ich wirklich unzufrieden mit der ehrpusseligen Liesel von damals. Sicherlich war damit für mich eine Geldquelle vorzeitig versiegt, die trotz aller olympischen Eide noch immer – und gerade heute – für so viele Amateure so munter sprudelt und sicher schon damals gesprudelt hat. Ich wollte nicht käuflich sein.

Kaum jemand wird mir das glauben, zu allerletzt die adidas-Leute. Im nächsten Jahr, als Diskus-Liesel, mußte ich mir mehr als deutliche Andeutungen gefallen lassen, wie teuer ich Brütting wohl gewesen wäre. Nicht nur einmal erklärte ich das Gegenteil. Einmal war ich sogar drauf und dran, ein Dementi zu verlangen. Es handelte sich um eine Affäre zweier Leichtathleten, die bei ihrem Wechsel von Puma zu adidas recht ungeschickt agiert hatten. In dem Zusammenhang schämte sich adidas nicht, meinen Namen zu benutzen, um darzulegen, daß in meinem Fall ja auch nichts an die große Glocke gehängt worden wäre. Was nützen aber Dementis, sagte ich mir. Zeitungsartikel werden gelesen und vergessen. Dementis bauschen nur auf. Also ließ ich es sein.

Es mußte der adidas-Familie ja auch wie ein Ammenmärchen vorkommen, als ich darauf bestand, allein wegen einer Auseinandersetzung um einen Trainingsanzug die Schuhfirma gewechselt zu haben. Zumal ich später nicht einmal auf Angebote mit vierstelligen Ziffern reagierte, die mir unter der Hand gemacht wurden. Einem Kaufmann kann man die Überzeugung wohl nur wenig verübeln, daß sein Angebot nur deswegen nicht angenommen wird, weil andere ihn überboten haben. Es ist schon ein seltsam Ding mit der Ehrbarkeit. Nicht nur die Taschen bleiben leer, nein, man darf sich nicht einmal ungestört zumindest des guten Rufes erfreuen.

Nun stand ich mit dieser Auffassung von Ehrbarkeit damals ja gar nicht so allein auf weiter Flur, wie es heute scheinen mag. Die Trainingsanzüge mit den drei Streifen kamen erst auf den Markt. Der Deutsche Leichtathletikverband ließ von Anfang an keinen Zweifel aufkommen, daß seine Nationalmannschaften nie mit diesen Anzügen ausgerüstet werden sollten. Bei Europameisterschaften und Olympischen Spielen gab es keine offizielle Ausrüstung mit Sportschuhen. Aus dem Schuhstreit hielt sich der Verband zumindest verbal mit Nachdruck heraus. Eine deutsche Nationalmannschaft sollte nie zur Litfaßsäule mit drei Streifen werden. Wer erinnert sich heute noch daran, daß der Internationale Leichtathletikverband im Mai 1969 sogar den weißen Schuh forderte?

Die beiden marktbeherrschenden deutschen Sportschuhfirmen adidas und Puma witterten eine „wirtschaftliche Sabotage der deutschen Marken". Ab sofort sollte kein Athlet mehr unterstützt werden. Allein Brütting, der kleinste auf dem Markt, war bereit, diesem Reglement zu entsprechen und wirklich weiße Schuhe herzustellen. (Eine Saison lang warf ich in weißen Werferschuhen.) Als „Weißmacher" sah er sich skurrillen Anfeindungen gegenüber, die sogar auf die von ihm betreuten Athleten ausgedehnt wurden. Der Hamburger Sport-Verein, treuer „adidas"-Klub, drohte in einem Brief vom 22. Mai 1969, keinen Athleten mit Brütting-Schuhen mehr in Hamburg an den Start gehen zu lassen.

Vergessen ist diese Variante des Schuhkrieges. Vergessen sind jene Versuche, den noch immer scheinbar unentwirrbaren gordischen Knoten der Werbung im Amateursport zu zerschlagen. Vergessen sind die Glaubensbekenntnisse der hohen Funktionäre aus den späten sechziger Jahren. Seit 1975 fährt die Moral in Sachen

Reklame und Amateurmoral nämlich zweigleisig. Die Nationalmannschaft als ganze ist käuflich geworden. Der große Sieger heißt adidas. Sogar unsere Trikots in der Nationalmannschaft wurden an adidas verkauft. Anders ausgedrückt: adidas stellt sie den Athleten großzügig und uneigennützig zur Verfügung. 30 000 DM, wenn man der Presse Glauben schenken darf, erhält der Verband im Jahr sogar noch obendrauf dafür, daß seine Athleten Reklame laufen, springen und werfen. 30 000 DM im Jahr für die Jugendarbeit. Damit wird die Auflösung der moralischen Front entschuldigt.

Ich persönlich konnte diesen Schritt nicht so einfach mitvollziehen. Also weigerte ich mich in Nizza, Europacup 1975, das Reklametrikot anzuziehen und ging als einzige Athletin in einem schlichten weißen Trikot mit Bundesadler auf rotem Brustring in den Wettkampf. „Das wird Konsequenzen haben", drohte Dr. August Kirsch, der derzeitige DLV-Präsident.

Ich habe für mein Aufmucken nichts von meiner Schuhfirma kassiert. Es war nur wieder oder noch immer diese eigenartige Mischung von Rechtsempfinden, Naivität und Widerspenstigkeit bei mir im Spiel. Und das, obgleich seit der Trainingsanzugaffäre neun Jahre, seit dem „weißen Schuh" sechs Jahre ins Land gegangen waren. Jahre, in denen Werbung wärend des Wettkampfes am oder durch den Athleten eine Todsünde war. Heute ist sie plötzlich erlaubt. Das heißt, genau genommen nicht für jeden. Es kommt darauf an.

Zu eigenem Nutzen darf der Sportler so etwas nicht tun. Aus eigenem Antrieb darf er nur Rekorde, am besten gleich Weltrekorde anstreben. Um so besser verkauft sich sein Körper dann nach dem Willen anderer als Reklamefläche. Und für die Kasse anderer. 30 000 DM für sämtliche Nationalmannschaften des DLV im Jahr.

Der DLV-Präsident und andere vertreiben seit Jahr und Tag Unterrichtsmaterial, unter anderem Lehrfilme auch von meinen Diskuswürfen, gegen Mark und Pfennig. Ich wurde nicht um Genehmigung gebeten. Wer verdient an meinem hart erarbeiteten Können mit dem Diskus? Ich durfte es nicht. Andere tun es.

Ich habe nichts gegen Lehrfilme, nichts gegen adidas, nichts gegen die drei Streifen; sie können sogar sehr schick sein. Ich wehre mich nur ganz entschieden dagegen, als erwachsener Mensch wie eine Marionette vor den gerade gefälligen Kulissen hin- und hergeschoben zu werden. Wir Amateursportler sind keine Profis, daß wir uns bieten lassen müßten, ungefragt in aller Öffentlichkeit für

Geld zur Schau gestellt zu werden. In welchem Jahrhundert leben wir, daß nach Belieben der Funktionäre etwas, das eben noch Todsünde war (und für den Sportler nach wie vor ist), unwidersprochen morgen zum Amen in der Kirche erhoben werden darf?!

5. Der Weg nach Leverkusen

Es war noch in Göttingen, 1966, nach den Europameisterschaften in Budapest. Ich steckte bis über die Ohren in Examensvorbereitungen. In der Vorbereitungszeit auf die Europameisterschaften und während der Wettkämpfe selbst war es mir immer wieder gut gelungen, alle Lehrbücher, die ich vorsorglich mitgenommen hatte, großzügig zu übersehen. Ich hatte schließlich meinen großen Erfolg zu genießen. Doch kaum zu Hause angekommen, war es damit vorbei. Das Thema für die Examensarbeit, per Einschreiben vom Prüfungsamt in Göttingen abgeschickt, lag bereits in meinem Zimmer. Innerhalb von sechs Wochen mußte sie fertig sein. Aus mit dem Sport, kein Training durfte mich stören, keine Erfolgsduselei ablenken. Die Wirklichkeit hatte mich schnell eingeholt. Lesesaal, Bücher, Bücher, Lesesaal. Aus der Einbahnstraße Leistungssport in die Einbahnstraße Examen – ein schneller Wechsel der Szene war vonnöten. Ferien, Ausspannen, Abschalten – das waren fremde Vokabeln. Selbstmitleid? Nein, es hat mir immer Freude gemacht, die Ärmel hochzukrempeln und heranzugehen an das, was geschafft werden muß. Und damals war es auch so.

Es gab nur zwei Abwechslungen, Unterbrechungen in diesen sechs Wochen harter Geistesarbeit: die deutschen Mannschaftsmeisterschaften in Hamburg und eine mehrtägige Wettkampfreise zu internationalen Meisterschaften der Türkei. Das erstere bedeutete eine selbstverständliche Pflichtübung für die Vereinsmannschaft von Hannover 96, das letztere eine reizvolle Versuchung zu einem kurzen Ausbruch aus der Tretmühle des Studiums. Beides hat sich gelohnt. Von der Türkeireise an anderer Stelle mehr, von einer Begegnung am Rande des Geschehens von Hamburg muß ich hier berichten.

Wir befanden uns bereits auf der Rückfahrt, meine Studienfreundin und Vereinskameradin Aloysia Ernst, ihr Freund, der uns chauffierte, und ich. Kurzer Imbiß in der Autobahnraststätte

Hamburg-Stillhorn. Es sollte schnell gehen. Ging es auch. Bis auf einen kurzen Zwischenfall. Die Mannschaft vom TuS 04 Leverkusen, in diesem Jahr zum ersten Mal bei den deutschen Mannschaftsmeisterschaften dabei, hatte auch in eben dieser Raststätte Station gemacht. Es war ein guter Anfang gewesen für die Leverkusener Mädchen, entsprechend munter und ausgelassen war auch deren Stimmung. Da wollte es der Zufall, daß ich in der entgegengesetzten Ecke des Raumes entdeckt wurde, an dem kleinen Tisch, an dem wir drei recht einsilbig und hastig unseren Imbiß verzehrten.

„Hallo, da sitzt ja die Liesel!" ruft ein Mann fröhlich herüber. „Willst du nicht zu uns kommen?" Zuerst war ich erstaunt, ein wenig befremdet, dann ließ ich mich jedoch anstecken von dem herausfordernden Ton des Leverkuseners. „Was bietet ihr denn?" war meine ebenso unbekümmerte Antwort. Kaum hatte er's vernommen, schnappte der Typ drüben seinen Stuhl, schleppte ihn quer durch das Lokal, hockte sich rittling drauf, saß an unserem Tisch, strahlte mich unternehmungslustig an.

„Nein wirklich, hast du vor, den Verein zu wechseln?" Das Interesse blitzte ihm nur so aus den Augen. Ich war schlichtweg verblüfft. „Nein, so war das nicht gemeint", mußte ich richtigstellen. „Ich stecke im Augenblick im Examen. Was ich im Frühjahr dann mache, weiß ich, ehrlich gesagt, noch nicht. Am liebsten würde ich noch Sport studieren, meine Eltern können mich aber nicht mehr unterstützen. Wenn ich also in meinen Beruf gehen muß, in die Schule, dann werde ich bei 96 bleiben. Mit dem Leistungssport wäre es dann aber wohl Essig. Im Augenblick denke ich jedenfalls noch nicht darüber nach." Mein Gegenüber hatte bei diesen Erklärungen begonnen, unruhig auf seinem Stuhl hin und her zu rutschen. „Entschuldigung, ich habe mich gar nicht vorgestellt. Osenberg, mein Name. Ich bin Trainer bei TuS 04 Leverkusen. Soll ich Ihnen nicht mal schreiben? Ich meine, falls Sie weiterstudieren wollen, da ließe sich schon etwas machen. Die Sporthochschule Köln böte sich doch an, oder? Leverkusen und Köln, das ist ein Katzensprung. Heide Rosendahl studiert auch da und ist bei uns im Verein."

„Na ja, warum eigentlich nicht", überlegte ich laut. „Es würde mich wirklich interessieren, was die Bedingungen für ein Studium an der Sporthochschule Köln sind. Ob von meinem Studium in Göttingen etwas angerechnet wird, Semester oder die Examensarbeit." Also gab ich Herrn Osenberg meine Göttinger Anschrift.

„Sie hören von mir, bestimmt", rief er mir zu, bereits auf halbem Weg zu seinen Mädchen zurück.

Das war in Hamburg. Wir zahlten und machten uns auf den Heimweg. Für mich ging's zurück an die Bücher. Das Hamburg-Stillkorner Zwischenspiel vergaß ich, bis es auf einmal wieder lebhafte Gegenwart wurde durch folgenden Brief:

TURN- UND SPIELVEREIN 1904 E. V.
DER FARBENFABRIKEN BAYER, LEVERKUSEN

Leverkusen, den 6. 10. 1966

Liebes Fräulein Westermann,

(Sie verzeihen meine recht persönliche Anrede im Gespräch in Hamburg, die ich nur aus einer besonders guten Stimmung heraus erklären kann.)

ich nehme Bezug auf das Gespräch, daß Sie mit mir in der Autobahnraststätte bei Hamburg geführt haben.

Ein wesentlicher Faktor bei Ihren Berufsplänen – sowohl für den Beginn des Studiums (Herbst 1966 oder Frühjahr 1967) wie auch für die Anrechnung von Semestern – ist ihre schulische Bildung, d. h. die Frage, ob Sie die Abiturprüfung abgelegt haben oder nicht.

Sollten Sie die Reifeprüfung abgelegt haben, ich vergaß leider, mich genauer bei Ihnen darüber zu erkundigen, ist in vieler Hinsicht ein Start an der Sporthochschule günstiger (keine Vorbereitungszeit usw.).

Die Frage, ob Ihre Examensarbeit, die Sie im Fach Leibesübungen ablegen wollen, als Diplomarbeit angerechnet werden kann, ist zu bejahen, wenn Sie die Note „gut" oder „sehr gut" erreicht haben.

Nach den Erfahrungen der mir bekannten Prüflinge wäre es günstig, vor Beginn der Arbeit mit Herrn Dr. Kirsch über die Gestaltung ebenso zu sprechen wie mit Ihrem Professor. (Ich nehme an, daß es Prof. Häusler ist.) Möglicherweise können Sie beide Vorstellungen der Aufgabenlösung befriedigen.

Eine Schwäche bei Dr. Kirsch möchte ich Ihnen schon jetzt aufdecken: Beachten Sie auch bei für uns selbstverständlichen Fakten eine genaue Quellenangabe.

Um Ihnen nun noch genauere Angaben über ein Studium in

Köln machen zu können (z. B. Angaben über notwendige Bewerbungsunterlagen, Termine, Studentenwohnung usw.), schreiben Sie mir bitte Ihren bisherigen Bildungsweg und den beabsichtigten Studienbeginn. Sollten Sie Abitur gemacht haben, würde ich Ihnen zudem raten, an der Universität Köln zu immatrikulieren, um an den Studentenweltmeisterschaften in Tokio teilnehmen zu können. Der Einsatz würde sich hoch verzinsen.

Bei der Finanzierung Ihres Studiums, die Sie aus eigenen Mitteln, so sagten Sie mir, sicherstellen müssen, bieten sich folgende Hilfen an:

Ein Stipendium nach dem sogenannten Müngersdorfer Modell, das in seinen Richtlinien in bezug auf Bedürftigkeit und Begabung dem Honefer Modell ähnelt und eine Beihilfe von DM 150,–/Monat gewährt.

Gebührenerlaß und Freitisch in der Mensa nach etwa gleichen Gesichtspunkten.

Eine private Unterstützung gewährt das Bayerwerk Leverkusen besonders begabten Studenten. Natürlich sind diese Zuwendungen an besondere Bedingungen gebunden. So z. B. bei Begabung auf sportlichen Gebieten des ,,Zur-Verfügung-stellen" dieser Fähigkeiten dem entsprechenden Werksverein, das ist neuerdings bei den Männern der Bayer 04 Leverkusen und bei den Frauen der TuS 04 Leverkusen.

Die Höhe der Zuwendungen betragen DM 200,–/Semestermonat.

Um Ihnen nun die Bedingung ,,Zugehörigkeit zu einem Werksverein" zu erleichtern, möchte ich über den TuS 04 Leverkusen einiges erzählen.

Der TuS 04 ist ein gesellschaftlich und traditionell mit dem Bayerwerk verbundener Verein mit ca. 2500 Mitgliedern. Auf Grund der sozialen Verpflichtung seinen 50 000 Werksangehörigen gegenüber sind die Sportstätten (3 Plätze, 3 Hallen, Jugendherberge, Kegelbahn usw.) in hervorragendem Zustand und mit den besten Geräten nach dem jeweiligen Bedarf ausgerüstet.

Nachdem ich im vergangenen Jahr von der Sozialabteilung des Werkes als sportlicher Leiter dieses Vereins eingestellt wurde, konnte ich meine Gedanken und Pläne über die Schaffung idealer Voraussetzungen für Spitzenathleten durchsetzen und habe heute durch die Erfolge insbesonders auch bei ballspielenden Abteilungen fast uneingeschränkte Unterstützung des Vorstandes in meinem Bemühen.

Dieses Erwachen für den Leistungsgedanken, diese beinahe übertriebene aktive Unterstützung so vieler Freunde begründen die Frische und das Aufwärtsstreben insbesonders auch unserer Leichtathletik-Frauen-Mannschaft.

Anhand vieler Beispiele, vieler persönlicher Bestleistungen und durch die Aussagen der Aktiven selbst glaube ich fest daran, daß auch eine solche begeisternde Atmosphäre zur Absolvierung eines manchmal stupiden Leistungstrainings dazugehört.

Ich glaube, daß neben der steten Geduld und dem fachlichen Können gerade hier die Fähigkeiten eines Trainers liegen sollten. Komme ich zurück zu den sachlichen Konsequenzen, die aus der Haltung des Vereins zu ziehen sind.

Neben der wirklich idealen Gestellung von Übungsraum und Zeit sowie Trainingsgerät sind wir auch zu Unterstützungen finanzieller Art bereit.

So erhalten die dazu Berechtigten einen DM 120,–/Monat-Zuschuß für Fahrten zum Training.

Alle Aktiven erhalten einen Trainingsanzug mit 2 Jacken.

Da die Leistungsförderung auch im Licht der Werbung bei Jugend und Schülern verstanden werden will, bitten wir unsere besten Athletinnen um Mitgestaltung der entsprechenden Übungsstunden. Die Vergütung wird nach den Richtlinien der Vereinshilfe des Landessportbundes Nordrhein-Westfalen gewährt. Sie beträgt bei 2–3 Wochenstunden ca. DM 100,– monatlich.

Wie ich gerade erfahre, hat unsere Abteilung einen Werfertag ausgeschrieben, zu dem ich Sie recht herzlich einlade. Sie könnten bei dieser Gelegenheit den Verein, die Einrichtungen usw. kennenlernen und bei offenen Fragen Rücksprache nehmen. Einzelheiten über den Werfertag entnehmen Sie bitte aus der beigefügten Ausschreibung.

Fahrtauslagen zu diesem Wettkampf und einen Verpflegungszuschuß werden von uns übernommen, wie bei allen Großveranstaltungen unsere Aktiven nach den Richtlinien des DLV unterstützt werden.

In der Hoffnung, mit diesem Brief Ihnen einen möglichen Weg nahegebracht zu haben,

grüße ich Sie herzlich
Ihr Gerd Osenberg

Das war interessant für mich. Unvermutet schien sich da eine Möglichkeit aufzutun, den Leistungssport weiter betreiben zu können. Genauer gesagt, wiederaufzunehmen. Wie das wohl werden mochte, ein halbes Jahr ohne Training, kein Wintertraining? Eine schlechte Saison würde da auf mich zukommen. Sollte ich es nicht vielleicht ganz aufgeben? Eine Silbermedaille bei Europameisterschaften wäre schließlich kein schlechter Abschluß.

Das freilich hieße Schule. Auffressen würde mich das. Meine Erfahrungen aus dem vierwöchigen Stadt- und sechswöchigen Landschulpraktikum gaben mir keinen Anlaß für verträumte Zukunftsillusionen, Himmel, was war ich nach der Schule immer erschlagen gewesen. Studieren war dagegen ein Spaziergang.

Leverkusen/Köln, eine verlockende Möglichkeit. Und außerdem – es war ja wirklich nötig, noch Sport zu studieren, wollte ich eine gute Sportlehrerin werden. Hier in Göttingen war die Ausbildung im theoretischem Bereich ja hervorragend, ließ nichts zu wünschen übrig, aber praktisch, da hatte ich nichts dazugelernt, da konnte ich noch genauso wenig oder soviel wie vor der Aufnahme des Studiums. Diese Unsicherheit, das Unbehagen, das ich vor dem „Ernst des Lebens" als Lehrerin empfand, war für mich ein wesentlicher Grund, nach Köln zu gehen.

Wieder nahm ich den Brief zu Hand, das war ja alles in Ordnung. Kein Verstoß gegen das Amateurstatut. Von 420,– DM im Monat könnte ich schließlich leben. Eigentlich sogar mehr recht als schlecht.

Mehr als vier Wochen lang gingen mir solche oder ähnliche Gedanken durch den Kopf. Eine Entscheidung war ja auch nicht so schnell nötig. Bis zum Sommersemester 1967 würde noch viel Wasser die Leine herunterfließen. Zuerst Examen. Für den Fall des Falles auch gleich eine Examensarbeit mit „sehr gut".

So schob ich die Gedanken an Leverkusen immer wieder von mir weg, zog den Brief aber genauso oft wieder hervor. Wer schwelgt zwischendurch nicht gern einmal in Zukunftsträumen? Erst nachdem ich meine Arbeit abgegeben hatte, beantwortete ich den Brief aus Leverkusen. Leverkusen würde mich prinzipiell interessieren, könnte jedoch nicht vor dem Frühjahr in Betracht gezogen werden, weil ich erst dann meine Studien in Göttingen zum Abschluß gebracht hätte.

Fast postwendend kam der zweite Brief aus Leverkusen:

Liebes Fräulein Westermann,

ich danke Ihnen für Ihren freundlichen und für uns so positiven Brief und drücke Ihnen natürlich für Ihre Arbeit und Ihr Examen beide Daumen.

Als ich gestern gebeten wurde, für Heides Stipendium eine neue Studienbescheinigung von ihr zu beschaffen, kam mir der eigentlich sehr naheliegende Gedanke, ob Sie nicht schon jetzt an einer Unterstützung interessiert sind.

Ich komme mir etwas aufdringlich vor, wenn ich Ihnen solche Vorschläge mache, aber die nüchternen Überlegungen sollten den Vorrang haben. Diese Überlegungen würden lauten: den formellen Vereinswechsel schon jetzt vollziehen, um schon in diesem Semester Geld fürs Studium in Köln zu ersparen.

Sollten Sie sich meinem Vorschlag anschließen, würde ich Sie bitten, mir eine Studienbescheinigung von Göttingen und eine Verdienstbescheinigung Ihres Vaters zuzuschicken. Wegen einer dreimonatigen Sperre müßten Sie sich, um auf den Hallenmeisterschaften startberechtigt zu sein, umgehend in Hannover abmelden.

Ich hoffe, daß solche Entscheidungen Ihre Arbeiten nicht so sehr stören und verbleibe mit den

besten Grüßen
Ihr Gerd Osenberg

Mit einem Mal war eine Entscheidung notwendig. Der Entschluß war schnell gefaßt: Weiterstudieren in Köln, Vereinswechsel zum TuS 04, Wohnung in Köln oder Leverkusen. Aber, wie sag' ich's meinem Kinde, sprich Rudi, dem beliebten Abteilungsleiter von Hannover 96?

Hin und her überlegte ich, bis ich mich entschloß, den Stier bei den Hörnern zu packen: Anrufen, kurzerhand, die Wahrheit sagen, kurzen Prozeß gemacht. Gedacht, getan. Was so einfach zu sein schien, erwies sich jedoch in der Folge als schwieriger. Rudi hörte sich meine Gründe an, bat mich dann, noch keine endgültigen Schritte zu unternehmen, er wollte sich das zuerst durch den Kopf gehen lassen, vielleicht einen anderen Weg finden.

Ein paar Tage später hatte er den anderen Weg gefunden; ich sollte bei Hannover 96 bleiben. Er hätte einige Förderer gefunden, die bereit waren, im Monat 450 DM für mich aufzubringen. Er empfahl mir, in Leverkusen anzufragen, ob ich dort trainieren dürfte, auch ohne mich dem Verein anzuschließen.

Da saß ich nun mit meinem Talent. Zwischen zwei Stühlen? Vertrackte Situation. Es konnte doch nicht im Interesse der Leverkusener liegen, mich als Vereinsfremde als Nutznießer ihrer Anlagen willkommen zu heißen. Den Trainer brauchte ich ja nicht. War bisher, in den letzten zwei Jahren, auch ohne Trainer gut zurechtgekommen. Andererseits wollte ich sehr gern gemeinsam mit anderen in einer Vereinsgemeinschaft trainieren. Hier in Göttingen war es mir manches Mal sehr schwer gefallen, so allein und völlig auf mich gestellt den Diskus durch die Gegend zu werfen. Nicht im Verein, wäre ich in Leverkusen sicherlich von vornherein zum neuerlichen Außenseiterdasein bestimmt.

Andererseits wollte ich auch nicht Rudi vor den Kopf stoßen, der sich solche Mühe gegeben hatte, mich im Verein zu halten. Was konnte aber aus einer Vereinszugehörigkeit werden, die allein auf finanzieller Grundlage über einige hundert Kilometer Entfernung aufrechterhalten werden sollte? Traute, meine Freundin noch aus der Schulzeit und Zimmernachbarin hier in Göttingen, überlegte gemeinsam mit mir. Für den Fall, daß es mir an der Sporthochschule nicht gefalle, im TuS 04 Leverkusen auch nicht, wäre ein Verbleib bei Hannover 96 allerdings das beste. Ein mögliches Hin und Her würde sich dann erübrigen.

Was tun? Gemeinsam kamen Traute und ich zu dem Ergebnis, die Entscheidung den Leverkusenern zu überlassen. Würde man mich dort als Vereinsfremde aufnehmen, wollte ich bei den 96ern bleiben, andernfalls könnte man immer noch weitersehen. Im übrigen war ich auch etwas unsicher, ob ich in Leverkusen überhaupt ein Stipendium erhalten würde. Da meine Eltern beide arbeiteten, lagen sie in ihrem Einkommen auf jedem Fall über den üblichen Bedürftigkeitsgrenzen, die immer die Maßzahl für Stipendienverteilung sind.

Ein entsprechender Brief ging ab nach Leverkusen. Ein paar Tage später war die Antwort da:

Liebes Fräulein Westermann,

ich habe gerade Ihren Brief erhalten und will Ihnen gern sofort antworten. Die erbetenen Vorlesungsverzeichnisse werde ich Ihnen baldmöglichst nachsenden.

Um keine Mißverständnisse aufkommen zu lassen, will ich den Inhalt Ihres Briefes noch einmal kurz zusammenfassen zur Kontrolle, ob ich Sie richtig verstanden habe.

Sie starten weiter für Hannover 96 und werden auch von dort finanziell unterstützt. Sie wollen sich dem Training unseres Vereins anschließen.

Natürlich habe ich für Ihren Entschluß Verständnis und lade Sie gerne als Gast fürs Training zu unserem Verein ein.

Diese Antwort sieht so leichthin, so selbstverständlich geschrieben aus, dennoch steckt ein ganzer Berg gedanklicher Arbeit dahinter. So die Frage, wie Mannschaftsfanatiker eine solche Lösung auffassen. Oder auch einige Sportlerinnen.

Es sind aber auch Gedanken, die sich mit den grundsätzlichen Problemen menschlicher Gemeinschaften auseinandersetzen: Ist die eine Gemeinschaft berechtigt, den Wunsch eines Mitgliedes nach veränderten Lebensordnungen auszuschlagen? Ist es nicht gerade eine der menschlichsten Aufgaben, sich immer wieder neuen Gemeinschaften hin zu öffnen, um die Erlebnissphäre zu bereichern?

Auf der anderen Seite zählt auch die Beständigkeit zu den großen Tugenden, die Treue, die Dankbarkeit.

Man kann auch kritisch fragen, wie es sich mit dem Leistungswillen wirklich in uns verhält:

Ich frage als Trainer nicht nach den Namen der Vereine, für die ich arbeite. Für mich steht das gemeinsame Angehen eines hohen Zieles im Vordergrund. Das Ziel kann eine persönliche Bestleistung oder Einzelmeisterschaft sein (das ich unter den gegebenen Umständen mit Ihnen zu erreichen suche), es kann auch ein Mannschaftskampf sein, an dem viele zur Freude und Erfüllung gelangen können (bei der Zielsetzung hätte ich Sie natürlich gerne in unserer Gemeinschaft gewußt).

Das ist die Sicht eines Trainers, und wie sieht es beim Wettkämpfer aus? Ist man da letztlich im Bemühen nicht sehr einsam, und erst der Erfolg bringt Freunde und Gratulanten?

Daß diese Freude vereinsunabhängig ist, wurde mir bei Heides Empfang klar. Ihr alter Verein, TSV Radevormwald, ich gehörte ihm mit Heide zusammen an und tue es passiv mir ihr auch jetzt noch, hatte allen Wechsel vergessen und es sich nicht nehmen lassen, uns als erste Gemeinschaft herzlich zu danken. Überhaupt schien mir, da auch der Verein TuS 04 Leverkusen eine Ehrung durchführte, die Stadt Radevormwald und die Stadt Leverkusen, daß die Freunde Heides nur zahlreicher geworden sind.

Jeder, der Grund hat, weil er seinen kleinen unscheinbaren Beitrag am Erfolg geleistet hat, wird sich mitfreuen – egoistisch, als wäre ohne ihn der Erfolg ausgeblieben.

Und wenn wir ganz ehrlich nachforschen, hat er gar recht; man braucht sehr viel Hilfen – modern ausgesprochen: „Beziehungen". Ideal wäre die Lösung: Das eine tun und das andere nicht lassen.

Aber wie gesagt, das sind nur Gedanken, meine klare Antwort steht fest: Ich wünsche mir, daß Sie bei uns – oder gar bei mir mit trainieren.

Ganz zum Schluß Ihres Briefes im P. S. machen Sie mich etwas unsicher, wenn Sie nach der Bedürftigkeitsgrenze eines Stipendiums fragen, weil eine solche Beantwortung für Sie nach Ihren Entschluß, in Hannover zu bleiben, unbedeutend sein muß.

Dennoch, das Stipendium ist eine Begabtenförderung. Es werden nicht die gleichen sozialen Maßstäbe angelegt. Und begabt, Sie erlauben es mir zu sagen, sind Sie ja wohl.

An dieser Stelle darf ich meinen persönlichen Glückwunsch zur gelungenen Examensarbeit aussprechen, und für die Zukunft wünsche ich Ihnen zu allen Plänen „Durch Kampf – gewinnen".

Ich grüße Sie herzlich
Ihr Gerd Osenberg

Die Würfel waren gefallen. Wenn es mir in Leverkusen und an der Sporthochschule gefiel, würde ich dableiben und den Verein nach einer Saison wechseln. Dann hätte ich Rudi nicht vor den Kopf gestoßen, und die Leverkusener würden nicht über die Maßen ausgenutzt. Daß es Rudi schwerfallen konnte, zu seinem Wort betreffs der Unterstützung zu stehen, kam mir überhaupt nicht in den Sinn. Was Rudi gesagt hatte, darauf konnte man sich noch immer verlassen. Die Zukunft sollte mich zwar eines besseren belehren, im Augenblick konnte mich das jedoch nicht belasten. Alle Wege schienen geebnet, günstiger hätte es nicht kommen können. Ich hatte wieder Ruhe für mein Examen.

Gewisse Bedenken, durch diese Regelung vielleicht mit dem Amateurstatut in Konflikt geraten zu können, schob ich beiseite. Was aus den Leverkusener Quellen an Unterstützung floß, wäre legal gewesen. War es das auch jetzt noch, bei dieser Regelung unter der Hand? Zweifel schienen angebracht. Zum einen würde ja niemand etwas erfahren: das war beruhigend, wenngleich kein Beleg der Rechtmäßigkeit. Zum anderen, wer wollte es Vereinen, die kein großes Industrieunternehmen im Hintergrund haben, untersagen, ihren Athleten vergleichbare Voraussetzungen zu bieten? Das wäre doch Prinzipienreiterei und Einschränkung der Chancengleichheit.

Ich war mit diesen Überlegungen zufrieden. Rudi war ja auch dieser Überzeugung. Welchen Sinn konnte es haben, über ungelegte Eier zu gackern? Schluß, aus. Bücher her, Nase reinstecken; nicht ablenken lassen, lernen: Einbahnstraße Studium mit Endstation Examen. Im Februar 1967 war es ausgestanden. Note „sehr gut". Stolz und zufrieden konnte ich mich neuen Anfängen zuwenden.

Und welche Anfänge standen da ins Haus! Das Jahr 1967, die Saison 1967 – mein schönstes Wettkampfjahr! Einzigartig, reich an Höhepunkten, Erlebnissen und Erfolgen, wie sie nur wenigen beschieden sind. Wer immer mir das vorhergesagt hätte, ich hätte ihn ausgelacht. Ohne Wintertraining, ohne jede planvolle, gezielte Vorbereitung in die Saison. Aller Buchweisheit ein Schlag ins Gesicht. Eine Weltjahresbestleistung folgte der anderen. Ein Computer hätte sie nicht besser steuern können, meine Leistungsentwicklung des Jahres 1967. Elf Weltjahresbestleistungen mit dem Abschluß und Höhepunkt zugleich: Weltrekord und erster Wurf einer Frau über 60 Meter. Superlativ der Superlative. Eine Saison, in der die Sonne nur für mich scheinen wollte. Ein einziges Lachen und Fröhlichsein. Kein Wölkchen trübte meinen Ansturm auf neue Grenzen. Ich flog von Kontinent zu Kontinent. Montreal, Tokio, Kiew (mit der einzigen Niederlage der Saison), Lima, Santiago de Chile, Buenos Aires, Sao Paulo, Rio de Janeiro. Eine Ehrung übertraf die andere. Sportlerin des Jahres, Leitathletin der Welt, Helms World Trophy, goldenes Band der Sportpresse, das Silberne Lorbeerblatt in Privataudienz vom Bundespräsidenten persönlich. Träumereien und viele unvergleichliche Erinnerungen steigen auf in mir, wollen mich ablenken, doch davon an anderer Stelle, in anderen Kapiteln mehr. Hier geht es um Konkreteres – um Geld, um die Wege, Umwege und Auswege im Gestrüpp des Amateursportwesens.

6. Sporthilfe

Ich war also in Leverkusen, noch als Vereinsmitglied von Hannover 96. Die 96er kamen ihren eingegangenen Verpflichtungen nur zögernd nach, häufig mußte ich mahnen, bitten. Ich war ja auf diese Überweisungen angewiesen, hatte außer der Ernährungshilfe von jetzt inzwischen 150 DM keine anderen Möglichkeiten, meinen Lebensunterhalt zu finanzieren. Bis heute stehen aus Hannover noch viele hundert Mark aus. Manches Mal mußte ich die letzte Mark mehrfach in der Hand umdrehen, ungewiß, wie es weitergehen sollte. Da bahnte sich etwas an, was mir das Überleben wesentlich erleichterte, die reale Grundlage für meine Leistungen in dieser Saison bildete: Die Sporthilfe wurde ins Leben gerufen.

Es begann nicht gleich mit monatlichen Unterstützungen in harter D-Mark. Glücksspirale, Sportgroschen, Sonderstempel, Olympiamarken –: an diese Einnahmequellen für seine Stiftung zu denken, wagte Josef Neckermann am Anfang sicherlich nicht. Edelmann mit Bettelstab auf Betteltour. Türklinkenputzer für andere. Idealismus! So fing die Stiftung Deutsche Sporthilfe an.

Am Anfang war nur einer: Josef Neckermann, als Sportler ein Mann sonderbarer Ausnahmequalitäten. Ein Mann weit über fünfzig Jahre, aber immer noch Athlet unter Athleten. Ausnahme schon deshalb, weil er in seinem Alter sich noch faszinieren lassen konnte, noch begeisterungsfähig war, als Aktiver unter Aktiven die Herausforderung des Leistungssports anzunehmen, sich ihr und dem ständigen Risiko der Niederlage zu stellen. Ausnahme, weil er als gestandener und vielseitig erfahrener Mann einen ganz anderen Überblick über die gesamtgesellschaftlichen Zusammenhänge mit einbrachte in den nervenaufreibenden und gleichzeitig befreienden Kampf um Höchstleistungen. Ausnahme, weil er die natürliche Lebensklugheit des Fünfzigjährigen beim

Wechsel vom Straßenanzug zur Trainingskleidung nicht an der Garderobe abgab. Ausnahme, weil er nicht nur Sportler oder nicht nur Unternehmer war, je nach den Anforderungen des Augenblicks, sondern zuerst und vor allem Mensch.

Als Mensch, als erfahrener Mensch, sah er sich dem Anspruch gegenüber, anderen zu helfen. Und wie er diesem Anspruch die Taten folgen ließ! Bewunderungswürdig. Voll ausgelastet als Unternehmer, in der spärlichen Freizeit eingespannt in sein Dressurreiten, gefordert als Vater einer großen Familie, machte er noch ungeahnte Kräfte frei für andere. Ungewiß, ob sie nicht ein Schlag ins Leere sein würde, sie, seine Stiftung Deutsche Sporthilfe. Welche Vehemenz der Hilfsbereitschaft: Bitten und Betteln um größere oder kleine Spenden bei anderen, bei Gleichgestellten, Unternehmern, bei wohlhabenden Bürgern, bei zahllosen unbekannten Freunden des Sports.

Frau Neckermann erzählte mir einmal, welchen Intrigen und Anfeindungen zum Trotz ihr Mann durchhielt, welcher Verbissenheit es bedurfte, seine Idee durchzusetzen. Konkurrenzdenken anderer Sportorganisationen, die plötzlich fürchteten, an Ruhm und Ehre einzubüßen, gemessen an der Einzigartigkeit der Sporthilfe. Gemeine Unterstellungen, ihr Mann würde den Sport zur Werbung für sein Unternehmen ausnützen. Es hat ihn irritiert, hin und wieder in die Enge gedrängt, zweifellos. Doch nicht gestoppt. Gott sei Dank. Es muß auch wertvoller sein für andere da sein zu wollen, als wegen anderer sich zur Untätigkeit verdammen zu lassen. Schlimm genug, daß die eigene Eigennützigkeit und Engstirnigkeit immer auch anderen angedichtet wird.

Für andere da sein, anderen zu helfen! Anderen, das sind die Zwölfjährigen, Achtzehnjährigen, Zwanzigjährigen, die jungen Menschen, die sich vielleicht ihrer Hilfebedürftigkeit gar nicht bewußt waren. Junge Abenteurer, die sich frisch und mutig und unverzagt in die Arme des Abenteuers Leistungssport geworfen hatten, voll naiven Vertrauens in die Gesellschaft, in die eigene Kraft und Zuversicht. Blind in ihrer Unbefangenheit. Es ist zweifellos ein Vorrecht jugendlicher Unbekümmertheit, dieses Blindsein für Zwänge, dieses Blindsein für die Zukunft, dieses Außerachtlassen vorsichtiger Planung, abwägenden Risikobewußtseins, dieses fröhliche Verleugnen eines möglichen Scheiterns. Ein Abenteuer ohnegleichen, lockend und verführerisch: schneller, höher, weiter! Wer könnte so bedingungslos diese Herausforderung zum Abenteuer annehmen, so vorwärtsstürmend nichts als einen imaginären Gipfel im Auge? Wer, wenn nicht ein Junger oder ein Junggebliebener?

Direktor Dr. Weber, Vorstandsmitglied der Bayer-Werke und langjähriger Vorsitzender des TuS 04, war in seiner Einstellung zum Leistungssport durchaus vergleichbar mit Josef Neckermann. Oft hatte ich Gelegenheit, Unterhaltungen mit Dr. Weber beizuwohnen. Einmal kam er auf ähnliche Überlegungen zu sprechen, wie ich sie eben angestellt habe. Es handelte sich um einen Kunstspringer, Olympiakandidaten, der in Dr. Webers Abteilung, dem Ingenieurwesen der Bayer-Werke, angestellt war. Immer wieder waren Dr. Weber Urlaubsgesuche auf den Tisch geflattert, für Wettkämpfe, Trainingslager, Meisterschaften.

„Was soll ich tun?" sagte Dr. Weber. „Sicher, der junge Mann möchte vorankommen. Höchstleistungen vollbringen. Trainingslager und Wettkämpfe sind ebenso notwendige Voraussetzungen dafür wie eine großzügige Arbeitsplatzgestaltung. Ich will der letzte sein, der ihm einen Stein in den Weg legt." – Dr. Weber war dem Leistungssport sehr aufgeschlossen. Unter seiner Führung erst hatte sich der TuS 04 dem absoluten Leistungssport geöffnet.

„Aber der junge Mann hat Familie. Stelle ich ihn fortwährend frei von der Arbeit, ist er für mich im Betrieb bald nicht mehr wert als eine Aushilfskraft. Ein tüchtiger Mann ohne Frage, intelligent und sehr befähigt für seinen Beruf, dieser junge Wasserspringer. Aber einmal anwesend und häufig abwesend, so ist der Mann für den Betrieb nichts wert. Ich muß einen anderen einstellen, der immer verfügbar ist. Einen Mann, der seinen Arbeitsplatz voll ausfüllt. Das wäre weiter nicht schlimm, läßt sich ja auch ohne weiteres machen in einem Betrieb wie unserem. Unser Leistungssportler wäre also frei für seinen Sport, den er allein im Augenblick im Sinn hat.

Muß ich als erfahrener Mann aber nicht weiter denken, vorausdenken, was dieser junge Himmelsstürmer im Augenblick zu tun nicht vermag? Was ist nach fünf oder zehn Jahren, wenn mein Schützling plötzlich aufwacht, um sich blickt und feststellen muß, daß alle anderen Kollegen, mit denen er anfangs auf gleicher Ausgangsposition in seinem Beruf gestanden hat, ihn plötzlich weit hinter sich gelassen haben? Die anderen stehen bereits in verantwortungsvollen Positionen, er ist noch dort, wo er angefangen hat, wird er das jemals aufholen? Muß ich, als sein Chef, nicht beizeiten dafür sorgen, daß er nicht seinen Beruf für eine kurze, aber entscheidende Zeit über außerberuflichen Engagements aus den

Augen verliert? Wird er nicht mit Recht dann vor mir stehen und mich anklagen? Sie, Herr Dr. Weber, hätten doch wissen müssen, daß der Leistungssport einen auffrißt. Sie, Herr Dr. Weber, hätten mich doch als erfahrener Mann davor bewahren müssen, daß ich beruflich plötzlich vor dem Nichts stehe. Der Mann hat Familie. Nein, meine Lieben, so einfach kann man sich das nicht machen mit der Unterstützung junger Leistungssportler. So einfach ist das nicht getan. Freistellung, bezahlter Urlaub, Trainer, Trainingsstätten – was ihr fordert, ist gut und richtig, aber kurzsichtig. Ich muß da als Vorsitzender weiterblicken."

So schloß Dr. Weber damals das Gespräch über den großzügigen Förderer Farbenfabriken Bayer ab. Häufig muß ich daran denken, wie recht er hatte; muß ich feststellen, wie selten doch im Sport Männer mit solchem Verantwortungsbewußtsein für die Sportler sind. Nach Männern wie Dr. Weber und Josef Neckermann muß man unter den hohen Sportfunktionären suchen wie nach der sprichwörtlichen Stecknadel im Heuhaufen.

Welch ein Glück für mich, daß ich über den Sport nie Schule und Beruf aus den Augen verloren habe. Glück? Viele möchten es als eigenes Verdienst auslegen. Ich für meine Person glaube jedoch, daß eine gute Portion Glück ohne eigenes Zutun mit im Spiel war. Jeder Abenteurer wird das zugestehen müssen. Blickt er am Ende seiner erfolgreichen Expedition zurück, muß er sich ehrlicherweise eingestehen, daß viele andere, genauso gut ausgerüstet wie er, aus ungezählten unbekannten Gründen das Ziel nicht haben erreichen können.

Glück habe ich schon während meiner Schulzeit gehabt. Ein Glück mit Name: Oberstudiendirektor Otto Lembcke, der Leiter meines Gymnasiums. Häufig, wenn es einen kleinen oder auch größeren sportlichen Erfolg meinerseits gegeben hatte, beglückwünschte er mich strahlend, stolz auf seine Schülerin. Jedoch nie so stolz, daß er mir nicht ermahnend ein Beispiel vor Augen hielt, das ihm, dem Schulmann, nicht gefallen wollte. Aufmerksam hatte er immer die Schullaufbahn der wohl erfolgreichsten und populärsten Leichtathletin der frühen sechziger Jahre verfolgt. Auch eine Niedersächsin: Jutta Heine aus der Landeshauptstadt Hannover hatte neben ihren Höchstleistungen erhebliche schulische Probleme zu verkraften. Herr Lembcke unterließ es nie, mich zu ermahnen, weiterhin eine gute Schülerin zu bleiben.

Auch meine Mutter hatte ein gut Teil dazu beigetragen, daß ich den Boden unter den Füßen nicht verlor. Sie betonte immer wieder, daß ich nur auf dem Gymnasium bleiben dürfte, solange ich eine gute, beziehungsweise sehr gute Schülerin war. Andernfalls könnte sie die erhebliche finanzielle Belastung der Familie nicht verantworten. Am wenigsten gegenüber meinen Schwestern Ute und Ilse, die beide die Mittelschule besuchten.

So kann ich es wirklich nur als Glück bezeichnen, in naher Umgebung immer verantwortungsbewußte Menschen gehabt zu haben, die nie der Versuchung erlagen, sich von dem glitzernden Erfolg in der Öffentlichkeit blenden zu lassen. Nur so war für mich die Chance gegeben, hin und wieder auf der Einbahnstraße Leistungssport innehalten zu können, nachzudenken. Ob ich aus mir selbst heraus dazu gekommen wäre? Ich wage es zu bezweifeln. Abenteurer haben nur zu leicht Scheuklappen auf.

Menschen wie Oberstudiendirektor Lembcke, Dr. Weber, Josef Neckermann und meiner Mutter, Dankbarkeit. Bedauern für die, die der rechtzeitigen Erkenntnishilfe durch solche Begegnungen entbehren mußten, Schulabschlüsse, Lehrstellen und Examina hintansetzten. Sportlicher Ruhm verblaßt schnell, und im Beruf zählen keine Medaillen.

Doch zurück zur Sporthilfe des Jahres 1967.

Das tägliche Training, der tägliche Pendelverkehr von Leverkusen nach Köln und zurück, dazu täglich mehr als fünf Stunden praktischer Unterricht an der Sporthochschule. – Es dauerte nicht lange, da war ich müde und schlapp. Körperlich ausgelaugt, schleppte ich mich nach einigen Wochen nur noch so zum Training. Besorgt hatte Gerd Osenberg das beobachtet. So lange, bis er mich eines Nachmittags wieder vom Platz schickte:

„Kaufe dir zwei dicke Steaks, zwei Köpfe Salat und Milch. Iß und trink erst einmal etwas Rechtes. Dann schlafe zwei Stunden. Wenn du dann noch Lust zum Training hast, komm' wieder. Brauchst du Geld?"

Nein, um Gottes Willen, das wäre ja nun das Letzte. Als Gast im Training schmarotzen und sich dann auch noch aushalten lassen! „Es reicht schon. Danke, Gerd."

Also trottete ich gehorsam von dannen, zum Kaufmann, in meine Wohnung. Essen, Schlafen. Aufwachen und das Gefühl einer herrlichen Frische – überraschende Erfahrung! Ist Essen wirklich so wichtig? Vielleicht doch. Aber in Göttingen war es doch nicht so gewesen? – Da hatte ich ja auch nicht täglich so intensiv trainiert. Dazu die ständigen körperlichen Anstrengungen im Studium. Auch das war anders gewesen in Göttingen. Verdutzt über die prompte Wirksamkeit eines deftigen Mahles, schnappte ich wieder fröhlich und munter meine Trainingssachen. Auf ging's. Gut geworfen habe ich an diesem Abend noch. Besser als all die Tage zuvor.

Sporthilfe war das zwar noch nicht, im Sinne der Stiftung Josef Neckermanns. Aber kurz darauf, so um Pfingsten 1967 herum, bekamen wir Leistungssportler, die an der Sporthochschule Köln studierten, zum ersten Mal das Wirken dieser Institution auf gleiche Weise zu spüren: Mittagstisch der Deutschen Sporthilfe für die Kölner Studenten.

Mit dem ASV-Clubheim hatten die Initiatoren einen idealen Ort gefunden. Gleich neben der Sporthochschule. Hautnah und doch weit genug entfernt, daß andere Sportstudenten, auch ständig hungrig, nicht neidisch werden mußten, wenn sie, vor ihrem Mensaessen sitzend, auf unsere Teller geschaut hätten. Wahrhaftig, ein solcher Vergleich hätte Neid und Mißgunst aufrühren können.

Herrliche riesige dicke saftige Steaks, eine große Schüssel voll Salat für jeden. Unterschiedlich zurechtgemacht, je nach Wunsch mit Zucker und Zitrone, Essig und Zwiebeln oder saurer Sahne. Dazu ein herzhaftes Bier, wer wollte. Für die anderen einen Saft oder literweise Milch. Als Beigabe Gemüse und dampfende Kartoffeln, appetitlich garniert mit gehackter Petersilie. Das Auge sollte auch etwas haben. Zum Nachtisch immer frisches Obst, das beste und leckerste, das er auftreiben konnte. Er, der gute Herr Sieber, Vereinswirt des ASV Köln.

Wenn ich daran denke, welch liebevolle Mühe er sich mit uns gemacht hat, ich könnte ihn heute noch ganz herzhaft dafür in die Arme schließen. Zu Hause, mit den Füßen unter Mutters Tisch, hätte keiner von uns besser umsorgt werden können.

Das Schlappmachen, das Müdesein, wie weggeflogen war es. Neckermann – und Sieber – machten es möglich. Gewiß: finanzielle Zuschüsse, jedem in die Hand gegeben, denkbar wäre es schon, daß der Erfolg ein ähnlicher hätte werden können. Aber nur denkbar. Eingetreten wäre es sicherlich nicht. Es war ja nicht nur das Steak, das Essen an und für sich. Dazu kam das Umsorgtsein, nicht einkaufen müssen, nicht selbst kochen und abwaschen müssen. Die Gesellschaft von Gleichgesinnten, inmitten derer es allen so prächtig mundete. Es mußte nicht jeder mehr für sich selbst sorgen, es wurde gesorgt, es wurde nachgefragt. „Hat's geschmeckt? War es genug?" Ein Schwätzchen war immer dabei.

Und Herr Sieber strahlte über unsere Erfolge, als wären es seine eigenen. Mit Recht; ein bißchen gehörten sie ja auch ihm. Das können 100, 200 oder 300 Mark im Monat nicht bieten, was Herr Sieber uns Gutes getan hat.

Herr Neckermann hatte eine gute Hand gehabt bei diesem Anfang seiner Sporthilfe. Eine bessere Hilfe vor Ort könnte ich mir nicht vorstellen. Ob Manfred Germar, Mitglied im Gutachterausschuß der Sporthilfe, seine Hand dabei im Spiele hatte, als Sportwart des ASV Köln? Gleichgültig, wessen es war, es war eine gute Hand.

Spürbar, direkt abzulesen an den Trainings- und Wettkampfergebnissen, war diese „Kraftspritze" eines deftigen Mittagessens für mich. Eine Weltjahresbestleistung nach der anderen belohnte die guten Geister bei der Sporthilfe und im TuS 04. Die Bedingungen des Jahres 1967 waren optimal für mich. In Gerd Osenberg stand mir, dem Gast beim TuS 04, ein außerordentlicher Trainer zur Verfügung. Ich durfte die besten Trainingsstätten benutzen, eine Vereinsgemeinschaft nahm mich freundlich auf, ließ mich nie spüren, daß ich nur Gast war, und ein Herr Sieber sorgte für mein leibliches Wohl. Das konnte ja kaum anders enden als zu guter letzt in meinem Weltrekord, den ersten Wettkampfwurf einer Frau über die 60-Meter-Marke hinaus: 61,26 m in Sao Paulo auf der Südamerikareise zum Abschluß der Saison 1967.

Kaum zurück, direkt ins Wintersemester hinein, war's vorbei mit der Sieberschen Herrlichkeit. War es ihm, dem guten Mann zuviel geworden? Der Mittagstisch für Leistungssportler war verlegt worden in ein Stübchen mit Hintereingang direkt neben der Mensaküche. Der Abstand zu den anderen Studenten wurde vorsorglich beibehalten. Die Zusammensetzung des Mittagessens lag auch nicht im Ermessen des Mensawirtes. Es gab einen Essensplan, ausgearbeitet von irgendwelchen Fachleuten der Sporthochschule. Wissenschaftlich gar?

Fortan hatte unser Mittagessen regelmäßig mehrere Gänge: Vorspeise, Suppe, Hauptgericht, Nachtisch. Aber immer häufiger schob einmal dieser, einmal jener Athlet den Teller von sich. Komisch, bei Herrn Sieber hatte es das nie gegeben. Bei aller Sorgfalt, die in der Küche bei der Zubereitung gewaltet haben mag, es schmeckte nicht mehr, bei weitem nicht mehr so gut wie bei Herrn Sieber. Manch einer ging auch abends zusätzlich wieder zu Herrn Sieber, Steaks, gute Hausmannskost zu essen. Der Eingriff der Wissenschaft in unseren Magenfahrplan, er war mißglückt. Bei der

Zusatzkost an Herrn Siebers Tisch klärten sich im Gespräch dann auch die Gründe, warum wir nicht mehr bei ihm essen durften. Enttäuscht war er, sauer. Keineswegs war ihm das Kochen für uns zu viel geworden. Nicht einmal gefragt hatte man ihn danach. Im Gegenteil, er war bereits in den Semesterferien herumgefahren, die besten Metzger auszumachen, bei verläßlichen, seriösen Lieferanten Vorbestellungen aufzugeben. Immer bedacht, das Beste für seine Sportler auf den Tisch zu bekommen. Dann plötzlich aus heiterem Himmel hatte man ihm mitgeteilt, die Sporthochschule wäre besser als er in der Lage, die Athleten leistungsgerecht zu versorgen. Wissenschaftlich sollte das geplant werden, Ernährungstabellen müßten herangezogen werden. Es wäre sowieso ein Affront gegen die Sporthochschule gewesen, daß nicht von allem Anfang an die Verpflegung der „Kaderathleten" in ihre Hände gelegt worden sei.

So kam es heraus, teils durch Herrn Sieber, teils durch andere Informationen. Bevor wir es alle so richtig mitgekriegt hatten, wie übel Herrn Sieber mitgespielt worden war und uns eigentlich auch, hatte sich das Ganze schon so eingespielt, daß nichts mehr zu ändern war. Einige wenige versuchten das Rad zurückzudrehen. Ohne Erfolg.

Dem Hang zur Wissenschaftlichkeit wurde kompromißlos nachgegeben. Sicher, man hatte nur das Beste für uns im Auge. Niemand wollte das bestreiten. Warum aber durften wir, die Betroffenen, nicht auch mitentscheiden? Traute uns wirklich niemand zu, daß wir dazu in der Lage waren? Anscheinend hielt man uns tatsächlich für Dummköpfe, vermutete nur Muskeln da, wo andere ihr Gehirn mit sich herumtragen.

Wie dem auch sei, es blieb dabei: Mittagessen hinter der Mensa, zurückgeschobene Teller. Der Apparat hatte zugeschlagen. Ein beachtlicher Aufwand an Verwaltung mehr, ein schmerzlicher Verlust an menschlicher Spontaneität und Wärme für uns Aktive gratis.

Es ist ja auch ein Kreuz mit diesem Apparat, diesem nimmersatten Ungeheuer, das da gemeinhin Verwaltung, Organisation genannt wird. Platz bleibt da nur noch für Lochkartensysteme. Was nicht auf diese ominösen Streifen gestanzt werden kann, muß ausgemerzt, verändert werden, systematisiert, angepaßt. Erfolge, die trotz dieser Prinzipiengläubigkeit oder gar gegen sie erreicht werden, sind zu übersehen, herunterzuspielen. Das macht man am besten so, indem man diesen Abtrünnigen, diesen prinzipienlosen

Außenseitern vor Augen führt, was sie alles hätten erreichen können, hätten sie nur den konformen Weg eingeschlagen. Wenn du bloß gemacht hättest, was wir für richtig halten, du hättest nicht 61,26 m weit geworfen – 65 m wären ein Kinderspiel gewesen. Wer's glaubt, wird selig.

Dr. Weber hatte einmal mit Dr. August Kirsch, dem Präsidenten des DLV, des deutschen Leichtathletik-Verbandes, ein Gespräch über den TuS 04, den unruhestiftenden Trainer Osenberg und dessen ‚abartige‘ Trainingskonzeption. Ob da wirklich jemand an einen Erfolg, die Bekehrung zur Linientreue geglaubt hat? Dr. Weber war jedenfalls immer einverstanden gewesen mit den Konzepten und originellen Einfällen seines Trainers. Wie man mir erzählte, hörte er sich die Ausführungen des Präsidenten an, nickte verständig bei der Begründung der DLV-Prinzipien. Abschließend soll er Herrn Dr. Kirsch jedoch schockiert haben mit der Bemerkung: „Das ist sicherlich alles richtig und gut durchdacht, Herr Dr. Kirsch. Für den DLV. Aber schauen Sie, die Hälfte der Medaillen des DLV in Mexico haben Leverkusener Athleten der Bayerwerksvereine gewonnen, trotz der seltsamen Methoden. Ich begrüße Ihr Konzept. Aber nicht für den TuS 04. Essen Sie im DLV nur weiter Menü. Es geht ja wohl nicht anders. Aber wir vom TuS 04 werden weiter á la carte speisen."

Ich kann mir das versteckte Lächeln in den Augenwinkeln Dr. Webers lebhaft vorstellen. Ein großartiger Vorsitzender. Schade, wirklich schade, daß nur so wenige Männer, die an wesentlichen Stellen unseres Gesellschaftssystems Verantwortung tragen, für die Mitarbeit im Sport zu gewinnen sind. Die Dr. Webers, die Josef Neckermanns, sie müssen wohl immer die Ausnahme bleiben. Man muß froh sein, daß es sie überhaupt gibt.

Diese Zeilen geraten mir immer wieder zu Abschweifungen. Sei es drum. Sporthilfe ist das Thema. Wie war es im Winter 1967/68 darum bestellt?

Für meine Person hatten sich die Dinge geregelt. Ich war bei Hannover 96 ausgetreten und zum TuS 04 übergewechselt. Die Bayer-Begabtenförderung war beantragt worden. Ich bekam den monatlichen Fahrtkostenzuschuß von DM 120,– für die anfallenden Kosten der täglichen Fahrt Leverkusen–Köln–Leverkusen. Für das geregelte Mittagessen sorgte die Sporthilfe. Und sie sorgte noch für mehr.

Ab Winter 1967/68 zahlte die Stiftung monatlich einen Fahrtkostenzuschuß, eine Ernährungsbeihilfe und eine Studienunterstützung bar aus. Damit entfielen die DM 150,– Ernährungsbeihilfe vom Verein der Freunde der Leichtathletik. Die Initiative dieser Förderer ging, was die Spitzenathleten betraf, auf in der Stiftung Deutsche Sporthilfe. Nach wie vor allerdings werden immer noch vielversprechende junge Talente von diesem Freundeskreis unterstützt. Talente, die die Sporthilfe nicht aufnehmen kann in den Kreis ihrer Förderung. Mein Lebensunterhalt war gesichert, ich konnte sorgenfrei studieren, sorgenfrei trainieren, in die Zukunft blicken. Dank Mutter Bayer und Vater Neckermann.

7. Startgelder

Daß die Sporthilfe im Hinblick auf mögliche Verstöße gegen das Amateurstatut abgesichert war und ist, und damit auch die Sporthilfeempfänger, versteht sich von selbst. Bei den Startgeldern sieht das schon anders aus. Kaum jemand wird zwar je eine Empfangsbestätigung unterschrieben haben, doch die Möglichkeit des Verlustes der Amateureigenschaft liegt in diesem Fall wohl bedrohlich näher. Startgelder sind Beträge, die Athleten von den Veranstaltern erhalten, damit sie auf deren Sportfesten antreten. Spesen nennt man das landläufig, und gezahlt wird unter dem Tisch. So steht es jedenfalls in den Zeitungen. Und Summen werden dort genannt. Da fällt mir ein Kölner Stadtanzeiger-Artikel von Robert Hartmann in die Hand, einem der seriösen Leichtathletikreporter.

„Köln – Guy Drut hat sich beklagt, und der Kettenraucher von filterlosen Zigaretten bringt gleich den ganz starken Tobak auf den Tisch:

Die Leichtathletik sei verfault – nicht wegen der Anabolika-Geschichten, nein, wegen der sogenannten Spesenzahlungen unter dem Tisch. Er wolle nicht mehr länger mitmachen, und der Olympiasieger über 110 m Meter Hürden erteilt sich daheim in Paris beim Abschied vom Leistungssport noch schnell selbst die Absolution.

Daß Gelder in Form von Spesen an die besten Leichtathleten bezahlt werden, ist kein Geheimnis. Die Preise sind zuletzt heftig in die Höhe geklettert, aber unter dem Strich kamen die meisten Veranstalter hervorragend über die Runden.

In der Leichtathletik wurde schon immer gut verdient. Paavo

Nurmi erhielt vor mehr als vierzig Jahren 3000 Goldmark für einen Start in Königsberg, und prompt stolperte er über den Amateurparagraphen, dennoch flocht ihm und nicht dem Richter die Nachwelt Kränze. Der schwedische Mittelstreckler Gunder Hägg nahm 1941 400 Kronen für ein Rennen, wurde erwischt und vorübergehend aus dem Verkehr gezogen. In seinem Buch „Die 80 Tage des Gunder Hägg" erläutert der Autor Hans Gebhardt, daß diese Summe damals dem Monatseinkommen eines Angestellten entsprach.

Vor fünf Jahren forderte ein finnischer Langstreckler von einem deutschen Veranstalter 10 000 Mark für einen 10 000-m-Lauf. Er erhielt sie nicht; auch nicht Lasse Viren, der Doppelolympiasieger, der nach den Spielen in Montreal von Wettkampf zu Wettkampf tingelte.

Tausend Dollar (2500 Mark) pro Start bedeuten quasi den Durchschnitt für den „gehobenen Stand". So verwundert es nicht, wenn die amerikanische Profi-Gruppe ITA gezwungen ist, nach dreijähriger Existenz das Handtuch zu werfen.

Die Bedrohung durch den Professionalismus für die westliche Leichtathletik existiert praktisch nicht mehr. Der Internationale Leichtathletik-Verband (IAAF) darf sich bestätigt sehen in seiner Politik des Gleichmuts. In den osteuropäischen Staaten lächeln sie ohnehin über die Aufgeregtheit um die Spesenfrage. Rund 25 000 Mark gibt es dort nach Aussage eines Kenners als Prämie für einen Weltrekord.

Guy Druts ,empörter' Aufschrei stößt sich also längst an einer Art von Gewohnheitsrecht, von dem nie ausgiebiger Gebrauch gemacht wird als in einem Olympiajahr."

Junge, Junge, das sind Summen! Nicht einmal mein elektronischer Taschenrechner kann mir dabei helfen, auch nur in etwa zu überschlagen, was ich da wohl eigentlich hätte verdienen können. Angefangen 1967: Damals Aushängeschild der bundesdeutschen Leichtathletik, sichere Garantin für Weltklasseleistungen – lukrativ für jeden Veranstalter. 1968 ein scheinbar ganz sicherer Goldmedaillentip für die Olympischen Spiele in Mexico-City. Publikumsliebling Nr. 1 auf allen bundesdeutschen Leichtathletikveranstaltungen. Überall dabei. 1969 zweimal Weltrekord. Zum zweiten Mal Sportlerin des Jahres, von der internationalen Sportpresse von Hongkong bis Hawaii zur Weltsportlerin gewählt. 1970 und 1971 – das hätte doch nur so klimpern müssen in meiner Kasse. Oder besser, rascheln. Es hätte sich ja wohl nur um große

Scheine handeln können, könnte man in jedem Fall von diesem Zeitungsartikel ausgehen.

Mir selbst kommt es schon wie ein weiteres Ammenmärchen vor, was ich jetzt aus meiner Erfahrung zum Thema Startgelder berichten muß. Wie lächerlich muß das erst in den Ohren derer klingen, die so viel besser informiert sind, als ich es jemals gewesen bin. Doch der Wahrheit sei die Ehre gegeben, so wenig glaubhaft sie auch sein mag.

Bei diesen Spesen, von denen in dem zitierten Zeitungsartikel die Rede ist, geht es im allgemeinen so zu: Einem Veranstalter ist an einem Start eines bestimmten Athleten sehr viel gelegen. Er ruft ihn an. Fragt, ob der Athlet kommen wolle zu seiner Veranstaltung. Der Athlet zeigt sich nicht abgeneigt. Der Veranstalter beginnt mit seiner Überredungskunst. Er braucht ja eine feste Zusage, um mit Vorankündigungen die Zuschauer ins Stadion zu ziehen. Der Athlet will keine feste Zusage geben. Terminschwierigkeiten, große Entfernung, berufliche Verpflichtungen . . . was immer ihm so einfällt, wird angeführt. Der Veranstalter gibt nicht auf: „Wir zahlen Ihnen selbstverständlich alle Unkosten." Das Geplänkel geht weiter. Endlich hat man sich auf einen Spesensatz geeinigt. Die Abmachung ist getroffen, stillschweigende Übereinkunft. Am Ende der Veranstaltung taucht der Athlet nach erbrachter Leistung oder Nichtleistung im Wettkampfbüro auf (meistens steht eine lange Schlange vor diesen Büros) – und nun gibt es die erwartete Löhnung.

Einfache Sache, übersichtliche Gepflogenheiten. Nur muß man davon wissen. Dem Neuling auf internationalen Veranstaltungen, Weltklasseathlet, versteht sich von selbst, ist solches Wissen selten in die Wiege gelegt. Er tappt im Dunkeln. Wer klärt ihn auf über seinen „Marktwert"? Ist er selbst nicht gewitzt genug, seinen eigenen Marktwert auszuloten, fehlt ihm dazu noch ein gerüttelt Maß an kecker Unverschämtheit, so wird er nie den gerechten Lohn für seine Leistungen, gemessen an den Forderungen anderer, erhalten.

Willi Holdorf, so erfuhr ich aus Gesprächen, soll als frischgebackener Olympiasieger 1964 eine besondere Taktik entwickelt haben. Er ging immer hinter Wolfgang Reinhardt, dem Silbermedaillengewinner im Stabhochsprung, ins Abrechnungsbüro. „Ich kriege dasselbe wie Wolfgang", soll er solange gesagt haben, bis er selbst gewußt hat, was so üblich ist. Clever, dieser Willi. Wolfgang, der schließlich an seiner übertriebenen Selbsteinschätzung zugrunde ging, hat den Veranstaltern gewiß immer das äußerste abgenommen.

Pech für den, der nicht das Geschick hat, jemanden vorauszuschicken. Pech für den, der den richtigen Lehrmeister nicht rechtzeitig findet. Pech für den, der keine Nase für das große Geld hat. Zu welcher Sorte ich gehörte – ich brauche es wohl nicht mehr zu betonen. ‚Dumm geboren, nicht genug dazugelernt.'

Es gab auch kaum eine Chance. Als junger Trainer stieg Gerd Osenberg gemeinsam mit mir in diese Sphäre der Mischung von Sport und Geschäft ein. War genauso unbedarft in dieser Richtung. Eine andere Athletin oder einen Athleten zum Vorausschikken gab es nicht im TuS 04 des Jahres 1967. Meine Wettkämpfe plante Gerd. Also traf er auch alle Abmachungen. Selbst hatte ich kein Telefon, um angerufen werden zu können. Außerdem fühlte ich mich bei Gerd auch gut aufgehoben. Wurde ich, später auch Heide Rosendahl, von einem Veranstalter eingeladen, so managte Gerd gleich alles für die halbe Vereinstruppe. Die Veranstalter nahmen alle an, zahlten für drei oder vier Pkws. Am Ende blieben für Heide oder mich meistens so um die 150 DM übrig. So wie ich mich ganz am Anfang über den „Würmeling"-Verdienst gefreut hatte, nahm ich solche 150 DM auch begeistert und zufrieden hin. Fragte nicht nach mehr, auch nicht danach, was andere bekamen, genoß es viel mehr, überall dabeizusein, durch hervorragende Leistungen zu glänzen, beliebt und gefeiert zu werden, und, wie nebenbei, meinem monatlichen Unterhalt weiter abzusichern.

Es war 1968 beim ASV-Sportfest, daß mir zum ersten und einzigen Mal der Kragen platzte bei einer Spesenabrechnung. Nicht daß ich mich um die Aufbesserung eines zu niedrig kalkulierten Marktwertes stritt. Der Anlaß war nichtig, die Situation peinlich, äußerst peinlich - für mich – jedenfalls. Wie ein begossener Pudel schlich ich geschlagen von dannen, damals an jenem verregnetem Wettkampftag im Köln-Müngersdorfer Stadion.

Nachdem ich in der frühen Saison des Jahres meinen Weltrekord an Christine Spielberg verloren hatte, jagte ich dem neuen Rekord hinterher, und wurde selbst gejagt. Auf jeder Veranstaltung erwartete man von mir, daß ich einen neuen Weltrekord aufstellen sollte. Lia Manoliou, die spätere Olympiasiegerin in der Regenschlacht von Mexiko City, war nach Köln eingeladen worden, als besonderer Ansporn für mich. Fast wie eine Vorwegnahme der Olympischen Spiele, auch in Köln war die Rumänin mir überlegen gewesen. Im Regen, auf rutschigem Kreis. Für Lia, eine langsame Kraftwerferin, bei weitem kein so großes Handikap wie für mich, die ich immer auf meine Schnelligkeit angewiesen blieb.

Nun gut, der Wettkampf war vorbei, übrigens meine zweite Niederlage gegen Lia, es ging um das Abrechnen der Fahrtkosten. Ich hatte mich zum Abrechnungstisch durchgefragt und eine lange Zeit in einer endlos scheinenden Schlange von anderen Sportlern gewartet, bis endlich ich an die Reihe kam.

„Name, Disziplin, Heimatort?" routinemäßig kam die Frage.

„Liesel Westermann, Diskuswerfen, Sulingen", lautete meine Antwort.

Überraschtes Aufblicken des Geldmenschen. Ein spöttisch taxierender Blick streifte mich.

„Sulingen? Was soll denn der Quatsch! Aus Leverkusen kommen Sie doch. Also jetzt keine krummen Sachen hier."

„Nein, ich komme aus Sulingen", beharrte ich.

„Hier wird nicht nach Geburtsort abgerechnet, nur die tatsächlichen Fahrtkosten. Und das sind für Sie 5,– DM, wenn's hoch kommt, Straßenbahn und Bus!"

Mir schoß das Blut in den Kopf. Ich sah mich um. Nur grinsende, schadenfrohe, teils aber auch mitleidige Mienen der anderen, die noch warteten auf ihre Abrechnung, interessiert, wie das bei mir wohl enden würde. Ich hätte in den Boden versinken mögen: Klein beigeben und schnell mit den paar Groschen verschwinden? Warum? Was bildete sich der Kerl eigentlich ein, so konnte der doch nicht mit mir herumspringen! Ein ganzes Flugzeug voll Amerikaner und Athleten aus Gott-weiß-woher waren am Start gewesen. Wohl kaum für 5,– DM. Und was hatten sie gebracht? Gegen das Diskuswerfen waren alle anderen Wettbewerbe zweitrangig gewesen.

„Ich komme aus Sulingen, und ich bestehe darauf, meine tatsächlichen Fahrtkosten Sulingen/Köln und zurück zu bekommen. Ich fahre heute abend nämlich wieder nach Hause!"

So unendlich peinlich mir das ganze auch war, übertölpeln lassen wollte ich mich um nichts in der Welt.

Ich konnte mich zu guter letzt durchsetzen, bekam, was ich forderte, was mir zustand. Aber in Köln wollte ich nie wieder an den Start gehen. Nie wieder! Und wenn ich Olympiasiegerin werden sollte.

Nun ja, daraus wurde ja schließlich nichts, aus dem Olympiasieg, und 1969 war ich auch wieder mit von der Partie, beim Internationalen Abendsportfest des ASV Köln. Jedoch nicht so ohne weiteres.

Es war in Frechen 1969, Vergleichskampf zwischen einer Köln/Leverkusener Auswahl und der Städtemannschaft von Bukarest. Lia Manoliou, die Olympiasiegerin im Diskuswerfen, startete im rumänischen Team, ich, die Weltrekordlerin, für die deutsche Auswahl. Revanche zwischen Lia und mir – Mittelpunkt zahlreicher Wettkämpfe der Saison. Für Frechen war es damals ein besonderer Leckerbissen, dieses Duell. Wenige Tage zuvor hatte ich nämlich in Ostberlin zum dritten Mal den Diskusweltrekord verbessert – 62,70 m.

Nebenbei bemerkt: Auf der Rückreise vom West-Berliner Flughafen aus, sollte ich überredet werden, gleich am nächsten Tag noch einmal nach Berlin zu fliegen. Der Veranstalter eines internationalen Sportfestes des SCC-Berlin, alarmiert von der Weltrekordmeldung aus Ostberlin, hatte unsere kleine Reisegruppe auf dem Flughafen abgefangen: Nach dem Start in Ost-Berlin müßte ich unbedingt auch direkt in West-Berlin einen Wettkampf folgen lassen. Nun war ich zwar immer gesamtdeutschen Argumentationen gegenüber aufgeschlossen, dagegen jedoch nie eine Freundin übertriebener Hin- und Herreiserei gewesen. Nach dem Weltrekord wollte ich Ruhe, ungestört ein stetiges Training wieder aufnehmen, stand ich doch erst am Anfang der Wettkampfsaison 1969. Also Absage an die West-Berliner.

Gerd Osenberg, mein Trainer, als Reisebegleiter im Osten mit dabei, war mit dem Trainingsbewußtsein seiner Athletin zufrieden. Ich zog ab, die West-Berliner nicht. Sie bearbeiteten Gerd weiter. Ich kümmerte mich nicht mehr darum, schlenderte durch das Flughafengelände davon. Da rief Gerd mich zurück. Unter vier Augen unterbreitete er mir den letzten Überredungsversuch der West-Berliner. 500 DM Startgeld. Das hatte selbst Gerd verunsichert.

„500 DM sind viel Geld." sagte er, „und was macht es schon, ob du dein neues Aufbautraining zwei Tage später beginnst?"

500 DM waren, das fand ich auch, ein starkes Argument. Also flog ich innerhalb von 48 Stunden zweimal die Strecke Köln-Berlin und zurück. Dem SCC Berlin hatte ich zwar keinen weiteren Weltrekord bescheren können, mit mehr als 61 m allerdings eine Weltklasseleistung als Höhepunkt ihrer Veranstaltung.

Die 500 DM Startgeld hatten sich also für die Berliner gelohnt – und ich hatte zum ersten Mal erfahren, welchen „Marktwert" ich haben konnte. Mehr als 500 DM „Spesen" habe ich übrigens nie bekommen, und das so selten, daß ich es an meinen zehn Finger abzählen könnte.

Doch zurück nach Frechen. Vergleichskampf, Revanche mit Lia Manoliou (bei solchen Ereignissen gibt es meines Wissens übrigens nie als Spesen getarnte Startgelder). Ich gewann diese Auseinandersetzung sicher mit 59,07 zu 57,17 m. Während des Wettkampfes und danach wurden Lia und ich von Reportern und Autogrammjägern bestürmt. Innerhalb eines Interviews fragte ein Journalist Manfred Germar, den Organisator des Internationalen Abendsportfestes des ASV, der neben Lia und mir stand:

„Da haben Sie ja wieder einen Knüller für Köln sicher, Herr Germar! Neuauflage Westermann-Manoliou. Ein neuer Weltrekord von unserer Diskus-Liesel?"

„Das wäre schon was!" antwortete Manfred und klopfte mir wohlwollend lachend auf die Schuler.

„Möglich", sagte ich nur ganz trocken und enthielt mich einer weiteren Antwort.

Bis zu dem Zeitpunkt war ich nämlich noch gar nicht gefragt worden, ob ich in Köln an den Start gehen wollte. Und ich wollte ja nicht, eingedenk der erniedrigend peinlichen Abrechnungssituation vom Vorjahr.

Ein paar Schritte zur Seite, Manfred begann ein Gespräch über den Zeitplan seiner Veranstaltung. Ich ließ ihn ausreden, dann:

„Ich verstehe nicht, wie du so selbstverständlich von meiner Teilnahme ausgehen kannst, Manfred. Zum einen bin ich nicht eingeladen, zum andern habe ich nicht vor, in Köln zu werfen."

So, das war raus. Ganz wohl war mir dabei zwar nicht, das ASV-Sportfest war schließlich etwas. Dort zur Standardbesetzung zu gehören, war und ist schmeichelhaft für jeden Athleten. Aber Beleidigung bleibt Beleidigung, und ich war beleidigt worden. Mein Standpunkt war klar, und ich hatte ihn endlich ausgedrückt.

Ein Augenblick der Sprachlosigkeit bei Manfred Germar. Dann:

„Mensch, Liesel, was ist in dich gefahren? Zweimal schon warst du der Mittelpunkt bei uns. Die Manoliou ist fest eingeladen, Flugticket und Hotel für sie bezahlt. Daß wir dich nicht schriftlich eingeladen haben, na gut, ich dachte, das wäre nicht nötig. Schließlich ist der gesamte TuS 04 Leverkusen mit seiner Damenmannschaft eingeladen. Gerd Osenberg hat, wie immer, für euch alle zugesagt. Du kannst uns doch jetzt nicht im Stich lassen."

Er sah mich mit einem Gesichtsausdruck an, dem deutlicher als seinen Worten zu entnehmen war, was er dachte:

„Starallüren, jetzt auch die!"

Nun, Starallüren zu haben, diesen Eindruck wollte ich zu allerletzt hinterlassen. Also mußte ich das Warum meiner Absage erklären. Einer Sturzflut gleich purzelten mir die Worte über die Lippen, daß Manfred keine Gelegenheit erhielt, mir ins Wort zu fallen.

„Das will ich dir sagen, Ich mag zwar naiv sein, und das grenzt häufig hart an Dummheit, Manfred, aber so dumm und vergeßlich, wie du meinst, bin ich doch nicht. Ich laß mir das nicht noch einmal bieten. Mittelpunkt einer Veranstaltung und fünf Mark Straßenbahngeld, egal welche Unkosten ich habe! In Köln starte ich nicht wieder. Such dir deinen Mittelpunkt woanders. Basta!"

Selbst die Erinnerung brachte mich noch in Wut, und Manfred Germar, nicht wenig bestürzt, überrascht von meinen wenig wählerischen Worten, suchte nun seinerseits mit Mühe nach einer Antwort:

„Das war wirklich allerhand, Liesel. Da hast du vollkommen recht" –

Irritierter Seitenblick von mir. –

„Aber sei doch einmal ehrlich, kann ich mich bei dem notwendigen Organisationsaufwand um alles kümmern? Der Herr . . . hatte und hat seine genauen Richtlinien für die Fahrtkostenabrechnungen. Er mußte und muß sich daran halten. Nur mit dir, das hätte nicht passieren dürfen. Wer sollte auch wissen, daß Du zu Hause warst. Für Athleten wie dich bin allerdings ganz allein ich zuständig."

„Und woher soll ich das wissen?" fragte ich dazwischen, schon leicht verunsichert, nachdem meine Empörung verraucht war.

„Du kannst das natürlich nicht wissen, wohl aber Herr . . . Er hätte dich zu mir schicken müssen. Eine Panne, unverzeihlich peinlich, gewiß, aber geschehen. Wenn ich mich jetzt dafür entschuldige, können wir das damit nicht aus der Welt schaffen?"

Manfred Germar kann wirklich eine unwiderstehlich versöhnliche Tonart anschlagen, so konnte auch ich mich damals der Wirkung seiner Worte nicht entziehen. Schließlich hatte ich meinen Zorn ja auch an den Mann gebracht. Kein Grund war mehr da zur Unversöhnlichkeit.

„Na gut, Manfred," ich schlug in seine ausgestreckte Hand ein, „vergessen wir's."

„Und du kommst?"

„Okay."

Der Streit war beendet.

„Ich gebe dir nach der Veranstaltung 200 DM, in Ordnung?"

„Aber diesmal komme ich wirklich aus Leverkusen. Sind da 200 DM nicht zuviel?" fühlte ich mich verpflichtet zu entgegnen.

„Was soll's, das bist du uns schon allemal wert. Es bleibt also dabei, oder?"

Ich nickte. Der Friede war wiederhergestellt, und ich war mehr als froh, daß ich mit meiner Meinung nicht hinter den Berg gehalten hatte und die Situation trotzdem bereinigt war. Das war für mich wichtiger als die 200 DM.

Beim ASV-Sportfest des Jahres 1969 dann gelang mir eine für damalige Verhältnisse einzigartige Serie von 60-m-Würfen.

Unübertroffener Star der Veranstaltung – Diskus-Liesel – gefeierter Mittelpunkt des Abends. Schon allein wegen meiner Weltklasseleistung wäre es bedauerlich gewesen, hätte mich mein Trotzkopf zu übertriebener Nachträglichkeit verführt. Eitel Sonnenschein, Zufriedenheit auf allen Seiten: die Zuschauer, Manfred Germar und ich. Zumindest bei Manfred und mir ist es dabei geblieben.

Der Vollständigkeit halber muß ich hier allerdings noch eine Information weitergeben, die ich selbst erst Jahre später erhielt. Ein namhafter Athlet und ich saßen irgendwo am Rande eines Wettkampfes auf einer Tribüne beisammen. Ein gemütliches Schwätzchen über Erfolge und Erlebnisse der Vergangenheit. Unter anderem erzählte ich auch von meinen hier berichteten Problemen bei den Spesenabrechnungen. Er lehnt sich zurück, wird geschüttelt von einem haltlosen Gelächter.

„Nein, das ist doch nicht möglich! 200 DM hast du gekriegt, zu der Zeit, wo sich alles um dich drehte!"

Er schlug sich auf die Schenkel.

„Und du warst zufrieden? Nicht möglich! Weißt du, was ich damals bekam? Wo ich doch kaum was drauf hatte? Selten weniger als 1000 DM!"

Jetzt hätte ich eigentlich lachen sollen. Aber wer lacht schon gern in einem solchen Zusammenhang über sich selbst! Ob ich durch meinen Sport mehr Geld hätte verdienen können? Sicherlich, wenn man dem eingangs zitierten Zeitungsartikel von Robert Hartmann Glauben schenken kann oder auch den Äußerungen dieses Sportkameraden. Aber kann man von Möglichkeiten sprechen, wenn man nicht in der Lage ist, sie wahrzunehmen, sie zu sehen? Im Falle der Wahl der Sportschuhmarke ist mir die Möglichkeit von dritter Seite aufgezeigt worden. Trotzdem habe ich das Angebot ausgeschlagen. Im Falle der Startgelder habe ich es nicht besser gewußt. Mein kaufmännisches Talent war nicht groß genug.

Ich hatte zwar gewisse Ahnungen, schließlich ja auch die Erfahrung, daß es hier soviel gab und dort um soviel mehr. Wann immer ich mich jedoch zu größeren Summen vorzutasten versuchte, hatte ich selten Erfolg. Ich war auch meistens äußerst unsicher, und immer war mir bei den sogenannten „Terminabsprachen" unbehaglich zumute. Nie brachte ich es fertig, mein Blatt auszureizen, um in der Skatsprache zu sprechen. Woran man das merkt? Eindeutig daran, daß die interessierten Veranstalter immer sofort einverstanden sind, wenn der Sportler seine „notwendige Unkosten" nennt.

Ist meine Sportmoral nicht lose? Sie erscheint mir selbst doppelbödig, wie ich dies alles hier niederschreibe: Die Würmelinggelder, die ersten Versuche, einen unterstützungswilligen Verein zu finden – selbst diese Kleinigkeiten sind strenggenommen nicht ganz in Ordnung. Jugendliche Unerfahrenheit als Entschuldigung vorzuschieben, klingt unglaubwürdig, weil mir ja schon immer zumindest dem Gefühl nach bewußt war, daß ich von dem geraden Pfad strikter Amateurmoral abwich, wenn auch nur ein ganz kleines bißchen.

Dennoch nehme ich für mich in Anspruch, eine weiße Weste in Sachen Amateuersport zu haben. Legt man die Amateurbestimmungen allerdings buchstabengetreu an, so ist mir dieser Anspruch sehr schnell abzuerkennen. Man brauchte nicht einmal Prinzipienreiterei zu betreiben. Was ich von den Startgeldern erzählt habe, spricht eine eindeutige Sprache. Ist es aber angemessen, buchstabengetreu zu verfahren? Da gibt es mehrere Argumente, die dagegen sprechen und mich vor einem schlechten Gewissen bewahrt haben:

Ich denke an die Amateurfußballer. Jeder weiß, daß in diesem Metier geradezu atemberaubende Seiltänzerakte vollbracht werden müssen, damit eine Amateur-Olympiamannschaft überhaupt zustande kommen kann.

Ich denke an die Skiläufer. Auch bei den Amateuren dieser Sportart raubt ein Tausendmarkschein mehr oder weniger niemandem den Schlaf.

Ich erinnere mich an die Siegerehrung im Anschluß an ein Amateurstraßenrennen. Ich war als Ehrengast dabei. Der Sieger erhielt – und das wurde mit der größten Offenheit und Selbstverständlichkeit angekündigt – ein Preisgeld von 3000 DM.

Mit dem Wissen um solche Tatsachen nahm und nehme ich meinen vergleichsweise bescheidenen Beitrag an diesem Wettlauf um die beste Tarnung bei Verstößen gegen das Amateurgesetz auf die leichte Schulter. Kann man doch selbst in den Augen der ‚Olympischen Götter‘ ihr eigenes Gesetz großzügig auslegen: Amateur ist offenkundig nicht gleich Amateur.

Der Sport war nie ein Geschäft für mich. Meine Vorstellungen von Sitte und Gesetz wurden nicht dadurch verletzt, daß ich den Betrieb in Maßen mitmachte. Sollte ich päpstlicher sein als der Papst? Hätte das nicht ein Ausmaß an Weltfremdheit erfordert, das man nur noch in klösterlicher Abgeschiedenheit erwerben kann?

Schon 1894 machte Pierre de Coubertin, der Vater der Olympischen Spiele der Neuzeit, einen klaren Unterschied zwischen Gewinn und Entschädigung. Die olympische Teilnahmebedingung, durch Sportausübung niemals Geld verdient gehabt zu haben, bedeutete schon für Coubertin keineswegs, wegen des Sports Geld zu verlieren. Für ihn gab es bereits die „Mumie Amateur" mit all den Fragwürdigkeiten von Verdiensteinbußen, Taschengeldern, Unterscheidung von Sportlehrern und Profis, den Folgen aus den Kontakten zwischen Amateur und Profi etc.:

„Daß der reine Amateur niemals existiert hat, diese Tatsache kann nicht geleugnet werden. Es wäre aber töricht, würde man behaupten, es gäbe den Amateurismus ganz einfach nicht."

So fühle ich mich den im Coubertinschen Sinne als Amateur. Ohne Leistungssport hätte ich mein Studium zweifellos genausogut mit Nebenjobs finanzieren können, zudem noch bei weit geringerem Zeitaufwand, als ihn der Hochleistungssport verlangt. Nie habe ich meine berufliche Ausbildung vernachlässigt, kein einziges „Diskus-Semester" riskiert. Mein Sport ist mir nie zum Beruf geworden. Bei aller Ernsthaftigkeit und Trainingsbesessenheit konnte er darum nie in die Sphäre eines Existenzkampfes abgleiten. Der spielerische Charakter der „schönsten Nebensache der Welt" konnte darum nie am Horizont verschwinden. Darin allein sehe ich den Unterschied zwischen Profi und Amateur. Wem der Sport zur Existenzgrundlage gedeiht, der muß unter die Artisten eingereiht werden. Beruf ist kein Spiel. Das heißt bei weitem nicht, daß Sport als Beruf unmoralisch ist. Nur Berufssport ist kein olympischer Sport.

Wenn ich auch heute zu Recht vermute, daß ich als Kassenstar „Diskus-Liesel" wesentlich mehr Geld hätte bekommen können, jammere ich doch keiner Mark hinterher, die ich zusätzlich hätte erhalten können. Was ich brauchte, wie ich meinen Wert einschätzte – es wurde immer gezahlt. Deshalb war und bin ich zufrieden.

Welche Unruhe hätte das ständige Handeln in meinen Alltag gebracht! Welche Belastung hätte es für mich bedeutet, für viel Geld auch besondere Leistungen zeigen zu müssen! Möglicherweise wäre mir unter solch einem „Muß" die Vielzahl überragender Wettkampfergebnisse gar nicht gelungen. Ich hätte mir selbst die Freude an der Leistung, am Sport an sich genommen. Mein Diskuswerfen wäre ja nicht mehr Spiel gewesen mit den eigenen Möglichkeiten, sondern umfunktioniert worden zum simplen Handel: – hie Geld – da Leistung!

Ich glaube nämlich nicht, daß es mir gelungen wäre, das viele Geld, das mir möglicherweise ins Haus gestanden wäre, auch bei schlechten Leistungen ungerührt einzustecken. Es hätte mich gedrückt, belastet.

Dumm? Möglich. – Aber andere sind anders, und ich bin so. Und so muß ich mit mir leben, so wie ich bin. Was soll ich mich selbst in Zwietracht bringen? Jedem seine Eigenart und mir die meine. Ein Weniger, als solches erkannt und für sich selbst angenommen, ist oft ein Mehr, ein kleines Stück selbst erkämpfte Freiheit und Ungebundenheit mehr, mit vollem Bewußtsein verteidigt vor dem Zugriff derer, die ein solches Verhalten ruhig als wirklichkeitsfremd ansehen mögen.

III. Chancengleichheit im Leistungssport?

1. Das „schwache" Geschlecht

Lange Beine, schmale Hüften, knappe Taille, voller Busen, Schwanenhals und obendrauf ein schönes Gesicht. Welch ein Ideal weiblicher Schönheit, Genuß für Männeraugen, in wenigen Worten umrissen. Welch eine Belastung für die kurzbeinigen, pummeligen, kleinen molligen Mädchen – Quell ständiger Minderwertigkeitskomplexe . . .

Hat das auch etwas mit Sport, Leistungssport, zu tun? Nicht wenig, möchte ich meinen. Jahrzehntelang haben die Frauen darum gekämpft, überhaupt Wettkampfsport treiben zu dürfen. Männliche Idealvorstellungen von der ätherischen zarten Weiblichkeit legten dem Frauensport nicht nur Steine in den Weg, man muß von Felsbrocken sprechen.

„Das halten Frauen nicht durch!"

„Das ist nichts für Frauen!"

„Frauen sind zu schwach dazu!"

„Wir wollen keine Mannweiber!"

„Wer solches tut, kann doch keine Frau sein!"

„Schaut euch doch diese Kolosse an, was ist denn daran noch schön?"

„Fürchterlich!"

„Unweiblich!"

„Eine Beleidigung des guten Geschmacks!"

Nun, ich will keine Geschichte der Entwicklung des Frauensports schreiben. Es lohnt sich jedoch, einmal nachzuforschen, um festzustellen, wie sehr Vorurteile zu Argumenten werden können, zu wirksamen Argumenten. Nach wie vor sind es nämlich Männer, die in den entscheidenden internationalen Gremien

über jene Art von Anträgen befinden – auch über die des Frauensports.

Aber es ist so eine Sache mit dem auf den Kopf gestellten Weib-
lichkeitswahn im Sport. Er treibt sonderbare Blüten von manchmal exotischer Eigenart. Wirkt er sich doch selbst auf den Alltag
eines jeden kleinen Mädchens aus, das eigentlich Freude an sportlichen Leistungen haben könnte, dem aber die Entscheidung dazu
mit dem überall lauernden Argument verbaut wird:

„Du bist doch ein Mädchen und willst doch keine häßlichen
Muskeln haben."

Es muß gar kein besorgter Vater sein, der solche Worte ausspricht, aus Angst vor schwindenden Heiratschancen seines Töch-
terchens. Vorurteile schwängern die Atmosphäre. Man atmet sie
ein mit jedem Atemzug. Ganz von allein kommen selbst Zwölfjäh-
rige auf die Idee, daß man ja vom Kugelstoßen häßliche dicke
Arme bekommen muß. Und schon ist eine Disziplin gestrichen
aus dem Fächer möglicher Erfolgserlebnisse.

Daß Erfolge Spaß machen, aufmuntern, Selbstsicherheit geben,
das beginnt nicht erst bei Leistungen in Weltrekordnähe. Viel früher kann es anfangen und so wichtig sein im Prozeß des Heran-
wachsens: der Erfolg, das Selbstbewußtsein aufgrund von eigenem
Leistungsvermögen. Welche Möglichkeiten zur Entfaltung eines
gesunden Selbstbewußtseins werden unbedacht verschüttet, gerade bei Mädchen, die, mit oder ohne Sport, nie einem Manne-
quinideal gleichen werden.

Vorurteile. Ich habe sie auch gehabt. 1957, zwölf Jahre alt, stieß
ich die 4-kg-Kugel ohne jedes Training in dieser Disziplin 7,15 m
weit. Das bedeutete neben dem Sieg im 75-m-Lauf und Weitsprung die dritte Kreismeisterschaft für mich. Doch wer immer
mich im Training zum Kugelstoßen animieren wollte, mußte resignieren.

„Vom Kugelstoßen kriegt man dicke Arme, das will ich nicht!",
war meine stereotype Ablehnung. Gewinnen konnte ich ja sowieso.

Dann kam das Jahr 1958. Ich wurde wieder so nebenbei Kreis-
meisterin im Kugelstoßen der Schülerinnenklasse A. Selbstverständliche Abrundung der Titelsammlung. Eine Urkunde mehr.
Einmal mehr mein Name unter den Ergebnissen in der Kreiszei-
tung. Auch das war wichtig. Auf 8,12 m hatte ich jetzt meine Bestleistung verbessert. Beachtlich diese Leistungssteigerung und
Grund zur Zufriedenheit, sollte man meinen. Weit gefehlt. In der

Jugendklasse B war nämlich ein Mädchen besser gewesen als ich. Christa Bödecker, die ich im Vorjahr noch problemlos geschlagen hatte, hatte weiter gestoßen als ich. Ich war gewarnt. Im nächsten Jahr würde ich gegen Christa antreten müssen. (In der Jugendklasse werden in der Leichtathletik nämlich immer zwei Jahrgänge zusammengefaßt.) Plötzlich zog das Argument der dicken Arme nicht mehr. Wie selbstverständlich gehörte das Kugelstoßen von nun an mit zu meinem Trainingsprogramm. Nicht oft, aber immerhin manchmal griff ich zu der 4-kg-Kugel. Wettkampffieber, keine Widerworte mehr.

Beim Diskuswerfen habe ich mit solchen Gedanken übrigens nie zu kämpfen gehabt. Warum? Ich weiß es nicht. Lag es daran, daß ich eigentlich nie so rechte Freude am Kugelstoßen hatte? Das war immer eine Pflichtübung für mich und ist es wohl auch all die Jahre hindurch geblieben. Erfolgreiche Pflichtübung sicherlich. Doch beschränkten sich die Quellen der Freude dieser Pflichtübung lediglich auf die Wettkampferfolge.

Beim Diskuswerfen empfand ich dagegen immer ursprüngliche Freude. Das Drehen und Wirbeln, das in die Weite werfen, auch wenn es am Anfang „nur" 30 m waren, das gab jedem Training seinen Reiz, entsprach voll meinem Temperament. Die Eigenwilligkeit des Diskusfluges bestimmen zu können – auch wenn es anfangs ja eigentlich nur darum ging, die Richtung zu treffen. Das war schwierig, viel schwieriger als das Hantieren mit der Kugel und darum um soviel reizvoller für mich. Daß Diskuswerfen unweiblich sei, niemand hätte mich mit solchen Anspielungen beunruhigen können. Und wenn alle der Meinung gewesen wären. Trotz der damit auch noch verbundenen Plackerei – mir hat es immer irrsinnig viel Spaß gemacht. Und nichts zählt mehr als das!

Mehr instinktiv wohl als mit Bewußtsein habe ich aber immer ein aufmerksames Ohr gehabt für abfällige Bemerkungen über Sportlerinnen, insbesondere Werferinnen. Darum habe ich mir immer außerordentlich viel Mühe gegeben, nett auszusehen. Mein hellblondes Haar trug ich darum fast schulterlang. Immer frisch gewaschen und gewellt bei Wettkämpfen. Wenn ich sonst auch nicht viel Wert legte auf Lippenstift, Wimperntusche oder Make-up: je bedeutender der Wettkampf, desto sorgfältiger der Umgang mit diesen weiblichen Utensilien. Dazu kam natürlich auch immer ein vergleichend abschätzender Seitenblick auf die anderen Wettkämpferinnen. Wenn ich dann eine Athletin entdeckte, die sich besonders gehen ließ in ihrem äußeren Erscheinungsbild, nahm ich solche Beobachtungen als Warnung für mich selbst: „Bloß nicht gehen lassen, Liesel, gerade als Sportlerin nicht."

Im Hinblick auf sportliche Leistungen habe ich eigentlich nie ein Vorbild gehabt. Da orientierte ich mich an denen, die etwas besser waren als ich und die ich bald schlagen wollte. Deshalb hätte mich das Aussehen einer Tamara Press zum Beispiel nie vom Diskuswerfen abschrecken können. Sie interessierte mich nicht, war keine Gegenwart für mich, zu allerletzt ein Vorbild.

Das war vom Aussehen, von der Ausstrahlung her dagegen Jutta Heine. Immer gut aussehend, immer gepflegt, immer tiptop, und immer freundlich, selbst in den sonderbarsten Situationen.

An eine Situation erinnere ich mich sehr gut. Es war auf einer Rückfahrt von einem Lehrgang in Mainz. Jutta mußte nach Hannover, ich hatte die gleiche Richtung nach Sulingen. Jutta fuhr gemeinsam mit mir in einem Abteil. Ob sie es gemerkt hatte, wie irrsinnig es mich freute, daß sie mich kannte und sogar so weit anerkannte, mit mir in einem Abteil zu reisen? Wohl kaum, denn die Situation war während der ganzen Reise so normal und entspannt, daß es mir fast den Atem raubte. Als gelte es auch ein bißchen mir, strahlte ich vor Freude, als der Schaffner bei der Fahrkartenkontrolle Jutta Heine natürlich erkannte. Er versuchte einen etwas gezwungenen Scherz. Jutta lachte freundlich mit. Ich natürlich auch.

In Kassel auf dem Bahnhof lehnten wir uns während der Aufenthaltszeit aus dem Fenster. Frische Luft schnappen, Lachen, Schwatzen. Plötzlich, wie aus dem Erdboden gewachsen, stand eine Frau vor unserem Abteilfenster. An der Hand ein kleines Mädchen mit einem Teddy im Arm.

„Susi, Susi, schau doch mal, wer da ist!"

Das Kind drehte sich suchend um die eigene Achse, die Frau starrte Jutta unverwandt ins Gesicht.

„Fräulein Heine, nicht wahr, Jutta Heine?"

Jutta nickte lachend. Ein verklärtes Lächeln breitete sich über die Gesichtszüge der Fremden. Sie ließ das Kind los, streckte beide Hände Jutta entgegen:

„Nein, so was! Ich habe Sie gleich erkannt. Wie mich das freut, Sie zu sehen! So ein Glück, davon hätte ich heute morgen nicht zu träumen gewagt."

Jutta ergriff freundlich eine der ausgestreckten Hände. Die Frau faßte zu, als wolle sie Jutta nie wieder loslassen. Mit der anderen griff sie wieder nach dem Kind:

„Susi, Susi, nun schau doch schon. Freust du dich, endlich einmal unsere Jutta zu sehen?"

Wieder zu Jutta gewandt:

„Das Kind schwärmt so von Ihnen."

Das Kind schaute allerdings einigermaßen verwirrt um sich, wohl suchend nach dem Außerordentlichen, das die Stimme der Mutter so aufgeregt klingen ließ.

Da ein schriller Pfiff. „Türen schließen! Der Zug fährt ab. Vorsicht am Gleis!"

Der Mann mit der roten Mütze versetzte Juttas Sportfan beinahe in Panik. Jutta hatte ihre Hand zurückerobern können, einen freundlichen Gruß gesagt, wir wollten das Fenster zur Abfahrt schließen.

„Zeig der Jutta deinen Teddy, Susi. Die Jutta wird ihn streicheln für dich. Bitte, Fräulein Heine, bitte!"

Die Frau streckte ihr Kind zum Abteilfenster hin. Jutta streichelte das Stofftier. Der Zug setzte sich in Bewegung.

„Jetzt haben wir immer eine Erinnerung an Sie!"

Die Fremde überschrie den Lärm des anrollenden Zuges. Jutta winkte ihr noch einmal zu. Wir schlossen das Fenster. Erschlagen ließ ich mich in den Sitz zurückfallen. Einem Seufzer gleich entfloh es mir:

„Mensch, Jutta, hast du Geduld!"

„Findest du?"

Ich nickte, angestrengt bemüht, nicht einen Gesichtsausdruck zu zeigen, wie jene Fremde es eben getan hatte.

„Muß man wohl haben", fügte Jutta noch achselzuckend hinzu. Dann lachten wir beide.

Die flüchtige Szene war entschwunden. Für Jutta ganz gewiß. Für mich weniger. Hatte ich doch aus nächster Nähe erlebt, wie anstrengend und grotesk es sein konnte, bekannt, populär und beliebt zu sein. Später, als ich selbst häufig diese Rolle spielen mußte, fiel mir dieses Kasseler Zwischenspiel oft wieder ein, wenn mir der Geduldsfaden reißen wollte. Manche unfreundliche Reaktion blieb mir aus dieser Erinnerung heraus dann im Halse stecken. Ich blieb freundlich, entgegenkommend, höflich lächelnd.

„Muß man wohl haben." – Diese lakonische Bemerkung Juttas klang mir dann in den Ohren, einem Lehrsatz gleich.

Noch eine andere Erinnerung an Jutta Heine gibt es für mich. Ein, zwei Jahre später. 1964 – gesamtdeutsche Olympiaausscheidungen, erster Teil in West-Berlin. Zu viert teilten wir uns ein

Zimmer in einem schloßähnlichen Hotel in Berlin-Dahlem: Renate Meyer-Rose, Martha Langbein, Jutta Heine und ich. Mehrere Tage lang lebten wir dort hautnah zusammen. Wenngleich es sicherlich auch andere Episoden gab damals, ich erinnere mich nur noch an das, was Jutta betraf. Hatte ich mir selbst immer viel Mühe mit meinem langen blonden Haar gegeben, ein Nichts war das gegen den Aufwand, den Jutta mit ihrem wesentlich kürzeren Haar trieb. Vor und nach jedem Training wurden die Haare aufgedreht.

„Wenn du die Haare mit Kölnisch Wasser kurz anfeuchtest und dann aufdrehst, hast du ohne Mühe eine ständig lockere und frische Frisur, und du duftest immer frisch", gab Jutta ihre Erfahrung weiter. Ich durfte es auch einmal ausprobieren mit ihren Lockenwicklern und ihrem Kölnisch Wasser. Es klappte wunderbar. Nur: um das zu einer Gewohnheit werden zu lassen, fehlte mir das nötige Kleingeld. Das mußte ja zu einem Großverbrauch an Kölnisch Wasser ausarten. Außerdem, bei allem guten Willen immer hübsch auszusehen, soviel Geduld hatte ich nun auch wieder nicht. Vor und nach jedem Training, nein, das war zu viel für mich. So genau gestand ich mir mein Defizit an kosmetischer Sorgfalt natürlich nicht ein. Kurzerhand beschloß ich vielmehr, daß das bei meinem Haar und meiner Frisur auch gar nicht vonnöten war. Außerdem würde mich das auch nicht zu einer zweiten Jutta machen, schloß ich messerscharf.

Wäre das mit der Frisur vielleicht noch möglich gewesen, so war da ja auch noch die Figur. Ich war nun mal von Haus aus nicht schmal und langbeinig gebaut. Eben eine Werferin, kräftig und kurzbeinig. Das war nicht zu leugnen, so lang und sorgfältig ich mich auch vor dem Spiegel streckte und drehte.

Zu guter letzt würde ich auch wohl nie so viel Geld haben, um mir solche schicke Kleidung, wie Jutta sie hatte, leisten zu können. Da war ein schmaler hellroter Mantel, Prinzeßform, der Jutta ausgezeichnet stand und mir unheimlich ins Auge stach. In einem heimlichen, unbeobachteten Augenblick, ich schämte mich regelrecht für diese Vermessenheit, nahm ich diesen Mantel vom Bügel und probierte ihn an. Er würde sicherlich nicht passen, er konnte ja nicht passen, aber einmal nur versuchen . . . ! Schnell hineingeschlüpft und – ich konnte ihn sogar zuknöpfen. Atemlos und blutübergossen drehte ich mich selbstgefällig vor dem Spiegel. Wie gut mir der stand! Wenn ich jetzt ganz hochhackige Schuhe trüge –

„Du bist verrückt, Liesel!" rief ich mich zur Ordnung. Hastig, als hätte mich jemand erwischt, hängte ich den eleganten Mantel zurück. Aber auf geheimnisvolle Weise waren es doch beglückende Minuten gewesen, diese unerlaubte Modenschau. Jutta hatte es übrigens nicht gemerkt, und ich sagte ihr natürlich auch nichts. Aber der Mantel hatte gepaßt! Herrlich!

Nicht nur wegen ihrer Attraktivität bewunderte ich Jutta damals so grenzenlos. Sie war auch immer zu lustigen Streichen aufgelegt. In ihrer Gegenwart gab es immer etwas zu lachen. Franz Buthe-Pieper, Star unter den bundesdeutschen Startern in allen Stadien, trug, gleichsam als Zeichen seiner Würde, massiv goldene Startpistolen als Manschettenknöpfe. Wie dieses Teufelsmädchen es fertigbrachte, ich weiß es nicht, jedenfalls schaffte Jutta es, ihm eine Manschetten-Pistole zu entwenden. Große Aufregung bei Buthe-Pieper. Einen ganzen Nachmittag lang suchte die halbe Mannschaft das gesamte Hotelgelände nach dem wertvollen Kleinod ab. Es war ein Heidenspaß, bei dem es natürlich an gutmütigem Spott für den Starter nicht fehlte.

Beim Abendessen saß Herr Buthe-Pieper ziemlich verstört in unserer Mitte und löffelte mißmutig seine Suppe. Da, ein Aufschrei. Alles starrte zu ihm hin. Er hob seinen Suppenlöffel hoch wie eine wertvolle Jagdtrophäe. Er hatte seinen Manschettenknopf in der Suppe wiedergefunden! Unser ausgelassenes Gelächter mündete in allgemeines Gejohle und verriet beinahe die Missetäterin. Daß sie für den Scherz verantwortlich war, hatte Jutta nur uns Zimmergenossinnen anvertraut. Wenngleich Buthe-Pieper andauernd versuchte, Jutta festzunageln – er hatte schon den richtigen Verdacht –, erreichte er dabei nur, tagelang Zielscheibe fröhlicher Spötteleien zu sein, an denen schließlich auch er seinen Spaß hatte.

Zum Schluß dieser Ost-West-Ausscheidungen für eine gesamtdeutsche Olympiamannschaft in West-Berlin (vier Jahre später hatten wir bereits zwei deutsche Olympiamannschaften) gab es, wie eh und je, eine „Stille Stunde". Stille Stunde werden jene Zusammenkünfte unserer Nationalmannschaft genannt, die sich an jeden ihrer Auftritte, wo auch immer es sein mag, anschließen. Manchmal handelt es sich nur um eine halbe Stunde in der Hetze zwischen Duschen, Umkleiden und Abfahrt zum offiziellen Bankett. Stattfindet sie immer, diese „Stille Stunde", und immer gibt es für jeden Anwesenden ein Glas Sekt. Der Mannschaftsleitung bietet diese Gelegenheit den Anlaß zu ersten Resümees des Wettkampfes im internen Kreis und zu Auszeichnungen für die Aktiven. Länderkampfnadeln und -plaketten werden an die betreffenden Athleten verteilt, je nach Anzahl ihrer Einsätze in der Nationalmannschaft. Häufig genug gibt es dann auch Lacherfolge auf Kosten des auszeichnenden Präsidenten, wenn dieser die Namen seiner Athleten verwechselt, falsch ausspricht oder gar die Falschen auszeichnet.

Eine solche „Stille Stunde" gab es auch damals in Berlin-Dahlem. Die Stimmung war blendend, das ‚Soll' an Fahrkarten nach Tokio war von den Athleten erfüllt, zufriedene Gesichter bei den Funktionären, Ausgelassenheit bei uns. Die Kellner brachten den Sekt, bemüht, die bereits geöffneten Flaschen gleichmäßig auf die Tische zu verteilen. Ein Tisch schien immer wieder übersehen zu werden, der unsrige. Jutta saß bei uns, und unter ihrem Stuhl standen bald zwei, drei Flaschen, und die waren voll. Wir kicherten schon ohne Sekt erheblich. Die Kellner fielen nämlich eine ganze Weile auf Juttas Trick herein.

Endlich war es soweit. Vor jedem stand ein gefülltes Glas Sekt, mehr gab es selten. Ein Räuspern ertönte aus der Ecke der ehrenwerten Persönlichkeiten, landläufig Funktionäre genannt. Man hub an zu schwungvollen Reden, wir begannen zu trinken. Hier und da amüsiert strafende Blicke für uns, was wohl bedeuten sollte: Getrunken wird erst gemeinsam nach den Reden. Uns störte das wenig, allen voran Jutta. Mit einem Mal platzte sie heraus. In die feierliche Stille erklang ein fröhlich heller Ruf:

„Souping!"

Beklommenheit erst, lautes Gelächter danach, und die Gläser klangen. Die Reden versiegten in dem einsetzenden Trubel.

„Souping, Souping."

Nicht nur unter unserm Tisch kamen plötzlich versteckte Flaschen hervor. Es gab noch ein paar alte Hasen mehr, die beizeiten vorgesorgt hatten.

Ich kann mich nicht erinnern, jemals wieder eine so lustig-laute „Stille Stunde" erlebt zu haben wie damals in Berlin, dank Juttas „Souping" im passend unpassenden Moment.

Alle drei Zimmerkameradinnen von mir hatten sich übrigens für die Olympischen Spiele in Tokio qualifiziert. Ich nicht. Für mich schloß die erste olympische Saison meiner Karriere mit einem Länderkampf im polnischen Lodz. Es war der letzte internationale Test unserer Olympiakandidaten.

2. Lodz

Im Gepäck der Athletinnen, die schon länger dabei waren, fanden sich seltsame Mitbringsel für die Polinnen. Tuben, Döschen und Schächtelchen wechselten da ihre Besitzerinnen. Bis zu Haarfärbemitteln war alles dabei. Hätte ich davon etwas geahnt, auch ich hätte den kosmetikbewußten Polinnen gerne etwas von den heißbegehrten Produkten aus dem Westen mitgebracht.

Übrigens: Die Organisatoren der Olympischen Spiele von München waren die ersten, die dem weiblichen Schönheitsbewußtsein gerecht wurden. Im Münchner Frauendorf gab es einen Kosmetiksalon zur freien Benutzung für alle Athletinnen. Wie ich gehört habe, war der Ansturm der Ostblockmädchen auf diesen Service besonders groß.

Nicht wissend, wonach wirklich Nachfrage herrschte, hatten Marlene Fuchs, unser Kugelstoßas, und ich nur Nylonstrümpfe mitgenommen. Wir wollten diese Statussymbole westlichen Wohlstandes verkaufen. Die erwirtschafteten Zlotys gedachten wir zur Finanzierung anspruchsvoller Souvenirs zu verwenden. Wodka und Bernstein standen ganz oben auf unserer Wunschliste. Aber Marlene und ich hatten uns verschätzt. Was anderen wie warme Semmeln unter den Händen weggerissen wurde, wir wurden es nicht los. Von Geschäft zu Geschäft wanderten wir. Immer die gleiche bedauernde Antwort:

„Sehr gerne, sehr gerne. Aber nicht diese Größe. Zu groß. Haben Sie die Nummer 8 oder $8^1/_2$?"

Das wiederum konnten wir nicht anbieten. Unbedacht und kaufmännisch unerfahren, hatten wir kein Sortiment verschiedener Größen eingepackt, sondern nur unsere Größe $10–10^1/_2$. Da standen wir nun ratlos vor zehn bis zwanzig Paar Strümpfen. Wir hockten uns auf eine Bank an der Straße und schauten uns achselzuckend hilflos an. Was tun?

Da sprang Marlene plötzlich auf. Einer schnellen Eingebung folgend, stellte sie sich mitten in den Strom der vorbeieilenden Fußgänger.

„Leute, Leute!" schrie sie laut los. „Hier gibt's Nylonstrümpfe, beste Qualität zu gutem Preis! Sonderangebot!"

Und sie wedelte mit den Strumpfpackungen in der Luft herum. Sprachlos hockte ich auf meiner Bank, meine Strümpfe auf dem Schoß.

„Die ist verrückt geworden", wollte ich gerade denken, als sich schon ein Menschenauflauf um meine Freundin gebildet hatte, der jedem „billigen Jakob" auf unserem Sulinger Jahrmarkt zur Ehre gereicht hätte. Noch zögernd mischte ich mich in das Gedränge, jetzt auch meine Strümpfe in der Luft schwenkend. Unglaublich: Fast gierig wurden uns die Packungen aus der Hand gerissen. Männer beschrieben die Beinstärke ihrer Frauen, ob die Strümpfe wohl passen würden. Marlene zeigte wortlos ihre strammen Werferbeine – der Mann war überzeugt. Die Tagesproduktion einer ganzen Strumpffabrik hätten wir unter die Leute bringen können, so reißend war der Absatz. Da wir aber nur so wenig anzubieten hatten, war die denkwürdige Situation bald vorbei. Schnell, als wäre es ein Spuk gewesen, löste sich der Menschenauflauf wieder auf. Als wäre nichts gewesen, wieder weit und breit hastig vorübereilende Fußgänger.

Marlene und ich standen da, die Hände voll Zlotys. Es hatte uns die Sprache verschlagen. Wir blickten uns an und brachen in ein ausgelassenes Gelächter aus. Dann hakten wir uns unter und hüpften lachend durch die Straßen. Völlig außer Atem hielten wir endlich inne. Noch ein letztes Auflachen – dann ging's ab, Souvenirs kaufen.

Noch ein seltsames Erlebnis verbindet sich für mich mit Lodz 1964. Die Wettkämpfe dieses Länderkampfes wurden, glaube ich, von den Sprinterinnen mit dem 100-m-Lauf eröffnet. Unsere Mädchen liefen sich ein, machten Gymnastik. Ich schlenderte über den Rasen des Fußballfeldes. Ein fröhlicher Wortwechsel zwischen Röschen, Renate Meyer-Rose, meiner Vereinskameradin von Hannover 96, und mir. Ich ging weiter, wollte mir den Lauf vom Ziel aus ansehen. Da hielt ich inne. Am Fußballtor stand jemand und wärmte sich auf. Kurzes, blondes, strähniges Haar, schlaksige Bewegungen – ein Junge zweifellos.

„Sollten die Polen Einlagewettbewerbe für männliche Jugendliche geplant haben?" schoß es mir durch den Kopf. Sollte mich nicht weiter kümmern, entschloß ich, ging also weiter zur Zieltribüne. Gleich nach dem Lauf mußte ich mich sowieso für mein Werfen einlaufen. Was ging's mich an.

Aber dann staunte ich nicht schlecht. Nach der Papierform hätte Röschen den Lauf gewinnen müssen. Sie wurde jedoch nur Zweite. Wer gewonnen hatte? Ewa Klubokowska. Ewa, der vermeintliche Junge von vorhin.

Wie das Äußere doch täuschen kann, dachte ich bei mir. Das

arme Mädchen bewegt sich, läuft sogar wie ein Junge. Erstaunlich! Wie rücksichtslos die Eltern bei der Namensgebung im Nachhinein erscheinen. Ein solch jungenhafter Typ und dann der urweibliche Name Ewa. Sie kann einem wirklich leidtun, diese seltsame Ewa.

Mit solchen und ähnlichen Gedanken war dieses Thema eigentlich für uns alle abgeschlossen. Kein Thema mehr, nur Grund zum Staunen. Von den Olympischen Spielen in Tokio brachte Ewa übrigens eine Bronzemedaille im 100-m-Lauf mit nach Hause und eine Goldmedaille in der 4 × 100-m-Staffel.

3. Sexkontrollen

Ausgestanden war dieses Thema aber nun beileibe nicht. Zwei Jahre später sollte es zu einem brandaktuellen Thema vielschichtiger Auseinandersetzungen werden. In Budapest 1966 bei den Europameisterschaften gab es für die weiblichen Teilnehmer zum ersten Mal die Pflicht, beweisen zu müssen, daß sie weiblichen Geschlechts seien. Wer sich dieser Untersuchung entzog, erhielt keine Startgenehmigung.

Warum das? Es gibt in den allgemeinen Wettkampfbestimmungen für die Leichtathletik folgenden Passus:

„Den Meldungen von Frauen muß eine ärztliche Bescheinigung über das Geschlecht beigefügt werden, die von einem qualifizierten Arzt (Ärztin) ausgestellt und vom zuständigen nationalen Verband bestätigt ist. Bei Europameisterschaften oder anderen kontinentalen Wettkämpfen sowie bei Olympischen Spielen brauchen Frauenmeldungen nicht mit ärztlichem Attest abgegeben zu werden, aber das Organisationskomitee muß einen Ausschuß von drei Ärztinnen ernennen, dem sich alle Teilnehmerinnen vor dem Wettkampf zur Untersuchung zu stellen haben. Dieses Gremium muß bestätigen, daß eine Berechtigung zur Teilnahme an den Frauenwettkämpfen gegeben ist."

Diese Formulierung habe ich aus den Wettkampfbestimmungen des Deutschen Leichtathletik-Verbandes aus dem Jahre 1967 entnommen. Sie enthalten bereits die Bestimmung, daß ein neutrales Ärztegremium die Untersuchung vornehmen muß, wie es erstmals in Budapest geschehen war. Bis zu den Europameisterschaften dieses Jahres galt nur der erste Teil der angeführten Bestimmung: Die nationalen Verbände hatten ihren Meldungen eine ärztliche Bescheinigung anzufügen.

Den Gepflogenheiten gemäß soll es sich bei diesen Bescheinigungen gewöhnlicherweise um Pauschalerklärungen gehandelt haben, die von dem betreffenden Mannschaftsarzt für alle Mitglieder der jeweiligen Nationalmannschaften gemeinsam ausgestellt wurden. Verständlich, daß bei diesen Praktiken mögliche Problemfälle nie zu einem wirklichen Problem zu werden brauchten. Es gibt in der Geschichte der Leichtathletik viele Fälle von Athletinnen, denen mehr oder weniger begründet der Status der Weiblichkeit aberkannt wurde – allerdings nicht aufgrund der Wettkampfbestimmungen.

1934 gab die Tschechin Koubkowa Anlaß zu einschlägigen Gerüchten. Sie war Weltrekordlerin im 800-m-Lauf. Nach einer Geschlechtsumwandlung wurde aus ihr Herr Wenzel Koubek.

Dora Ratjen, ein Fall aus der deutschen Leichtathletikgeschichte, hielt den Weltrekord im Hochsprung mit 1,67 m. Nach den Europameisterschaften 1938 in Wien verschwand sie aus den Sportarenen.

Aus den sechziger Jahren ist Erika Schinegger, die österreichische Weltmeisterin im Abfahrtslauf, bekannt. Auch sie wechselte die Geschlechtszugehörigkeit und zugleich den Namen: Erik Schinegger.

Frisch in der Erinnerung sind noch jene Schlagzeilen des vergangenen Jahres um die Tennisspielerin Dr. Renée Richards, früher Dr. Richard Taskin. Vor ihrer Geschlechtsumwandlung zählte die 41jährige Augenärztin zu den 35 besten Spielern der USA. Nachdem sie nun als Dame sich in Tennisturnieren durchsetzen wollte, hagelte es Proteste. Dr. Richards zog ihre Meldung zu einem berühmten Tennisturnier zurück, als der Teilnahme eine Geschlechtsuntersuchung vorgeschaltet wurde.

Gerüchte rankten sich auch in der Leichtathletik des Jahres 1966 um die Namen einiger erfolgreicher Athletinnen:

Maria Itkina, Sowjetunion, Exweltrekordlerin über 400 m;

Jolanda Balas, Rumänien, Weltrekordlerin im Hochsprung;

die „Press-Brothers" aus der Sowjetunion, Irina Press, Weltrekordlerin im Fünfkampf und Hürdenlauf, und ihre Schwester Tamara, Weltrekorde mit Kugel und Diskus;

Tatjana Tschelkanowa, Sowjetunion, Exweltrekordlerin im Weitsprung;

Ewa Klubokowska, Polen, Weltrekorde im Sprint;
Irena Kirszenstein, Polen, Weltrekorde im Sprint. Mit Budapest sollten klare Verhältnisse geschaffen, der Zweifel von jenen Sportlerinnen genommen werden, die wirkliche Frauen sind. Den anderen, die nicht mehr als Frauen anzusehen waren, sollte die Startberechtigung verweigert werden. Die erste Sexkontrolle stand allen Europameisterschaftsteilnehmerinnen bevor. Soviel sei vorweggenommen: bis auf die beiden polnischen Supersprinterinnen stellte sich keine andere der angezweifelten Weltklasseathletinnen der Untersuchungskommission. Sie alle zogen es vor, den Wettkämpfen fernzubleiben.

Mit Budapest sollte weiterer solcher Fälle vorgebeugt werden. Vernünftig. Niemand konnte etwas dagegen haben. Sicherlich zuletzt die Athletinnen. Man kann diese Regeländerung im Sinne einer Untersuchung durch einen neutralen medizinischen Ausschuß nur vernünftig nennen. Vernünftig im Hinblick auf einen gerechten Leistungsvergleich zwischen Frau und Frau. Vernünftig, gewiß. Nur: Vernunft allein konnte und kann nicht bewältigen, was nun an sonderbaren Situationen auf uns Sportlerinnen zukam.

Die Öffentlichkeit wurde 1966 geradezu überschwemmt mit Darstellungen über und Beschreibungen von Hermaphroditen und Transvestiten. Begriffe, vordem kaum bekannt, geschweige denn ausgesprochen, wurden plötzlich zu verbreitetem Allgemeingut. Unsachgemäße Kommentare und aufgebauschte Reportagen suchten ein sensationslüsternes Publikum auf zweifelhafte Weise aufzuklären. Sachliche Information war nicht zu finden. Niemand klärte uns, die betroffenen Sportlerinnen, über die biologischen Gesetzmäßigkeiten auf, die als Bestimmungsgrößen erst den Status einer Nicht-Frau sachlich definieren. Die Regenbogenpresse war unsere einzige Informationsquelle. Ich wüßte auch nicht, daß irgendeine von uns sich um detaillierte Information bemüht hätte. Ob das darin begründet war, daß man mit solchen Fragen in jedem Fall die Aufmerksamkeit auf sich selbst lenken würde? Vielleicht gar Zweifel hervorrufen an der eigenen „Echtheit"? Ich weiß es nicht.

Was ich freilich noch sehr genau weiß, ist, daß ich wahnsinnig verunsichert war. Nicht etwa, weil ich an mir selbst gezweifelt hätte. Aber die ganze Situation war so schwammig, nebelig. Man wußte, worum es ging, und wußte es doch nicht. Wissen und Nichtwissen nebeneinander. Eine Rechnung mit zwei Faktoren, deren Produkt Unsicherheit hieß.

Das ging so weit, daß wir zwar weiter lachend und lamentierend die Duschräume aufsuchten, in vermeintlich unbeobachteten Momenten wohl aber manchen vorsichtigen Blick durch die Runde schweifen ließen. Als ich bei solchen Vergleichen feststellte, daß ich in der Gegend meines Nabels ein paar dunkle Körperhaare hatte, riß ich mir diese verstohlen aus. Sicherheitshalber, falschen Rückschlüssen vorbeugend. Man konnte ja nie wissen.

Etwa vierzehn Tage vor der Abfahrt nach Budapest war die Frauenmannschaft zu einer gemeinsamen, abschließenden Vorbereitung in Freudenstadt im Schwarzwald zusammengezogen worden. Zwei Hotels mußten in Beschlag genommen werden, damit alle ein Unterkommen hatten. Wir drei Werferinnen, Kriemhild Limberg-Hausmann, Marlene Fuchs-Klein und ich, waren zusammengeblieben. Die Mahlzeiten wurden von allen gemeinsam in dem anderen Hotel eingenommen, doch uns blieb manche Gelegenheit, auch in unserer Unterkunft bei einer Tasse Kaffee zusammenzusitzen. Manches Mal drehte sich in solchen Mußestunden zwischen Training, Massage und Training das Gespräch um das in Budapest bevorstehende neuartige Ereignis – die Sexkontrolle. Meistens war es Flachserei, hin und wieder schwang aber auch ein ernster Unterton mit.

„Und was ich euch sage", äußerte Kriemhild dabei einmal, „wir können in Budapest gar nicht vorsichtig genug sein. Mit Sicherheit werden einige Asse aus dem Ostblock nicht mehr dabei sein. Du, Liesel, kannst bestimmt eine Medaille machen, wenn die ,Press-Brothers' nicht mehr am Start sind. Wenn wir aber nicht aufpassen, dann tun uns die Ungarn aus Rache für ihre roten ,Schwestern' etwas ins Essen. Und schon ist es aus. Nicht einmal merken werden wir das, bis wir bei der Sexkontrolle auch ins Gras beißen müssen. Schließlich hat unser guter Präsident Dr. Danz seine Finger bei dieser Neuregelung des Sexnachweises maßgeblich im Spiel gehabt. Die rächen sich an uns. Da gibt's nur eins: Augen auf! Am besten wäre es, wir nähmen unsere ganze Verpflegung von hier aus mit."

„Mach doch keine Quatsch, Kriemhild!" entgegnete ich. „Wie sollen die es denn verhindern, daß ihre eigenen Athletinnen dann nicht auch betroffen sind? Oder essen etwa nicht alle Nationen zusammen?"

Ich kannte mich ja nicht aus, wußte nicht, wie es bei internationalen Großveranstaltungen zuging, sollte in Budapest zum erstenmal mit von der Partie sein.

Kriemhild wiegte nachdenklich den Kopf: „Klar, ihr kennt euch da nicht aus. Ich bin immerhin zehn Jahre älter als du und habe so meine Erfahrungen mit dem Osten. Es gibt nichts, was die nicht so hindrehen können, wie sie wollen. Ihr werdet es schon sehen." Marlene und ich lachten ungläubig auf. „Das geht doch nicht. Dort wird doch für alle alles gleich sein. Da werden unsere Mannschaftsbetreuer schon aufpassen."

Kriemhild hatte gerade ein Stück Zucker in ihre Kaffeetasse geworfen. Das zweite Stück hielt sie noch in der Hand. „Und wenn sie nur solche Zuckerstückchen präparieren und ihren eigenen Leutchen verbieten, davon zu nehmen. Glaubt mir, es gibt nichts, was unmöglich wäre. Wir können uns nicht einmal im Traum vorstellen, was die alles machen können. Im Osten ist nun mal alles anders."

„Du glaubst doch nicht im Ernst daran, daß ein wie auch immer beträufeltes Zuckerstückchen dazu führen kann, daß uns plötzlich und so schnell da was wächst und wir mit einem Mal Männer sind! Ne, Kriemhild, das mußte schon andern erzählen. So dumm sind wir nicht! Das glauben wir nicht. Oder? Was meinst du, Marlene?"

„Das ist alles Quatsch", sagte Marlene, trank ihren Kaffee aus und stand auf, „ich gehe jetzt nach oben und ziehe mich zum Training um. So'n blödes Zeug zu reden."

Damit war die Kaffeerunde aufgehoben. Alle drei standen wir auf, um uns die Sportkleidung anzuziehen. Schon auf der Treppe meinte Kriemhild abschließend noch:

„Ihr könnt das nicht einfach als Blödsinn abtun. Oder wißt ihr etwa genauer, was das mit den Hermaphroditen auf sich hat, hm?" Sie schaute uns fragend an und fügte hinzu:

„Gestern habe ich noch in einer Zeitschrift gelesen, daß man Geschlechtsumwandlungen mit Hormontabletten, Spritzen und Medikamenten herbeiführen kann."

Marlene und ich bekamen Kriemhilds letzte Worte gerade noch mit, als wir unser gemeinsames Zimmer betraten. Achselzuckend schloß ich die Tür hinter uns.

„Was die immer hat", murmelte ich.

„Paß auf", sagte Marlene und ließ sich auf ihr Bett fallen, „die will dich nur nervös machen."

In diesem Jahr hatte ich nämlich Kriemhild, die langjährige deutsche Meisterin im Diskuswerfen, zum ersten Mal bei den Deutschen Meisterschaften in Hannover übertroffen.

„Vielleicht hast du recht, Marlene", und ich hockte mich auch auf mein Bett. Ans Umziehen dachten wir beide im Augenblick nicht mehr. Schweigen.

„Aber ich habe das auch gelesen mit den Hormonen", etwas unsicher kam nach einer geraumen Weile dieser Einwand von Marlene.

„Ob das wirklich alles stimmt, was da so geschrieben wird? Ich kann das kaum glauben."

Wir sahen uns beide reichlich betreten an.

„Wenn das stimmt, könnte Kriemhild doch recht haben."

„Und was können wir tun?"

Die Frage blieb unbeantwortet, weil Kriemhild, bereits fertig zum Training, an die Tür klopfte.

„Ich warte unten auf euch. Beeilt euch!"

Schnell sprangen wir auf und zogen uns hastig um. Auf der Treppe stieß ich Marlene lachend in die Seite.

„Ich weiß was. Du paßt auf mich auf und ich auf dich. Dann merken wir früh genug, wenn was falsch läuft. Ist ja sowieso alles Quatsch. Sinnloses Gerede!"

Jetzt lachten wir wieder beide, und auf dem Weg zum Freudenstadter Sportplatz drehten sich die Gesprächsthemen wieder um alles andere als um das Undefinierbare der bevorstehenden Sexkontrollen.

Immer weniger ernsthaft wurden die Gespräche um und über diese unbekannte Größe, je näher der Tag des „jüngsten Gerichts" über unsere Weiblichkeit rückte, obgleich das Gerede darüber nie ganz versiegte. Frischer Scherz und Flachs blühte auf, als wir uns zum Abflug in München-Riem mit der Männermannschaft trafen.

„Da sind sie ja, unsere hübschen Sirenen", wurden wir gleich begrüßt." „Eine verführerischer als die andere. Wer wollte an euch zweifeln!"

„Nein, an euch lassen wir niemanden heran. Diese Untersuchung ist Männersache!"

„Los Jungs, frisch ans Werk, wir untersuchen unsere Frauen selber! Seid ehrlich, Mädchen, das würde euch doch auch mehr Spaß machen!"

Der Internationale Leichtathletikverband werde solche internen Tests kaum anerkennen, war unser lachender Einwand. Darauf prompt ein anderer Vorschlag: Unsere Männer würden sich den englischen Frauen widmen und uns die Engländer empfehlen. So sei die internationale Objektivität am besten gesichert.

Solche und ähnliche Scherze fanden kein Ende, bis es dann endlich soweit war. Ein, zwei Tage vor Beginn der Europameisterschaften wurden wir früh um neun Uhr von unserer Mannschaftsleiterin, Frau Landgrebe, geschlossen in das medizinische Zentrum geführt. Auf einem langen, schmalen Gang standen einige Bänke, auf die wir uns vorerst zu setzen hatten, der Dinge harrend, die da kommen sollten oder auch nicht. Frau Landgrebe verschwand mit unserer Namensliste hinter irgendeiner der vielen Türen. Dann wurden wir eine nach der anderen aufgerufen, verschwanden in einer kleinen Kabine und kamen nach wenigen Minuten wieder heraus.

„Mensch, Kinder, ich habe es schriftlich, ich bin eine Frau!"', prustete die erste los, als sie wieder bei uns war. Lautes Gelächter, Glückwünsche von allen Seiten. Dann aber gleich:

„Was ist?"

„Was machen die mit uns?"

„War es schlimm?"

„Sagen die was?"

„Haben sie dich angefaßt?"

„Wie viele Ärzte sind es?"

„Sprechen sie deutsch?"

„Sind es wirklich nur Ärztinnen?"

Wie in einem Bienenstock umschwirrten diese Fragen nun das Mädchen.

„Alles halb so schlimm. Ihr werdet es schon sehen. Nein, keiner faßt euch an. Man muß sich ausziehen, hin- und hergehen, und dann ist alles vorbei. Ja, es sind fünf Ärztinnen. Nein, sie sprechen kein Deutsch."

Dann war es soweit: die Reihe war an mir. Wie bei Röntgenuntersuchungen mußte ich mich in einer winzigen Kabine entkleiden. Man bedeutete mir, dort zu warten, bis ich zur Untersuchung hineingerufen würde. Da öffnete sich die Tür. Nackt sollte ich aus der Kabine heraustreten, sah mich fünf prüfenden, fremden Augenpaaren gegenüber. Hatte nichts als meinen Reisepaß in der Hand. Halt, die Armbanduhr hatte ich vergessen abzulegen. Ich wurde zurückgeschickt. Dann stand ich wieder da, immer noch mit Paß, aber jetzt ohne Uhr. Meinen Paß mußte ich auf einen Schreibtisch legen – übrigens das einzige Möbelstück dieses Raumes, an das ich mich erinnere. Auf- und abgehen hieß das Zeichen wohl, das mir jetzt eine der fünf Ärztinnen, die da in einer Reihe vor dem Fenster standen, gab. Also ging ich auf und ab. Einmal, zweimal, dreimal.

Mir wurde kalt unter den Blicken. Ein seltsamer Augenblick. Ungeheuerlich. Was ich nie für möglich gehalten hätte: plötzlich wußte ich es selbst nicht mehr, wes Fleisches Kind ich war. Was zwanzig Jahre nie in Frage gestellt wurde, hier plötzlich schien es fraglich.

Irgendwo wurde auf irgendein Papier, eine Karteikarte vielleicht, ein Stempel geknallt. Ich durfte zurück in die Kabine. Ein freundliches Nicken der Auguren. Ich war erlöst. Zog mich an. Trat zurück auf den Gang. Verflogen war die seltsam unwirkliche Atmosphäre. Ich war wieder ich. Lachte und scherzte wieder genau wie die anderen.

Drei, vier oder fünf Minuten nur mag das Ganze gedauert haben. Ein flüchtiger Augenblick, keiner Erinnerung wert? Ganz recht. Aber ob sich wirklich jemand vorstellen kann, was für eine Situation das war, so absolut in seinem Selbstverständnis in Frage gestellt zu werden?

Unwohl war uns sicher allen in diesem Augenblick, wenngleich von nun an wirklich nur noch über die Sexkontrolle gewitzelt wurde. Auch hat nie eine von uns die Notwendigkeit einer Untersuchung bestritten. Alle waren damit einverstanden, jede hat es begrüßt, daß fortan mit Sicherheit nur noch Frauen gegen Frauen im Wettkampf antreten würden. Nur, wie vermag Vernunft, vermag Verstand das Fremdartige einer solchen Situation aufzufangen oder ihm gar zu trotzen?

Alle Athletinnen, deren eindeutiger Geschlechtsstatus gerüchteweise angezweifelt wurde, die Russinnen Tatjana Tschelkanowa, Irina Press, Tamara Press und die Rumänin Jolanda Balas entzogen sich dieser Untersuchung, waren zum Wettkampf gar nicht erst gemeldet worden. Jolanda Balas, die Hochsprungweltrekordlerin mit den unwahrscheinlich langen Beinen, war zwar anwesend in Budapest, galt aber als verletzt und trat zur Untersuchung gar nicht an. Als sichtbares Zeichen ihrer Verletzung trug sie an einem Fuß einen dicken Verband durch die Trainingsstätten, Unterkünfte und Eßsäle. Es gelang ihr jedoch nicht, mit diesem Verband die Gerüchte zum Verstummen zu bringen. Alle waren der Meinung, wenn sie von der Untersuchung nichts zu fürchten gehabt hätte, warum hatte sie sich dann nicht gestellt, ob mit oder ohne Verletzung? Das Tuscheln hinter ihrem Rücken, die abschätzigen Blicke, wo immer sie auftauchte, nahmen nur noch zu. Es wäre besser gewesen, sie wäre gar nicht erst nach Budapest gekommen.

In der italienischen Damenmannschaft soll es eine Fünfzehnjährige gegeben haben, die sich aus moralischen Gründen geweigert hatte, an der Untersuchung teilzunehmen. Sie mußte abreisen.

Manche Gerüchte um einige wenige Athletinnen bekamen allerdings trotz der Untersuchung neue Nahrung oder entstanden gar erst. Sobald nämlich eine Athletin auffällig länger in dem Untersuchungsraum bleiben mußte als alle anderen, wucherten die Vermutungen. In einem Fall verstummte das Gerede erst wieder, als bekannt wurde, daß diese Frau Mutter eines zehnjährigen Sohnes war.

Mit Spannung war auch das Ergebnis der Polinnen erwartet worden. Die beiden Supersprinterinnen Ewa Klubokowska und Irena Kirszenstein waren nämlich auch nicht selten Mittelpunkt eindeutig zweideutigen Geredes gewesen. Sie erhielten jedoch die Startgenehmigung, und damit bekamen jene Neider einen Maulkorb, die die hervorragenden Leistungen der beiden auf einen zweifelhaften Geschlechtsstatus zurückführen zu können glaubten.

Doch Ewa Klubokowska stand ein Jahr später erneut im Mittelpunkt eines Sex„skandals".

1967, im Jahr des zweiten Europapokalkampfes der Leichtathleten, gab es neuerliche Sexkontrollen. Es schien sich einzubürgern, daß es durchaus nicht ausreichend war, einmal als Frau befunden worden zu sein. Jedem internationalen Meisterschaftswettkampf seine eigene Sexkontrolle. An die Grenze des Zumutbaren für die betroffenen Frauen dachte offenbar niemand. So wichtig diese Sexkontrollen waren und sind, so wichtig es war, daß sie eingeführt wurden (vorerst übrigens nur in der Leichtathletik), so sehr wurde der Bogen nun überspannt.

1967 mußte ich, und mit mir alle Athletinnen internationaler Spitzenklasse, dreimal antreten, um durch „Fleischbeschau" den Nachweis zu erbringen, eine Frau zu sein.

Ob die Männer am grünen Tisch, die solches von uns verlangten, sich wohl selbst einmal vorgestellt hatten, wie sie empfänden, wenn solches, den Nachweis ihrer eindeutigen Männlichkeit vor kritisch-kühlen Augen immer wieder zu erbringen, von ihnen verlangt worden wäre?

Die erste Untersuchung des Jahres 1967 fand für uns in Wuppertal statt. Europavorrunde am 16. Juli. Teilnehmende Nationen: Polen, Bundesrepublik Deutschland, Tschechoslowakei, Frankreich, Österreich.

Antreten der Nationalmannschaften zur Sexkontrolle vormittags am 15. Juli. In Wuppertal ging es viel weniger peinlich zu als noch im Jahr zuvor in Budapest. Wir wurden nicht mehr von fünf fremden Ärztinnen in Augenschein genommen, sondern nur von einer. Vorgestellt wurden wir dieser Kontrollinstanz von unserer Mannschaftsärztin. Mit einigen launigen Worten wußte Frau Dr. Bausenwein der Situation das Peinliche für uns zu nehmen.

Aber dann platzte die Bombe. Wie ein Lauffeuer breitete sich aus, was eigentlich niemandem zu Ohren kommen sollte: Die erste rote Karte der Sexkontrollen war gezogen worden – Ewa Klubokowska war bei der „Fleischbeschau" die Startgenehmigung nicht erteilt worden. Es hieß, man hätte sie nach Düsseldorf zu einer exakten biochemischen Untersuchung gebracht. Diese sei positiv gewesen. Das heißt, sie sei nicht einwandfrei als Frau zu betrachten und damit von weiteren internationalen Wettkämpfen für alle Zukunft ausgeschlossen. In Wuppertal durfte sie noch einmal teilnehmen, für den kommenden Erdteilkampf Amerika – Europa würde sie jedoch schon nicht mehr nominiert werden.

Dieser Kompromiß wurde geschlossen, um die Würde ihrer Person zu wahren und sie vor der sensationslüsternen Öffentlichkeit zu schützen. Eine anerkennenswerte Entscheidung der maßgeblichen Funktionäre, wenngleich sich damit nicht verhindern ließ, daß trotzdem alle Bescheid wußten.

Die Polinnen gewannen diese Vorrunde vor uns. Als nach Abschluß der Wettkämpfe alle Sportlerinnen in die Umkleidekabine zurückgekehrt waren – jede Mannschaft hatte ihre eigene Kabine, jedoch war nur ein Duschraum vorhanden –, drehten sich die Gespräche natürlich um Ewa. Ob das wahr sei, was man so hörte, und haben wir das nicht immer gesagt, waren die Kommentare.

Plötzlich wurde die Tür unseres Umkleideraumes aufgerissen. Aufgeregt stürzten zwei herein:

„Kinder, macht schnell! Ewa ist unter der Dusche!"

Alle waren wie elektrisiert. Wer eben noch, erschöpft vom Wettkampf, herumgetrödelt hatte, schien mit einem Mal keine Müdigkeit mehr zu verspüren. Alles drängte in die Gemeinschaftsdusche. Wer schon geduscht hatte, ging wenigstens zum Händewaschen zurück.

„Schlimm", dachte ich, die ich auch schon geduscht hatte, „das arme Mädchen."

Eigentlich wollte ich mich nicht in die Schar der Neugierigen einreihen, aber dann überwog doch die Wißbegierde. Wie mag so eine aussehen! Das selbst in Augenschein zu nehmen, konnte auch ich mir nicht versagen. Als schnell raus aus den Klamotten. Es wird noch einmal geduscht! Am besten wie selbstverständlich hineingehen und die Nachbardusche benutzen.

Gedacht, getan. Mit gleichgültiger, desinteressierter Miene drängelte ich mich in den Duschraum. Ob es mir gelang, die Gleichgültigkeit glaubhaft zu spielen, weiß ich nicht. Unwahrscheinlich ist es sicherlich, ich wollte ja schließlich etwas sehen.

Und was gab es zu sehen? Ewa sah aus wie jede andere von uns. Der Busen saß da, wo er hingehörte. Ihre Proportionen konnten jeden Vergleich riskieren. Die Körperbehaarung war bei ihr wie bei uns. Nichts zuviel, nichts zuwenig.

Einigermaßen verdattert und nicht wenig enttäuscht, als hätte Ewa uns um eine Sensation betrogen, saßen wir hinterher in unserer Umkleidekabine wieder beieinander. So etwas! Wie hat man denn überhaupt durch Augenschein feststellen können, daß in Ewas Fall eine exakte Überprüfung notwendig war? Durch welche Brillen wurden wir denn bei diesen Nacktparaden betrachtet? Niemand von uns hatte an Ewa auch nur das Geringste bemerkt, das einen Zweifel an ihrem Geschlechtsstatus zu rechtfertigen vermocht hätte.

Möglicherweise hatte es sich in Budapest nur um ein Abschreckungsmanöver gehandelt, mit dem Zweck, daß die Mannschaftsleitungen jene fraglichen Sportlerinnen erst gar nicht antreten ließen. Sollten denn allein die Gerüchte um Ewa Anlaß genug gewesen sein, sie genauer unter die Lupe zu nehmen?

Fragen über Fragen tauchten auf, die uns niemand beantworten konnte oder wollte. Und das Kontrollkarussell drehte sich munter weiter.

Beim Erdteilkampf in Montreal am 9./10. August wurden wir noch unbesehen akzeptiert.

Die zweite Kontrolle des Jahres 1967 durchlief ich dann in Tokio bei den Studentenweltmeisterschaften. In Japan brauchten wir uns allerdings nicht einmal mehr auszuziehen. Besondere Rücksichtnahme auf das Zartgefühl der Asiatinnen? Oder verbot es gar eben dieses Zartgefühl der japanischen Ärztin, mehr als nur eine Gesichtskontrolle zu vollziehen? Als wäre es nichts Besonderes mehr für mich, stand ich jedenfalls schon bereit, nur noch in der Unterwäsche, bis ich begriffen hatte, daß hier die vormals äußerst peinliche Situation nur noch einer Farce glich.

Und dann kam Kiew. Der Europapokalendkampf am

16./17. September. Die dritte Sexkontrolle innerhalb eines Jahres war mittlerweile Routine geworden. Wieder wurden die Frauenmannschaften in ein medizinisches Zentrum gebracht. Dieses Mal bedurfte es einer Busfahrt zu den dafür vorgesehenen Kliniken. Wieder Bänke und Stühle auf einem langen Flur. Nicht nach alphabetischer Reihenfolge, sondern so wie wir hintereinander saßen, wurden wir aufgerufen. Als zweite schon war ich an der Reihe.

Aha, hier nahm man es wieder genau. Ich mußte mich ausziehen. Auch standen wieder mehrere Ärztinnen zur Begutachtung bereit.

„Wie in Budapest", dachte ich, „der Ostblock scheint seine eigenen Methoden zu haben."

Und schon wollte ich zur Parade ansetzen. Aber da hatte ich mich getäuscht. Nein, hier begnügte man sich nicht mit einer schlichten „Fleischbeschau". Die Russen wollten mehr, wollten genau sein. Aus Rache, weil ihre besten Athletinnen nicht mehr mitmachen konnten? Die Aufforderung war jedenfalls eindeutig. Ich sollte mich auf einen Stuhl setzen, den ich noch nie zuvor gesehen hatte. Dennoch wußte ich, daß es ein gynäkologischer Untersuchungsstuhl war.

Mein Gott, was hatten die vor mit mir? Schamröte überzog meinen ganzen nackten Körper. Wollte man mich besonders demütigen dafür, daß ich bereits den Diskus so weit warf wie die in der Versenkung verschwundene Russin Tamara Press? Da, eine Ärztin streckte die Hand aus. Sie wird mich doch nicht etwa anfassen? Ich zuckte zusammen. Nein, der Fingerzeig galt meiner Leistenbruchnarbe, die ich von einer Operation als Fünfjährige zurückbehalten hatte.

Endlich, endlich durfte ich aufstehen, mich diesen harten und kalten Augenpaaren entwinden. Bedrückt schlüpfte ich wieder in meine Kleider, schlich hinaus, hockte mich still zurück auf meinen Stuhl. Sagte nichts. Die andern waren noch genauso unbefangen wie zuvor.

Ob nur ich auf diesen Stuhl gezwungen worden war? Aufmerksam beobachtete ich jede, die den Untersuchungsraum verließ. Nein, das war allen so gegangen. Bleich und eingeschüchtert kam eine nach der anderen zurück.

Eine blutjunge Hochspringerin war dabei. Fünfzehn, sechzehn Jahre alt mag sie gewesen sein. Laut aufschluchzend vor verletztem Schamgefühl kam sie aus dem Untersuchungszimmer wieder heraus. Auch verheiratete Frauen unter uns waren den Tränen nahe. Einige andere sahen diesen Stuhl hier in Kiew zum ersten Mal, waren nie zuvor bei einem Frauenarzt gewesen.

Nichts, nichts mehr war von der fröhlichen Unternehmungslust geblieben, mit der wir ausgezogen waren, auch diese Sexkontrolle zu überstehen. Ein Häuflein zaghafter, niedergeschlagener und deprimierter Mädchen fuhr schweigend zurück zur Mannschaftsunterkunft. Womit hatten wir das verdient? Was rechtfertigte solche schamverletzenden Untersuchungsmethoden?

Es dauerte eine Weile, bis diese Vormittagsstunden überwunden waren. Ganz sicherlich war ich nicht die einzige, die jetzt die Stimme erhob. Anklagend und fordernd zugleich. Dr. Danz, unser Verbandspräsident, zeigte sich ehrlich betroffen von unseren Schilderungen. Er versprach uns, seinen ganzen Einfluß geltend zu machen, daß uns solche Situationen künftig erspart blieben. Auf unsere Forderung, daß die moderne Medizin doch wohl bessere und zumutbarere Methoden haben müßte, solche Untersuchungen durchzuführen, versicherte er uns, sich in diesem Sinne zu verwenden. Auch unsere Forderung, daß eine einmalige Untersuchung ausreichen müßte, wollte er in den entsprechenden Gremien mit Nachdruck vorbringen.

Und Dr. Danz hielt Wort. Er konnte erreichen, was er uns in Kiew versprochen hatte. 1968 bei den Olympischen Spielen in Mexico-City sollten sich die Szenen von Kiew nicht wiederholen. Ein Arzt unternahm dort gemeinsam mit einer medizinisch-technischen Assistentin die Sexkontrolle vermittels einer akzeptablen Methode. Es war für uns dazu nur notwendig, den Mund aufzumachen. Keine Entkleidung, kein Stuhl mehr.

Aus der Mundhöhle wurde mit einer kleinen Glasscheibe etwas von der Mundschleimhaut abgeschabt. Diese Schleimhautzellen wurden danach unter ein Mikroskop gelegt, die Zellkerne ausgezählt. Ab einer bestimmten Anzahl von Zellkernen war mit Sicherheit nachgewiesen, daß die betreffende Sportlerin berechtigt war, an den Frauenwettbewerben teilzunehmen. So einfach war das Ganze mit einem Mal.

Außerdem brauchten die in Mexico untersuchten Olympiakämpferinnen nie wieder zur Sexkontrolle anzutreten. Das einmal festgestellte Ergebnis wurde aktenkundig gemacht, den Athletinnen ein „Sexpaß" ausgestellt.

Seit 1968 habe ich es schriftlich, mit Paßfoto und amtlichem Stempel, daß ich eine Frau bin.

INTERNATIONAL

AMATEUR ATHLETIC

FEDERATION

I. A. A. F.   F. I. A

„. . . die Sportlerin (siehe oben) hat sich einer offiziellen medizinischen Untersuchung unterzogen; der Chromatin-Test brachte ein positives Ergebnis. Damit ist den Erfordernissen der I. A. A. F. in bezug auf Teilnahme an den Frauenbewerben in der Leichtathletik Genüge getan . . .“

Mis.. .s........ **Westermann**
Mlle/Mme

First name(s)/Prénom(s)........ **Liesel**

of/de.......... **Germany** ....(Country/Pays)

born/née........ **2:11:44** .... (date)

On the occasion of the
A l'occasion des
Olympic Games, 1968
(Games or Championships/Jeux ou Championnats)

held at/tenus à.. **Mexico** ..on/le.... **1968**

the above mentioned athlete underwent an approved medical test, the result of which was sex-chromatin positive. This satisfies the I.A.A.F. requirements for competition in Women's athletic events.

l'athlète mentionnée ci-dessus a subi un examen médical approuvé, et la chromatine sexuelle s'est révélée positive. Ceci répond aux règlements de la F.I.A.A. pour concourir aux épreuves féminines.

Athlete's sign.. ../ Signature de l'athlète

CERTIFICAT 283

I hereby confirm that this certificate is issued in accordance with the report of the official Medical Panel of the within-mentioned Games/Championships

Je confirme par la présente que ce certificat est délivré conformément au rapport du Comité médical officiel des Jeux/Championnats mentionnés ci-contre

Honorar. Secretary, I.A..
Secrétaire. .oraire, F.I.A.A.

Bei den Olympischen Spielen von München vereinfachte man die Untersuchungsmethode noch einmal. Jetzt brauchte schon niemand mehr den Mund aufzumachen, ein ausgerissenes Haupthaar reichte für die Untersuchung aus. Die Haarwurzel wurde nun unter das Mikroskop gelegt.

Ein Kiew des Jahres 1967 wird es nicht wieder geben, nicht für Ewa, nicht für uns. Nie wieder wird eine Sexkontrolle ehrverletzend sein können. Die Wissenschaft, und das sage ich in diesem Zusammenhang aus vollem Herzen, ist doch etwas Wunderbares! Und ein Wort des Dankes auch an Dr. Danz, der sich so wirkungsvoll unseres Kummers angenommen hatte.

Übrigens, was Kiew angeht, sei noch am Rande vermerkt, daß die Polen es darauf ankommen ließen und Ewa Klubokowska erneut in ihrer Mannschaft aufstellten. Sie sei kein Mann, wurde argumentiert, also in den Frauenwettbewerben startberechtigt. Sie sei keine Frau, so das Gegenargument, und darum in den Frauenwettbewerben nicht startberechtigt. Und die Polen mußten sich fügen.

Ohne Ewa war die polnische Damenmannschaft in der Endkampfrunde zweifellos wesentlich schwächer, weniger aussichtsreich. Ob diese Erfolgssucht der polnischen Mannschaftsleitung aber das Risiko einer erneuten Ablehnung wert war? Ging es an, dieses bedauernswerte Geschöpf mit dem in diesem Fall paradoxen Namen Ewa dem Spießrutenlaufen durch die Reihen der Sportler und der ausländischen Journalisten auszusetzen?

Wohl nur die Pressezensur im eigenen Lande mag Ewa das Überleben dieses Skandals ermöglicht haben. Man stelle sich vor, sie wäre Mitglied einer der westlichen Mannschaften gewesen. Bei der hier geübten Pressefreiheit hätte sie sich in ein Mauseloch verkriechen müssen. Keinem Nachbarn, keinem Arbeitskollegen wäre entgangen, was mit ihr los war. Und selbst aus einem Mauseloch hätte unsere Regenbogenpresse das arme Wesen herausgezerrt und der sensationsgierigen Öffentlichkeit zum Fraß vorgeworfen. So gesehen, kann eine scharfe Pressezensur sogar als Segen bezeichnet werden. Allerdings nur unter diesem Gesichtspunkt.

Noch eine kleine Begebenheit am Rande gibt es im Zusammenhang mit den Sexkontrollen zu erzählen. Herbert Willecke, der Vorsitzende des Landesleichtathletikverbandes von Niedersachsen, hat sie erlebt und mir davon berichtet.

Irgendwann in den Jahren 1967/68/69 muß es sich zugetragen haben, und zwar in Osnabrück in einer Männersauna. Die Gespräche drehten sich um Sport, und dabei fiel auch mein Name. Ein Arzt warf ihn in die Debatte. Vielleicht hatte ich gerade einen Weltrekord geworfen. Jedenfalls entfachte sich eine heiße Diskussion über die Sportlerinnen, die nun nach den Sexkontrollen von der internationalen Wettkampfbühne so plötzlich verschwunden waren. Und eben dieser Arzt gab seinen medizinischen Fachkommentar zum besten. Abschließend mit den Worten:

„Und die Westermann wird auch nicht so ganz echt sein. Wie könnte sie sonst weiter werfen als die von Natur aus stärkeren Hermaphroditen?"

Empört habe er, Herbert Willecke, sich an diesem Punkt in die Diskussion eingeschaltet, um meine Frauenehre temperamentvoll zu verteidigen. Er habe mir als kleinem Mädchen die Anfangsgründe des Diskuswerfens beigebracht, kenne mich von meinen ersten Wettkämpfen her. Es sei eine Unverschämtheit, die außerordentlichen Leistungen seines Schützlings so ins Zwielicht zu zerren. Jedem anderen könne man so etwas verzeihen, nicht jedoch einem Arzt.

Es muß einen ganz schönen Klamauk gegeben haben, damals in der Osnabrücker Sauna. Wie schnell doch manchmal selbst solche Leute Urteile fällen, die das Verheerende solcher Äußerungen am ehesten erkennen sollten.

Aus eben diesem Grunde störe ich mich nach wie vor an den Sternchen, die in jeder Weltbestenliste an die Namen derer geheftet werden, von denen niemand genaues weiß, weil sie bei keiner Untersuchung dabei waren. Ein Sternchen, das dann unten auf der Seite erklärt wird: zweifelhafter Geschlechtsstatus. Eine Brandmarkung ehemaliger Weltrekordlerinnen aufgrund von Gerüchten. Ob das nötig ist? Die Rekorde sind mittlerweile alle von Athletinnen verbessert worden, die es schriftlich haben, eine Frau zu sein. Wozu das Sternchen?

4. Frau ist femme et l'homme c'est l'homme!

Etwa zu der Zeit, in der sich die Osnabrücker Sauna-Episode abgespielt haben mag, flatterte mir ein recht origineller Brief eines namenlosen Sportbeobachters ins Haus. Seinen wenigen Zeilen hatte er ein Foto von mir beigelegt. Ein Foto von mir, aufgenommen bei der Ehrung zur Sportlerin des Jahres 1967. Gut sah ich aus, wie ich finde, ein gelungenes Bild von mir, was man durchaus nicht von allen Schnappschüssen sagen kann, die so im Laufe der Jahre von mir veröffentlicht wurden. Der Kommentar dieses unbekannten Briefeschreibers spricht allerdings seine eigene Sprache: „Es ist unglaublich, solcher *fette große* Weiben! Wir im France lieben nicht solcher Frauen Kaliber. Sport immer gut, oui! Mais, wenn schaut solche Kolosse von Weiben, man glauben ein Mann! Terrible! Vieler, vieler was alles essen alles solcher grosse Weibe! Wir lieben mehr klein, mince, Frau ist femme et l'homme c'est l'homme!"

Hellauf mußte ich lachen, da hatte ich mein Fett. Deutlicher konnte man es wohl nicht formulieren. Wie charmant sich dagegen doch die Kommentare unserer Sportjournalisten lasen: Unser Germanenmädchen mit den Superweiten, Deutschlands Anti-Twiggy Nr. 1, unser blonder Barockengel mit den Pausbacken, muntere, pumpergesunde Liesel – solcherart blieb es doch wenigstens dem Leser überlassen, ob er nun den kritischen oder den freundlich-liebenswürdigen Unterton akzeptieren wollte.

Schmunzelnd heftete ich den originellen Brief aus Frankreich ab. So etwas muß aufbewahrt werden.

Da fällt mir eine kleine Episode von einer kurzen Wettkampfreise in die Türkei ein. Es war im Oktober 1966, nach den Budapester Europameisterschaften. Ganz sicher war ich da auch schon ein „solcher fette grosse Weiben". Nur die Wirkung war eine andere. Wenn ich mich, abgesehen von jenem herrlichen Brief zwischen zwei Nationen entscheiden müßte, ich wählte die türkischen Männer, nicht die Franzosen. Warum? Das ist schnell erzählt:

Es war nur eine kleine, aber feine Gruppe von Sportlern und Sportlerinnen zu den internationalen türkischen Leichtathletikmeisterschaften nach Antalya an die Mittelmeerküste entsandt worden. Vier Frauen waren wir, drei Sprinterinnen und ich, und, wie immer auf solchen Reisen, doppelt so viele Männer. Wir flogen über Istanbul nach Izmir. Von dort ging es mit einem Bus weiter. Eine Tagesreise durch das heiße Binnenland bis Antalya, etwa 60 km vom Wettkampfort entfernt. Wir waren in einem wunderschönen Bungalowhotel direkt am Strand untergebracht. Im Nachthemd konnten wir ans Wasser laufen. Traumhaft! Strand und Hotel hatten wir ganz für uns. Entsprechend halbangezogen, so frei wie möglich, liefen wir herum und kletterten auch so in den Bus zur Fahrt zum Wettkampf.

Sprinterhose und luftiges Sporttrikot – eine ausreichende Bekleidung – dafür hatten wir uns entschieden. Niemand hätte sich daheim in Deutschland bei solcher Hitze daran gestoßen. Außerdem wollten wir, ich natürlich auch, jeden Sonnenstrahl ausnutzen, um so braun wie möglich zu Hause anzukommen.

Der Dolmetscher, der mich vom Bus zum Stadion begleitete, schien sich allerdings nicht ganz wohl in seiner Haut zu fühlen. Er drückste eine ganze Weile herum, ehe er mich deutlich aufforderte, ich solle doch meine Trainingshose überziehen. Ich blickte ihn erstaunt an.

„Sie müssen verstehen", versuchte er zu erklären. „Sie sind jung, blond, haben eine wunderbare Figur. Für die türkischen Männer ist das nicht gut, wenn Sie so über die Straße gehen."

Welcher Frau hätten solche Argumente nicht eingeleuchtet? Vergnügt zog ich mir meinen Trainingsanzug über und beobachtete fortan aufmerksam, welches Aufsehen ich mit meinem „Kaliber" hervorrief. Es war ein königlicher Genuß für mich, der sich sogar noch steigern sollte.

Nach den Wettkämpfen, wir hatten fast alles gewonnen, was so zu gewinnen war, hatten wir noch einen Ferientag in Antalya, bevor wir des Abends nach Istanbul geflogen wurden. Den nutzten wir am Strand. Die im Vergleich zu mir zart und rassig gebauten Sprinterinnen, allen voran Karin Frisch, die Sexbombe unserer Mannschaft, stolzierten in aufregenden Bikinis und mit attraktiven Sonnenhüten über den Strand. Ich hatte nur einen langweiligen einteiligen Schwimmanzug dabei, zog darüber noch eine Bluse an, wenn ich mir eine Erfrischung holen wollte. Die Schönheitsparade überließ ich wie selbstverständlich den anderen Mädchen.

Aber es kam anders. Niemand drehte sich nach ihnen um, ich dagegen erregte größte Aufmerksamkeit. Es war zu köstlich, wie sich plötzlich die Rollen vertauscht hatten. Ich hatte zwar nie das Gefühl, mich verstecken zu müssen, aber eine aufsehenerregende Schönheit zu sein, das war neu für mich. Und die andern trugen's mit Humor.

Es wäre jammerschade gewesen, wenn ich diese Reise versäumt hätte. Ob ich sonst jemals den wohltuenden Unterschied zwischen französischem und türkischem Frauenideal kennengelernt hätte?

Bedauerlicherweise überwiegt jedoch in mitteleuropäischen Breiten der französische Geschmack. Bedauerlicherweise oder glücklicherweise. Wie man es nimmt.

5. Anabolika

Wer noch die einschlägigen Kommentare in Funk, Fernsehen und Presse von den Olympischen Spielen in Montreal im Ohr hat, der mag sicherlich von Diskussionen über Schönheitsideale nichts mehr wissen. Der sensationelle Erfolgsregen an Goldmedaillen für die DDR-Schwimmerinnen bot unter anderem vielfältigen Anlaß zu abfälligen Nebenbemerkungen:

„... erschreckend, die tiefen Stimmen und gewaltig muskulösen Schultern dieser jungen Mädchen. Wer wollte unsern Töchtern solches abverlangen!"

Sarkastisch die Antwort eines DDR-Trainers, der, angesprochen auf die tiefen Stimmen seiner Athletinnen, kurz konterte: „Sie sollen schwimmen und nicht singen."

Eingeweihte wissen, welcher Problemkreis mit dem Hinweis auf tiefe Stimmen bei Leistungssportlerinnen angesprochen ist: Anabolika.

Anabolika sind Hormonpräparate. Medikamente, die seit Jahren, wenn nicht gar seit Jahrzehnten erfolgreich bei der Behandlung langwierig Bettlägeriger angewendet wurden. Sie sind ursprünglich Patienten verabreicht worden, die nach langem Krankenhausaufenthalt körperlich geschwächt waren. Dieses Medikament förderte den Aufbau der Muskelkräfte dieser Geschwächten, wodurch nötige Pflegezeiten wesentlich verkürzt werden konnten. Es handelte sich also bei diesen anabolen Substanzen um eine segensreiche Entdeckung der Arzneimittelindustrie zum Wohle der Hilfebedürftigen.

Was solcher Segen mit tiefen Stimmen zu tun hat? Nun, in jeder Arzneimittelbeschreibung findet der aufmerksame Patient einen Hinweis auf mögliche Nebenwirkungen. Bei Medikamenten auf der Basis anaboler Substanzen beinhaltet dieser Hinweis, daß bei Verabreichung dieser Arzneimittel an Frauen die Möglichkeit von Virilisationserscheinungen in Betracht zu ziehen sei. Virilisationserscheinungen heißt zu Deutsch: Vermännlichungserscheinungen. Gewarnt wird ausdrücklich vor Veränderungen der Stimmqualität. Berufsgruppen, die besonders auf den Erhalt ihrer Stimmlage angewiesen sind, Sängerinnen zum Beispiel, sollten dieser medikamentösen Behandlung nur unter äußerster Vorsicht unterzogen werden. Damenbart und Veränderung in den Proportionen sind andere mögliche Begleiterscheinungen, die genau wie die Stimmveränderungen irreversibel sind. Also sich nicht zurückbilden, auch wenn das Medikament abgesetzt wird.

Ob die oben erwähnten Schwimmerinnen, reich begabt an körperlicher Leistungskraft durch Veranlagung und immensen Trainingsaufwand, nun als erste zu Anabolika griffen, ohne ihrer vom medizinischen Standpunkt aus zu bedürfen, oder ob es gewitzte Männer waren, die hier eine Möglichkeit aufspürten, abseits von herkömmlichen, schweißtreibenden Methoden eine neue Chance der Leistungssteigerung auf Umwegen zu nutzen – es sei dahingestellt. Müßig, darüber zu streiten.

Nicht enden wird aber wohl der Meinungsstreit zwischen denen, die behaupten, daß die DDR-Mädchen nur darum so leistungsstark seien, weil sie tiefe Stimmen hätten (Anabolika), und denen, die uns glauben machen wollen, die enorme Leistungsstärke der DDR-Frauen sei nur Resultat eines gezielten und methodisch wissenschaftlich abgesicherten Systems des Leistungsaufbaus von Kind an.

Wer hat recht? Ich kann es nicht entscheiden. Den sorgfältigen Beobachter wird allerdings eines nachdenklich stimmen: Die Männer der DDR und anderer Ostblockstaaten sind bei weitem ihren westlichen Konkurrenten nicht so überlegen wie die sozialistischen Frauen. Dabei wachsen auch sie unter derselben systematischen Förderung heran wie die Frauen.

Hat uns die Wissenschaft von einem Zwang befreit und den Frauensport von den Halbfrauen oder Halbmännern – den Hermaphroditen – bereinigt, so beschert sie uns derzeit mit den Hormonpräparaten eine neue Variante fragwürdiger Weiblichkeit. Jedes Ding hat zwei Seiten, auch die Rolle der Wissenschaft im Sport ist da keine Ausnahme.

Eines muß nämlich festgehalten werden: Der Status einer Frau im Sinne ihrer chromosomalen Identität – die durch die Sexkontrollen festgestellt wird – ist durch die Anabolika nicht gefährdet. Ob mit oder ohne Anabolika, Frau bleibt Frau. Nur: die Frau, die Anabolika nimmt, wird eine andere Frau, herber und männlicher im Erscheinungsbild. Außerdem, und das ist schließlich das Wichtigste im Leistungssport, wird sie leistungsstärker.

Nicht nur einfach stärker, das würde ja nur für die Werferinnen von Bedeutung sein, nein, allgemein körperlich leistungsfähiger. Das gilt für alle Disziplinen, Sprint, Sprung und Wurf, und für alle Sportarten, Schwimmen, Turnen, Leichtathletik und andere mehr. Der Unterschied liegt nur in der Dosierung der Hormonpräparate und in der richtigen methodischen Anwendung. Sie bieten jedem eine Leistungssteigerung, weil sie den Aufbau von Muskelkraft beschleunigen. Von diesem Aufbau sind alle Sportarten direkt abhängig, weil es in jeder Sportart, wenn auch in unterschiedlichem Maße, auf Schnelligkeit, Sprungfähigkeit und allgemeine Kraft ankommt. Kurz gesagt, auf Muskelkraft. Ein Mehr oder Weniger davon wiegt schwer in der Waagschale, wenn es um Gold, Silber oder Bronze geht.

Wer krank und schwach darnieder liegt, dem helfen Anabolika schneller auf die Beine.

Wer antrainierte Leistungskraft bei geringem Trainingsaufwand erhalten will, dem helfen Anabolika.

Wer nicht noch mehr Zeit und Konzentration für sein Training aufbringen kann, seinen Beruf im Auge behält, sich aber dennoch verbessern will, dem helfen Anabolika.

Wer zu ungeduldig ist, immer wieder einmal im Jahr eine Leistungsstagnation hinzunehmen, wie es für uns früher selbstverständlich war, dem helfen Anabolika zu schnellen, kontinuierlichen Leistungssteigerungen.

Wer alles auf eine Karte gesetzt, nichts anderes mehr als sportliche Höchstleistung im Sinn hat, von morgens bis abends trainiert, gar einen Rekord beabsichtigt, dem verhilft in Zukunft nur noch eines zum Ziel seiner Wünsche und Anstrengungen: Anabolika.

Landauf, landab ist die Meinung einhellig: der Joker im internationalen Leistungssport heißt nicht mehr Talent, nicht mehr Fleiß, nicht mehr Ausdauer, er heißt Anabolika. Ob in Form von Pillen oder Spritzen, die Chemie beherrscht die Szene.

„Schwimmen sollen sie und nicht singen." Könnte der Satz nicht auch heißen: „Schlucken sollen sie und nicht denken?"

Er ist mir zu eng geworden, dieser neue Dress des Leistungssports. Ich sehe keinen anderen Weg, diesem Trend zu entkommen, als Nein zu sagen: „Ich will nicht mehr."

Hier geht ihr zu weit! Ihr, die ihr dieses Spiel scheinbar bedenkenlos mitspielt, ihr, die ihr so skrupellos die Einsätze im Pokerspiel des Leistungssports hochtreibt bis an die Grenze individueller Existenz; unbedacht vernichtet ihr das Menschliche, das Spielerische, das Abenteuerliche, den fröhlichen Freiheitstraum menschlicher Bewährungskraft, den der Sport und der Leistungssport so lange besaß. An diesem Punkt der modernen Entwicklung verblaßt der Reiz des Abenteuers Leistungssport, der jahrzehntelang vielen jungen stürmischen Menschen eine so unglaubliche Vielfalt an wertvollen Erlebnissen zu bieten vermochte. An seine Stelle tritt die nackte Brutalität eines Existenzkampfes um die Leistung um der Leistung willen. Unmerklich vielleicht für die direkt Betroffenen, unübersehbar jedoch für mich, die ich am Ende einer langen erfolgreichen Zeit im Leistungssport stehe und mit der Gelassenheit der Erfolgreichen die Szene betrachten kann. Es war in den letzten Jahren ohnehin schon schwer genug geworden, an die Chancengleichheit im Leistungssport zu glauben. Was, mühsam gewiß, in den sechziger Jahren noch erreicht werden konnte, das gedeiht in den siebziger Jahren immer mehr zu schizophrenem Unterfangen: Gleiches wird mit Ungleichem gemessen.

Gleiches mit Ungleichem? War das nicht immer schon so?

Mit Sicherheit läßt sich ein solcher Einwand nicht überzeugend zurückweisen. Man bedenke:

Der Student oder die Studentin, relativ frei in der Gestaltung des studentischen Tagesablaufes, hat schon immer rein zeitlich gesehen größere Möglichkeiten zur Steigerung des Trainingsaufwands gehabt als der gleichaltrige Arbeitnehmer. Fest eingegliedert in den Produktionsprozeß, blieb dieser in dem ungleichen Wettlauf zur Höchstleistung häufig vorzeitig auf der Strecke. Wer bedenkt schon in diesem Zusammenhang die ungleich schwierigere Situation eines talentierten und sportbegeisterten Lehrlings im Vergleich zum höheren Schüler?

Wenn also bereits die Trainingsvoraussetzungen innerhalb unseres eigenen politischen Systems keine Chancengleichheit bieten, so wird dadurch die Diskrepanz zwischen den in Ost und West gebotenen Möglichkeiten noch verstärkt. Denn dem Konkurrenten aus dem sozialistischen Lager der Staatsamateure sind solche Sorgen fremd.

Wenn dem so ist, wenn sowieso schon nationale und internationale Leistungsvergleiche als Wettstreit von Gleichen mit Ungleichen nur noch einen „hinkenden" Vergleich darstellen – soll man sich dann überhaupt noch Gedanken machen über den Einbruch der Chemie in den Hochleistungssport? Ist das nicht nur noch ein müßiger Streit um den Grad der Ungleichheit?

Es scheint so, jedoch, wie ich meine, nur bei flüchtiger und vordergründiger Betrachtung.

Wie kein anderer Bereich in unserer Gesellschaft bietet der Sport die Vergleichbarkeit von Leistung und Verhalten. Erfolge und Mißerfolge sind nicht zu vertuschen oder zu verniedlichen, denn sie sind in Metern oder Sekunden meßbar. Jeder, der sich dem sportlichen Wettkampf stellt, stellt sich zugleich dem Risiko des Gelingens und des Versagens vor den Augen einer breiten Öffentlichkeit. Er muß mit dem Ausgang dieses Abenteuers fertig werden. Wie er diesen Ausgang bewältigt, ist im Moment des Wettkampfes für alle beobachtbar. Wer auf der Erfolgsleiter des Leistungssports noch eine untere Sprosse innehat, erlebt in einer für ihn überschaubaren Situation das Verhalten der „Stars" als ein Verhaltensmodell. Er sucht ihnen zu gleichen oder er lehnt sie ab.

Keine andere Sparte unserer Leistungsgesellschaft bietet derartige Lern- und Reflexionsmöglichkeiten für und über das soziale Miteinander wie der Wettkampfsport. Weil der Wettkampfsport genauso von der Leistung beherrscht wird wie die Arbeitswelt unserer Tage, weil er dabei soviel überschaubarer und einsehbarer ist, sind die Erfahrungen aus der Wettkampfsituation auch übertragbar auf die Arbeitswelt. Ein wesentlicher Wert des Leistungssportes ist die Bildung der Persönlichkeit derer, die sich ihm widmen.

Dieser Wert geht jedoch in dem Augenblick verloren, in dem der Sportler Erfolge und Mißerfolge nicht mehr auf sich beziehen muß, an ihnen nicht mehr seine eigene Person und sein Verhalten in Frage stellt. Eine Niederlage fordert nur da zum „liebenden Nichtkönnen", zum Akzeptieren der eigenen Grenzen auf, wenn ihre Ursachen noch beim Sportler selbst zu suchen sind.

Aber nun hat die Chemie die Sportszene gründlich verändert.

Wo sich bis heute der einzelne durch Unternehmungslust und straffe Selbstdisziplin den Weg nach „oben" erarbeiten konnte, beglückende Erfolge sich selbst zuschreiben durfte, frei und unabhängig war, erleben wir nun den beängstigenden Gleichschritt von Arzt, Athlet, Apotheker.

Des Athleten Marsch in die Abhängigkeit hat begonnen. Über Sieg oder Niederlage entscheidet mehr und mehr die Qualität von Arzt und Apotheker und immer weniger die Qualität des Athleten.

Aber eine Freiheit bleibt noch: die Freiheit, „Nein" zu sagen. Doch wozu soll man „Nein" sagen? Zum Leistungssport an und für sich? Reicht es aus, den Leistungssport zu bejahen und das „Nein" allein auf die Chemie zu beschränken? Wenigstens der Versuch sollte unternommen werden, den Kampf aufzunehmen, und zwar ohne Chemie und ohne Anabolika. Ich habe es versucht.

6. *Mein persönlicher Kampf um Chancengleichheit*

1971 nach den Europameisterschaften in Helsinki tauchte die Versuchung, nach Anabolika zu greifen, zum ersten Mal für mich auf. Was war passiert? Faina Melnik, die Sowjetrussin, hatte mir in Helsinki mit ihrem letzten Versuch den greifbar nahen Titel entrissen und mich zugleich als Weltrekordlerin entthront. Bedauerlich für mich, aber keine Weltuntergangsstimmung bei mir.

In Anbetracht meines nicht unerheblichen Trainingsrückstandes – ich befand mich gerade zwischen zwei Prüfungsabschnitten meines Staatsexamens – war ich nicht weiter beunruhigt. Ich war entschlossen, die Herausforderung dieser Ausnahmeathletin anzunehmen und in München 1972 angemessen zu beantworten. Ich war fest entschlossen, mich nach dem Examen in ein Olympiatraining zu stürzen, wie ich es umfangreicher nie zuvor auf mich genommen hatte.

Und dann fiel das Wort: Anabolika. Von welcher Seite ich es zum ersten Mal gehört hatte, weiß ich mich nicht zu erinnern. Aber es war gefallen. Irritiert hielt ich inne in meinem ungestümen Trainingseifer.

Was sollte das bedeuten? Was war damit gemeint? Vorsichtig, und eingestandenermaßen ein wenig neugierig, bemühte ich mich um Information. Schweigen hier und Überschwenglichkeit da. Dazwischen Mahnung und Ablehnung. Sachlichkeit? Nirgends.

Dann kam die sportärztliche Untersuchung, der ich mich am Städtischen Krankenhaus Leverkusen bei Herrn Dr. Baron unterzog. Herr Dr. Baron ist inzwischen zu einem Dopingexperten des DLV und anderer Verbände geworden. Aber das nur am Rande. Damals suchte ich auch bei ihm um Information. Was er mir mitteilen konnte, war wenig, aber eindeutig.

Er sprach von jenen Veränderungen, die Anabolika im Organismus hervorrufen, die bleibend sind. Er sprach davon, daß man definitiv darüber hinaus nichts wisse. Er sprach auch davon, verläßliche Informationen darüber zu haben, daß andere Werferinnen, auch Faina Melnik, Anabolika einnähmen. Er sprach, und ich hörte zu.

„Trainiere ich dann vergebens?" war meine verunsicherte Frage. Zu meiner Erleichterung bekam ich darauf keine klare Antwort. Der Arzt wies auf meine dominierende Stellung im Diskuswerfen der Frauen innerhalb der vergangenen Jahre hin, die ich auch ohne

Anabolika erreicht hätte. Nichts spräche dagegen, daß ich bei gesteigertem Trainingsaufwand aller Chemie zum Trotz in München mithalten könnte.

„Ja, aber die Einnahme von Anabolika bedeutet doch für die anderen einen Vorteil?"

Schulterzucken bei Dr. Baron und Schweigen im Raum. Ein Aufseufzen von mir. Und endlich meine entscheidende Frage: „Was würden Sie mir als Arzt und Mensch raten, ginge es nicht um olympische Medaillen?"

Die Antwort kam ohne Zögern: „Laß die Finger davon, Mädchen!"

Das war es, worauf ich gewartet hatte. Diese klare Aussage eines Mannes, der es als Fachmann wissen mußte, bewahrte mich damals vor dem Überschreiten des Rubikon in das Niemandsland der Chemie. Es war wohl der einzige Moment, in dem ich verführbar gewesen wäre, es zu tun.

Was tat ich statt dessen? Aufgeben nämlich wollte ich zu keinem Zeitpunkt. Gerd Osenberg, mein Trainer, übrigens auch immer ein engagierter Gegner aller Chemie im Leistungssport, tüftelte gemeinsam mit mir einen Trainingsplan (siehe Anhang, S. 315) aus, wie er härter und bedingungsloser nicht sein konnte. Dann dachten wir über Ernährung nach. Mit einer genau auf das Trainingspensum abgestimmten Ernährung müßte doch auch eine weitere Reserve erschlossen werden können. So vermuteten wir. Aber leider fanden wir niemanden, der einen bis in die letzte Einzelheit durchdachten Ernährungsplan aufzustellen in der Lage war. Der DLV wußte auch niemanden. Schließlich landeten Gerd Osenberg und ich mit meinem Trainingsplan in der Hand in der Sprechstunde von Professor Nöcker, dem namhaften Leverkusener Sport- und Olympiaarzt.

Den Trainingsplan durch einen individuellen Ernährungsplan zu ergänzen, vermochte er auch nicht. Einen allgemeinen Rat allerdings konnte er uns geben.

Pro Kilogramm Körpergewicht brauchte ich täglich zwei Gramm reines Eiweiß. Am besten tierisches Eiweiß. Bezogen auf das Training sollte ich jeweils zwei Stunden vor dem Training und direkt nach jedem Training jeweils eine „Ladung" zu mir nehmen.

Nun ja, das war besser als nichts. Ich hielt mich konsequent daran. Lebensmittel wurden vorrangig von jetzt ab eingekauft unter dem Gesichtspunkt des Eiweißgehaltes. Und dann habe ich gefressen. Ja, man kann es wohl kaum anders nennen. Der Käse wurde doppelt aufs Brot gelegt, Steaks nur in doppelter Ausführung verzehrt, und Quarkspeisen gerührt und heruntergewürgt, daß es mir fast aus den Ohren wieder herauskam.

Ich wollte es schaffen. Mein Ziel hieß München.

Auch ohne Anabolika kam ich diesem Ziel immer näher. Meine Trainingsleistungen waren vielversprechend und besser denn je (meine Kleidergrößen, der einzige Wermutstropfen, allerdings auch größer denn je). Gerd und ich waren zuversichtlich, trotz der Verletzungen, die mich in meiner Olympiavorbereitung zweimal zurückwarfen.

Die zweite Verletzung im Frühsommer des Olympiajahres, eine ekelhaft langwierige und schmerzhafte Leistenzerrung, führte dann noch einmal zu einem für mich wertvollen Gespräch über Anabolika. Dieses Mal war mein Gesprächspartner Prof. Dr. Sperling in Düsseldorf.

Wie selbstverständlich kamen wir auf die Muskelpille.

„Ach, wissen Sie, ich komme mir mit meiner Chemiefeindlichkeit ein bißchen vor wie Don Quichotte bei seinem Kampf gegen die Windmühlflügel. Abgesehen von Verletzungen kann ich sicherlich bis 65 Meter ohne Muskelpille mithalten. Wer weiß aber, wie weit die Ostblockmädchen mit der Pille in diesem Winter schon vorangekommen sind?"

„Nun laß den Kopf man nicht hängen", ermunterte mich Prof. Sperling. „Weißt du, auch der Leistungssteigerung durch Anabolika sind Grenzen gesetzt."

Ich horchte auf. Das war ein neuer Ton, den bisher noch niemand angeschlagen hatte.

„Wieso?"

„Die Muskelpille ist eben nur eine Pille für Muskeln. Jeder Muskelstrang endet in einer Sehne. Und die Belastbarkeit der Sehnen kann nicht verändert werden. Werden die Muskeln zu stark, wird der Zug an den Sehnen zu groß, dann reißen sie. Dann ist es aus, die Grenze der Kraftentwicklung ist erreicht. Diese Grenze gibt es für jeden. Wer Muskelpillen schluckt, läuft viel eher Gefahr, diese Grenze zu überschreiten. Ganz zu schweigen von dem gestörten Gleichgewichtszustand zwischen roher Kraft und feiner Geschmeidigkeit. Dieses bestmögliche Gleichgewicht kannst du auch auf deinem Weg erreichen. Es ist nur viel, viel mühsamer."

„Oh, gegen diese Mühseligkeit habe ich nichts. Die will ich gern ein Jahr lang auf mich nehmen. Und Sie glauben wirklich, daß ich durch Fleiß den Vorteil der Muskelpille wettmachen kann?"

„Gewiß! Jetzt geht es nur darum, daß wir deine Verletzung schnell auskurieren, damit du keinen Trainingsrückstand bekommst. Denn das würde dich wirklich zurückwerfen."

Nie habe ich mir bereitwilliger und freudiger eine Spritze verpassen lassen als nach diesem so ermutigenden Gespräch mit Professor Sperling. Endlich war ich jemandem begegnet, der mir rationale Gründe gegen die Muskelpille nennen konnte und nicht nur ethisch-moralische. Argumente, die auch einen Weg zur Höchstleistung offenließen, der nicht von der Chemie geebnet war. Bedauerlicherweise war meine Leistenzerrung allerdings nicht mit einer, auch nicht mit zwei und drei Spritzen auszukurieren. Bis weit in die olympische Saison hinein mußte ich mich damit herumschlagen. Aber was hatte das mit der Muskelpille zu tun? Nichts. Ich glaubte Herrn Professor Sperling, daß es für mich einen Weg ohne Chemikalien gab und jammerte fortan in Stunden schwacher Leistungen nicht einmal mehr heimlich über die vermeintliche Chancenungleichheit durch Anabolika.

Vermeintlich? Hätte Professor Sperling mit seiner Deutung der Muskelpille recht gehabt, wer vermöchte dann die Diskussionen zu verstehen, die fünf Jahre später vehement ausbrach. Wo gab es eine Diskussion nach den Olympischen Spielen in Montreal, die nicht in leidenschaftlichen Auseinandersetzungen über das Für und Wider des Dopings durch Anabolika endete?

Mit Wurfleistungen, die vor kurzem noch als außerordentlich angesehen wurden, mit erzielten Weiten, die mich auch ohne Anabolika immerhin die beste Diskuswerferin aller nicht-sozialistischen Staaten bleiben ließen, durfte ich nicht mit nach Montreal. Es hatte nicht gereicht in den Augen der Sportfunktionäre. Voll im Berufsalltag eingespannt und gefordert, war mir nicht rechtzeitig die gewünschte Weite gelungen. Die „Norm" war höher gewesen – die Anabolika-Norm. Als ich vor den Olympischen Spielen in einer Diskussion im internen Kreis auf diese Möglichkeit der Betrachtung und Umschreibung der bundesdeutschen olympischen Normen einmal hinwies, gab es nur eine lakonische Feststellung: „Wie, du nimmst keine Anabolika? Dann bist du selbst schuld, wenn du es nicht schaffst!" Außer in meinem Verein und bei meinem Sportarzt fand ich keine Gleichgesinnten mehr. In „höheren Kreisen" der Sportführung dachte man anders – vor Montreal.

Nach Montreal kann sich der Deutsche Sport vor „Saubermännern" kaum noch retten.

Um die Leichtathletik, den Sport sauber zu halten, um den Joker Chemie auszuschalten will man sogar einige Disziplinen, wie Kugelstoßen, Hammerwerfen und Diskuswerfen völlig streichen. Doch die verführerische „Anna" hat längst weit über gewisse Disziplinen hinaus „hörige Gefolgsleute" gefunden. Herrn Dr. Kirsch zufolge dürfte als einzige leichtathletische Disziplin dann nur noch Langstreckenlauf betrieben werden.

7. Gedanken zur aktuellen Diskussion um Chemie im Leistungssport

Wer will bei dem derzeitigen Stand der Diskussion noch die Hand dafür in das olympische Feuer legen, daß nur Leichtathleten oder Gewichtheber Sünder sind? Rudern, Turnen, Judo, Schwimmen – weit und breit nur anabolikasaubere Westen?

Gegenseitiges Anklagen und Aufrechnen nützt nichts. Wer trotz der augenblicklichen verfahrenen und scheinbar aussichtslosen Situation den Leistungssport liebt, und das tue ich von ganzem Herzen, der kann eigentlich nur froh und dankbar sein dafür, daß plötzlich so viele Persönlichkeiten bereit sind, der Inhumanität im Leistungssport Paroli zu bieten.

Nur eines bleibt dabei als bedauerlich festzuhalten: Warum gibt es solche kritischen Stimmen immer nur nach Olympischen Spielen, als Epilog großer Veranstaltungen mit dem Beigeschmack der Beschönigung eigener Niederlagen? Warum findet sich ein Willi Daume nicht vor Olympischen Spielen zu flammenden Worten bereit, wie er sie im nacholympischen Herbst in Freiburg gefunden hat? Warum fehlten solche Worte, als wirklich Mut dazu gehört hätte, als die Möglichkeit vorhanden gewesen wäre, eine beginnende Strömung von Unwägbarkeiten einzudämmen?

Wo waren solche Worte, als es um die Nominierung und Nichtnominierung von Athleten für die bundesdeutsche Olympiamannschaft ging? Worte hätten da noch Taten auslösen können, und es wäre Willi Daume beim nacholympischen Halali erspart geblieben, mit leeren Händen dazustehen und mit hohlen Wangen in die Trompete zu blasen. Der schrille Ton post festum verhallt ohne Echo, sobald neue Höhepunkte das Sportgeschehen bestimmen.

Aber nun, da sich die Situation bis ins Unerträgliche zugespitzt hat, sind Worte von anderer Seite gefallen, die so nicht im Raum stehen bleiben können, denen ihr Anklagecharakter nicht mit einem Federstrich genommen werden kann:

Beim Verbandstag des DLV am 26. April 1977 stand der Mainzer Apotheker Horst Klehr, Mitglied der Doping-Kommission, unvermittelt auf und verlas seine selbstverfaßten persönlichen Notizen:

„Ich stelle fest, daß der Präsident des DLV, Prof. Dr. August Kirsch, von Sportärzten auf die Gefährlichkeit der Medikation mit Anabolika hingewiesen und um persönliche Stellungnahme gebeten wurde. Ich stelle fest, daß mit Wissen des DLV-Präsidenten DLV-Trainer Anabolika an Jugendliche verteilen, ohne sich verantworten zu müssen. Ich stelle fest, daß die DLV-Ärzte Dr. Keul, Dr. Klümper und Dr. Kindermann nach ihren eigenen Aussagen an Athleten Anabolika verabreichten, um – wie sie betonen – die Athleten vor Selbstmedikation zu schützen. Die Nötigung des ärztlichen Gewissens scheint hier Purzelbäume zu schlagen.

Adrian Paulen – der Präsident der IAAF – sagt über Ärzte, die kontrolliert Anabolika geben: ‚Diese Ärzte gehören eingesperrt, ich bin ihr Feind. Sie wissen nicht, welche Spätfolgen die Athleten in 10 bis 15 Jahren haben werden.' Er sagt weiter: ‚Ich bin kein Arzt, aber soviel weiß ich, ich halte es für unglaublich, daß ein Arzt Medikamente zur Leistungssteigerung gibt, ohne zu wissen, welche Auswirkungen sie für die Zukunft haben werden. Das ist ein Wahnsinn für den Sport, den man sofort beenden muß.' Die DLV-Verantwortlichen Herr Dr. Kirsch und Frau Bechthold können unter keinen Umständen glaubhaft versichern, nie von den Praktiken dieser Ärzte gehört zu haben.

Ich stelle fest, daß der DLV-Präsident im Oktober noch nach Montreal in Freiburg aussagte, Anabolika zählen im DLV nicht zu den Dopingmitteln. Ich stelle fest, daß Herr Dr. Kirsch auf den SID mit Pressionen einwirkte, weil Herr Steffny sich zum hormonellen Leistungsaufbau einer Frau Willms und eines Herrn Gehrmann kritisch äußerte.

Ich stelle fest, daß Herr Dr. Kirsch auch gegenüber anderen Medien den Abbruch der guten Beziehungen ankündigte, wenn sie weiter auf dieser Welle reiten würden . . .

Auch bei der sogenannten Kolbenspritze kann ich Herrn Dr. Kirsch nicht folgen. Ich finde es unverzeihlich, wenn die DLV-Verantwortlichen ohne Befragen der Antidoping-Kommission

Berolase in den Leistungsstützpunkten des DLV verwenden lassen . . .

Ich stelle Ihnen, meine Damen und Herren, die Gewissensfrage, ob Sie die Handlungsweise des Herrn Dr. Kirsch im nachhinein sanktionieren und damit auch hierfür die Verantwortung übernehmen wollen oder ob sie personelle Konsequenzen ziehen wollen.

Für jede meiner Behauptungen bin ich bereit, auf der Stelle den Beweis zu liefern oder Zeugen zu benennen . . .

Wenn künftig Hormonzwitter das Aushängeschild der deutschen Frauenleichtathletik sein sollen, wird es Zeit, diesen Spuk zu beenden.

Müssen wir auch betrügen, weil es andere vielleicht tun? Die IAAF hat 139 Mitgliedländer, wie viele davon machen diesen Krampf mit? Ich bin sicher, daß noch nicht einmal die Finger einer Hand dazu erforderlich wären zum Abzählen. Der britische Hammerwurftrainer wurde von der Montrealteilnahme ausgeschlossen, weil er seinen Werfern Anabolika gab.

Der DLV-Leistungsrat hat bereits darauf hingewiesen, daß, wenn nur 100 000 Athleten Anabolika nehmen würden, mehrere 1000 Ärzte zur Überwachung notwendig wären, von den gesundheitlichen Schäden und den Kosten ganz zu schweigen."

Wo jeder Beobachter eine angesichts der aufgezeigten Situation stürmische Auseinandersetzung erwartet hätte, war die Antwort auf Horst Klehrs Anklagen zuerst ein gelähmtes Schweigen. Dann wies Prof. Dr. Kirsch unter dem Beifall des Auditoriums im Brustton der Empörung alle Anschuldigungen zurück. Mit Horst Klehr wird sich der Rechtsausschuß des Verbandes auseinandersetzen.

Die Athleten, die kein Hehl aus der Abhängigkeit ihrer Leistungen von Anabolika-Einnahmen machten, werden ebenfalls einem Rechtsverfahren ausgesetzt werden.

Damit war für den Verbandstag das Problem Anabolika vom Tisch. Man ging, anscheinend ungerührt, zur Tagesordnung über. Ist damit aber wirklich das Problem vom Tisch?

Ich kann einfach nicht glauben, daß ich die einzige unter den anwesenden Beobachtern dieses Verbandstages war, die Anstoß an dieser Haltung, dieser offen zur Schau gestellten doppelbödigen Moral, genommen hat.

Warum gab es keine Diskussion über die überhöhten Verbandsnormen als einem Grund für das Anabolika-Doping?

Warum forderte niemand ein Verfahren gegen jene Olympiaärzte, die öffentlich zugegeben haben, daß sie Anabolika verschreiben?

Warum verlangte niemand zumindest eine Stellungnahme von Herrn Dr. Kirsch, der wiederholt behauptet hat, daß Anabolika nicht auf der DLV-Dopingliste stehen?

Warum darf Herr Dr. Kirsch von ihm bekannten Athletinnen sprechen, die Anabolika nehmen und er ungestraft behaupten, daß er keinen Grund sieht, gegen diese Athletinnen vorzugehen?

In den amtlichen Leichtathletikbestimmungen des DLV gibt es seit Jahr und Tag die Regel 16/3 e, in der anabolische Steroide ausdrücklich unter die Doping-Substanzen eingereiht werden. In der Regel 16/16 ist die Meldepflicht fixiert, die wohl kaum nur für die Athleten formuliert wurde.

Man stelle sich dazu folgende Situation vor: Herr A. ist der sportliche Leiter einer Veranstaltung. Er ist verpflichtet, die Wettkämpfe nach den Regeln durchzuführen, also auch auf Verstöße gegen die Dopingregel zu achten. Der Präsident seines Verbandes, z. B. Dr. Kirsch, weiß von einem Verstoß und unterrichtet Herrn A. nicht.

Das heißt doch dann ganz klar, daß der oberste Funktionär eines Verbandes Regelverstöße toleriert, zu deren Vermeidung er kraft seines Amtes verpflichtet ist. Genausogut könnte er hingehen und die Stoppuhren manipulieren oder das Bandmaß kürzen.

Die Leichtathletik, der Leistungssport steht und fällt mit der Vergleichbarkeit der Leistungen. Weswegen sonst bemühten wir uns wohl in allen Bereichen um die größtmögliche Chancengleichheit für alle Athleten? Jeder, der diese Grundregel der Vergleichbarkeit bewußt und willentlich aushöhlt, betrügt.

Müssen nun die Athleten die gültigen Bestimmungen kennen?

Dürfen bei Verstößen gegen die einschlägigen Regeln nur Athleten vor den Kadi gezerrt werden?

Die Kugel im Anabolika-Roulett rollt weiter. Den Athleten der DLV-Nationalmannschaft flatterte wenige Tage nach dem Verbandstag ein Brief aus der Geschäftsstelle auf den Tisch, der forderte, die Diskussion intern im Bereich des DLV zu führen. Ein Maulkorb?

Sicher ist die derzeitige Diskussion über Anabolika nicht frei von Emotion und Hysterie. Doch die Flucht in die Öffentlichkeit allein hat bewirkt, daß die verantwortlichen Gremien sich nun der Situation stellen müssen.

Es muß das „Ja" oder „Nein" zur Pille im Sport gesprochen werden. Vor allem und zuerst von denen, die seit Jahren den Athleten insgeheim die Entscheidung aufgebürdet haben. Trotz schlechten Gewissens hat der Normendruck für manchen den Griff zu verbotenen Medikamenten fast zur Selbstverständlichkeit werden lassen.

Als befreiend, als ein Anfang einer zwingenden Analyse können die Worte Willy Weyers, des DSB-Präsidenten, wirken:

„Das Menetekel von Montreal ist eine Angelegenheit, bei der einige offenbar sehr ehrgeizige Herren geglaubt haben, sie könnten etwas schieben. Das können Athleten sein, das können aber auch andere sein. Und diese Befürchtung habe ich. Vielleicht Männer aus dem Bundesausschuß für Leistungssport in völliger Verkennung dessen, was die Aufgabe eines koordinierenden Gremiums zwischen dem Deutschen Sportbund (DSB) und den Fachverbänden ist."

Angesichts dessen müssen sich in der Tat jene Appelle als Vogel-Strauß-Politik ausnehmen, die nur die Athleten ansprechen: Man ruft nach dem mündigen Athleten, der aus sich selbst heraus allen Verführungen standhält.

Und wo bleiben die mündigen Sportfunktionäre, denen ein nach menschlichen Vorbildern suchender, heranwachsender Leistungssportler noch vertrauend folgen darf? Haben sie sich bei allem ernsthaften Bemühen um ihr System nicht schon zu sehr von den aktuellen Problemen des Leistungssports entfernt? Muß nicht von vornherein jeder Problemlösungsversuch, unternommen von der Höhe des Olymps herab, zu dem lächerlichen Unterfangen eines kosmetischen Face-lifting geraten?

Ich denke an die Diffamierungen, denen die Weltklasse-Kugelstoßerin und Weltrekordlerin Eva Willms ausgesetzt war und ist. 1976 bei ihrem Beinahe-Fünfkampfweltrekord in Hannover (inzwischen hat sie sich den Weltrekord geholt und sogar mehrfach verbessert) war Eva zur Dopingkontrolle ausgelost worden. Nach dem Ende des Wettkampfes reiste Eva sofort ab, ohne sich der Kontrolle zu unterziehen, weil sie einen Zusammenbruch erlitten hatte. Dennoch – sie hätte disqualifiziert werden müssen, weil sie trotz Aufforderung nicht zur Dopingkontrolle erschienen war. So will es die national und international gültige Regel.

Die Regeln sind eindeutig. Man muß sie allerdings anwenden, und zwar rigoros und in jedem Fall. Tut man es nicht, ist der Vorwurf gegen die Sportführung gerechtfertigt, daß sie aktiv beteiligt

Vorhergehende Seite: Liesel Westermann, der ,,Wirbelwind hinter Gittern" – Weltsportlerin des Jahres 1969.
Oben: Ich gehe turnen. Ob mich die anderen Mädchen mitmachen lassen werden? Die Fahrradständer im Nachbarhaus sind ein ideales Übungsgerät. 1948.
Unten: Wer könnte je ein Wässerchen trüben? 1951.

Oben: Meine Anfänge in der Leichtathletik als Sprinterin und Weitspringerin (mit 4,55 m Bezirksmeisterin der Schülerinnenklasse). 1957.

Links: Frisch, fromm, fröhlich, frei – unter diesem Motto der vier F's, dem Leitmotiv des Deutschen Turner-Bundes, stand das dreiwöchige Zeltlager der Sportjugend des Huntegaus in Pelzerhaken an der Ostsee, Sommer 1958.

Erfolgreichste Teilnehmerin an den deutschen Jugendmeisterschaften 1962 in Weinheim/Bergstraße.

Linke Seite: Der stolze Trainer Bruno Vogt mit seiner Paradeschülerin.

Rechts: Der deutschen Jugendmeisterin im Fünfkampf gratuliert Jutta Heine, deutsche Rekordhalterin.

Unten: Die Teilnehmerinnen im Kugelstoßen an den Ost-West-Ausscheidungen für die gesamtdeutsche Olympiamannschaft für Tokio, 1964. Von links: Margitta Gummel (DVfL), Marlene Fuchs-Klein (DLV), Gertrud Schäfer (DLV), Renate Garisch (DVfL), Liesel Westermann (DLV), Marion Lüttge (DVfL), Siegrun Kofink (DLV).

Eine Station auf dem Weg in die nationale Spitzenklasse: Norddeutsche Meister
schaften, Hamburg 1963.

München 1965: Mein erster Sieg über Kriemhild Limberg-Hausmann, die langjährige deutsche Meisterin im Diskuswerfen.

Links: Mit der langjährigen Sportfreundin und Weggefährtin Marlene Fuchs-Klein. 1966.

Erster internationaler Auftritt: Europameisterschaften Budapest 1966.

Linke Seite, oben: Begeisterter Empfang in der Heimatstadt Sulingen für die frischgebackene Medaillengewinnerin und ihre Familie (von links: Mutter Westermann, Schwester Ilse, Liesel, Vater umrahmt von der Kinderriege des TuS Sulingen).

Unten: Disput mit einem Kampfrichter. Links die DDR-Meisterin Ingrid Lotz, Silbermedaillengewinnerin in Tokio 1964 und sportliches Vorbild für ihre Nachfolgerin Liesel Westermann.

Rechts: Mit Marlene Fuchs-Klein und Heide Rosendahl.

Linke Seite: Ost-Berlin, Juni 1967 – neuer deutscher Rekord und Jahresweltbestleistung mit 57,97 m.

Oben und unten: Im Kreis von Studentinnen beim Unterricht in rhythmischer Bewegungsbildung an der Deutschen Sporthochschule Köln.

Weltreisende in Sachen Diskus. *Oben:* mit Uwe Beyer beim Erdteilkampf in Montreal, August 1967.
Unten: Siegerehrung bei der Universiade, Tokio 1967.
Rechte Seite: Sao Paulo, 6. November 1967: Der erste 60-m-Diskuswurf einer Frau – wieder ist eine Traumgrenze der Leichtathletik gefallen.

SP/NY 6/11/67.1330GMT.216SQCM.PIXUNIT NEWYORK
COLLECT.SAO PAULO--Germany's Liesel Westermann
11/5 as sets new women's discus mark of 61.26
meters (UPIRADIO)

Sao Paulo – Liesel Westermann (Deutschland) wirft mit 61,26 m neuen
Diskus-Weltrekord für Frauen (UPI/Radio).

1968: Aus dem Wintertraining mit Gerd Osenberg beim TuS 04 Leverkusen.

Krafttraining mit der Hantel:
Links: Reißen
Unten: Bankdrücken
Rechte Seite: Technisches Training –
Bewegungs-
schulung mit dem Noppen-
ball.

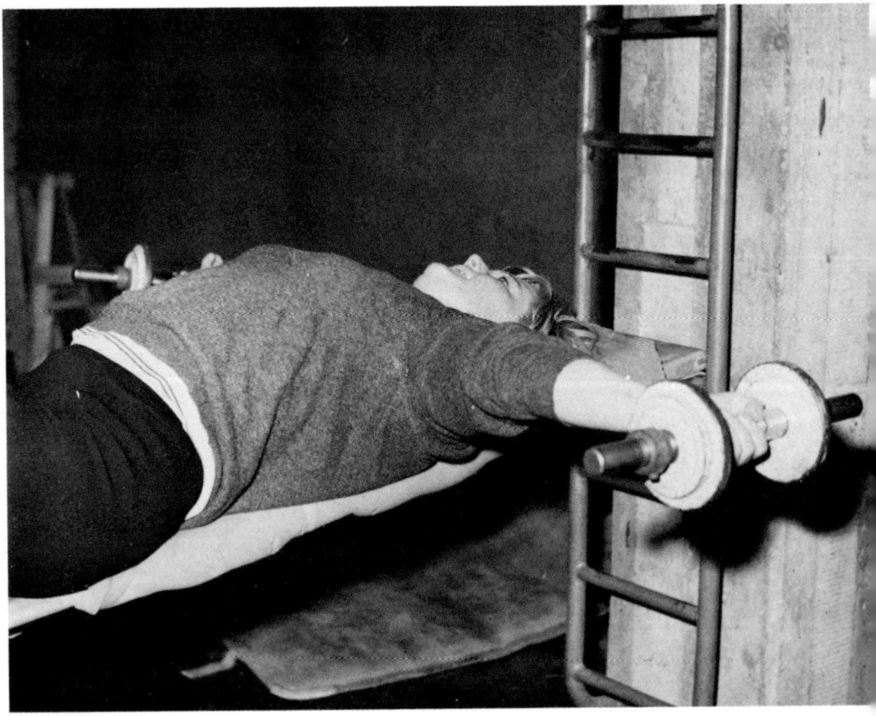

Folgende Seite: Europameisterschaften Athen 1969 – Boykott der deutschen Nationalmannschaft. Die sportliche Antwort auf diesen Selbstfaller gaben bald darauf Heide Rosendahl und Liesel Westermann *(unser Bild)* mit neuen Weltrekorden.

Oben: Aus den Anfängen der Deutschen Sporthilfe. Kurt Bendlin und Liesel Wester-
mann, zwei der ersten Sporthilfe-Empfänger unter den deutschen Leichtathleten –
Mittagstisch für Kader-Athleten bei Herrn Sieber im ASV-Clubheim, Köln.
Unten: Im Kreis der harten Konkurrentinnen aus der Sowjetunion: von links Faina
Melnik, Ludmilla Murawjewa und Tamara Danilowa.

Linke Seite: Auf Fotosafari während des Olympia-Trainingslagers 1972 in Israel. „Wer ein Kamel liebt, muß sich mit seinem Höcker abfinden." (Arabisches Sprichwort.)
Oben: Deutsche Turner-Vereinsmeisterschaften im Rahmen des Deutschen Turnfests, Berlin 1968. In der Ehrenloge des Bundespräsidenten.
Unten: Als Grundschullehrerin in Leverkusen-Mantfort.

So hat es angefangen...

Bilder aus aller Welt.

Der Diskus wird geschwungen.   Wie der Diskus geworfen wird.

Ein neuer Sport der „athletic girls": Das Diskuswerfen.

„Athletic girls" — am treffendsten vielleicht mit „Kraftweiber" zu überseßen — sind in Amerika wie in England augenblicklich das neuste Produkt der immer stärker anwachsenden Lust für Sport und Bewegungsspiele auch bei der weiblichen Jugend. An und für sich ist die für körperliche wie geistige Gesundheit gleich wichtige Neigung zur Uebung und Ausbildung der weiblichen Körperkräfte ein bedeutender Faktor zur Gesundung unserer nervösen Gesellschaftsschichten, aber Uebertreibung und Verzerrung an sich guter Mittel und Ziele haben schon manchem vernünftigen Gedanken binnen kurzem den Garaus gemacht. Diese Gefahr liegt hier nahe. Die Frau und besonders das junge Mädchen als Boxerin, Fußballspielerin, Ringerin, eifrige Klubistin überschreitet zuweilen die Linie, die die Natur dem weiblichen Wesen als Vertreterin und Erhalterin des Schönen in unserm Leben gezogen hat. Die Muskeln solcher Sportsdamen werden hart, ihre Bewegungen eckig, ihr Benehmen kraftvoll und laut, etwas Unweibliches tritt zu Tage und verletzt das Schönheitsgefühl. Aber so sehr man gegen solche Auswüchse des Sports kämpfen soll, das eigentliche Gesunde aller körperlichen Bewegungsarten gerade für Frauen darf man nicht verkennen. Jede maßvolle Betätigung auf diesem Gebiet verstößt auch nicht gegen das Schönheitsgesetz. Die Diskuswerferin, die wir in zwei Stellungen unsern Lesern zeigen, ist in Haltung und Bewegung zugleich kraftvoll und schön. Sie ist bei allem Sport eine Dame geblieben, die den Reiz des weiblichen Körpers und der weiblichen Bewegung nicht verloren hat.

ist an der Eskalation unverantwortlicher Praktiken im Leistungssport.

Es ist nicht Prinzipienreiterei, der ich hier das Wort rede. Und
ich weise entschieden alle Proteste zurück, die in meinen Ausführungen eine Verleumdung des Hochleistungssportes sehen. Sich
dieser Verleumdungskampagne entgegenzustemmen, ganz allein
darum geht es. Das gültige Regelwerk ist ein wirkungsvolles Mittel, wenn es angewendet wird. Es reicht nicht aus, sich allein wortreich zu dem Ideengut dieser Bestimmungen zu bekennen und
Ausschüsse zu fordern, die neue Kontrollmechanismen erfinden.

Hier und heute auf dem Einhalten vorhandener Regeln zu bestehen und entsprechend zu handeln, ist der einzige und dringend
notwendige Ansatzpunkt, will man verhindern, daß jede großar-
tige Leistung sofort in Frage gestellt wird. Häufigere und unange-
kündigte Kontrollen bei Großveranstaltungen können allein helfen, daß die verdiente Hochachtung der Leistung und dem Rekord gezollt wird und diese nicht dem Einfallsreichtum der Chemie zugeschrieben werden.

Erfolgssüchtige, medaillen- und rekordhungrige Funktionäre
fördern die Verunglimpfung des Leistungssports, wenn sie weiterhin so oberflächlich mit ihren und unseren Regeln umgehen. Das
sind harte Worte. Ich weiß. Aber bei dem derzeitigen Stand der
Dinge ist niemandem mit Schönfärberei geholfen.

Eva Willms hat zu Beginn der diesjährigen Leichtathletiksaison
einen phantastischen Fünfkampfweltrekord aufgestellt. Ohne Dopingkontrolle. Dazu Eva: „Was kann ich noch mehr tun, als einen
Rekordversuch lange vorher ankündigen? Soll ich mich auch
noch selbst darum kümmern, daß Kontrollen durchgeführt
werden?"

Anscheinend hat sie sich damit abgefunden, daß ihre Leistungen
offen und versteckt angezweifelt werden, und doch hofft sie auf
den diesjährigen Europacup der Mehrkämpfer:

„Beim Europacup wird es ja wohl eine Dopingkontrolle geben.
Spätestens dann werden die Zweifler zum Schweigen gebracht
werden."

Mich begeistert das Bemühen eines Willi Daume und anderer
um die Menschlichkeit des Leistungssports, aber zugleich betrübt
es mich, betrübt mich, weil es ein Wissen um Probleme ausdrückt,
das sich im Wissen selbst zu genügen scheint. Oder sieht jemand
irgendwo einen Praktiker, der beginnt, das Brett zu zimmern, den
Brunnen nun endlich zuzudecken, in den der Leistungssport des

Jahres 1977 hineinzufallen droht? Ob das die vielberufene DSB-Kommission leisten kann?

Schemenhaft tauchen dagegen vor meinem inneren Auge unzählige Eiferer auf, die, mit dem Spaten in der Hand, neue Brunnen auszuheben bereit sind. Nicht, um selbst hineinzufallen, nein, das dürfen andere Athleten – junge, vor Begeisterung blinde Abenteurer in Sachen Leistungssport.

Was bleibt? Was lohnt noch die Auseinandersetzung des Individuums mit der Herausforderung zur körperlichen Höchstleistung? Ich kann es nicht nennen, aber ich bin fest davon überzeugt, daß sich auch in der immer ungewisseren Zukunft, auf der brutaler werdenden Szene des Leistungssports, noch etwas von dem Mitreißenden, dem Fesselnden, dem spielerisch Genialen, dem sympathisch Verrückten finden lassen wird, wenngleich die erfolgreiche Suche danach unermeßlich beschwerlich zu werden verspricht. Zufriedenheit und Selbstbestätigung mögen dann nicht mehr in der absoluten Höchstleistung liegen, viel eher in dem waghalsigen Balanceakt, mit der endlichen beglückenden Befriedigung, in einer vernebelten Umwelt nicht in die zahllosen Brunnen hineingestolpert zu sein, für die niemand ernsthaft sich bemüht, Bretter zu zimmern.

Die Verächter der Höchstleistungssportler verteidigen einen „Glauben ohne Begeisterung, der morgen ohne Gläubige und übermorgen ohne Altäre" sein würde, überließe man ihn ausschließlich sich selbst. Coubertin forderte für die Sportler „die Freiheit zum Äußersten"; nichts Großes aber geschieht ohne Gefahr. Er ärgerte sich immer über jene Leute, die den Sportlern fehlende Mäßigung vorwarfen. Helden und Heilige, so meinte der Neuschöpfer der Olympiade, seien Wesen, die das Maß nicht kennen.

Niemand wage mir einen Stein zu werfen auf die „Sündenböcke" unter den jungen Athleten. Gesteinigt werden müssen die Erwachsenen, muß die ältere Generation. Blinde Unerfahrenheit ist das Vorrecht Heranwachsender. Blindheit wider besseres Erfahrungswissen bei der älteren Generation – das ist in meinen Augen Schuld. Bedauerlicherweise büßen diese Schuld jedoch nicht die Schuldigen, sondern die Unschuldigen.

Man stellt die Forderung nach mündigen Athleten. Warum? Weil die Erwachsenen unmündig sind? Unfähig, ihre Verantwortung für die Jugend zu tragen? Wie mir scheint, ist dieses Problem nicht nur für die aktuelle Situation im Leistungssport kennzeichnend. Ein gesamtgesellschaftliches Phänomen vielmehr zeigt sich hier, und deshalb auch im Leistungssport, weil dieser nie besser sein kann als die Gesellschaft, die ihn hervorbringt.

8. Olympia – quo vadis?

Der blinde und kurzsichtige Glaube an die leistungssteigernde Kraft der Sportler-Pille hat seine Entsprechung in der Flucht in bewußtseinserweiternde oder -betäubende Drogen bei einer Vielzahl von Nichtsportlern. Keine der beiden unglücklichen Entwicklungen ist monokausal zu begründen, und für keine wird es die einfache Lösung geben. Während aber früher der Leistungssport zumindest als *ein* Korrektiv für Drogenabhängigkeit und Suchtgefahren gelten konnte, droht er jetzt an eben der Krankheit dahinzusiechen, die er früher mitbekämpfte.

Haben wir noch eine Chance, das Ethos des Sports wiederherzustellen? Ich hoffe es sehr. Hätten wir sie nicht mehr, nicht einmal beklagen dürften wir uns, weil wir sie selbst verspielt haben. Vertan und verplempert wäre damit eine der wenigen freiheitlichen Abenteuersphären, die die moderne Gesellschaft ihrer Jugend noch zur freien Selbstbehauptung, zur Erprobung unbekümmerten Selbstwertstrebens zu geben vermag.

Um welchen Preis? In politisch verfärbter Leistungseuphorie, die uns ein brutales, selbstzerstörerisches Kräftemessen mit den sozialistischen Staaten aufzwingt, verkaufen wir unsere Jugend für ein paar zusätzliche Medaillen. Wir, die Bundesrepublik vor allem, lassen uns zu einem Kräftemessen mit Systemen zwingen, die auf allen anderen Gebieten diesen Vergleich scheuen müssen und diesen auch zu unterbinden wissen.

Chancengleichheit für unsere Athleten in internationalen Wettkämpfen durch Chemie? Durch Chemie darum, weil es die andern auch tun? Ist das ein Argument? Darf das ein Argument sein? Wer dieses Argument für gerechtfertigt hält, denkt der seinen Gedanken auch konsequent zu Ende? Sieht er die praktischen Konsequenzen einer solchen vordergründig angelegten Lösung? Chancengleichheit in internationalen Wettkämpfen dank Chemie – was heißt das genau? Die Pharmakologie muß Forschungsprojekte entwickeln, damit wir auch einmal einen „chemischen" Vorsprung haben. Wer bezahlt diese Forschung für den kleinen Markt des Hochleistungssports? Da bleibt nur der Staat.

Ärzteteams müssen ständig für die fachgemäße Verabreichung und Dosierung zur Verfügung stehen, nicht nur für die kleine Elite der Medaillenkandidaten, auch für die vielversprechenden Talente. Wer bezahlt das? Die Krankenkasse wohl kaum. Allein von den Zahlungen hochtalentierter Spitzensportler, die wohl kaum alle Privatpatienten sind, können diese Ärzte aber nicht leben. Diese Teams als Sportarzt zu betreuen, wäre aber ein full-time-job, also käme auch hier nur noch der Staat als Kostenträger in Frage.

Chemie allein beschert den Medaillensegen auch nicht. Der Arzt und der Pharmakologe brauchen den Sportpädagogen, der in seiner Funktion als sportartspezifischer Betreuer mit den Spitzenathleten und den Talenten gemeinsam den günstigen Augenblick für das jeweilig erforderliche Medikament austüftelt. Die Sportpädagogen müssen noch spezialisierter ausgebildet werden, als wir es für herkömmliche Trainer fordern. Auch die könnten kaum diese komplexe Aufgabe nebenberuflich bewältigen. Wer stellt sie hauptamtlich ein und bezahlt sie? Das kann doch wiederum nur der Staat sein.

Bei bester Vorbereitung und Verwendung aller Mittel, Methoden und Spitzfindigkeiten gibt es manchmal für Athleten Probleme, die sie nicht selbst analysieren können, deren Analyse aber auch nicht in die Planungskompetenz von Ärzten, Pharmakologen und Sportpädagogen fällt. Der Psychologe muß her. Übertrieben? 1976 nahm ich in Dresden an einem Diskuswettbewerb teil. Es war die spätere Olympiasiegerin von Montreal, glaube ich, die (mir ging es übrigens genauso) mit ihren ersten Würfen gar nicht zurechtkam. Zufällig schnappte ich eine Bemerkung von ihr auf. Zu einer Kameradin gewendet, stöhnte sie verzweifelt:

„Ich verstehe das nicht. Warum bin ich bloß so unsicher im Wettkampf? Ich muß unbedingt mit meinem Psychologen sprechen."

Die andere DDR-Athletin nickte verständnisvoll, und ich glaubte meinen Ohren nicht trauen zu können. Zuerst vermutete ich eine scherzhafte Randbemerkung, wie sie jedem einmal herausrutschen kann: „Ich muß zum Psychologen." Weit gefehlt, das war Ernst gewesen. Also werden zur Absicherung der Erfolgsmöglichkeiten Psychologen gebraucht. Zur Kasse gebeten kann dafür wohl auch nur der Staat werden.

Mit Ärzten, Pharmakologen, Sportpädagogen, Psychologen ergibt sich schon ein solides System sozial-medizinisch abgesicherten Medaillenerwerbs. Den Masseur und Physiotherapeuten dürfen wir dabei nicht vergessen, Muskeln müssen gepflegt werden, und dann natürlich gibt es die Athleten selbst. Was lohnt der ganze Aufwand an wissenschaftlicher Akribie zur Sicherung von Chancengleichheit mit und durch Chemie, wenn nicht gleichzeitig bedacht wird, daß auch immer genügend Athletenmaterial zur Verfügung steht, damit diese kostspielige Maschinerie nicht zeitweise leerläuft. Systematische Talentsuche ist die Konsequenz. Da jedem jungen Bundesdeutschen durch das Grundgesetz die gleichen Ausbildungschancen zugestanden werden, nach Fähigkeit und Begabung, müssen die Bundesländer mit einem feinmaschigen Netz an Sportinternaten überzogen werden. Andernfalls wären zukünftige Medaillenchancen äußerst gefährdet. Systeme müßten abgeguckt oder erfunden werden, der Zufall gehörte ausgeschaltet.

Fazit: Die Jugend wird verplant, denn wer die Jugend hat, hat die Zukunft, sprich Medaillen. Freiheit, Eigeninitiative, Autonomie, selbständiges Experimentieren mit Trainingsmethoden auf der Suche nach der eigenen Höchstleistung bleiben leider auf der Strecke. Aber dafür haben wir auch alle vier Jahre einen Medaillen-Vollrausch. Schöne, herrliche Aussichten – wir jagen der DDR die Medaillen ab. Es wäre doch gelacht, wenn wir das nicht schaffen könnten!

Ist der Preis nicht zu hoch?

Eine Freiheit bleibt aber wohl noch erhalten, wenngleich wir alle vier Jahre wieder bereit sind, unserer Jugend alle anderen Freiheiten zu nehmen: die Freiheit, „Nein" zu sagen zu dieser Art von Chancengleichheit in internationalen Wettkämpfen.

Macht Gebrauch davon! Ihr erhaltet euch die anderen Freiheiten gleichzeitig. Ein solches „Nein" vermag vielleicht auch positive Konsequenzen für den Leistungssport in der freien Welt zu haben. Einen Versuch wenigstens ist es wert, dieses „Nein".

IV. Sport und Politik oder der Sport als Spielball der Politik

1. Willy Brandt in Sulingen

Sport und Politik – wie eng diese beiden Bereiche miteinander verwoben sein können, hätte ich als Kind und Heranwachsende nie geahnt. So stand ich bereits auf vertrautem Fuß mit dem Sport, als ich zum ersten Mal einen Hauch aktuellen politischen Geschehens einatmete.

Mitte der fünfziger Jahre – war es ein Bundestags- oder Landestagswahlkampf, ich weiß es nicht mehr – hatte „mein" Sulingen seine große Stunde. Willy Brandt, damals noch Regierender Bürgermeister von Berlin, nahm Qartier in unserer verträumten norddeutschen Kleinstadt. Wie ein Lauffeuer sprach sich die Sensation herum. Willy Brandt übernachtet im „Hotel zur Börse", dem ersten Haus am Platze. Emsigkeit griff um sich, Betriebsamkeit packte die ortsansässigen SPD-Oberen. Aufgeregte Kinder versammelten sich, magisch angezogen, vor dem Hotel. Im Nu war eine beachtliche Menschenmenge beisammen, ein würdiges Spalier für den prominenten Politiker.

Ich hatte mir einen vorderen Platz erobert und starrte dem wichtigen Mann fasziniert entgegen, als er der großen Limousine entstieg und, von beachtlichem Gefolge begleitet, im Hotel verschwand.

Flink wie ein Wiesel huschte ich dann durch die Menschenmenge und rannte nach Hause, um vor meinen Schwestern als erste Mutti von dem ungeheuren Erlebnis zu berichten. Mutter lag an jenem Tag krank im Bett. Atemlos vor Begeisterung und wohl auch des schnellen Laufes wegen hockte ich mich auf den Bettrand und schwärmte ihr von dem einzigartigen Mann vor.

„ . . . und wie er ausgesehen hat, und wie freundlich er war,

Mutti, das kannst du dir nicht vorstellen. Ganz bestimmt, Mutti, hättest du das erlebt, er hätte dir auch gefallen. Und die großen Autos, und alle waren so wichtig, und . . . und . . . und . . ."

„Ich glaube dir ja, mein Kind, daß du da etwas Schönes erlebt hast. Bei jedem anderen wichtigen Politiker wäre das aber genauso gewesen, das ist noch kein Grund, ihn zu mögen, deinen Willy Brandt. Außerdem hat er im Krieg angeblich auf Deutsche geschossen und trägt einen falschen Namen. Das zählt mehr."

„Aber Mutti, wie kann man nur! Ganz bestimmt ist das ein toller Mann, das mußt du mir glauben!"

Mutti zeigte sich unbeeindruckt von der Begeisterung ihrer Tochter.

„Und überhaupt, wer sagt denn schon, daß das alles stimmt". Ich mochte nicht aufgeben.

„Das stand in allen Zeitungen. Und jetzt gehe mal 'runter von meinem Bett, dur ziehst mir die Decke ja ganz weg."

Nachdenklich erhob ich mich. Gegen die Zeitungen wußte ich nichts einzuwenden. Aber plötzlich hatte ich es, die Idee war da. Triumphierend ließ ich mich wieder auf das Krankenbett plumpsen, das Stöhnen aus den Kissen vollkommen außer Acht lassend.

„Ich gehe hin und frage ihn. Das war bestimmt alles anders!"

Wohl mehr aus Erleichterung, den unruhigen Geist von ihrem Bett loszuwerden, als aus Zustimmung und Zutrauen zu meinem Plan, antwortete Mutti erleichtert:

„Gut, gehe hin und frage ihn, wenn sie dich überhaupt reinlassen!"

„Da komme ich schon rein, das wirst du sehen."

„Ich komme mit."

„Ich auch."

„Wohin gehst du?"

Bei unseren letzten Worten waren Ute und Ilse, meine Schwestern, ins Zimmer gestürmt, genauso beeindruckt von der Sulinger Sensation wie ich.

„Hast du schon erzählt?"

„Mensch, Mutti, das war was!"

„Ich habe schon alles erzählt, und Mutti glaubt nichts. Jetzt gehe ich zur Börse und frage Willy Brandt selbst, was das mit seinem Namen und dem Schießen war."

„Toll, ich komme mit."

„Ich auch."

Ute und Ilse waren beeindruckt von meinem Vorhaben und sofort zu jeder Unterstützung bereit. In gleichem Maße, in dem die Begeisterung der anderen beiden wuchs, schmolz mein Mut dahin, das Herz klopfte mir plötzlich angesichts des atemberaubenden Vorhabens, mit Willy Brandt persönlich zu sprechen, bis zum Hals.

„Ich weiß was. Ihr beide geht hin und fragt. Ich bleibe solange bei Mutti! Zu dritt können wir da nicht auftauchen!" Erleichtert ob dieser genialen Lösung blickte ich die beiden auffordernd und ermutigend zugleich an.

„Ne, das tue ich nicht", einstimmig lehnten die zwei meinen Vorschlag ab, „da mußt du schon mitkommen, du willst ja was wissen. Nicht wahr, Mutti, Liesel muß mit." Mutti nickte zustimmend, und ich sackte in mich zusammen. Nichts! Hätte ich mir ja denken können, abschätzend betrachtete ich meine Schwestern. Nein, allein würden die nie gehen. Das stand fest.

Was nun? Nichts tun, das ging nicht an. Ich mußte meinen soeben auf den Schild gehobenen Helden Willy Brandt selbst vor Mutti verteidigen. Also mußte ich ihn fragen, damit ich Mutti überzeugen konnte.

„Haste Angst?" Ilse, unsere Jüngste, sah mich mitleidig-verständnisvoll an.

„Ich und Angst?" nie im Leben hätte ich mein Herzklopfen eingestanden. Vielleicht allein deshalb waren meine Lebensgeister wieder erwacht.

„Ihr habt Angst, und darum gehe ich auch allein!"

„Nein, Mutti, guck mal! Sie muß uns doch mitnehmen."

„Geht alle drei zusammen, dann könnt ihr auch besser behalten, was Willy Brandt euch antwortet."

„Na gut, dann kommt", gab ich nach, und Mutti war uns los, die Ruhe ins elterliche Schlafzimmer zurückgekehrt.

Die ersten Meter rannten wir, lachend vor Aufregung. Je näher wir aber dem Ziel kamen, desto langsamer wurden unsere Schritte. Plötzlich hatte ich Ute an der einen und Ilse an der anderen Hand. So standen wir, zuletzt ganz zaghaft geworden, vor dem Hoteleingang. Eine blickte fragend die andere an.

„Du must aber fragen", sagte Ute zu mir. Ilse nickte bekräftigend, aber ich wußte das sowieso.

„Kommt jetzt", entschloß ich mich endlich, und wir betraten den Hausflur. Ins Frühstückszimmer oder in den Schankraum, überlegte ich und entschloß mich für den Schankraum. An der Theke fragte ich den Kellner nach Willy Brandt.

„Die sitzen über'n Flur, im Frühstückszimmer."

Also zurück, anklopfen an der anderen Tür. Mit pochenden Herzen warteten wir. Da öffnete sich die schwere Eichentür endlich. Herr Tietjen, der Sulinger SPD-Ortsvorsitzende, hatte die Tür aufgerissen und starrte uns überrascht an.

„Was wollt ihr denn? Der Raum ist besetzt."

„Ist Willy Brandt hier?" mit einem Mal war alles Herzklopfen verschwunden.

„Ja", stolz drehte sich Herr Tietjen um und wies auf den großen runden Tisch an der Wand.

Ehe er etwas dagegen unternehmen konnte, hatte ich meine beiden Schwestern an ihm vorbei in das Zimmer gezogen. Vollkommen verdattert blickte er uns nach. Die Tischrunde war bereits aufmerksam, das Gespräch unterbrochen worden. Was sollte Herr Tietjen tun? Er konnte nur noch die Tür schließen und eilfertig, wie entschuldigend, hinterherrufen: „Das sind die Westermannkinder. Die wollen sicher ein Autogramm!"

Ich sah nur Willy Brandt, der mir freundlich und geduldig entgegensah.

„Nein, ich will kein Autogramm", gab ich zurück und strahlte Willy Brandt unverwandt an, der seinen bereits gezückten Kugelschreiber erstaunt sinken ließ. Auf seinen fragenden Blick antwortete ich: „Ich wollte Sie nur etwas fragen."

„Na, dann frage nur, mein Kind." Damit war das Eis gebrochen. Herr Tietjen ergab sich in sein Schicksal, und wir drei saßen am Tisch. Ich holte tief Luft, blickte etwas unsicher in die amüsierte Runde, und Willy Brandt nickte mir noch einmal aufmunternd zu.

„Ich wollte Sie nur einmal fragen . . . Das ist nämlich so. Meine Mutter hat gesagt . . . Nein, in der Zeitung steht, daß Sie kein guter Deutscher sind, weil Sie im Krieg auf deutsche Soldaten geschossen haben. Und daß Sie eigentlich ja nicht Willy Brandt heißen, und wer nichts zu verbergen hat, braucht seinen Namen nicht zu ändern. Und ich glaube das nicht und wollte Sie nur fragen, ob das wahr ist."

. . . Nun war's heraus. Ich sah mich um in der Runde, die eben noch wohlwollend amüsierten Mienen waren plötzlich vereist, Herr Tietjen ganz bleich geworden. Ich hatte doch nichts Falsches gesagt? Zuversichtlich lächelte ich Willy Brandt an. Er war als einziger freundlich geblieben. Ganz sicher würde ich nun eine Erklärung bekommen.

Willy Brandt räusperte sich kurz, da hatte sich auch schon einer der anderen wichtigen Männer aus der Erstarrung gelöst, wollte mir hastig antworten. Mit einer kurzen Handbewegung brachte ihn mein Idol zum Schweigen. Gespannt und voller Bewunderung hing ich an seinen Lippen: „Was du da sagst, mein Kind, ist nicht wahr und auch nicht unwahr. Die Dinge sind sehr kompliziert. Ich kann dir das jetzt und hier nicht mit wenigen Worten erklären. Vor kurzem habe ich ein Buch darüber veröffentlicht. Lies das, und du wirst sehen, daß ich nichts Unrechtes getan habe."

Erleichtert atmete ich auf. Das hatte ich ja gleich gewußt. Unendlich dankbar strahlte ich ihn an.

„Das von dem Buch weiß ich, aber das ist zu teuer. Ich kann es mir nicht kaufen."

„Dann werde ich es dir schicken und noch anderes dazu. Bist du einverstanden?"

Ich nickte beglückt und diktierte dann mit fester Stimme einem der Begleiter des einzigartigen Willy Brandt meine Adresse ins Notizbuch. Nichts und niemand würde jetzt noch gegen ihn sprechen können.

Wir bedankten uns alle drei, machten einen tiefen Knicks und zogen hochbefriedigt ab. Ob Herr Tietjen an jenem Abend wohl noch irgend jemanden hat vordringen lassen bis ins Allerheiligste? Er sah so grimmig aus, als er die Tür hinter uns mit Nachdruck schloß.

Aber was zählte das schon. Hüpfend und hopsend, lachend und strahlend kamen wir drei zu Hause an und erzählten andächtig unser Erlebnis. Und Mutti war tatsächlich beeindruckt. Nur wollte sie nicht glauben, daß ich tatsächlich Post bekommen sollte.

„Du wirst schon sehen, Mutti. Der Mann hat meine Adresse wirklich aufgeschrieben, und Willy Brandt hat's doch versprochen."

Tag für Tag rannte ich jetzt dem Briefträger entgegen. Dann wartete ich noch wochenlang heimlich auf Post. Vergebens. Mutti verlor kein Wort mehr darüber, nachdem sie mich anfangs noch hatte vertrösten können: „Das dauert länger. So schnell kann die Post nicht da sein. Außerdem ist Wahlkampf."

Die Wahl war entschieden. Ute und Ilse hatten es mittlerweile vergessen. Ich schwieg mich auch aus und gab schließlich das Warten auf. Felsenfest war ich davon überzeugt, daß es gute Gründe dafür gegeben haben mußte, daß das Paket ausblieb. Vielleicht war

175

das Notizbuch verloren gegangen . . . Denn Willy Brandt hatte es doch selbst versprochen.

Das war meine erste Begegnung mit der „Politik". Ob sie mehr wert ist als eine schmunzelnde Erinnerung?

Immerhin wirft sie ein Licht auf die politische Szene der fünfziger Jahre, die von Vorurteilen und Denunziationen im politischen Machtkampf beherrscht war. Es sind Vorurteile, die sich im kleinstädtischen Milieu länger halten mußten als in den aufgeklärten Großstadtkreisen. In der toleranten Atmosphäre demokratischen Denkens der siebziger Jahre muß ein solches Beharren auf überwundenen nationalen Ressentiments befremdend wirken.

Mit Sport hatte dieses „politische Erlebnis" sowieso nichts zu tun. Sport und Politik erschienen mir damals noch als absolut getrennte Welten. Jahre später, als ich mehrere Male, jetzt allerdings als bekannte Sportlerin, mit dem Politiker Willy Brandt zusammentraf, fand ich nie den rechten Anlaß, das Gespräch auf die kleine naive Liesel von damals zu bringen.

Bei all diesen Begegnungen mit hervorragenden Politikern kam es, ich habe es immer bedauert, überhaupt nie zu wirklichen Gesprächen, in denen man sich hätte mitteilen können. Small talk beherrscht diese offiziellen Szenen, und das Lächeln für die Fotografen: Sport und Politik, Arm in Arm für die Bürger draußen im Lande. Panoptikum der Eitelkeiten oder Bonn-Optikum der Imagepflege?

2. Das Ende des gesamtdeutschen Sports

Langsam, ganz langsam nur lernte ich erkennen, welch intensive Wechselwirkung zwischen Sport und Politik besteht. Viele Mosaiksteinchen in Form von kleinen Erfahrungen mußten zusammenkommen.

Als lästig, den Lauf der Wettkämpfe unnötig verzögernd, empfand ich 1962 den feierlichen Aufwand bei der Eröffnung der Belgrader Europameisterschaften. Staatspräsident Tito hatte mit seiner Gattin in der Ehrenloge des Stadions Platz genommen. Mit Jubel empfangen, eröffnete er feierlich die Wettkämpfe. Von allen Seiten war man bemüht, ob mit oder ohne Fernglas, einen Blick auf ihn zu erhaschen. Mir fehlte das Verständnis dafür, ich wartete als Zuschauerin auf nichts als auf den Beginn der Wettkämpfe.

Spürbarer, weil es mir menschlich so viel näher kam, wurde das Politische für mich bei den letzten olympischen Ost-West-Ausscheidungskämpfen für Tokio 1964. In Berlin nahm ich im Kugelstoßen, in Jena im Diskuswerfen an diesen Qualifikationskämpfen teil, als jeweils eine von vier nominierten Kandidatinnen des DLV. Vier DVfL-Athletinnen bewarben sich für die andere Seite um eine der drei Fahrkarten nach Tokio. Es beteiligten sich also jeweils acht Athleten – vier Ost, vier West – an dem Wettstreit um die Olympiateilnahme. Erhöhte Olympianormen gab es nicht. Gültig waren die vom Internationalen Olympischen Komitee vorgegebenen Mindestleistungen für jene Länder, die mehr als einen Teilnehmer pro Disziplin entsenden wollten. Die jeweils nationalen Landesmeister sind den olympischen Bestimmungen gemäß immer startberechtigt, sofern sie von ihrem Land gemeldet werden.

Fünfzehn Meter im Kugelstoßen und fünfzig Meter im Diskuswerfen waren 1964 die international geforderten Leistungen. Beide hatte ich schon erreicht. Bei den Ost-West-Ausscheidungen gelang es mir aber weder im Kugelstoßen noch im Diskuswerfen, eine der drei Olympiafahrkarten, die die gesamtdeutsche Mannschaft pro olympischer Disziplin erhielt, zu erreichen.

Damals gab es das quälend zermürbende Nominierungskarussell heutiger Tage noch nicht. Wer zu den drei Besten in Jena oder Berlin gehörte, der war dabei. Mit welcher Leistung auch immer, dieser eine Wettkampf entschied. Hart, aber gerecht – sportgerecht. Jeder, der es geschafft hatte, wurde in seiner Mannschaft umjubelt. Niemand erhob Vorwürfe im nachhinein. Wer sich bei den Ost-West-Ausscheidungen durchgesetzt hatte, war in jedermanns Auge berechtigt, am olympischen Turnier teilzunehmen. Das Schimpfwort vom Olympiatourismus war noch nicht erfunden. Jeder Athlet konnte frei und unbeschwert antreten in Tokio. Er hatte sich durch sportliche Leistung im Wettkampf qualifiziert, nur das zählte. Sportlich, fair und gerecht. Keine olympische Nachlese verdammte irgendeinen Sportler hinterher als olympische „Fehlinvestition".

War die Leistung auch noch so weit entfernt von möglichen Medaillenchancen, jeder Funktionär begrüßte selbst diese Athleten hocherfreut im Olympiakontingent. Aus Achtung vor der sportlichen Höchstleistung, denn um eine solche handelte es sich ja in jedem Fall? Damals glaubte ich an diese Achtung. Heute, im Rückblick, sehe ich die Motive anders. Die Anzahl der Funktionärsfahrkarten hing nämlich einzig und allein davon ab, wie viele Athleten des eigenen Verbandes, Ost oder West, sich in das gesamtdeutsche Team hineingekämpft hatten. Schlichtes Proporzdenken produzierte also jenes Verhalten, das sich vordergründig als menschliche Noblesse darstellte.

Einige scheinbare Randerscheinungen dieser Wettkämpfe waren es, die mich hier und da zum nachdenklichen Innehalten veranlaßten. Zwar waren diese Momente nur flüchtig, mehr durch Verwunderung bestimmt als durch politische Einsicht, dennoch scheinen sie mir erwähnenswert.

War es in den Umkleidekabinen, unter den Duschen oder in den Massageräumen? Diese Beobachtung, jene Information, irgendein spontaner Kommentar – am lebendigsten und ehrlichsten sind sie an solchen Orten zu haben. Überhaupt: Wer wirklich erfahren will, was in einer Mannschaft vorgeht, der halte sich beim Masseur auf. Dort wird getratscht und geklatscht, geredet und beredet, gestöhnt und geklagt, aber auch gelacht und gescherzt, je nach der Lage der Dinge und dem Blickwinkel der Athleten.

Berlin: „Die Ostdeutschen sind in ihren Bussen bis vor die Umkleidekabinen gefahren worden. Am liebsten hätten die ihre Leutchen sogar noch in die Umkleideräume hineingeführt. Bloß keinen Kontakt mit den Westdeutschen ist die Parole."

„Die haben sogar ihre eigenen Bananen und sozialistisches Trinkwasser mitgebracht. Dabei war alles, wie für uns, in Hülle und Fülle vorhanden. Aber nichts haben sie angerührt, als könnten sie sich daran vergiften."

„Den Siegfried Hermann haben sie ganz extrem auf dem Kieker. Der würde ja auch lieber heute als morgen hierbleiben, das weiß doch jedes Kind. Da passen sie auf wie die Luchse."

„Und warum setzt er sich nicht einfach mitten ins Stadion auf den Rasen und sagt: Hier gehe ich nicht mehr weg. Da könnte doch keiner was machen."

„Mensch, bist du naiv! Macht der das, dann sind seine Angehörigen dran. Die mußten alle schriftlich für ihn mit ihrer eigenen Person haften. Andernfalls hätten sie ihn gar nicht mitgenommen, und wenn er zehnmal eine sichere Fahrkarte wert ist."

„Sauerei, so was. Ist ja Menschenhandel."

„Was willste machen. Die sind ja froh, wenn sie überhaupt mal rauskönnen."

In Eschwege versammelten sich die westdeutschen Athleten, deren Disziplinen in Jena ausgetragen wurden. Aus der Fahrt Eschwege – Jena wurde eine Tagesreise im Bummelzug. Zu Fuß hätte man es beinahe schneller schaffen können.

„Locker bleiben, Leute! Entspannt euch. Mit solchen Tricks können die uns nicht aus der Bahn werfen."

Diesmal waren wir es, die eine Wagenladung an Lebensmitteln dabei hatten. Aufgetürmt waren die Obstkisten und Getränkekästen: Pfirsiche, Apfelsinen, Bananen, Cola, Limonade und Mineralwasser. Kaffee, Brot und Wurst, als gälte es, eine wochenlange Expedition zu überstehen, und nicht nur die Beköstigung eines Wochenendes zu sichern. Ob die Jenaer das nicht als Beleidigung ihrer Gastfreundschaft empfinden mußten?

„Da muß man mit allem rechnen. Die haben ja nichts, und vielleicht wollen sie auch nichts haben. Und dann stehen wir da mit knurrendem oder verdorbenem Magen."

Nun ja, Vorsicht ist besser als Nachsicht. Aber in diesem Fall waren unsere Gastgeber allerdings unterschätzt worden. Sie bemühten sich, uns aufs großzügigste zu bewirten und es an nichts fehlen zu lassen. Allein die Südfrüchte, der Kaffee und die Coca-Cola-Kisten erwiesen sich als notwendig. Und davon war so viel vorhanden, daß wir es mit vollen Händen weitergeben konnten. Unvorstellbar, wie glücklich manches Kind mit einem großen, saftigen Pfirsich davonhüpfte! Begreiflich wurde mir das erst, als ich bei einem Stadtbummel die Auslage in einem Obst- und Gemüseladen fassungslos anstarrte. Nichts als eine Wagenladung grüner Bohnen, aufgeschüttet zu einem riesigen Bohnenberg. Ein unvergeßlicher Anblick.

Und dann die Bevölkerung. Grenzenlose Begeisterung, frenetische Anfeuerung, nie endenwollender Jubel – für die eigenen Athleten? Nein, für uns. Jeder westdeutsche Athlet, der sich qualifiziert hatte, wurde gefeiert mit einem Maß an Überschwenglichkeit, wie ich es Jahre später nur noch einmal erlebt habe, auch im Osten, in Ost-Berlin nach meinem Weltrekord 1969. Das war nicht mehr Sportbegeisterung allein, das war mehr, das glich einer politischen Demonstration.

Eine Welle von Herzlichkeit begegnete uns, wo immer wir auftauchten, auf dem Sportgelände oder in der Stadt. Wer hätte von mir schon jemals ein Autogramm verlangt? Doch in Jena mußte selbst ich, die unbekannte Diskuswerferin, weit abgeschlagen im Kampf um die Tokio-Fahrkarten, zum ersten Mal mir die Finger

179

wundschreiben. Anfangs wehrte ich die Autogrammwünsche ab, murmelte zur Erklärung etwas von einer wahrscheinlichen Verwechslung mit einer der Sportgrößen. Wie sehr ich mich geirrt hatte, machte mir ein namenloser Jenaer Bürger unmißverständlich klar:

„Schreib, Mädchen, gleich zweimal. Wer weiß, wann wir euch noch einmal hier haben werden. Du ahnst ja gar nicht, wie glücklich wir jetzt deshalb sind."

Betroffen und berührt von diesen eindringlichen Worten schrieb ich fortan geduldig mein Autogramm auf jedes Stück Papier, das mir entgegengehalten wurde. Als wär's ein Stück von mir am Flickwerk gesamtdeutscher Zukunftsillusionen.

Fortan war es selbst mit diesen kleinen Möglichkeiten letzter Gemeinsamkeiten zwischen den Deutschen hüben und drüben aus. Tokio 1964 erlebte die letzte gesamtdeutsche Olympiamannschaft, geboren aus sportlichem Wettstreit mit- und gegeneinander. Die Beethoven-Ode „An die Freude" (statt des Deutschlandliedes), das schwarzrotgoldene Emblem mit den fünf weißen olympischen Ringen sowie die schwarzrotgoldene Fahne ebenfalls mit den Ringen sollten aber beibehalten und damit die Unwiderruflichkeit dieses Schlußstriches verbrämt werden. So wollte es jedenfalls der Beschluß der internationalen Gremien am grünen Verhandlungstisch. Aber auch der wurde schneller überholt von dem hartnäckigen Anerkennungsstreben der DDR, wurde von den Realitäten vom Tisch gefegt. So geschehen bei den Leichtathletik-Europameisterschaften in Budapest zwei Jahre später.

Aufgefallen ist mir das erst später, wenngleich wir schon bei der Ausgabe der Mannschaftskleidung hätten stutzig werden müssen. Trainingsanzüge und Trikots trugen nämlich nicht mehr das gesamtdeutsche Emblem, sondern den Bundesadler auf gelbem Grund im roten Brustring des ansonsten wie üblich weißen Nationaldresses.

Hellhörig wurde ich jedoch bei der ersten Mannschaftsbesprechung in Budapest. Wir bekamen strikte Anweisung, unsere Trainingsjacken und Trikots auf keinen Fall offen zu tragen. Vorab am besten noch gar nicht. Sollte es sich jedoch nicht umgehen lassen, dann nur falsch herum, das Innere nach außen gekehrt. Erstauntes Gemurmel in der Runde forderte die fällige Erklärung heraus. Wir Deutschen seien vor den anderen Deutschen eingetroffen. Es sei zu erwarten, daß diese sich nicht an die verpflichtende Auflage einer einheitlichen Sportkleidung hielten. Aus diesem Grund habe man vorgesorgt und uns auch gleich entsprechend ausgerüstet. Gegebenenfalls habe man genügend vorschriftsmäßige Embleme mitgenommen, daß wir mit Nadel, Faden und Schere noch rechtzeitig umrüsten könnten. Auf keinen Fall dürften wir aber die ersten sein, die gegen die Vorschriften verstießen. Sobald der erste Ostdeutsche mit Hammer und Sichel gesichtet werde, gelte das Verbot als aufgehoben.

Welch fadenscheiniger Ausflüchte sich unsere Verbandsleitung bedienen mußte, um auch die Flaggenparade zu verzögern, das war mir keinen Gedanken wert. Ich war viel zu sehr beschäftigt mit der Beobachtung der Konkurrentinnen vor meinem ersten internationalen Meisterschaftswettkampf. Daß das jedoch ein schwieriges Unterfangen gewesen sein muß, kann sich jeder ausmalen. Aber die Herren schafften es. Wenngleich früher angereist, wurde unsere Bundesfahne erst nach der Hammer-und-Sichel-Fahne gehißt, angesichts einer mit stolzem Bundesadler geschmückten Abordnung von Athleten und Funktionären. Hie Deutschlandlied, da Becher-Hymne.

Ich konnte mir nicht helfen. Das ganze Getue erschien mir lächerlich und unaufrichtig. Die Moral doppelbödig. Das Verbot hinderte mich darum auch keinen Augenblick, meinen Bundesadler stolz durch das Gelände zu tragen und zwar von der ersten Stunde an. Ob jemand diesen Frevel wahrgenommen hat? Jedenfalls war es niemandem wichtig genug, mich deswegen zur Ordnung zu rufen. Zehn Jahre später, als wir in Nizza beim Europacupfinale zur Firmenreklame verdonnert wurden und ich auch da nicht mitzumachen bereit war, drohte man mir dagegen mit ernsten Konsequenzen. Und das scheint mir noch um einiges lächerlicher.

Man bedenke: Verstöße gegen das Ideal eines geeinten Deutschland, mag es sich realpolitisch auch immer um ein Scheinideal gehandelt haben werden toleriert; wo es aber ums Geld geht, hört sich der Spaß auf!

Sieht man von den Olympischen Spielen 1968 in Mexico City ab – dort gab es eine letzte verkrampfte Gemeinsamkeit durch die gleichen Embleme – dann existierte ab 1966 die gesamtdeutsche Leichtathletik nur noch für die Statistiker in der Bundesrepublik. Ein deutscher Rekord wurde als solcher nur angesehen, wenn es sich um einen gesamtdeutschen Rekord handelte. Bestleistungen bundesdeutscher Athleten erhielten das Etikett „Bestleistung für den Bereich des DLV". Verständlich, daß solches Tun in der „DDR" keine Mitstreiter fand. Dort unterschied man von Anfang an zwischen DDR-Rekord und BRD-Rekord.

Für mich persönlich blieb die gesamtdeutsche Rekordversion gültig. Lag es an meiner mangelnden Flexibilität oder nur daran, daß für mich seit Beginn meiner sportlichen Laufbahn ein deutscher Rekord eben nur das Überbieten der besten – in ganz Deutschland erbrachten – Leistung war? Ich weiß es nicht. Damals war es so. Heute habe ich mich allerdings daran gewöhnt, bundesdeutsche Bestleistungen als Deutsche Rekorde zu verstehen.

Zu Beginn des Jahres 1966 stand der gesamtdeutsche Rekord im Diskuswerfen der Frauen auf 57,21 m und wurde von der Leipzigerin Ingrid Lotz gehalten. Bereits für das Jahr 1966 hatte ich mir die Verbesserung des Rekordes vorgenommen, und mit meinen Budapester 57,38 m hatte ich zwar die mir selbst gesetzte Marke erreicht, doch inzwischen hatte Anita Hentschel aus Halle/Saale den Rekord auf 59,02 m geschraubt. Eine phantastische Leistung, die zweitbeste aller Zeiten, nur mit 59,70 m übertroffen von der gerüchteumwobenen Tamara Press, der Weltrekordhalterin.

1967 befand ich mich auf dem besten Wege, Anita Hentschel den deutschen Rekord abzujagen. Bei den Qualifikationswettkämpfen aller europäischen Leichtathleten für den zum ersten Mal geplanten Erdteilkampf Amerika-Europa mußte ich in Ost-Berlin am „Olympischen Tag" an den Start gehen. Seit Jena 1964 waren damit übrigens zum ersten Mal wieder westdeutsche Leichtathleten im Osten. Athleten? Es handelte sich nur um eine kleine Handvoll aussichtsreicher Erdteilmannschafts-Kandidaten: die Hürdenläuferin Inge Schell, die Sprinterin Karin Frisch, die 800-m-Läufer Walter Adams und Franz-Josef Kemper, der Langstreckler Harald Norpoth, und als Diskuswerfer Hein-Direck Neu und ich.

Das war das erste Aufeinandertreffen der drei Medaillengewinnerinnen von Budapest: Anita Hentschel, Christine Spielberg und ich. Dazu alles, was im Diskuswerfen zur Weltelite zählte. In der Höhle des Löwen Europameisterschaftsrevanche und Kampf um die Plätze in der Europamannschaft für den Erdteilkampf in Montreal! Wenn ich auch anfangs an einen sogenannten Heimvorteil der zwei anderen geglaubt hatte – hatte ich Jena vergessen? –, so erwiesen sich meine Bedenken als unbegründet. Herzlicher als seinerzeit in Jena und nun in Ost-Berlin hätten wir Bundesdeutsche in keinem anderen Stadion der Welt empfangen werden können.

Mein Diskus wurde, den Regeln entsprechend, einige Stunden vor Wettkampfbeginn überprüft. Das Gewicht stimmte, die Maße auch, nichts war daran auszusetzen. Er bekam den Stempel, war zugelassen. Werden eigene Geräte bei einem Wettkampf zugelassen, so müssen sie allen Teilnehmerinnen zur Verfügung gestellt werden. Getreu dieser Regel legte ich meinen Lieblingsdiskus zu den anderen Geräten. Ich staunte allerdings nicht wenig, als ich, zu meinem ersten Versuch in den Ring gerufen, meinen Diskus nicht mehr finden konnte. Fieberhaftes Suchen, verständnisvolle Hilfe der Kampfrichter – nichts und nirgends. Mein Lieblingsdiskus war weg.

„Hatten Sie überhaupt ein eigenes Gerät dabei?"

„Aber ja doch, und eben lag er noch hier", ich wies auf die Stelle, wo ich ihn kurz zuvor abgelegt hatte.

„Verdammt, wollen die mich nervös machen? Wenn das man nicht psychologische Kriegführung ist." Ganz plötzlich war mir der Gedanke gekommen.

„Macht nichts, ich nehme einen anderen Diskus", sagte ich laut und scheinbar ungerührt zu dem hilfsbereiten Kampfrichter. Sprach's und nahm wahllos ein anderes Gerät zur Hand. Insgeheim war ich allerdings grimmig entschlossen, den anderen die Suppe zu versalzen. So nicht, nicht mit mir! Ich bin doch nicht abhängig von „meinem Diskus". Ergebnis: 57,98 m, neue Bestleistung und Sieg in diesem wichtigen Wettkampf. Ein nicht enden wollender Jubel, der Dank der Zuschauer strömte mir aus den Tribünen entgegen.

Bei der Siegerehrung gab es dann noch einen kleinen Disput. In der Presse las es sich bedeutungsschwerer, als es in Wirklichkeit war:

»Ruhr Nachrichten, 23. 6. 67
Schlagfertig
Liesel Westermann belehrt Zonen-Präsident Dr. Wieczik
von Gustav Schwenk
Berlin. Kaum hatte Liesel Westermann (Hannover 96) im Jahn-Sportpark des Ostberliner Stadtteils Prenzlauer Berg mit 57,98 m unterstrichen, daß sie derzeit überragende Diskuswerferin der Welt ist, da posaunte der natürlich linientreue Ansager hinaus: „Neuer westdeutscher Rekord!" Schon eilte der für die Rekordprotokolle zuständige Kampfrichter herbei und wollte mit ei-

nem eigentlich lobenswerten, in diesem Falle aber gar nicht notwendigem Eifer seine Arbeit beginnen.

„Wieso Rekord?" so fragte die 22jährige Sportstudentin den verdutzt dreinschauenden „Chef des Rekordprotokolls" und belehrte ihn: „Es gibt keinen westdeutschen, nur einen deutschen Rekord, und von diesem deutschen Rekord trennt mich immer noch mehr als ein Meter!" Eine ebenso deutliche Abfuhr holte sich bald darauf Dr. Georg Wieczik, der Vorsitzende des (mittel-) deutschen Verbandes für Leichtathletik.

„Vergessen Sie nicht, Ihr Rekordprotokoll mitzunehmen", meinte Pankows erster Leichtathletik-Funktionär nach der Siegerehrung zu der glückstrahlenden Liesel Westermann. Da exerzierte das junge Mädel aus Niedersachsen auf dem ehemaligen Exerzierplatz, auf dem heute der Jahn-Sportpark steht, mit dem mitteldeutschen Präsidenten: „Westdeutscher Rekord, das wollen wir uns gar nicht angewöhnen. Ich kenne nur einen deutschen Rekord im Diskuswerfen der Frauen, und den hält Anita Hentschel aus Halle mit 59,02 m." Dr. Wieczik . . . mußte erfahren, daß die Spitzensportler der Bundesrepublik die deutsche Rekordliste nicht zweiteilen lassen, wie es die Spalter in Ostberlin seit Jahren tun.«

Sportpolitik mit dem Diskus in der Hand? Na, denn . . .

Und doch handelt es sich hier um einige charakteristische Momente der damaligen sportpolitischen Szene. Wem klingen die Vokabeln „Zonen-Präsident", „mitteldeutsch", „Spalter" nicht seltsam in den Ohren, wenn er diesen Zeitungsartikel zehn Jahre später erneut liest? Es hat sich wahrhaftig viel getan in der Sportpolitik: Die DDR hat es geschafft, nach der internationalen Anerkennung als souveräner Sportverband auch als Staat voll gleichberechtigt in allen internationalen Gremien bis hin zur UNO vertreten zu sein. In meinen Augen war der Sport dazu der Wegbereiter, das Mittel zum Zweck. Im Sport sind die Politiker immer schon der Entwicklung auf der internationalen Ebene wenigstens um einen Schritt voraus. Wie wichtig dieser Vorsprung vor der Gesamtentwicklung ist, sollte uns der Erfolg der DDR für alle Zukunft gelehrt haben.

Wohin werden die Querelen um den Sport West-Berlins uns führen? Wohin das Insistieren der Afrikaner auf einen Boykott all der Länder, die auch nur Kontakte zu den bereits ausgeschlossenen Sportverbänden Südafrikas unterhalten? Wären Medaillen im Sport nicht schon so häufig erfolgreich in die harte Währung politischer Anerkennung umgemünzt worden, wäre uns dann nicht vielleicht sogar ein gut Teil der Risiken des Leistungssports von heute erspart geblieben? Damals, im Ost-Berlin des Jahres 1967, war das alles noch nicht so weit gediehen. Gesamtdeutsch zu denken und zu argumentieren, war damals noch durchaus üblich.

Die 57,98 m von Ost-Berlin brachten mich auf den vierten Platz der ewigen Weltbestenliste. Es war mein erster von insgesamt drei Siegen über die gesamte Weltelite bei den Qualifikationswettkämpfen zum Erdteilkampf, und es war auch der Auftakt zu einer traumhaften Wettkampfsaison für mich.

Ein Kind des Glücks, über das Fortuna persönlich ihr Füllhorn ausschüttete – so kam ich mir vor. Beinahe von Wettkampf zu Wettkampf verbesserte ich meine persönliche Rekordmarke, bis endlich in Fulda, am 13. August 1967, der deutsche Rekord fiel: 59,10 m. Mein eigentliches Ziel war erreicht, und dennoch gelangen mir weitere Leistungssteigerungen: 59,22 m am 2. September 1967 in Tokio, 59,30 m am 11. Oktober in Leverkusen und schließlich die Sportsensation mit dem Weltrekord vom 5. November in Sao Paulo: 61,26 m.

Ein Paukenschlag als Schlußpunkt einer an Höhepunkten überreichen Wettkampfserie: die erste Frau der Welt, die die ein Kilo schwere Diskusscheibe über die 60-m-Marke zu schleudern vermochte. Wie ich das zustande gebracht habe, weiß ich nicht. Es hatte viel Fleiß, viel Training gekostet, aber all das war von Freude, Lachen und einer unerklärlichen Leichtigkeit begleitet gewesen.

Eine Ehrung, eine Auszeichnung übertraf die andere: World Athlete of the Year 1967, gewählt von der amerikanischen Leichtathletikfachzeitschrift, Trägerin der Helm's Trophy 1967 als überragender Amateursportler Europas und Nachfolgerin Jean Claude Killys, zur Sportlerin des Jahres sowohl von den Sportjournalisten in Baden-Baden gekürt als auch von den Lesern des Münchner Merkur. Meine Heimatstadt Sulingen überreichte mir als Anerkennung die Ehrenmedaille in einer würdevollen Feierstunde. Stargast bei allen großen Sportpressefesten landein, landaus. Goldene Schleife der Berliner Sportpresse. Ehrengast auf dem Bundespresseball. Und die Unzahl an Interviews für Tageszeitungen, Zeitschriften, Funk und Fernsehen. Ich wurde zur Diskus-Liesel, zum vom Publikum überall besonders herzlich empfangenen Gast.

Ein glücklicher Taumel, einmalig und unwiederbringlich – eine kostbare Erinnerung, die mich auch heute noch mit Dankbarkeit erfüllt. Das Quentchen Glück, das immer zu allen großen Leistungen gehört und das mir später so manches Mal trotz sorgfältiger Vorbereitung fehlte, 1967 schien ich es stets zu besitzen.

3. Das Silberne Lorbeerblatt

In einer eigens und speziell für mich anberaumten Feier erhielt ich vom Bundespräsidenten persönlich das Silberne Lorbeerblatt verliehen, die höchste Sportauszeichnung, die die Bundesrepublik zu vergeben hat. So außerordentlich und ehrenvoll diese Verleihung für mich war, es hatte mit ihr eine eigene Bewandtnis gehabt.

Das zu erzählen, muß ich etwas weiter ausholen: Anfang des Jahres 1967 gab es nämlich bereits für die erfolgreichen Leichtathleten des Vorjahres die Auszeichnung mit Silbernen Lorbeerblättern. Der DLV hatte eine Reihe von Athleten, Medaillengewinner der Budapester Europameisterschaften, dem Bundespräsidialamt zur Ordensvergabe vorgeschlagen. Kein Silbermedaillengewinner fehlte in der Phalanx der für würdig Befundenen. Selbst ein Bronzemedaillengewinner war auserwählt worden. Nur ein Name fehlte: Liesel Westermann. Hatte man mich übersehen, versehentlich oder absichtlich? Hatte ich mich irgendwie ungehörig benommen, so daß ich mit Recht übergangen wurde? Ich konnte es mir nicht erklären. Meine Weste war rein, mein gutes Gewissen ungetrübt. Ich war tief gekränkt.

Woche für Woche hatte ich zudem mit Weltjahresbestleistungen für Schlagzeilen gesorgt, aber auf dem Photo der jüngsten Ordensträger fehlte ich. Mußte da nicht jedermann annehmen, daß ich mir etwas zuschulden hatte kommen lassen? Zumindest für mich persönlich suchte ich nach Aufklärung.

Die Gelegenheit dazu ergab sich bald bei einem DLV-Förderungswettkampf in Kassel, wo Verbandsprominenz anwesend war. Förderungswettkämpfe werden jeweils für einige Disziplinen im Rahmen normaler Veranstaltungen durchgeführt. Die Förderung liegt darin, daß der DLV die Besten in diesen Disziplinen auf seine Kosten einlädt und es somit jedem Sportler ermöglicht, notwendige Wettkampferfahrung in der Auseinandersetzung mit starker nationaler Konkurrenz zu sammeln. Außerdem entstehen dem Veranstalter keine Kosten, und dennoch kann er seinen Zuschauern eine attraktive Besetzung anbieten.

Als etwas heikel empfand ich mein Vorhaben schon, deshalb wandte ich mich auch zuerst an den DLV-Generalsekretär, Herrn Beuermann, den ich auf einer Südafrikareise schätzen gelernt hatte. Ich hoffte, von ihm auf der Basis gegenseitiger Sympathie am ehesten Aufklärung zu erhalten.

„Liesel, da weiß ich nichts. Nimm's man nicht so tragisch oder frage den Präsidenten selbst. Da hinten steht Dr. Danz."

Aufmunternd und ein wenig amüsiert nickte er mir zu. Was blieb mir anderes übrig, nun mußte ich mich an Dr. Danz wenden. Er war nicht allein, sondern mit einigen Herren in ein Gespräch vertieft. Ich näherte mich ihnen unauffällig, nach einem günstigen Moment suchend, weil ich kein Aufsehen erregen, sondern lediglich für mich Klarheit fordern wollte. Da hatte Dr. Danz mich schon erblickt.

„Na, da ist ja unsere Liesel. Hervorragend Ihre Leistungen. Darf ich vorstellen, meine Herren, Liesel Westermann, unser augenblickliches Paradestück."

Händeschütteln, Namen rauschten an meinem Ohr vorbei.

„Dr. Danz, darf ich Sie einen Augenblick allein sprechen?"

„Nur keine Hemmungen, Liesel, schießen Sie los. Wir haben keine Geheimnisse!" Eine großzügige Geste begleitete seine Worte, väterliches Wohlwollen schlug mir von allen Seiten entgegen. Es war mir zwar unangenehm, mein Anliegen vor so vielen Ohren vorzutragen, aber kneifen wollte ich auch nicht.

„Ich möchte gerne wissen, warum alle außer mir das Silberne Lorbeerblatt bekommen haben. Ob es einen Grund dafür gibt."

Erstaunte Blicke der anderen streiften mich, ein gewinnendes Lächeln bei Dr. Danz.

„Na, na, Liesel. Sie werden das doch nicht falsch aufgefaßt haben. Das ist kein Affront gegen Sie. Wer könnte das wollen. Aber sehen Sie, im Bundespräsidialamt hatte man nur eine bestimmte Anzahl vorgesehen. Und Sie sind ja noch so jung. Beim nächsten Mal, vor allem bei den großen Leistungen, die Sie uns sicher noch bieten werden, sind Sie mit Sicherheit dabei."

Zustimmung in der ganzen Runde, nur ich blieb nachdenklich. Sollte ich es dabei bewenden lassen? Nein, ich wollte sagen, was ich dachte.

„Ich finde das nicht richtig. Jüngere Athleten als ich wurden ausgezeichnet, auch weniger erfolgreiche. Niemand kann wissen, ob ich mich noch weiter steigern werde, noch einmal eine Medaille gewinne. Jeder muß denken, daß ich einer solchen Auszeichnung nicht würdig befunden wurde, wenn die Zeitungen auf der einen Seite das Bild von der Verleihung der Lorbeerblätter bringen und gleich daneben von meinen aktuellen Erfolgen berichten."

„Aber wir kennen Sie doch, Liesel, wissen, daß wir noch Hervorragendes von Ihnen erwarten können. Niemand wird glauben, daß Sie unwürdig wären. So beliebt, wie sie sind . . ."

„Gerade darum", warf ich ein.

„. . . bedenken Sie doch nur den Beifall hier. Nein, mein Kind, so jung wie Sie sind, da wird es noch viele Möglichkeiten geben. Zufrieden?"

„Nicht ganz, aber ich danke für die Auskunft." Ich verabschiedete mich höflich und zog mit gemischten Gefühlen ab. Zufrieden, daß ich meinen Standpunkt vorgetragen hatte, unzufrieden mit der Antwort.

Ein dreiviertel Jahr später war es dann so weit, nach meinem Weltrekord und vielen nationalen und internationalen Ehrungen.

Zu festgesetzter Stunde lud man mich vormittags zuerst in das Bundesinnenministerium. Dr. von Hovora, der leitende Ministerialbeamte für den Bereich Sport, empfing mich dort und begrüßte mich auf das herzlichste.

„Nach all den Auszeichnungen, liebes Fräulein Westermann, steht Ihnen nun ein besonderer Höhepunkt bevor. Als einzige, ganz allein Liesel Westermann, sind Sie zum Bundespräsidenten persönlich eingeladen. Das hat es noch nie gegeben."

Höfliche Worte des Dankes meinerseits, ich hatte meinen Worten allerdings noch etwas hinzuzufügen.

„Wissen Sie, Herr Dr. von Hovora, ich bin mir der Ehre ja vollkommen bewußt. Dennoch, das Silberne Lorbeerblatt kommt ein dreiviertel Jahr zu spät. Gerechterweise hätte ich es damals mit den anderen Leichtathleten zusammen bekommen müssen. Bitte entschuldigen Sie diese Feststellung, sie ist nicht böse gemeint. Nur verkneifen kann ich sie mir auch nicht."

„Was meinen Sie denn damit?" Dr. von Hovora ließ sich einigermaßen erstaunt hinter seinem Schreibtisch nieder.

Nachdem ich ihm die Zusammenhänge erklärt hatte, nickte er beipflichtend.

„Da haben Sie ja eigentlich recht. Nur, wissen Sie, diese Anträge der Verbände laufen zwar auch über meinen Schreibtisch, doch wir halten uns immer an die Vorschläge und leiten diese dann an das Präsidialamt weiter. Bei den vielen Sportarten können wir von uns aus solche Dinge nicht übersehen. Vergessen wir also die leidige Vorgeschichte und freuen Sie sich auf die persönliche Atmosphäre in der Villa Hammerschmidt. Bedenken Sie, damals wären Sie eine von vielen gewesen, heute aber wird sich alles nur um Sie drehen, auch der Bundespräsident." Verschmitzt lächelte er mich an. Ich erwiderte das Lächeln, und einträchtig plaudernd saßen wir anschließend beisammen.

„Warten wir noch auf jemanden?" getraute ich mich, durch den aufgelockerten Ton ermutigt, nach einer Weile zu fragen.

„Ja, sicher. Auf Dr. Danz. Er hat sich anscheinend verspätet." Leicht beunruhigt galt sein Blick der Uhr.

„Dr. Danz? Hat er denn auch etwas dabei zu tun?" Mein Erstaunen war nicht zu überhören.

„Natürlich, ein Verbandsvertreter muß immer dabei sein. Dr. Danz wollte sich diese hohe Auszeichnung für eine seiner Sportlerinnen nicht nehmen lassen. Wirklich ein rühriger Mann." Anerkennung schwang in Dr. von Hovoras Worten.

„Ach so!" Mehr dazu zu sagen, fiel mir nicht ein.

Und dann war Dr. Danz endlich da, mit wortreichen Entschuldigungen über die Unvermeidbarkeit seiner Verspätung. Nicht minder wortreich war seine begeisterte Begrüßung für mich. Welche Ehre, diese besondere Situation, und er habe mir doch vorausgesagt, daß es für mich mit dem Silbernen Lorbeerblatt nie zu spät wäre.

Was konnte ich anderes tun, als wieder mein Sprüchlein aufzusagen mit dem Hinweis auf die Verspätung dieser Auszeichnung. Dr. Danz war wenig davon beeindruckt, wir hatten es ja auch eilig. Nur Dr. von Hovora verlangte mit gespieltem Entsetzen von mir, daß ich doch nun um Gotteswillen nicht auch noch dem Herrn Bundespräsidenten diese Geschichte erzählen sollte.

„Wenn es sich vermeiden läßt, gern. Werde ich darauf angesprochen, sage ich überall meine Meinung." Stur war ich, nicht wahr? Aber so war ich nun einmal, wenn mir auch selbst manchmal nicht wohl dabei in meiner Haut war. Zweifellos fehlte es mir an Gelassenheit. Aber damals wäre mir ein Verzicht auf derartige Meinungsäußerungen als „Feigheit vor dem Feind" erschienen.

„Wir werden das zu verhindern wissen, nicht wahr, Herr Dr. Danz? Mit vereinten Kräften schaffen wir es schon. Darf ich nun bitten, der Wagen wartet draußen."

Dr. von Hovora entschuldigte noch den Bundesinnenminister,

der es sehr bedaure, nicht in der Villa Hammerschmidt anwesend sein zu können. Sein Staatssekretär nehme aber am anschließenden Mittagessen teil. Und das war, wie sich später erwies, auch wichtiger.

In einer schwarzen Limousine rollten wir zur Residenz des Präsidenten. Genoß ich das Salutieren der wachhabenden Bundesgrenzschutzsoldaten noch vergnügt und unbekümmert, so ergriff mich doch ein Gefühl der Beklemmung, als weißbehandschuhte, livrierte Diener mir die Wagentür aufrissen. Erst als ich ihre erfreuten Mienen wahrnahm, fiel dieses fremdartige Gefühl von mir ab. Dieses Lächeln in den Augenwinkeln anderer Menschen kannte ich, es war mir in letzter Zeit überall begegnet und bedeutete, daß man mich gern sah. Ich erwiderte die freundlichen Grüße und konnte unserem Bundespräsidenten frei und ungezwungen gegenübertreten wie jedem anderen Bürger.

Getränke wurden auf silbernen Tabletts gereicht, und Herr Lübke bat uns zu einer zierlichen Sitzgruppe. Bei angenehmer Plauderei verstrich die erste Viertelstunde. Erstaunt und erfreut erlebte ich die liebenswürdige Beredsamkeit unseres Bundespräsidenten. Konnte das derselbe Mann sein, dessen Reden und Ansprachen gerade diese Leichtigkeit fehlte?

Oh ja, bei der anschließenden Verleihung des Silbernen Lorbeerblattes glich Heinrich Lübke wieder genau dem Bild, das man sich weithin von ihm machte. Vor surrenden Kameras, Mikrophonen, im Kreuzfeuer von Blitzlichtern gedieh seine Laudatio auf mich ebenso unpersönlich wie gewöhnlich auch andere Reden. Hinterher, bei einer erneuten Plauderei in kleinem Kreis, war er wieder der reizende, höfliche alte Herr, dem ich jetzt wie zuvor mit herzlichem Respekt zuhörte. Welch eine Veränderung hatten Presse, Funk und Fernsehen während seines kurzen Auftritts an diesem Mann bewirkt! Wie schade, daß er dort nicht wie hier – in der gepflegten, mehr privaten Atmosphäre – zu wirken vermochte. Die öffentliche Meinung wäre ihm gerechter geworden.

Schwarze Limousine, weiße Handschuhe, silberne Tabletts, zierliche Möbel – es erstaunt mich heute, wie sehr mir diese Eindrücke erhalten geblieben sind. Allen Bemühungen um nonchalantes Auftreten zum Trotz habe ich es damals offensichtlich sehr genossen, einem Staatsmann gleich „meinen" Auftritt erhalten zu haben. Auch bei späteren Gelegenheiten habe ich dieses Gefühl des naiven Überwältigtseins gekannt.

Nach diesem Aufenthalt in der Villa Hammerschmidt brach unsere kleine Delegation auf zum Mittagessen in einem Seitenraum des Bundestagsrestaurants. Der Staatssekretär im Bundesministerium des Inneren, Herr Dr. Gimbel, begrüßte uns und bat zu Tisch, wo uns eine um etliche Herren aus dem Sportressort erweiterte Runde erwartete.

Die Gesprächsthemen wechselten schnell. Hier und da wurden von Seiten der Politiker Probleme angeschnitten, die Dr. Danz als Funktionär ansprachen. Sportpolitik auf höchster Ebene. Ich spielte die Rolle der interessierten Zuhörerin, war eine aufmerksame Beobachterin. Das Gespräch wurde von dem Staatssekretär beherrscht. Die anderen Herren trugen, offenbar entsprechend ihrem Dienstrang, mehr oder weniger selbstsicher ihren Anteil dazu bei. Und Dr. Danz hatte allem Anschein nach einen guten Namen im Ministerium. Er wurde von allen Anwesenden mit deutlichem Respekt behandelt.

Plötzlich wurde ich angesprochen. Es ging um Mexico-City, den Schauplatz der kommenden Olympischen Spiele. Der Staatssekretär wandte sich an mich:

„Und wie sehen Ihre Erfahrungen mit der Höhenluft von Mexico-City aus, Fräulein Westermann?"

„Dazu kann ich leider nichts sagen."

„Wie soll ich das verstehen?"

„Ich war noch nicht dort."

Verdutzt starrte mich der hohe Beamte an.

„Sie waren noch nicht dort?"

„Nein", ich schüttelte den Kopf.

„Herr Dr. Kinkel, waren Sie dort? Und Sie, Herr Dr. von Hovora? Und Sie, Herr Dr. Danz?"

Alle Herren nickten bestätigend.

„Und ich war auch dort. Nur Sie nicht, die einzige hier am Tisch, die noch nicht in Mexico-City war. Unglaublich! Wir, die wir eigentlich, genau betrachtet, dort nichts zu suchen hatten, waren da, und Sie, die Sie für uns die Medaille erringen sollen, nicht! Herr Dr. Danz?"

„Sie müssen das verstehen, Herr Staatssekretär. Wir konnten natürlich nicht alle unsere aussichtsreichen Athleten im Herbst zu den vorolympischen Spielen schicken. Dafür war Fräulein Westermann aber in Südamerika, von wo sie uns ja den herrlichen Weltrekord mitbrachte. Beides war nicht miteinander zu verbinden."

(Am Rande sei vermerkt, daß es Dr. Danz für seine Person sehr wohl gelang, Mexico-City zu besuchen und sich von dort aus unserer Reise durch vier Länder Südamerikas anzuschließen.)

„Wie dem auch sei. Südamerika hin, Südamerika her. Wir reden uns die Köpfe heiß mit unseren Erfahrungen in der dünnen Höhenluft, und die, die es angeht, kann nicht mitreden. Sie müssen da hin, Fräulein Westermann, und zwar noch vor den Olympischen Spielen. So bald wie möglich!"

Energisch blickte der Staatssekretär mich an, forschend dann in die Runde. Alle nickten. Da lag etwas in der Luft. Spürbar. Es kribbelte mir förmlich in den Fingerspitzen. Dr. Danz saß wie auf heißen Kohlen.

„Ist Geld da?"

Der angesprochene Beamte beeilte sich zu antworten:

„Im ordentlichen Etat nicht. Aber da wäre noch eine andere Möglichkeit . . ."

„Gut, klären Sie das. Wann können Sie fahren, Fräulein Westermann?"

Ehe ich antworten konnte, schaltete sich Dr. Danz ein.

„Ein solches Unterfangen so kurzfristig zu planen, ist außerordentlich schwer, Herr Staatssekretär. Der Trainingsaufbau unserer Sportlerin könnte empfindlich gestört werden. Ich habe auch keine Zeit mehr frei . . ."

„Wieso Sie? Sie müssen doch nicht mitfahren!"

Dr. Danz räusperte sich: „Nun, man kann ein junges Mädchen doch kaum allein auf einen fremden Kontinent schicken."

„Natürlich, da haben Sie recht. Sie muß ja auch gar nicht allein fahren. Wen würden Sie vorschlagen, was wäre am sinnvollsten?"

Wieder war ich angesprochen und erhielt dieses Mal auch Gelegenheit zu antworten.

„Am sinnvollsten wäre es wohl, wenn mein Trainer mich begleitete. Dann wäre zum einen ein kontinuierliches Training gesichert, zum anderen könnte Herr Osenberg noch manche wertvolle Beobachtung machen, die mir allein vielleicht entgehen könnte. Bezogen auf die weitere Vorbereitung wieder zuhause, meine ich."

„Gut, sehr einleuchtend der Vorschlag."

Ein letzter Einwand von Dr. Danz – „Was sollen wir tun, wenn jetzt noch andere nach Mexico-City reisen wollen?" – wurde vom Tisch gefegt. Mit leicht erhobenen Brauen fragte der Statssekretär zurück:

„Haben Sie in Ihrem Verband so viele Goldmedaillenanwärter, die noch nicht in Mexico-City waren?"

„Nein, natürlich nicht, aber . . ."

„Also gut, Herr Dr. Danz. Wir besorgen das Geld, Sie mit Ihrem Verband die Planung, und Fräulein Westermann bespricht mit ihrem Trainer den günstigsten Reisetermin. Vierzehn Tage, wird das reichen?"

„Oh ja, natürlich", die Vorfreude lachte mir schon aus den Augen. Dr. Danz blieb nichts übrig als nachzugeben.

„Na, da hat unser gemeinsames Mittagessen doch noch einen guten Zweck erfüllt." Der Staatssekretär war sichtlich zufrieden, aber wohl kaum zufriedener als ich.

Ich konnte es kaum abwarten, bis ich wieder in Leverkusen war und meinem Trainer die unerhörte Überraschung berichten konnte. Wer aber glaubt, daß nun alles reibungslos seine Wege gegangen wäre, der täuscht sich gründlich. Die Schwierigkeiten kamen erst noch.

Nicht im entferntesten hatte ich damit gerechnet, daß es gegen meine außerplanmäßige Olympiavorbereitung in Mexico-City weitere Einwände geben könnte. Hatte der Staatssekretär nicht alle Bedenken von Dr. Danz beiseitegeräumt? Ich sollte eines Besseren belehrt werden.

Das Telefon im Kurt-Rieß-Haus, unserer TUS 04 Vereinsanlage in Leverkusen, lief heiß. Wiederholt und mit Nachdruck verlangte man von Verbandsseite, ich solle auf diese Reise verzichten. Wenn da jeder Athlet käme, der sich Medaillenchancen ausrechnete! Und dann ging es um Herrn Osenberg. Wenn da jeder Heimtrainer verlangte, nach Mexico-City zu fahren! Wo sollte das hinführen?

Schließlich platzte mir der Kragen. Scharf und in deutlichen Worten gelang es mir, die Diskussion zu beenden.

„Ich will nach Mexico-City fahren, und zwar mit keinem anderen Begleiter als Herrn Osenberg: genauso wie es mir vom Staatssekretär des Bundesinnenministeriums angeboten wurde. Den DLV kostet das nichts, und es ist auch nicht vom Verband zu verantworten. Von niemandem. Wenn Sie meine Reise ablehnen wollen, dann tun Sie es selbst. Begründen müssen Sie diese Absage im Ministerium dann allerdings auch selbst." Damit knallte ich den Hörer auf die Gabel, ging hinaus auf den Platz und setzte meinen Groll prompt in eine neue Trainingsbestleistung um.

Die Würfel waren gefallen, denn niemand im Verband brachte den Mut auf, dem Innenministerium gegenüber eine Ablehnung meiner Reise zu vertreten. Alle vorgebrachten Argumente mußten damit ihr Gewicht verlieren. Wären sie stichhaltig gewesen, warum trug man sie nicht der zuständigen Stelle vor? Man kann sie nur fadenscheinig nennen, denn anderenfalls hätte mein hartnäckiges Bestreben, diese Reise unter dem Schutz und der Anleitung meines Trainers anzutreten, wohl kaum zum Erfolg geführt.

Zu guter letzt, wohl um die eigene Blöße einer Niederlage zu vertuschen, verlangte der Verband von meinem Trainer noch ein Zugeständnis. Gerd Osenberg sollte feierlich erklären, daß er niemals Anspruch erheben würde, bei den Olympischen Spielen seine Athletinnen persönlich betreuen zu wollen.

Auch daraus wurde natürlich nichts. Zu diesem Zeitpunkt dachten wir nämlich noch gar nicht so weit. Als es dann aber so weit war, schafften Heide Rosendahl und ich es mit vereinten Kräften, daß uns Herr Osenberg sowohl bei dem sechswöchigen Trainingslager in Flagstaff als auch bei den Spielen selbst mit Rat und Tat zur Seite stehen durfte. Josef Neckermanns Sporthilfe, die Farbenwerke Bayer und eine personengebundene Spende von BMW machten es möglich.

Man sieht, Sportverwaltung und politische Verantwortung arbeiten keineswegs immer reibungslos Hand in Hand zusammen zum Wohle der Athleten. Da sind noch andere Interessen im Spiel . . . Aber was kümmerte das mich! Ich hatte mein Silbernes Lorbeerblatt in der schönsten Verpackung überreicht bekommen, die sich eine Sportlerin nur wünschen kann – ein Trainingsaufenthalt in der Stadt der kommenden Olympischen Spiele.

4. Ein Geschenk des Bundespräsidenten Heinrich Lübke

Dem Bundespräsidenten Heinrich Lübke saß ich übrigens noch ein weiteres Mal gegenüber. In Berlin beim Deutschen Turnfest in der Ehrenloge. Heinrich Lübke zeichnete diese größte, mehrtägige deutsche Sportveranstaltung an diesem Tag mit seiner Anwesenheit als Ehrengast aus. Bekannte Teilnehmer wurden ihm vorgestellt. Auch ich wurde gebeten. Die Vorstellung erübrigte sich, der Herr Bundespräsident hatte mich sofort wiedererkannt.

194

„Da ist ja unsere Weltrekordlerin! Seien Sie mir willkommen, Fräulein Westermann."

So sehr mich die freundliche Begrüßung freute, mußte ich doch gleich die Anrede als Weltrekordlerin zurückweisen. Einige Tage zuvor hatte mir nämlich Christine Spielberg aus Chemnitz den Weltrekord entrissen. Heinrich Lübke betrübte das weit weniger als mich.

„Na, dann werden Sie den Weltrekord eben zurückholen. Schreiben Sie mir, wenn es so weit ist, und ich werde Ihnen ein schönes Geschenk machen."

„Wenn Sie das meinen, Herr Bundespräsident, dann muß ich das ja schaffen. Hoffentlich kann ich Ihnen bald schreiben."

Nach zwei Monaten war es dann so weit. Im sauerländischen Wehrdohl gelang es mir, den Rekord zurückzuerobern: 62,54 m. Mein Brief an Heinrich Lübke war fällig geworden. Prompt kam die Antwort. In seinem Glückwunschschreiben ließ mir Heinrich Lübke mitteilen, das Bundespräsidialamt sei angewiesen, Einkaufsrechnungen von mir bis zur Höhe von 400 DM zu begleichen. Der Herr Bundespräsident habe an Gläser oder Porzellan gedacht und empfehle mir, nach Düsseldorf zu fahren. Gegen Vorlage des Briefes würde der jeweilige Geschäftsinhaber die anfallende Rechnung dem Bundespräsidialamt zusenden. Soweit der persönliche Referent Heinrich Lübkes, den ich, um nähere Information bittend, angerufen hatte.

Beglückt zog ich also los, Gläser zu kaufen. Allerdings fuhr ich nicht nach Düsseldorf. Dort kannte ich mich zuwenig aus. Auf Kölns „Hoher Straße" fand ich ebenfalls ein sehr exklusives Fachgeschäft. Nach sorgsam-kritischem Kauf zahlte ich dort mit dem Lübke-Brief und ergänzte den um fünf Mark überschrittenen Gesamtbetrag aus meiner Studentenkasse.

Schade, daß ich den Brief in jenem Geschäft zurücklassen mußte. Er fehlt mir nun als gewiß eines der kostbarsten Stücke in meiner Erinnerungssammlung. Dafür habe ich aber die Gläser, und wann immer ich sie in die Hand nehme, wird die Erinnerung wach an Heinrich Lübke. Er hatte Wort gehalten – eine freundliche, eine gute Erinnerung.

DEUTSCHER LEICHTATHLETIK-VERBAND

Antrag

auf Anerkennung einer

Weltrekordleistung

(Regel 17 der Amtlichen Leichtathletikbestimmungen)

1. **Wettbewerb:** Diskus-Wurf   ~~Männer~~ Frauen

2. **Erzielte Leistung:** 62,54 m
   (Zeit, Länge, Weite, Höhe, Punkte)

3. **Tag:** 24. Juli 1968   **Stunde:** 20.05 Uhr

4. **Ort:** Werdohl/Westf.   **Platz:** Stadion Riesei

5. **Beschaffenheit der Platzanlage:** den amtlichen Bestimmungen
   (Laufbahn, Sprunganlage, Wurfkreis)   entsprechend

6. **Ebenheit oder Neigung der Platzanlage:** s. Vermessungsprotokoll
   (Laufbahn, Sprunganlage, Wurfkreis)

7. **Beschaffenheit des Gerätes:** 1010 g, den Vorschriften
   (Gewicht, Abmessungen, Material)   entsprechend

8. **Witterung:** trocken - 15 Grad

9. **Windrichtung:** --   **Windstärke:** --

10. **Name, Vorname und Verein des Wettkämpfers:** Westermann, Liesel
    (Bei Staffelwettbewerben sind die Namen aller Läufer
    anzugeben)   TuS 04 Leverkusen

Ort: Werdohl

Tag: 24. Juli 1968

(Unterschrift des Wettkampfleiters)   (   )

Kurt Trozowski, 598 Werdohl, Talstraße 5
(Anschrift)

DLV XII/3000 VIII/1961 Hornberger, Waldfischbach

Bestätigung der Zeitnehmer

Als offizieller Zeitnehmer bei vorgenanntem Lauf bestätige ich hiermit, daß meine Tagewerkuhr die neben meiner Unterschrift angegebene Zeit anzeigte. (Regel 22.)

.... (..)
(Zeit)   (Unterschrift des Zeitnehmers)

                                                                          ....
                                                                          (Anschrift)

.... (..)
(Zeit)   (Unterschrift des Zeitnehmers)

                                                                          ....
                                                                          (Anschrift)

.... (..)
(Zeit)   (Unterschrift des Zeitnehmers)

                                                                          ....
                                                                          (Anschrift)

Ich bestätige hiermit, daß die genannten Zeitnehmer mir ihre Uhren zum Vergleich vorgezeigt haben und die angegebenen Zeiten richtig sind.

                         .... (..)
                         (Unterschrift des Obmanns der Zeitnehmer)

                                                                          ....
                                                                          (Anschrift)

Bestätigung des Starters

Als Starter des vorgenannten Laufes bestätige ich hiermit, daß der Start einwandfrei war und dem Rekordanwärter keinerlei Vorteile eingeräumt wurden. (Regel 19, 21, 26.)

                         .... (..)
                         (Unterschrift des Starters)

                                                                          ....
                                                                          (Anschrift)

Vermessungs-Bestätigung

Wir bestätigen hiermit, daß die Strecke, über die der genannte Lauf führte, mit einem Stahlbandmaß vermessen wurde. Die genaue Länge

der Strecke betrug ......100...... m ...00,0.. cm,

Der Lauf wurde   die der Runde betrug ......399........ m ..99.,.2.. cm.

                   auf gerader Strecke —mit 1 Kurve— mit 2 Kurven
ausgetragen.   (Nichtzutreffendes ist zu streichen)

Wir bestätigen ferner, daß die höchstzulässige Neigung der Platzanlage, der Laufbahnen, der Sprunganlagen sowie der Wurfkreise in seitlicher Richtung 1 : 100 und in der Lauf-, Sprung- oder Wurfrichtung 1 : 1000 nicht übersteigt. (Regeln 26, 40 und 52.)

.... (Hans-Dieter Roussell)
(Unterschrift des Vermessers)

Lüdenscheid, Bayernstraße 23
                                                (Anschrift)

                                      Dipl.-Ing. Franz Herm. Dantl
.... (Öffentl. bestellter Vermessungsingenieur)
(Unterschrift des Vermessers)

Lüdenscheid - Lösenbach, Wilhelm - Busch - Straße 25
                                (Anschrift)

Bestätigung der Kampfrichter für Sprung und Wurf

Wir bestätigen hiermit, daß die neben den Unterschriften angegebenen Maße mit einem Stahlbandmaß in Übereinstimmung mit den Regeln 45, 49 und 55 festgestellt wurden.

Wir bestätigen ferner, daß die Beschaffenheit der Platzanlage dem Wettkämpfer keinerlei Vorteile gestattete und daß die benutzten Geräte sowie die Sprunganlagen und Wurfkreise den Bestimmungen der Regeln 42—59 entsprachen.

62,54 m
(Weite, Höhe)

.... (....)
(Unterschrift des Kampfrichters)

Herbert Kinder, 588 Lüdenscheid, Annabergstraße 16
(Anschrift)

62,54 m
(Weite, Höhe)

.... (....)
(Unterschrift des Kampfrichters)

Herbert Mentzel, 598 Werdohl/Eveking, Bremfeld 1
(Anschrift)

62,54 m
(Weite, Höhe)

.... (....)
(Unterschrift des Kampfrichters)

Hans Mentzel, 598 Werdohl, Karl-Schloemer-Straße 8
(Anschrift)

Bestätigung von sechs offiziellen Zeugen

Wir bestätigen hiermit, daß wir Augenzeugen bei der Aufstellung der genannten Höchstleistung waren. Sie wurde in Übereinstimmung mit den Regeln der Amtlichen Wettkampfbestimmungen erzielt. Wir befürworten die Anerkennung durch den Deutschen Leichtathletik-Verband.

.... (....)
(Unterschrift des Zeugen)

Heinz Krück, 588 Lüdenscheid, Worthnocken 4
(Kreiskampfrichterobmann)
(Anschrift)

.... (....)
(Unterschrift des Zeugen)

Hans-Eberhard Einwächter, 5982 Neuenrade, Poststraße 10
(Anschrift)

.... (....)
(Unterschrift des Zeugen)

Fritz Schmidt, 598 Werdohl, Feldstraße 107
(Anschrift)

.... (....)
(Unterschrift des Zeugen)

Karl Echterhage, 598 Werdohl, Klosterweg 17
(Anschrift)

.... (....)
(Unterschrift des Zeugen)

Marianne Reinecke, 598 Werdohl, Mittelstraße 21
(Anschrift)

.... (....)
(Unterschrift des Zeugen)

Hans-Heinz Schmidt, 42 Oberhausen, Marktstraße 98
(Anschrift)

Bestätigung des Schiedsrichters

Ich bestätige hiermit, daß die Unterzeichner dieses Antrages die Eignung als Kampfrichter besitzen.

Die **Zeiten, Weiten** oder **Höhen** und die **Namen der ersten Drei des Wettbewerbs** waren:

1. 62,54 m (Diskus) Westermann, Liesel   TuS 04 Leverkusen
       (Leistung)   (Name)   (Verein)

2. 32,68 m   Zimmler, Sigrid   TuS 04 Leverkusen
       (Leistung)   (Name)   (Verein)

3. 31,58 m   Krug, Helga   TuS Versetal
       (Leistung)   (Name)   (Verein)

Zahl, Höhe und Druckwiderstandsfähigkeit der Hürden sowie der An- und Auslauf und die Abstände entsprachen der Regel 30.

Die Höchstleistung wurde in einem Wettkampf auf Treu und Glauben in Übereinstimmung mit der Regel 17 erzielt. Die Regeln der Amtlichen Wettkampfbestimmungen wurden genauestens eingehalten.

Bemerkungen:

Karl Schäfer   (   )
    (Unterschrift des Schiedsrichters)

Karl Schäfer, 58 Hagen/Westf., Dömbergstraße 8
                                 (Anschrift)

Anlagen: Ausschreibung und Programmheft der Veranstaltung — bei Frauenwettbewerben auch eine ärztliche Bescheinigung über das Geschlecht — sind beigefügt.

Die verlangten Angaben sind sorgfältig zu machen

Hinter der Unterschrift ist der Vor- und Zuname des Unterzeichneten zwischen (...............) mit der Schreibmaschine oder in Blockschrift einzusetzen.

Genehmigt

Ort: **Kassel**   Tag: **6. September 1968**

(Dr. Max Danz   )
           Vorsitzender

(Heinz Fallak   )
           Sportwart

5. Randbemerkungen

Das Jahr 1968 bescherte mir, der 23jährigen Diskuswerferin, viele Höhepunkte, sportliche Siege, aber auch einige überraschende, weil unvorhersehbare Niederlagen.

Sieg und Niederlage, wie nahe liegen diese beiden Welten beisammen, getrennt nur von einem schmalen Grat des Unwägbaren. Aber liegt nicht gerade darin, in diesem nicht Planbaren, das selbst sorgfältige Vorbereitung wie ein Kartenhaus zusammenfallen lassen kann, das eigentlich Reizvolle des Leistungssports? Faszination im Jubel um den unbekannten Sieger, Faszination im unerwarteten Favoritensturz! Was zieht uns mehr in seinen Bann, wenn wir gespannt den Wettstreit der Besten verfolgen? Ist es der letzten Endes lorbeergekrönte Sieger? Oder ist es nicht eigentlich die Vielzahl der Besiegten, Unterlegenen, die dem Sieger erst seinen Glanz geben?

Wertlos will mir ein Werdegang erscheinen, der allein gepflastert ist mit Erfolgen. Wertvoll wird er erst durch Niederlagen. Persönlichkeiten formen sich nur durch das ausgewogene Maß an Sonnenlicht herrlicher Siege und an Schatten schmerzender Niederlagen.

So gut man auch Mißerfolge verkraften zu können vermag, es bleibt immer etwas zurück. Ständig wiederkehrendes Nachdenken, Abwägen, Selbstanalysen: Hat man etwas falsch gemacht? War die Vorbereitung nicht richtig? Was hat man vergessen, zu wenig beachtet? War man unkonzentriert oder zu konzentriert? Hat sich bei aller Sorgfalt und Filigranarbeit dennoch ein letztlich entscheidender technischer Fehler einschleichen können? War man zu einseitig auf den Erfolg ausgerichtet, zu selbstsicher, zu ernsthaft? Vielleicht hätte man mehr lachen sollen, fröhlicher sein müssen und nicht allen Abwechslungen aus dem Wege gehen dürfen. Ging es einem gar um mehr als um den sportlichen Erfolg? Nur zu recht dann die Niederlage.

Viele Fragen, Vermutungen, wenig klare Antworten. Aber man dringt weiter ein, lernt sich besser kennen, kritischer zu beobachten und den nötigen Abstand zur Einschätzung späterer Erfolge zu finden, seien es eigene oder die anderer. Abhängigkeiten werden deutlich, die auf- oder abzubauen man selbst in der Hand hat, oder die sich dem eigenen Einflußbereich entziehen.

Die schmerzhafteste Erfahrung bleibt die Schadenfreude, die einem aus den Augen anderer erfolgreicher oder erfolgloser Sportler und Trainer entgegenlacht. „Siehste, habe ich es nicht immer gesagt, daß du dies oder das falsch gemacht hast!" – oder – „Endlich hat die auch einen auf den Deckel gekriegt. Zeit war's ja!" – dergleichen wird nicht ausgesprochen, aber der Betroffene merkt's.

Ist es bloß Gedankenlosigkeit, ist es Gefühlsarmut? Was soll man von Randbemerkungen von Funktionären halten wie: „Herzlichen Glückwunsch, Liesel! Tolle Leistung, diese Silbermedaille, aber eine Goldmedaille hätte uns doch so gut getan." „Na, da ist sie ja, unsere Liesel! Lassen Sie sich beglückwünschen. Ich möchte so gern einer Exweltrekordlerin einmal die Hand drücken."

Eine junge Hürdenläuferin hat soeben bei ihrem internationalen Debüt eine neue persönliche Bestleistung erreicht. Sie ist überglücklich, wenngleich sie den Endlauf nur um Hundertstel von Sekunden verfehlt hat. Die Buchhalter am Rande registrieren nur eines: wieder eine, die nicht im Endlauf ist!

So können Sieg und Niederlage sogar zusammentreffen in einem einzigen Resultat. Nuancen, gewiß. Selten nur gelangen sie an die Oberfläche. In der Berichterstattung ist nur wenig von diesen dennoch wesentlichen menschlichen Erfahrungswerten zu finden. Zwischen den Zeilen, ja, für den, der danach sucht. Allein die Fotografen sind bemüht, von der breiten Skala menschlicher Empfindungen etwas wiederzugeben. Bildbände sprechen oft eine deutlichere Sprache als die ihnen angehefteten Zeilen.

Ein einziges Mal nur, soweit ich mich erinnere, fiel in aller Öffentlichkeit die Maske falscher Betulichkeit. Die bundesdeutsche Frauenmannschaft hatte beim Europacupfinale 1973 ein für alle enttäuschendes Ergebnis zu verkraften. Ein Reporter schnappte den Funktionärskommentar dazu auf. Anderntags war im Kölner Express unter dem Titel „Sporthilfe-Omas geht es an den Kragen" folgendes zu lesen:

»Schmidt kündigt Konsequenzen an:

„Lieber lassen wir die Jungen 'ran und nehmen die Durststrecke von zwei Jahren in Kauf." Sporthilfe-Omas soll es in Zukunft nicht mehr geben.

Bodo Schmidt, Leiter des Hochschulinstituts für Sportwissenschaft in Kiel, kommentierte den Lauf der Olympiasiegerin Hilde Falck so: „Ich dachte, wir hätten eine Favoritin im Rennen. Da lief plötzlich eine Oma über die Bahn!" Der „Vize" verlangt mehr Ehrlichkeit von den Trainern und Athletinnen: „Ich würde niemandem eine schwache Form vorwerfen. Aber dann soll man es uns sagen. Wir verlieren doch lieber mit einer jungen Mannschaft, die kämpft, als mit lustlosen Stars, die sich bis auf die Knochen blamieren." Ende September sind die Gold- und Silberdamen von München zu einer Japan-Tournee eingeladen. Schmidt: „Ich bin einmal gespannt, ob eine verzichtet. Wenn nicht, sollte die Team-Chefin Ilse Bechthold sie besser im Fernen Osten an einer Schönheitskonkurrenz als an einem Wettkampf teilnehmen lassen."«

Doch es gibt auch eine andere, eine gute Erinnerung für mich. 1967 Erdteilkampf in Montreal. Inge Schell, die Münchner Hürdenspezialistin, war erklärte Favoritin für den 80-m-Hürdenlauf. Aber nur als letzte überquerte sie die Ziellinie. Völlig ausgepumpt stand sie mit vorgebeugtem Oberkörper, die Arme auf die eigenen Knie gestützt, schweratmend hinter der Zeitnehmertreppe, blickte zurück zum Start. Fassungslosigkeit, Enttäuschung waren ihr ins Gesicht geschrieben.

Ich lief hin, wollte sie trösten. Aber es war schon jemand vor mir da. Fanny Blankers-Koen, die erfolgreichste Leichtathletin aller Zeiten, in Montreal unsere Mannschaftsführerin, hatte bereits der Geschlagenen tröstend ihren Arm um die Schultern gelegt. Stammelnd suchte Inge nach Worten der Entschuldigung für ihr Versagen.

„Du brauchst dich doch nicht zu entschuldigen, Inge, du hast dein Bestes gegeben. Andere waren heute besser. So ist das nun einmal im Sport. Du mußt nur eines wissen, Inge, glaub es mir, wir sind froh, daß wir dich mitgenommen haben!"

Inge lächelte sie befreit und dankbar an. Ich drehte mich um, ging fort. Hier brauchte ich nicht zu helfen. Das hatte eine andere viel besser, wirkungsvoller getan, als ich es je vermocht hätte: Fanny Blankers-Koen, strahlender Mittelpunkt vergangener Leichtathletiktage. Hatte ich bis zu dieser Episode in ihr nur die Ausnahmesportlerin bewundert, so erschien sie mir jetzt auch beispielhaft in ihrem menschlichen Verhalten.

Es war ebenfalls 1967. Und doch war es etwas ganz anderes: Eine kleine Gruppe bundesdeutscher Athleten nahm in Moskau an einem internationalen Sportfest teil. Unser Delegationsleiter kam mit einem der Jungen nicht so ganz klar. Auf einer Bank im Sonnenschein, ich sehe sie noch genau vor mir, meditierte er vor mir, der 22jährigen jungen Athletin, über diese Auseinandersetzung.

„Merke dir das, Mädel, solch ein Verhalten wie von dem da vergessen wir nicht. Mag er so gut sein, wie er will. Er bleibt es nicht ewig. Aber wir Funktionäre, wir bleiben. Wir sehen die Athleten kommen und gehen. Warum sollen wir uns also um solche Querköpfe kümmern?" Ein leichter Kälteschauer lief mir bei diesen Worten über den Rücken. So wenig waren wir Athleten mit unseren Unzufriedenheiten, Kümmernissen und Sorgen wert? Damals war ich davon überzeugt, daß nicht alle Funktionäre denken konnten wie jener. Immer ging ich davon aus, daß sich unsere Betreuer um die Hintergründe solchen Verhaltens ernsthafte Gedanken machten. Jedoch diese Worte wurden mir zwei Jahre später brutal in Erinnerung gerufen.

6. Athen, Versuch einer Dokumentation

Europameisterschaften 1969. Boykott der Nationalmannschaft.

Startverweigerung aus Solidarität für unseren Mannschaftskameraden Jürgen May, der einem DDR-Protest zufolge als „Republikflüchtiger" Startverbot erhalten hatte.

Entweder alle oder keiner, so lautete der Mehrheitsbeschluß von uns Athleten. Wo unsere verweichlichten Sportfunktionäre nachgegeben hatten, gedachten wir hart zu bleiben. Wir wollten die Startgenehmigung für Jürgen May durchsetzen und schlugen uns dabei selbst ins Gesicht.

Der Eklat war nicht von Anfang an vorauszusehen. Ganz langsam, aber um so stärker entwickelte sich unbändiger Zorn in uns. Wir wollten der Ohnmacht den DDR-Funktionären gegenüber ein Ende bereiten. Wenn schon keiner der Zuständigen sich den Kampf zutraute, so wollten wir Athleten ihn ausfechten und haben uns doch übernommen.

Es fällt mir sehr schwer, mir nach all den Jahren das Geschehen von Athen klar und deutlich ins Gedächtnis zurückzurufen. War doch die Situation selbst durch ein heilloses Durcheinander gekennzeichnet: endlose Diskussionen, Verzweiflung, Tränen, Trotz, Hilflosigkeit, Enttäuschung, Entrüstung, Lügen, Verleumdungen, Fragen über Fragen, und – das aufrichtige Bekenntnis aller zu ihrem Kameraden Jürgen May. Dieses Bekenntnis blieb mit dem Abstand der Jahre in meiner Erinnerung das einzig Beständige jener Tage.

Ich werde mich bemühen, das Geschehen nachzuzeichnen. Das Durcheinander, das ich beschreiben werde, war genau das Durcheinander von Sport, Politik, Verbandswesen, in das wir unwissend-wissentlich hineinstolperten. Getrieben von nichts anderem als dem überzeugten Willen, Leistungssport zu treiben und diesen offen zu halten für alle, auch für Jürgen May. Leistungssport zu treiben als erwachsene Menschen, die sich notfalls das Recht erkämpfen mitzubestimmen, was mit ihnen selbst und mit ihrem Sport geschieht.

Vollständigkeit und Korrektheit bis zum letzten Diskussionsbeitrag werde ich wohl kaum erreichen können. Mein Gedächtnisprotokoll wird aber vielleicht ein wenig die verwirrende Atmosphäre jener Tage wiedergeben können. Die Atmosphäre freiwillig unfreiwilligen „Heldentums", die Atmosphäre des Canossa unseres DLV-Präsidenten Dr. Max Danz und die Atmosphäre des undurchdringlich verwachsenen Gestrüpps von Sport und Politik.

Am 13. September 1969 flog die Nationalmannschaft nach Athen. Ohne Konkretes gehört zu haben, hatte ich schon während des Fluges bemerkt, daß irgend etwas in der Luft lag. Hermann Salomon, Jürgen May und Ingrid Becker waren von Herrn Fallak, dem Sportwart des DLV, zur Seite gezogen worden. Es mußte um Jürgen gehen. Ich kümmerte mich nicht darum, weswegen diese vier die Köpfe zusammensteckten. Ich dachte nur an den bevorstehenden Wettkampf.

In den Wettkämpfen des Jahres hatte es für mich keine Niederlage gegeben. Serienweise warf ich über 60 m. Alle anderen hatten sich an dieser Marke immer noch die Zähne ausgebissen. Ob mir das Glück jetzt in Athen auch einmal bei internationalen Meisterschaften hold sein würde?

Sinnend sah ich aus dem Fenster. Hoch über den Wolken glitten wir dahin. Tiefblauer Himmel, gleißendes Sonnenlicht, schneeweiße Wolkendecke, das gleichmäßige Summen und Brummen der Düsen . . . tiefes Durchatmen. „Es wird schon klappen", sprach ich mir selbst Mut zu.

Ich dachte an Mexico-City im vergangenen Jahr. Plötzlich hereinbrechender tropischer Regen während der Entscheidung im Diskuswerfen. Was hatte mir da meine Überlegenheit genutzt? Meterweise übertraf ich alle anderen in der Regenschlacht und

kämpfte doch einen aussichtslosen Kampf gegen die von Lia Manoliu noch vor dem Regeneinbruch vorgelegte Weite. Ich konnte
froh sein, war es auch von ganzem Herzen gewesen, unter diesen
„Un-Bedingungen" noch die Silbermedaille erkämpft zu haben.
Ob es hier in Athen nun endlich Gold werden würde?
Ankunft in Athen. Transfer zum Hotel. Wie in einem Bienenstock schwirrten alle durcheinander. Zimmerzuteilung, Schlüssel-
ausgabe. Müdigkeit und dennoch seltsames Wachsein und Spannung auf das, was uns während der drei Tage bei den Meister-
schaftskämpfen erwartete. Zusammensuchen der eigenen Gepäck-
stücke. Hier und da Begrüßungsszenen mit den Briten, die das
Hotel mit uns teilten.

Gisa Jeppener, Vereinskameradin, Speerwerferin und Freundin,
machte sich mit mir auf die Suche nach unserem gemeinsamen
Zimmer. Für welche Stunde war das Abendessen angekündigt?
Noch genug Zeit zum Auspacken. Wir haben ein großes, helles,
freundliches Zimmer mit Bad, WC und Balkon.

„Turnschwester, hier kann man bleiben." Ich lasse die Gepäck-
stücke los, setze mich aufs Bett, lege mich zurück. Gisa tut es mir
nach. Gute Betten.

„Oh, Liesel, ist das Klasse hier!" Gisa strahlt, glücklich und ein
wenig aufgeregt zugleich. Es ist ihre erste internationale Großveranstaltung. Fast sensationell hatte sie sich in den letzten Wochen
aus dem nationalen Mittelmaß herausgearbeitet, hatte sich redliche
Platzchancen unter der Elite Europas erkämpft.

„Du hast einen schönen Anfang hier, Gisa. Wenn ich da an Budapest denke. Studentenwohnheim, zwar recht hübsche Zimmer,
aber Gemeinschaftsduschen für drei Frauenmannschaften zusammen! Die sahen nach ein paar Tagen vielleicht aus! Bloß nicht
daran denken! Tokio, Universiade, war auch nicht viel besser. Die
Duschen waren zwar immer appetitlich sauber, aber wir wohnten
zu acht in riesigen Kasernenzimmern zusammen. Schön war's
trotzdem. Und Mexiko, enger wie wir da aufeinandergehockt haben
ging es nicht. Zwei Toiletten für mehr als zwanzig Frauen!
Nein wirklich, so gut wie hier waren wir noch nie untergebracht!"

„Ich bin so froh, daß ich dabei bin!" Die Arme unterm Kopf
verschränkt, blickt Gisa zur Zimmerdecke. Wir hängen unseren
Gedanken nach. Die Sonne taucht das Zimmer in friedlich-freund-
liches Licht.

„Hoffentlich versage ich nicht," Gisas Seufzer reißt mich in die
Wirklichkeit zurück.

„Red' keinen Quatsch." Ich springe auf, fange an auszupacken.
„Komm, keine Müdigkeit vortäuschen! Zieh dich um. Wir wollen
uns doch vor dem Essen noch ein bißchen bewegen."

Erst jetzt waren wir richtig angekommen. Der Trainingsalltag
hatte uns wieder. Wir packen aus, räumen auf, ziehen uns um.
Kritische Begutachtung der neuen Trainingsanzüge.

„Gut siehst du aus! Der Anzug steht Ihnen vortrefflich, Gisa
Jeppener – Deutschland!"

Gisas Augen lachen mich an. „Hm", sie dreht sich vor dem
Spiegel.

Mit den anderen und unserem Trainer treffen wir uns zum ersten leichten Training am Strand draußen. Danach Duschen,
Abendessen, ein Plauderstündchen, ab ins Bett. Wir schlafen noch
unbekümmert, belastet allein durch den bevorstehenden Wettkampf, einem neuen Tag entgegen, der uns jäh in eine andere Welt
versetzen sollte.

14. September: Ein strahlender Sonntagmorgen. Nur noch zwei
Tage bis zum Beginn der Wettkämpfe! Drei Tage noch für Gisa,
die am Mittwoch früh um 8 Uhr zur Qualifikation antreten würde. Für mich noch bis Freitagmorgen um 10:30 Uhr. Sorgsam
hatten wir unsere Trainingsabläufe auf diese Zeiten ausgerichtet.
Frühes Aufstehen, erstes Training am Morgen zu exakt der Stunde, zu welcher die jeweiligen Wettkämpfe angesetzt waren. Mas-
sagezeiten, Essensgewohnheiten, Ruhestunden – alles war genau
aufeinander abgestimmt.

Zweimal trainierte ich an jenem Sonntag, den 14. September.
Harte Belastungen standen noch auf dem Programm, bis zur Qualifikation am Freitagmorgen und dem Wettkampf am Samstagnachmittag war noch viel Zeit. Erschöpft und glücklich wegen der
zufriedenstellenden ersten Trainingsergebnisse unter griechischem
Himmel hockten wir abends im Speisesaal beisammen.

Da erfuhren wir, daß sich die Aktiven, und zwar ohne Funktionäre und Trainer, am Abend noch zusammensetzen wollten. Im
Zusammenhang mit Jürgen May sei etwas zu besprechen. Die Mittelstreckler hatten die Zusammenkunft angeregt. Warum nicht?
Schließlich würde der Abend sowieso lang werden, da bot sich
eine willkommene Gelegenheit an, das Wettkampffieber ein
wenig zu verdrängen.

Langsam füllte sich das nicht sehr große Konferenzzimmer.
61 Athleten drängten sich in dem Raum, saßen auf Sesseln und
Stühlen oder hockten auf dem Fußboden.

„Habt ihr schon gehört? Die von drüben haben wieder eine Bombe gelegt. Jürgen May soll nicht starten dürfen!"

Das war tatsächlich eine Bombe. Alle Gespräche über letzte Trainingsergebnisse und die neuesten Beobachtungen der ausländischen Konkurrenten verstummten.

Dann ergriffen Ingrid Becker und Hermann Salomon das Wort, die Kapitäne der Frauen- und Männermannschaft. Sie erzählten uns Einzelheiten über die Vorgänge um Jürgen May:

Bereits auf dem Herflug sei Jürgen May im Beisein der beiden Mannschaftskapitäne von Herrn Fallak davon unterrichtet worden, daß er möglicherweise nicht an den Start gehen dürfte. Die DDR habe bei der IAAF (International Amateur Athletic Federation – der Spitzenverband der Leichtathletik) gegen seine Nominierung für die DLV-Mannschaft protestiert. Der DLV würde zwar alle Hebel in Bewegung setzen, damit diesem Protest nicht stattgegeben würde, die Dinge stünden auch nicht schlecht, aber die Entscheidung der IAAF sei eben noch abzuwarten.

Streitpunkt war die Regel 12 der IAAF-Bestimmungen, derzufolge ein Athlet, der einmal bei Europameisterschaften oder Olympischen Spielen für ein Land gestartet sei, erst nach Ablauf einer Frist von drei Jahren nach seinem Wohnsitzwechsel für ein anderes Land starten dürfe.

Nach Auffassung des DLV, die Heinz Fallak mit staatsrechtlichen Gutachten belegte, sei Deutschland e in Land; daher sei die Regel 12 auf Jürgen May nicht anwendbar.

Die Gegenseite konterte massiv: der DVfL (der DDR-Verband) sprach bei dem IAAF-Funktionär Adriaan Paulen vor und drohte bei einer Teilnahme Jürgen Mays mit entsprechenden Konsequenzen.

In einer Sitzung bis in die frühen Morgenstunden vertraten Dr. Danz, Heinz Fallak, Professor Wischmann und Herr Beuermann den Standpunkt der DLV gegenüber den Repräsentanten der IAAF, Generalsekretär Pain, dessen Assistenten Holden und Adriaan Paulen.

„Das Ergebnis war", berichteten Ingrid und Hermann, „daß Pain, Holder und Paulen zwar viel menschliches Verständnis für den Sportsmann Jürgen May zeigten, aber keine Möglichkeit sahen, sich der Auffassung des DLV und seiner Vertreter in der Frage der Auslegung der Regel 12 anzuschließen. Zum Abschluß erklärte Pain, entsprechend der Regel 12 müsse er der technischen Kommission nunmehr am 14., also heute, mitteilen, daß Jürgen

May von der Teilnehmerliste, in die er bereits aufgenommen war, zu streichen sei . . ."

Unter den Athleten breiten sich Unruhe und Empörung aus.

„Immerhin besteht noch die Möglichkeit für die Jury, gemäß Regel 147 der IAAF Jürgen May ‚unter Protest' starten zu lassen. Heute morgen hat unsere Mannschaftsführung beschlossen, dem IAAF-Präsidenten Marquis of Exeter bei seinem morgigen Eintreffen in Athen ein schriftliches Votum zu überreichen und ein bereits vereinbartes Gespräch mit ihm zu führen, um eine endgültige Entscheidung zu erwirken.

So stehen die Dinge bis jetzt und zu dieser Stunde, Leute. Die Mittelstreckler Harald Norpoth, Bodo Tümmler, na, ihr kennt sie ja alle, meinen, daß die Mannschaft informiert werden sollte und von sich aus etwas unternehmen müßte, um Jürgens Position zu stärken. Jetzt seid ihr informiert; wir wollen nun diskutieren, was von uns aus unternommen werden kann."

Ingrid und Hermann setzten sich, einigermaßen erschöpft nach den langen Ausführungen. Um so lebhafter begannen wir jetzt zu reden.

Erst Harald Norpoth gelang es, wieder alle zum Zuhören zu bewegen. Eine große Sauerei sei es, was da mit Jürgen May getrieben werden sollte. Hätte er nicht schon genug ausgestanden? Die Verleumdungen gegen ihn, als man ihn 1966 nach den Budapester Meisterschaften des Verstoßes gegen das Amateurstatut bezichtigt hatte. Auf Eis hätten die drüben ihn gelegt, seinen Namen, seine Weltrekorde aus allen Listen gestrichen. Habe er nicht durchgehalten und allem zum Trotz weitertrainiert? Dann seine lebensgefährliche Flucht in den Westen. Sollte das alles umsonst gewesen sein? Für die Erdteilmannschaft in Montreal wäre er den IAAF-Bonzen gut genung gewesen, da startete er für Europa. Nur weil es denen da drüben mit einemmal so in den Kram passe, ginge die Willkür nun weiter. Wann hätten sich die westlichen Funktionäre schon einmal gegen die durchgesetzt?

„Alle kriegen weiche Knie, wenn die nur den Mund aufmachen. Nur wie es in Jürgen aussieht, danach fragt keiner. Ist ja auch nur ein Athlet. Was zählt der schon für die Herren da oben! Nein, Leute, ohne mich. Ich mache da nicht mehr mit. Wir müssen endlich einmal was gegen diese Machenschaften unternehmen, die unser Sportideal verhöhnen.

Ich bin für Solidarität mit Jürgen May. Sportler für Sportler. Wenn Jürgen nicht startet, starte ich auch nicht."

Haralds flammenden Worten hatten alle fast atemlos gelauscht. Das Wort war gefallen: Solidarität – Boykott.

Himmel, was kam da auf uns zu!

Hilflos die einen, begeistert mitgerissen die anderen, entsetzt ablehnend die dritten. Laut und erregt wurden lange Diskussionen geführt.

Eine Boykottdrohung von Aktiven, wo hatte es sowas schon einmal gegeben! Die Öffentlichkeit würde zweifellos aufmerksam werden. Und damit erhielte die Regelauslegung des DLV unerhörten Nachdruck. Das allein sei der mögliche Weg zu der Entscheidung, daß Jürgen doch nicht gestrichen würde. Auch der Marquis of Exeter würde sich dem Zwang einer solchen Situation nicht entziehen können.

„Jürgen May ist doch nie für die DDR gestartet." Die Jurastudenten meldeten sich zu Wort. „Es gab immer nur gesamtdeutsche Mannschaften. Erst hier in Athen treten zum erstenmal zwei deutsche Teams an. Jürgen ist also vorher nur für Deutschland gelaufen. Veränderte Gesetze werden nie rückwirkend angewendet. Das ist ein internationaler Rechtsgrundsatz. Unsere Mannschaftsführung hat, juristisch gesehen, völlig recht!"

„Wetten, daß die sich trotzdem fügen! Guck dir doch unseren Dr. Danz an!"

Beipflichtendes, breites Gelächter von allen Seiten.

„Recht hat er! Könnten unsere Funktionäre sich durchsetzen, wäre es überhaupt nicht nötig geworden, daß wir hier und heute beisammensitzen müssen, uns die Nacht um die Ohren schlagen, statt zu schlafen und uns in Ruhe auf die Wettkämpfe vorzubereiten! Das hätte doch längst alles entschieden sein müssen, bevor wir nach Athen gekommen sind! Ne, wenn wir nichts unternehmen, geschieht gar nichts. Dann beißt Jürgen ins Gras!"

Vereinzelt wurden Stimmen laut, was denn würde, wenn die IAAF sich von einer Boykottdrohung nicht beeindrucken ließe.

„Ich habe doch nicht umsonst trainiert wie ein Verrückter! Ich will starten!"

„Warum soll eine Medaille von Jürgen May denn mehr wert sein als eine von Ingomar Sieghart?"

Der Hochspringer wurde von allen angestarrt.

„Als ob es darum ginge."

„So weit kommt es sowieso nicht."

„Wie kann man nur so egoistisch denken!"

Ingomar hatte vergeblich versucht, sich Haralds Meinung, die immer mehr an Boden gewann, entgegenzustemmen. Er sagte nichts weiter mehr. Auch Heide, Gisa und ich, die Leverkusener Kerntruppe vom TUS 04, hielten sich zurück. Die Situation wurde erst reif für einen gemeinsamen Beschluß, als Jürgen May selbst sich erhob. Augenblicklich trat Stille ein.

„Ihr glaubt gar nicht, wie beeindruckt ich von soviel Hilfsbereitschaft bin. Ehrlich, sowas hat es bei uns drüben nie gegeben, obwohl da manches Mal Schlimmeres passierte. Das könnt ihr mir glauben. Ich danke euch. Und nun zu Haralds Boykottvorschlag. Ihr erreicht nichts damit. Glaubt mir, ich kenne meine roten Brüder. Die lassen nicht locker, bis sie mich geschafft haben. Und zu guter letzt habt ihr alle umsonst trainiert. Was habt ihr dann davon? Ich rate euch von eurem Vorhaben ab. Es reicht, wenn einer im Dreck steckt. Ich will da niemanden mit hineinziehen. Darum gehe ich jetzt ins Bett und ihr besser auch!"

Jürgen drehte sich um und ging. Gesenkten Kopfes, wie ein Geschlagener, drehte er uns den Rücken, verließ den Raum. Die Tür schlug hinter ihm zu. Stille.

Und dann trat genau das Gegenteil von dem ein, was er mit seinen Worten bezweckt hatte. Irgend jemand drängte zur Abstimmung, und niemand sprach mehr dagegen.

„Wer für die Boykottdrohung ist, schreibt ‚ja‘ auf den Zettel, wer dagegen ist ‚nein‘."

Zettel wurden ausgeteilt, Kugelschreiber herumgereicht. Schweigend kritzelte jeder sein Votum auf den Zettel. Die Zettel wurden eingesammelt, ausgezählt. Niemand wagte eine Prognose über den Ausgang. Spannung. Endlich das Ergebnis: 51 : 10 für die Boykottdrohung.

Strahlende Mienen bei den Mittelstrecklern, Betroffenheit bei einigen anderen, hier und da sogar gleichgültiges, wenn nicht gar resignierendes Achselzucken. Aber wir waren alle beeindruckt von der Klarheit dieses Votums der Solidarität für Jürgen May.

Nachdem unsere beiden Mannschaftssprecher beauftragt worden waren, der Mannschaftsführung unseren Beschluß und das Abstimmungsergebnis mitzuteilen, gingen wir auseinander. Kaum einer fand den direkten Weg zur Nachtruhe. In den Gängen, in der Hotelbar wurde die Diskussion fortgeführt. Journalisten, von denen immer einige bei solchen Veranstaltungen den Eindruck machen, als hätten sie ihr Quartier direkt vor der Haustür der Mannschaftsunterkünfte aufgeschlagen, rannten aufgeregt durcheinander, suchten nach Telefonen. Jeder wollte als erster die sensationelle Meldung nach Hause durchgeben. Zugleich wollten sie aber auch noch so viel wie möglich aus unseren Gesprächen aufschnappen. Unser Hotel glich allem anderen als einem Hort der Ruhe und der letzten Vorbereitung auf den wichtigsten Wettkampf der Saison.

Ich sehe noch heute Professor Wischmann vor mir. Er war so stolz auf uns. Einem Vater gleich, der gerade seinen Sprößling nach einem summa cum laude in die Arme schloß, ruhten seine Augen auf uns.

„Ich bin beeindruckt von euch. Ihr beschämt uns alte Veteranen. Wer hätte euch soviel Mut und Initiative zugetraut? Wie gut, daß ihr Jungen uns einmal ein Zeichen setzt!"

Wußte ich selbst bis dahin die Dinge noch nicht richtig einzuordnen, jetzt war ich auch stolz auf uns, bereit, den Beschluß zu verteidigen, den ja auch ich mit herbeigeführt hatte. Wir hatten tatsächlich Zivilcourage bewiesen. Wir würden alle mit Jürgen May zusammen an den Start gehen. Es konnte gar nicht anders sein, davon war ich fest überzeugt.

Dann tauchte Gerd, unser Trainer, auf:
„Da habt ihr einen schönen Unsinn verzapft!"
„Aber Gerd, du glaubst doch nicht im Ernst . . ."
„Was ich glaube, sei dahingestellt. Auf jeden Fall habt ihr für heute genug geredet. Komm auf den Boden der Realität zurück, Liesel! Geh ins Bett, denk an deinen Wettkampf! Wenn es überhaupt noch einen Sinn hat, dann braucht ihr jetzt nichts als Schlaf."

„Also wirklich, Gerd, daß du so denkst, hätte ich nicht für möglich gehalten." Ich wollte anfangen, ihn von der Richtigkeit unserer Haltung zu überzeugen, steckte dann aber auf.

„Na ja, hast ja recht! Aber nur was das Zu-Bett-gehen anlangt."
Wider Willen mußte ich lachen.

15. September: Als wäre nichts gewesen, fand das geplante Morgentraining statt. Gerd verstand es, jede Diskussion von vornherein zu unterbinden.

„Du bist hier, um zu gewinnen. Vergiß das nicht! Vom Reden hat noch keiner 60 m geworfen."

Ich fügte mich. Zuerst unwillig murrend zwar, aber dennoch. Seine Strenge tat sogar gut. Tatsächlich fand ich meinen üblichen Trainingsrhythmus wieder.

Um 14 Uhr nach dem Mittagessen kamen wir zu der ersten offiziellen Mannschaftsbesprechung unter dem Vorsitz des Präsidenten Dr. Max Danz zusammen. Alle zur deutschen Mannschaft zählenden Mitglieder beteiligten sich: Ärzte, Masseure, Trainer, Funktionäre und Aktive. Der am Vorabend gefaßte Beschluß der Aktiven wurde vorgetragen. Der Präsident ergriff anschließend das Wort, nahm Stellung zu dieser Situation und den vorangegangenen Ereignissen:

Er stehe seit dem 5. September 1968 mit der IAAF wegen des Falles Jürgen May in Verbindung. Die fragliche Regel aus der Satzung der IAAF stehe einem Start Jürgen Mays bei den Europameisterschaften nicht im Wege. Im übrigen billige er den Beschluß der Aktiven und erkläre sich mit ihrer Haltung solidarisch. Er selbst habe bereits vor Wochen Mr. Pain telefonisch mitgeteilt, daß die IAAF im Falle eines Startverbotes für Jürgen May mit einem derartigen Schritt der deutschen Mannschaft rechnen müsse.

Beifallsgemurmel. Dann eine Frage: „Wir sind froh, daß Sie unsere Haltung unterstützen, Herr Dr. Danz. Nur wie paßt das zusammen? Zum einen sprechen Sie vom 5. September und dann von einem Telefongespräch vor mehreren Wochen in Sachen Jürgen May?"

Eine wirre Diskussion setzte ein. Briefe und Telefongespräche wurden gleich in Mehrzahl erwähnt. Niemand kannte sich mehr aus.

„Herr Beuermann, Sie haben doch da einen ganzen Packen Papier auf den Knien", Harald Norpoth war das. „Lesen Sie die Briefe doch mal vor! Vielleicht finden wir uns dann besser zurecht."

„Richtig, Harald". Ohne auf Dr. Danz zu achten, kramte Herr Beuermann in seinen Akten. „Hier ist der erste Brief. Soll ich vorlesen?" Er blickte fragend in die Runde. Zustimmendes Nicken von allen Seiten.

„Also, den Briefkopf kann ich mir wohl sparen. Der Brief ist gerichtet an Donald Pain, den IAAF-Sekretär:

‚Obwohl in den Gesprächen aus Anlaß des Erdteilkampfes in Stuttgart die Regelexperten sich recht eindeutig darüber klargeworden sind, daß Jürgen May bei den IX. Leichtathletik-Europameisterschaften in Athen für den DLV teilnahmeberechtigt ist, möchte ich Dir heute noch einmal unsere Auslegung der Regel 12, Kapitel 9, zur Kenntnis bringen und Dich um Deine Stellungnahme bitten.

Jürgen May ist für den DVfL zum letzten Mal bei den Europameisterschaften 1966 in Budapest über 800 m im Zwischenlauf am 3. 9. 1966 gestartet. Damit ist die geforderte dreijährige Frist bei Beginn der IX. Leichtathletik-Europameisterschaften abgelaufen, und er kann so an diesen für den DLV starten.

Jürgen May ist Deutscher, mit seinem Wohnsitzwechsel von Erfurt nach Hanau hat er Deutschland nicht verlassen, so daß ein Einbürgerungsverfahren und andere Forderungen des Kapitels 9 e) nicht zur Anwendung kommen können bzw. entfallen.

Darf ich Dich bitten, zu unserer Auffassung möglichst umgehend Stellung zu nehmen und Dich davon unterrichten, daß wir Jürgen May für die IX. Leichtathletik-Europameisterschaften gemeldet haben.

Ich möchte vermeiden, daß in Athen um Jürgen May eine Diskussion und eine auch in die Öffentlichkeit ausstrahlende Auseinandersetzung zwischen den deutschen Verbänden entsteht. Bei meinen Bemühungen bitte ich Dich um Deine Unterstützung und möchte mich bereits heute ganz besonders hierfür bedanken.

gez. Dr. Max Danz'"

„Gegen den Brief ist eigentlich nichts einzuwenden", dachte ich bei mir, und ich sah mich um. Die anderen schienen der gleichen Meinung.

„Und das Datum?"

Harald hatte es wie beiläufig gefragt. Nach kurzem Zögern kam die Antwort:

„21. August 1969."

In dem augenblicklichen eisigen Schweigen im Raum sprang Harald wie elektrisiert auf.

„Habt ihr das gehört? 21. August, und uns erzählt er was vom 5. September! Kurzfristig aufgetauchten Schwierigkeiten und so weiter!"

Mit blitzenden Augen rief er es in das Schweigen hinein, um dann zu beißender Sachlichkeit zurückzufinden.

„Herr Dr. Danz, ich stelle fest, Sie haben uns wissentlich belogen."

Das war nun doch allerhand. Für was hielt uns denn unser Präsident? War die Situation nicht ernst genug? Wozu dieses Versteckspiel? Wir waren doch keine kleinen Kinder mehr, daß wir so hinters Licht geführt werden mußten.

Es half nichts. Nachdem der ausbrechende Tumult sich etwas gelegt hatte, mußten nun alle Briefe vorgelesen werden. Mit Datum und Briefkopf. Die Antwort aus London war mit dem 25. 8. datiert. Ihr folgte ein Telegramm aus London vom 31. 8. Zwischendurch Telefongespräche. Darauf ein Brief der IAAF vom 5. 9. An diesem Brief entzündeten sich erneut Diskussionen.

Der Brief:

„Ich war höchst überrascht, als ich gestern während Ihres Telefongespräches mit uns erfuhr, daß trotz Ihres Briefes vom 21. August, worin Sie um eine Entscheidung über Regel 12 im Fall von Jürgen May baten, und trotz der klaren Auslegung dieses besonderen Falles, die mein Brief vom 25. August enthielt – eine Erklärung, womit Lord Exeter völlig übereinstimmt –, Sie noch immerdarauf bestehen, daß May das Recht hat, in Athen teilzunehmen.

Ich habe Ihnen klargemacht, daß ein ununterbrochener Aufenthalt von drei Jahren innerhalb des Gebietes, das vom Deutschen Leichtathletik-Verband verwaltet wird, erforderlich ist, wenn May oder auch irgendein anderer Athlet aus einem anderen Mitgliedsland qualifiziert sein soll.

Da die Möglichkeit eines Mißverständnisses besteht, da mein Brief auf Englisch geschrieben wurde, sende ich diesen Brief auf Deutsch samt einer Übersetzung meines Briefes vom 25. August.

gez. D. T. P. Pain
Honorary Secretary-Treasurer"

Das war kaum zu ertragen! Hatte es das schon einmal irgendwo, irgendwann gegeben, daß Engländer ihre Briefe selbst übersetzten, ja sogar in der Landessprache des Adressaten schrieben? Himmel, Hergott, in welch eine Situation waren wir geraten! Man mußte schon von dem Gemüt eines Dr. Danz sein, um in solchen Briefen noch einen Hinweis zu finden, daß die IAAF noch von ihrer Entscheidung – keine Startberechtigung für Jürgen May – abweichen würde.

Hilflosigkeit und Ratlosigkeit machten sich unter uns breit. Schlugen um in flammende Empörung, als Dr. Danz selbst jetzt noch daran festhielt, die Verhandlungen hätten erst am 5. September 1969 begonnen. Was sollten wir ihm denn noch glauben können?

Nach der von Dr. Danz vorgenommenen Auslegung der Regel 12, Kapitel 9e)* konnten und mußten wir doch davon ausgehen, daß Jürgen May der Start auf keinen Fall verweigert werden könne. Für die Richtigkeit dieser Auslegung sprach außerdem der Umstand, daß die genannte Regel erst 1968 geändert worden und Dr. Danz Mitglied der Regelkommission gewesen war; die Mannschaft durfte daher doch darauf vertrauen, eine zutreffende Auslegung dieser nicht leicht verständlichen Regel erhalten zu haben. Wer sonst sollte sie verstehen und erklären können? Aber war es nicht bedenklich, daß Dr. Danz schon damals versäumt hatte, bei den Beratungen in der Kommission über die Regel darauf zu dringen, daß 1968 schon geprüft werde, ob diese Regel auch auf die politischen Flüchtlinge anwendbar wäre? Damals hätte es schon für Dr. Danz vorhersehbar sein müssen, daß die

---

* Bei Erdteil- oder Gruppenwettkämpfen sollen die Mitglieder nur durch Staatsangehörige, entweder gebürtig oder durch Einbürgerung oder Registration des Landes vertreten sein, das das angegliederte Mitglied vertritt, oder von Leichtathleten, die anders ihre Mitbürgerschaft durch gesetzliche Anerkennung in diesem Lande erlangt haben, mit Ausnahme von Staatsangehörigen einer Kolonie, wenn sie geeignet sind, ihr Vaterland zu vertreten, wenn nicht schon solche Kolonie durch Mitgliedschaft in der I.A.A.F. vertreten ist.
Wenn ein Bewerber einmal irgendein Mitglied auf einem internationalen Treffen vertreten hat, darf er danach kein anderes Mitglied vertreten, außer unter folgenden Umständen:
a) der Eingliederung eines Landes in ein anderes,
b) der Schaffung eines neuen Landes, durch Vertrag bestätigt,
c) die Wahl zur Mitgliedschaft der I.A.A.F. einer Kolonie, die vorher nicht direkt von einem Mitglied vertreten war,
d) Wechsel der Staatsangehörigkeit einer Frau durch Heirat,
e) einem Wechsel der Staatsangehörigkeit, indem man eingebürgerter oder registrierter Staatsangehöriger eines anderen Landes wird, oder andernfalls die Staatsbürgerschaft durch gerichtlich anerkanntes Verfahren in diesem Lande erreicht, vorausgesetzt natürlich, man ist in diesem Lande mindestens seit drei Jahren, seitdem man sein früheres Vaterland vertreten hat, wohnhaft. (Bürger einer Kronkolonie oder einer Kolonie, die wieder zurück in ihr Vaterland ziehen, mögen sich dafür qualifizieren, ihr neues Heimatland nach dreijährigem Wohnaufenthalt zu vertreten, ohne die Staatsangehörigkeit durch Einbürgerung, Registration oder andere Mittel zu erlangen, wenn keine gesetzliche Verfügung für das Erlangen der Staatsangehörigkeit in solchen Fällen besteht.)

DDR ihrem geflüchteten ehemaligen Mannschaftsmitglied Jürgen May jede nur erdenkliche Schwierigkeit bereiten würde!

Schließlich stellte Dr. Danz seine eigene Regelinterpretation, auf Grund deren wir zu unserer Boykottdrohung gekommen waren, in Frage. Er betonte, falls Jürgen May in Athen nicht starten könne, sei er ja auf alle Fälle 1970 beim Europacup wieder in der Mannschaft.

Das schlug nun wirklich dem Faß den Boden aus!

Absolut bestärkt in unserer Haltung der Solidarität mit Jürgen May verließen wir diese Mannschaftsbesprechung. Offensichtlich war er von allen eigentlich Verantwortlichen im Stich gelassen worden. Denn zu diesem Zeitpunkt zeichnete sich schon ab, daß Dr. Danz nicht die gebotenen Schritte in die Wege geleitet hatte, daß hier ganz allein ein Versagen unseres Präsidenten und seiner Verbandsführung vorlag.

Von einem geregelten Training konnte unter diesen Umständen nicht mehr die Rede sein. Gebannt warteten wir alle auf das Ergebnis der für diesen Abend anberaumten Besprechung zwischen den Offiziellen der IAAF und den DLV-Abgesandten Danz, Fallak und Salomon. Hermann Salomon sollte bei dieser Gelegenheit dem Marquis von Exeter den Brief der Athleten überreichen. Der Brief lautete:

„Sehr geehrter Herr Präsident!

Uns, den Repräsentanten des deutschen Nationalteams, wurde mitgeteilt, daß Jürgen May gemäß Regel 12, 9 e) der Satzungen der IAAF keine Erlaubnis erhalten wird, an den Europa-Leichtathletik-Meisterschaften 1969 teilzunehmen. Wir sind davon überzeugt, daß diese Regel für Jürgen May nicht zutrifft. Deshalb schließen wir uns dem ausführlichen Protest unserer Mannschaftsleitung an.

Wir können nicht verstehen, daß der IAAF-Rat, der es Jürgen May noch 1968 erlaubte, an den Internationalen Veranstaltungen ab 19. 1. 69 teilzunehmen, nun solche Schritte unternimmt. Inzwischen nahm Jürgen May an den Hallen-Wettkämpfen in den USA teil und dem Wettkampf Deutschland–Frankreich im Juni 1969, und er war ebenso ausgewähltes Mitglied des europäischen Teams bei dem Erdteilkampf Europa–Amerika. Weiterhin möchten wir auch auf die Regel 147 der Verfassung der IAAF hinweisen, gemäß der Jürgen May auf jeden Fall an den Meisterschaften, und wenn auch unter Protest, teilnehmen kann. Später kann der IAAF-Rat noch in dieser Angelegenheit entscheiden, wenn die Jury of Appeal einen zufriedenstellenden Entschluß faßt.

Unser Team hat einmütig beschlossen, sich selbst mit Jürgen May zu identifizieren.

Hochachtungsvoll
Gez. Ingrid Becker, Hermann Salomon"

Würde sich der Marquis of Exeter von der Haltung unserer Mannschaft beeinflussen lassen?

Inzwischen trafen aus Deutschland haufenweise Telegramme in unserem Quartier ein. Der Bundeskanzler, Minister, Politiker, Bürger, Pressevertreter, alle stärkten uns den Rücken. Zuhause feierte man uns euphorisch als heldenhafte Streiter für die deutsche Sache. Keine Gegenstimmen. Gab es überhaupt noch ein Zurück, falls unsere Delegation heute abend mit leeren Händen zurückkommen sollte? Aussichtsloser Engpaß.

Es kam, was alle befürchtet und doch kaum einer ernsthaft in Betracht gezogen hatte. Die IAAF-Offiziellen sahen sich unter keinen Umständen in der Lage, einen Start Jürgen Mays bei den Europameisterschaften in Athen zuzulassen. Zu später Stunde war die DLV-Delegation aus der Stadt mit diesem niederschmetternden Ergebnis zurückgekehrt.

Der Marquis of Exeter hatte sich jedoch bereit erklärt, der deutschen Mannschaft – falls sie es wünsche – seine Haltung zu erläutern.

Es würde also bei der Streichung Jürgens von der Teilnehmerliste bleiben.

Und was sollte uns ein Gespräch mit dem Marquis noch nützen? Abgrundtief war der abrupte Sturz aus idealistischem Höhenflug auf den harten Boden sportpolitischer Tatsachen.

Hatte es in der Nacht zuvor für die meisten von uns schon kaum genügend Schlaf gegeben, diese Nacht übertraf alles. Endlose Diskussionen, die schließlich alle in hilflosem Schulterzucken endeten. Was nur, was konnte noch unternommen werden? Enttäuscht, übermüdet, ausgelaugt von wilden Streitgesprächen, zogen sich fast alle erst weit nach Mitternacht in die Schlafräume zurück.

Ein Gespräch mit Lynn Davies, dem überragenden britischen Weitspringer, konfrontierte mich mit einer anderen Meinung:

„That is no business of athletes. Fight your battle at home but not at the international scenery. It's no good what you are doing."

Lynn hatte recht. Von Minute zu Minute wurde es mir klarer. Was hier ausgefochten wurde, war eine rein interne Angelegenheit: die sportpolitische Naivität unserer Führung. Und wir hielten jetzt unsern Hals dafür hin.

Einfach zurücktreten von unserm Beschluß, weil die Verhältnisse sich verändert hatten? Unmöglich bei dem Aufruhr, den wir zu Hause und international bewirkt hatten. Wenn nun Dr. Danz die Schuld für die verfahrene Situation auf sich nähme, wenn er eingestünde, daß er seine Einflußmöglichkeiten überschätzt und damit die Athleten erst eigentlich zu ihrem Beschluß getrieben hatte . . . Schließlich hatten die Briefe ja mit keiner Silbe Dr. Danz zu der Vermutung Anlaß gegeben, er könne an den Beschluß der IAAF-Offiziellen irgend etwas noch ändern. Ja, das war des Rätsels Lösung! Ein freiwilliger Rücktritt von Dr. Danz! Ihm würde er gut zu Gesicht stehen. Uns den Weg zum Start frei machen. Die Aktiven könnten sich noch einmal zusammensetzen, erneut abstimmen. Um das Ergebnis war mir unter diesen Umständen keineswegs bange.

Aber bei wem ich auch anklopfte, keiner der Funktionäre fand sich bereit, ein solch heikles Gespräch mit Dr. Danz zu führen. Und Dr. Danz selbst war nicht da. Er wohnte nämlich nicht bei der Mannschaft.

„Das kannst du von mir nicht erwarten", so Hans Fallak, bei allen noch am beliebtesten, „er ist immerhin mein Präsident."

Nichts, aber auch nichts war zu erreichen. Und dabei wäre das doch die eleganteste Lösung gewesen!

Nur noch drei blieben schließlich übrig, die zusammensaßen und verzweifelt nach einer Lösung suchten. Gerd Osenberg, mein Trainer, Heinz-Joachim Walde, der Zehnkämpfer, und ich. Die Bar hatte längst zu. Wir hockten auf einem Gang, ruhelos die Lage sondierend. Irgend etwas mußte uns doch einfallen, das Grund genug war, die Mannschaft noch einmal zu einer erneuten Abstimmung zusammenzutrommeln! Es wollten doch alle an den Start gehen! Niemand hatte am Sonntagabend ahnen können, unter welch falschen Voraussetzungen wir an unsere gemeinsame Aktion herangegangen waren. Nie, aber auch nie, hatten wir eine Chance gehabt. Eine bittere Erkenntnis.

Wem von uns dreien die Idee gekommen war, weiß ich nicht mehr. Ein Weg schien gefunden. Der Marquis of Exeter hatte doch angeboten, seine Haltung der deutschen Mannschaft zu erläutern.

Wenn er nun morgen früh ins Hotel käme, den Aktiven die offizielle Regelauslegung auseinandersetzte, die vermessene Haltung unserer Verbandsführung allen noch einmal unmißverständlich klar würde. . . Oh ja, jeder würde einsehen, daß es sich um eine verbandsinterne Angelegenheit handelte, die nicht hier in Athen ausgefochten werden durfte. Auch die Öffentlichkeit würde einen revidierten Mannschaftsbeschluß nach einer solchen Erklärung verstehen. Revolution war doch kein Selbstzweck für uns!

Glücklich, als wäre das Kind schon geschaukelt, fielen wir einander fast in die Arme. Aber auch wir waren mittlerweile erschöpft, Kraft für überflüssige Gefühlsäußerungen war nicht mehr vorhanden.

„Wir müssen Hermann Salomon informieren." Wir rissen ihn aus dem ersten tiefen Schlaf. Endlich begriff er.

„Ja, tatsächlich! Das ist der einzige Weg. Eine neue Abstimmung. Exeter muß zu uns kommen, das Versagen unserer Leute klar werden. Schon allein, daß der Marquis zu den Athleten kommt, ist Grund genug für eine neue Abstimmung." Hermann war wach geworden.

„Gut, ich rufe ihn morgen früh im Namen der Mannschaft an. Bitte ihn, daß er sein Angebot wahrmacht. Vielleicht schaffen wir's ja. . ."

Es war schon früh am Morgen des 16. September, als ich endlich ins Bett fiel. Ein Fünkchen Hoffnung, sorgsam gehütet, verhalf mir zum Einschlafen.

16. September 1969. Der Tag der Eröffnung der IX. Leichtathletik-Europameisterschaften war angebrochen. Blauer Himmel und Sonnenschein – ein Tag, wie geschaffen für die Leichtathletik, für eine gelungene Eröffnungsveranstaltung, für erste Wettkämpfe. Erwartungsvoll hatte die Elite Europas diesem Tag entgegengefiebert. Lang, zu lang mögen sich für viele Athleten die letzten Tage hingezogen haben. . .

. . . Allein zu uns drang nichts durch von dieser Wettkampfstimmung. Unsere Hektik war ungleich zermürbender, und das schon fast zwei Tage lang. Wir waren übernächtigt und zeigten deutlich erste Anzeichen von Zerfahrenheit und einsetzender Diskussionsmüdigkeit, ja, auch Wettkampfmüdigkeit begann, sich auszubreiten. Man begann zu resignieren:

„Wie wollen wir unter solchen Verhältnissen überhaupt noch zu großen Leistungen fähig sein!?"

Die Mehrheit glaubte freilich immer noch, das Recht auf ihrer Seite zu haben, und war entschlossen, nicht aufzugeben.

Hermann mußte mehrmals versuchen, den Marquis of Exeter per Telefon zu erreichen. Und dabei drängte die Zeit doch so sehr, wenn wir den Marquis zu der anberaumten Mannschaftsbesprechung rechtzeitig hier haben wollten!

Aufs äußerste gespannt, wartete ich auf Hermann. Endlich.

„Was ist Hermann? Wann kommt er?"

Hermann ließ die Schultern sinken: „Er hat abgelehnt."

„Aber er hatte es doch selbst angeboten. . .!"

„. . . und hat es sich anders überlegt. Sein Besuch bei den deutschen Athleten könnte von anderen Mitgliedern der IAAF als Eingeständnis seiner Unsicherheit bei der Regelauslegung gedeutet werden. . ."

Niedergeschlagen hockten wir jetzt nebeneinander. Aussichtslos, eine neue Abstimmung herbeizuführen.

Was kümmerten uns in dieser Stimmung schon neue Meldungen über Äußerungen von Dr. Danz. Er hatte sich hinter Jürgen May gesteckt und verlangt, daß dieser die Mannschaft zu einem Start bewegen müsse, denn er, Jürgen May, könne die Verantwortung, die sich aus einem Nichtstart der deutschen Mannschaft ergebe, nicht auf sich laden. Sanktionen der IAAF seien zu erwarten. Auswirkungen für München 1972 zu befürchten.

Mit den gleichen Worten war Dr. Danz auch gestern auf der Fahrt zum Empfang in der deutschen Botschaft an Hermann herangetreten. Argumente, die bei uns nun wirklich nicht ins Gewicht fielen. Jürgen war sowieso nie für den Boykott gewesen. Wenn auch alle litten, er litt am meisten. Wie ein geschlagener Hund drückte er sich im Hotel herum, jedem Gespräch, jeder Aussprache aus dem Wege gehend.

Da wurde Hermann ans Telefon gerufen. Ob der Marquis seine Meinung geändert hatte? Wie elektrisiert warteten wir auf Hermann.

„Nichts, es tut ihm leid, daß er uns nicht helfen kann. Er erwägt, eine Abordnung von uns zu empfangen."

„Na gut, wenn er nicht hierher kommt, gehen wir eben zu ihm!"

„Wenn das man nicht ein Windei ist. Aktive beim IAAF-Präsidenten! Das wird kaum Zustimmung finden."

Das war denn doch zu pessimistisch gewesen. Ein weiterer Anruf des Marquis brachte das endgültige Angebot, einer Abordnung von deutschen Athleten die betreffende Regel 12/9e) zu erläutern. Inzwischen war es 9 Uhr 30 geworden. Um 10 Uhr wollten wir uns sowieso zusammensetzen. Schnell war die Mannschaft zusammengetrommelt, die Abordnung gewählt. Alles andere wurde bis zu unserer Rückkehr verschoben.

Es wurde ein Wagen aufgetrieben. Harald Norpoth, Bodo Tümmler, Jutta von Hase, Hermann Salomon, Ingrid Becker und ich – mehr waren es nicht, soweit ich mich erinnere – drängten sich in das Auto.

Adriaan Paulen, Donald Pain und der Marquis of Exeter warteten schon. Ausgehend von dem englischen Originaltext, wurde uns die Auslegung der IAAF eingehend auseinandergesetzt. Wir bemühten uns sehr, diese wohlbegründeten Argumente zu erschüttern, und führten unter anderem an, daß der Marathonläufer Hogan 1964 bei den Olympischen Spielen in Tokio für Irland und 1966 bei den Europameisterschaften in Budapest für Großbritannien gestartet sei. Dieser Sportler hätte bei konsequentem Vorgehen der IAAF in Budapest für Großbritannien nicht starten dürfen.

Dieses für Jürgen May sprechende Argument wurde mit der Begründung zurückgewiesen, es habe kein anderes Mitglied der IAAF gegen den Start Hogans für Großbritannien protestiert. Nach der Regeländerung von 1968 sei man jedoch im Falle Jürgen May ex officio, also von Amts wegen, auch ohne Protest eines anderen Mitgliedes, genötigt, dessen Startberechtigung zu überprüfen und als Hüter der Regel sich für einen Nichtstart auszusprechen.

Unser Vorwurf, daß man an Jürgen May selbst zweierlei Maß anlege, weil er für Europa habe starten dürfen, bei den Europa-Meisterschaften aber abgewiesen werden sollte, brachte uns auch nicht weiter. Es sei zwischen ‚open' und ‚closed meetings' zu unterscheiden. Beim Erdteilkampf handle es sich wie bei Länderkämpfen um closed meetings. Im Sinne von gegenseitigen Vereinbarungen seien dort alle Probleme zu lösen. Die Europameisterschaft sei ein open meeting. Bei open meetings sei das IAAF ex officio gehalten, die Regeln zu wahren.

Weiter wiesen wir darauf hin, die Regel 12 Kapitel 9e) könne auf Fälle, in denen ein Bewohner der DDR in die Bundesrepublik geflüchtet sei, nicht angewendet werden, da hiermit kein Wechsel der Staatsangehörigkeit verbunden sei. Die IAAF-Herren erklärten sich jedoch außerstande, hier einzugreifen. Es hätte noch schlimmer kommen können; schließlich habe über Jürgen May die lebenslängliche Sperre geschwebt.

Es hatte keinen Zweck: von welcher Seite aus wir auch unsere Attacken ritten, wir rannten gegen eine unerschütterliche Wand. Freundlich und verständnisvoll waren sie gewesen, gewiß, geduldig auf jeden unserer Einwände eingegangen, aber unerschütterlich in ihrer Auffassung, die Herren Paulen, Pain und Exeter. Unverrichteter Dinge machten wir uns auf den Heimweg.

Auf der Rückfahrt mußten wir uns nun auf die wartenden Kameraden einstellen. Was sollten wir berichten? Es war uns mehr als klar geworden, daß sich die Lage geändert hatte. Wir konnten nicht mehr davon ausgehen, die Entscheidung der IAAF-Repräsentanten sei ausschließlich ein Nachgeben gegenüber der DDR gewesen. Im Gegenteil, *wir* hatten gegen die Regeln verstoßen. Darüber waren wir uns alle einig, und so kamen wir zu dem Schluß, daß wir unter diesen Voraussetzungen unseren Kameraden nur eines empfehlen konnten: Aufhebung des Boykottbeschlusses und erneute Abstimmung über den Start.

Um 13.00 Uhr waren wir wieder bei den andern. Unruhig wurden wir erwartet. Um 14.00 Uhr sollten alle zum Stadion abfahren. Einzumarschieren war ja auf jeden Fall beschlossen worden.

„Was war los?"

„Was haben sie gesagt?"

„Habt ihr etwas erreicht?"

„Gehen wir an den Start?"

Aufregung, Spannung schlug uns entgegen, machte aber sofort einem betretenem Schweigen Platz, als man unseres deprimierten Häufchens ansichtig wurde.

Wir sahen uns an. Wer sollte sprechen? Keiner schien mehr die Kraft zu haben. Endlich, Harald hatte sich als erster wieder in der Gewalt.

„Wir haben alles vorgetragen. Und . . .", weiter kam er nicht. Schluchzend drehte er sich um.

Alle Augen richteten sich auf Bodo. Stammelnd begann er, wurde auch von einem Weinkrampf geschüttelt.

Die Reihe ging um. Haralds Zusammenbruch war wie ein Signal gewesen. Unsere Nerven spielten nicht mehr mit. Ich starrte in die entsetzt aufgerissenen Augen der versammelten Athleten. Suchte nach Fassung. Endlich kamen mir die Worte über die Lippen:

„An der IAAF-Auslegung der Regel ist nicht zu rütteln. Wir

alle mußten das einsehen. Wir haben kein Recht, hier in Athen nicht an den Start zu gehen. Alles ist ein Versagen unserer Mannschaftsführung. Wir müssen an den Start gehen. Aber . . . ich kann auch nicht mehr . . ."

Aus war es auch mit meiner Beherrschung. Ich mußte mich auch abwenden. Du darfst nicht weinen, Liesel. Reiß dich zusammen. Welches Bild geben wir ab! Wie soll da eine Abstimmung werden . . . Ich wollte nicht weinen. Suchte krampfhaft die Fassung zu wahren und verlor sie desto mehr.

Es graut mir noch heute, wenn ich an jene Minuten denke. Wer mir meinen Stimmzettel zuschob, wie ich mein Votum darauf kritzelte, nichts weiß ich mehr. Ein schwarzes Loch gähnt in meinem Gedächtnis. Ich kriege die Situation nicht mehr zusammen. Mein Erinnerungsvermögen setzt erst wieder ein mit dem bevorstehenden Abstimmungsergebnis.

Die Mehrheitsentscheidung sei für die ganze Mannschaft verbindlich, so war es zuvor vereinbart worden. Einige fehlten nämlich, weil sie sich auf ihre Wettkämpfe einstellen wollten, die gegebenenfalls ja gleich nach der Eröffnungszeremonie zu bestehen waren.

Dann war es da, das Ergebnis: 29 Stimmen für den Boykott, 27 wollten starten. Zwei Stimmezettel waren ungültig, dazu kamen drei Enthaltungen.

Ungültige Stimmen, Enthaltungen in einer solchen Abstimmung! Wie gelähmt erlebte ich die nun einsetzende Betriebsamkeit um mich herum. Die ungültigen Stimmzettel wurden gedreht und umgewendet. Nein, es ließ sich nichts daraus entnehmen.

„Die 400 m-Hürdenläufer . . ." jemand schrie es hektisch in den Raum. „Sie sind noch im Hotel. Um 13.40 Uhr wollen sie abfahren. Schnell rennt hinterher . . ."

Eben wollten sie in das Auto steigen, Gerhard Hennige, Rainer Schubert und Manfred Klaußner. Verzweifelt, überstürzt wurden sie befragt. Und korrekt, demokratisch korrekt, waren wir bis zum Schluß. Niemand sagte ihnen, wie entscheidend ihre Antwort sein würde. Ein einziger Satz nur purzelte ihnen entgegen, ihnen, die doch eigentlich schon mit den Füßen für den Start abgestimmt hatten. Wären sie sonst auf dem Weg ins Stadion gewesen?

Kurz die Frage: „Seid ihr für oder gegen den Start?"

Kurz die Antwort: „Wir schließen uns der Mehrheit an."

Sie drehten sich um, wollten ins Auto steigen. Blieben aber, wie vom Donner gerührt, stehen.

„Ihr braucht nicht mehr zu fahren. Die Entscheidung ist gefallen: Nichtstart!"

Es war 13.45 Uhr. Die Entscheidung war gefallen. 29 : 27 – das Abstimmungsergebnis wurde bekanntgegeben. Herr Fallak machte sich auf den Weg ins Stadion. Dr. Danz mußte informiert werden. Er war schon im Stadion, um den DLV-Protest vor der Jury of Appeal zu vertreten. Die internationale Presse wartete auf eine Pressekonferenz . . .

Welch ein Haufen von DLV-Athleten war das noch, der sich um 15.00 Uhr vor dem Stadion zusammenfand! Jedem saßen die Tränen locker. Feuchte Augen, wen man auch ansah.

Haufenweise hatte ich Papiertaschentücher eingesteckt. Alle waren feucht, zerfleddert, bevor wir auch nur den Gang ins Stadion antraten. Aber ich war nicht die einzige, die sich immer wieder verstohlen mit dem Jackenärmel über die Augen fahren mußte.

Deutsche Schlachtenbummler tauchten auf. Wie aus dem Nichts gewachsen, stand plötzlich Herr Betzel vor mir, der Leichtathletik-Abteilungsleiter vom TuS 04 Leverkusen.

„Wißt ihr überhaupt, was ihr angerichtet habt? Tausende deutsche Leichtathletikanhänger sitzen auf den Tribünen. Wozu sind sie hergekommen? Um euch zu sehen! Was interessieren uns die Briten, die Franzosen, die Russen! Und nun das – betrogen habt ihr uns alle . . ."

Fassungslos starrte ich ihn an. Gerade hatte ich mich wieder gefangen. Und jetzt der zornige Herr Betzel vor mir . . .

„Ach lassen Sie mich doch," – konnte ich nur mühsam herauswürgen, dann verschwamm die Umwelt wieder hinter einer Tränenwand.

Es war keineswegs so, daß es mir oder auch den anderen nun leid tat, für Jürgen May eingetreten zu sein. Keinen Augenblick. Wir waren eine einige Mannschaft, hatten einen Beschluß gefaßt. Knapp zwar, aber eben einen Mannschaftsbeschluß. Das allein zählte. Aber wir waren fertig, erledigt von all den hektischen Stunden. Die Nerven spielten nicht mehr mit. Das war der Grund für die Tränen.

Mit haßerfüllten Blicken sah ich auf die DDR-Mannschaft, die neben uns Aufstellung genommen hatte. Lachender Hochmut blickte uns aus den Augen der einen an, andere sahen geflissentlich über uns hinweg.

„Schöne Kameraden seid ihr. Jürgen ist doch auch einer von euch. So lange ist es doch nicht her, daß ihr gemeinsam mit ihm in einer Mannschaft gestanden habt. Guckt sie euch an, wie gleichgültig, ungerührt und schadenfroh sie sind!" Hatte ich meine Gedanken ausgesprochen? Ich weiß es nicht. Es war ja auch egal.

Ein Trainer tauchte auf. Eine letzte Information machte die Runde. Herr Fallak habe die Mannschaft streichen lassen. Der Protest sei zurückgezogen worden.

„Einen Mehrheitsbeschluß der Aktiven können wir auf keinen Fall ignorieren, wir dürfen uns nicht einfach darüber hinwegsetzen."

Das Gesetz des Handels lag endlich wieder in den Händen derer, die es sich in den letzten zwei Tagen so widerstandslos hatten entwinden lassen.

Obwohl Dr. Danz zu diesem Zeitpunkt noch offiziell als Mannschaftsführer fungierte, ließ er die Mannschaft in den letzten entscheidenden Stunden allein. Seit dem Vortag war er nicht mehr bei der Mannschaft zu sehen gewesen. War uns das überhaupt aufgefallen?

Den letzten Rest der gewiß nur noch sehr schmalen Vertrauensbasis zerstörte er nach der Beschlußfassung der Aktiven durch seine Kommentare gegenüber der internationalen Presse. Mitglieder der Mannschaft wurden als APO-Anhänger, Querulanten, Aufrührer und anderes mehr bezeichnet. Hatte er sich anfangs nicht mit großer Geste und klaren Worten solidarisch mit unserer Haltung erklärt? Niemanden wunderte noch irgendetwas. Wie gesagt: Dr. Danz fand sich kein einziges Mal mehr bei uns ein.

Was jetzt noch passierte, was beschlossen, angesetzt wurde, war nicht mehr so wichtig. Ich war nicht damit einverstanden, daß nun auf einmal doch gestartet werden sollte, wenn auch nur in den Staffeln, als freundliche Geste dem Gastgeberland Griechenland gegenüber.

Ein solcher Symbolstart machte unseren Nichtstart fast unglaubwürdig. Nein, entweder alle oder keiner! Ich wäre bei dem einmal gefaßten Schluß bis zur letzten Konsequenz geblieben. Aber sich noch einmal engagieren? Nein, um nichts in der Welt hätte ich mich dazu aufraffen können!

Den anderen muß es ähnlich gegangen sein. Ohne von ernsthaften Diskussionen gestört zu werden, konnte unser Sportwart Heinz Fallak fortan schalten und walten. Alles lief wieder seinen normalen Gang. Die Staffeln liefen, holten ein paar Medaillen unter unseren und der Zuschauer jubelnden Anfeuerungsrufen. Ansonsten hatte der Alltag uns wieder.

Halt, ganz so war es doch nicht. Irgendwann verdrückte sich jeder, dessen Wettkampf auf dem Programm stand, auf den Nebenplatz oder einen der Trainingsplätze und stellte seinen eigenen privaten Vergleich auf zu den Ergebnissen der anderen, derer, die im Stadion antreten durften. Dieses stumme Maßnehmen an den anderen will ich nun wirklich nicht als normal hinstellen. Das war es bei Gott nicht!

Ich habe voll durchtrainiert in diesen Tagen, die wir als Zuschauer in Athen bleiben durften. Nichts schenkte mir Gerd. Nichts wollte ich geschenkt bekommen. Nur die Staffelwettbewerbe verfolgte ich im Stadion, und natürlich die Entscheidung um die Medaillen im Diskuswerfen der Frauen.

Da mußten noch einmal ein paar Tränen zerdrückt werden. Wie von selbst waren sie mir in die Augen gestiegen. Es ist verdammt schwer, zuzugucken, wenn es doch in allen Gliedern zuckt, hinunterzulaufen, mitzumachen. Die Goldmedaille ging unter 60 m weg. In jedem Wettkampf hatte ich in den letzten Wochen und Monaten die 60 m überboten. Jetzt saß ich auf der Tribüne . . .

7. . . . und die Folgen

Alles, was sich in Athen an verdrängtem Tatendrang ansammeln wollte, münzte ich um in Trainingseifer. Und der Erfolg blieb nicht aus. Am 28. September in Hamburg, beim Länderkampf gegen Großbritannien, flog mein Diskus auf 63,96 m – neuer Weltrekord! Am selben Wochenende stellte auch Heide in Leverkusen einen neuen Fünfkampfweltrekord auf.

„Die Weltrekordsisters könnte man Heide Rosendahl und Liesel Westermann nennen . . ." Eine Schlagzeile unter einem Zeitungsbild von Heide und mir aus jenen Tagen.

Die Paradeschülerinnen von Gerd Osenberg, vom TuS 04 Leverkusen, hatten ihre Antwort auf Athen gegeben. Eine sportliche Antwort, meßbar in Metern und Punkten, würdig der Athener Haltung aller Aktiven, deren Wert wohl nie ganz ausgelotet werden kann.

War es dieser letzte meiner insgesamt vier Weltrekorde, oder war die Beständigkeit meiner 60 m-Würfe der Grund für eine einzigartige Auszeichnung gewesen, die das Jahr 1969 für mich noch bereit hielt? Möglicherweise hatten auch die Athener Ereignisse dieses internationale Echo mit hervorgerufen, demzufolge ich von der Weltpresse auch ohne internationalen Titel zur Weltsportlerin des Jahres 1969 gewählt wurde. Keinem anderen Bundesbürger war bisher diese Anerkennung zuteil geworden. Aus Hongkong und Reykjavik, aus Tel Aviv und Rom, aus Helsinki und Istanbul, aus Bangkok und New York, aus Zürich und Bukarest, aus Zagreb und München, aus Neuseeland und Luxemburg, aus Lind und Budapest waren die Stimmen gekommen, denen ich neben Eddy Merckx, dem Weltsportler des Jahres, die Auszeichnung verdankte. Ich durfte mich als Sportlerin Nr. 1 betrachten! In der Bundesrepublik wurde ich nach 1967 erneut zur Sportlerin des Jahres erhoben. In jenen schönen Stunden damals in Baden-Baden, verblaßte Athens Erlebnis zum ersten Mal. Aber meine Leistung von 63,96 m, der man das Prädikat verlieh: „der Zeit voraus", hätte weder 1972 noch 1976 für eine Medaille gereicht. Schnellebig ist die Zeit . . .

Auch das ist eine Erkenntnis der Athener Tage: Es kann nicht Sache der Aktiven sein, an aktueller Sportverbandspolitik mitzuwirken. Der Leistungssport selbst ist aufregend genug! Niemand aus den aktiven Sportlerreihen kann noch genügend Nervenkraft dafür aufbringen. Niemand kann an zwei Fronten zugleich kämpfen.

Heute werden in den Sportverbänden den Athleten zwar zunehmend Mitbestimmungsmöglichkeiten gewährt, ihre Einflußmöglichkeiten aber sind eher noch geringer geworden.

Das haben die Sportler zum guten Teil selbst verschuldet. Sie haben die eigenen Vertreter viel zu wenig eingesetzt. Der Informationsfluß ist immer zähflüssiger geworden. Das Zutrauen fehlt. Das ist sogar verständlich:

Wer von den heutigen Spitzenkönnern erinnert sich auch noch an Athen? Die Reihen haben sich gelichtet . . .

Jener Funktionär, der mir damals auf der Bank im Sonnenschein in Moskau so erschreckend kaltblütig erschienen war mit seiner Äußerung: „Athleten kommen und gehen, wir bleiben", er hatte recht und hat es immer noch:

Der auf Athen folgende DLV-Verbandstag wählte Herrn Dr. Danz zum Ehrenpräsidenten seines Verbandes. Er hat in allen internationalen Gremien seine entscheidenden Positionen behalten oder noch neue dazubekommen. In Montreal 1976 wurde er zum Vizepräsidenten der IAAF gewählt.

Es liegt völlig außerhalb meiner Absicht, jemanden anzuprangern. Dr. Danz muß 1969 selbst schwere Stunden ausgestanden haben. Verwirrte Fanatiker wollten ihm und seiner Familie sogar das Haus über dem Kopf anzünden! Eine Pressekampagne gegen ihn, die ihresgleichen sucht, hatte die Atmosphäre vergiftet. Die Rechnungen sind bezahlt, ohne Zweifel auch von Dr. Danz. Festzuhalten bleibt nur dieses: „. . . wir bleiben." Sachlich und nüchtern muß jeder dieses Faktum ins Kalkül ziehen, der die Bewältigung oder Nichtbewältigung schwierigster aktueller Probleme im Dickicht von Sport und Politik abwägen will.

Die sportpolitische Wirklichkeit hat sich in den letzten fünfzig Jahren radikal verändert. Der Kampf um Medaillen, die großen Auftritte der als Sportfunktionäre getarnten Taktiker sind nur noch als eine Fortsetzung der politischen Auseinandersetzung mit anderen Mitteln zu verstehen. Der Sport wird zweckentfremdet und mißbraucht.

All jene, die diese Entwicklung bedauern, müssen wissen, daß sich das Rad der Sportgeschichte nicht zurückdrehen läßt. Wir stehen an einem Wendepunkt innerhalb der Entwicklung der Organisation unserer eigenen Sportverbände. Es muß eine richtungsgebende Entscheidung für die Zukunft gefällt werden: Entweder unsere bundesdeutsche Funktionärswelt wird weiter von jenem Funktionärstyp beherrscht, dem man, wie Dr. Danz, allenfalls noch Idealismus zuschreiben kann, oder wir beugen uns dem Ruf der Zeit nach jenem ausgebluffen, cleveren und scharfdenkenden Funktionärstyp, der allen politischen Winkelzügen gewachsen ist.

Ich persönlich bedaure aus ganzem Herzen diese Entwicklung des Sports. Viel sympathischer waren mir jene Männer, deren menschliche Wärme und idealistische Einsatzbereitschaft in der Vergangenheit einen liebenswerten Zug in das harte Geschäft des Hochleistungssports gebracht haben. Aber nichts führt an der Tatsache vorbei, daß der liebenswürdige Gentlemantyp als Spitzenfunktionär des Sports in den internationalen Gremien heutzutage zum Scheitern verurteilt ist.

Athen 1969 hat ein grelles Licht auf diese Entwicklung geworfen. Das Scheitern der gesamtdeutschen Sportidee, das Auseinanderklaffen in zwei Lager – Ost und West – liefert den Beweis mit allen Exzessen, die sich daraus entwickelt haben.

Die letzten Olympischen Spiele, Montreal 1976, ließen erkennen, welche Wende der Sport in unseren Tagen genommen hat. Zeitweilig schien das sportliche Tagesgeschehen in der vorolympischen Berichterstattung ganz in Vergessenheit zu geraten. Politik beherrschte die olympischen Gemüter. Politische Dramaturgie räumte den olympischen Idealen nur noch Statistenrollen ein. Sportidole hatten ihren Auftritt bei politischen Kommentatoren statt in olympischen Wettkampfarenen.

Die Chemie, eine Bedrohung des eigentlich Wertvollen im Sport, wurde von den politischen Großmächten voll für ihre Zwecke genutzt. Für Außenstehende, weniger Informierte waren die olympischen Ringe des Jahres 1976 umgeben von einem Flor der Hilflosigkeit der Funktionäre. Die Geister, die sie riefen, wurden sie nicht los. Werden sie sie je loswerden?

Nie zuvor gab es so viele ernstzunehmende Stimmen, die das Ende der olympischen Glaubwürdigkeit, ja der olympischen Spiele selbst, bereits ankündigten.

Die DDR erwarb internationale Anerkennung zuerst im Sport auf der Basis ihrer Medaillen und ihres geschickten Taktierens. Daß in der rücksichtslosen Medaillenproduktion mittels chemischer und medizinischer Manipulation die Gesundheit der Sportler aufs äußerste gefährdet wird, kann in der politischen Strategie keine Rolle spielen: Der Sport gedeiht zur subtilen Form des Krieges auf einem anderen als dem traditionellen Schlachtfeld.

Hat es schon bei kriegerischen Auseinandersetzungen der Völker nie Gewicht gehabt, daß ganze Generationen „verheizt" wurden, wie soll es für jene Staaten eine Rolle spielen, ob sie die Lebenserwartungen ihrer Leistungssportler reduzieren, wenn der Gewinn an politischem Prestige so immens sein kann! In diesem Spiel zählt ein Einzelner nichts. Wir in der freien Welt müssen uns entscheiden, ob wir eine solche Verfälschung des sportlich-olympischen citius, altius, fortius in einen Wettstreit politischer Systeme mitmachen wollen. Es ist an der Zeit, eine eindeutige Position zu beziehen.

Ich selbst war in Montreal nicht mehr dabei, habe all das nur als Außenstehender erlebt, mit den Augen der Fernsehkameraleute, aus dem Blickwinkel der Pressebeobachter. Als beste Diskuswerferin der westlichen Welt saß ich in einem Londoner Hotel und verfolgte die britischen Fernsehübertragungen von der Leichtathletikwoche. Eine übrigens hervorragende Berichterstattung, mitreißend, objektiv und ausführlich zugleich. Mit dem Bleistift in der Hand konnte ich beim Diskuswerfen der Frauen fast alle Ergebnisse festhalten. Das wäre mir, dem Vernehmen nach, bei den in Deutschland gesendeten Übertragungen nicht möglich gewesen.

So sehr es mir als Sportlerin weh tat, nicht dabei gewesen zu sein, so erleichtert war ich doch, nicht ein weiteres Mal bei dem bedrückenden Kräftemessen zwischen Sport und Politik Augenzeugin sein zu müssen. Hier wie auch in München und bei anderen Gelegenheiten hieß der eindeutige Punktsieger Politik.

Die Fotos von John Aki-Bua und Mike Boit, den Goldmedaillenfavoriten aus Schwarz-Afrika, rufen traurige Erinnerungen in mir wach. Niedergeschlagen saßen sie auf ihren Koffern, die sie noch vor Beginn der Spiele wieder hatten packen müssen. Ohnmächtige, hilflos ausgelieferte Opfer der Fortsetzung der Politik mit anderen Mitteln auf dem Schauplatz, dessen Mittelpunkt sie vielleicht gewesen wären. Neben den Taiwan-Chinesen waren es 1976 die Athleten Schwarz-Afrikas, die die Rechnung der Sportpolitik begleichen mußten.

Das Athen des Jahres 1969 wurde mir in jenen Tagen wieder greifbar gegenwärtig. Auch das München des Jahres 1972 mit seinen unvergleichlich viel größeren Schrecken sah ich wieder deutlich von mir.

Die Münchner Opfer der Fortsetzung politischer Machtkämpfe mit anderen Mitteln waren nicht mehr in der Lage gewesen, die eigenen Koffer selbst zu packen, die Stätten unverschuldeter Niederlagen auf eigenen Füßen zu verlassen. Zum ersten Mal in der Sportgeschichte übertönten Totenglocken die olympischen Fanfarenstöße. Wohin soll diese Entwicklung führen?

8. München 1972 – das Attentat

München, das waren dunkle, schwarze, furchtbare Tage für Politik und Sport. Entsetzen lähmte Politiker und Sportler gleichermaßen. Die Vielzahl der Menschen draußen im Lande, draußen in der Welt, sie alle waren berührt, getroffen.

6. September 1972. Kurz nach sieben Uhr erwache ich von einem heftigen Klopfen an meiner Zimmertür. Fast noch im Halbschlaf richte ich mich auf:

„Ja, herein!"

Ilse Bechthold, unsere DLV-Frauenwartin, steckt den Kopf zur Tür herein.

„Telefon, Liesel! Bei mir im Zimmer, deine Mutter!"

Hastig greife ich zum Bademantel und stolpere, immer noch nicht ganz wach, auf den Gang hinaus zu Ilse Bechtholds Zimmer und greife verschlafen zum Hörer:

„Ja, Mutti?"

„Kind, ist dir was passiert?"

„Was soll mir denn passiert sein? Du holst mich gerade aus dem Bett."

„Mein Gott, bin ich froh!"

Ein erleichtertes Aufatmen ist vom anderen Ende der Leitung zu vernehmen. Verdutzt halte ich den Hörer von mir, starre ihn kopfschüttelnd an, reibe mir mit der anderen Hand die Augen. Träume ich, oder? Was ist in meine Mutter gefahren, daß sie mich zu so früher Stunde aus dem Bett holt? Da purzeln mir die Worte überstürzt entgegen:

„Ja, weißt du denn noch nichts? Hast du nichts gehört? Wie kann man bei so etwas nur ruhig schlafen? Das Attentat, der Überfall, die Maschinengewehre! Ich habe das eben in den Nachrichten gehört. Kind, Kind, bin ich froh, daß du nicht dabei warst! Wo du doch die Israelis kennst!"

„Was ist passiert? Die Israelis, ein Attentat hier im Olympischen Dorf?"

„Eben haben sie's in den Nachrichten gemeldet. In der Nacht sind die Isrealis überfallen worden. Bei euch im Olympischen Dorf. Es soll Tote geben. Man weiß nicht, wer die Attentäter sind. Schrecklich! Ich mußte gleich anrufen, ob du gesund bist."

„Nein, Mutti, mir ist nichts geschehen. Ich habe nichts gehört und bis jetzt nichts gewußt. Erst jetzt erfahre ich überhaupt etwas. Mein Gott! Und ich habe geschlafen. . ."

„Hoffentlich ist alles nicht so furchtbar, wie es den Anschein hat. Und sei vorsichtig, hörst du! Ich muß jetzt los, in die Schule. Entschuldige mich bitte bei Frau Bechthold, daß ich sie so früh gestört habe. Ich hätte sonst aber keine ruhige Minute gehabt. Mach's gut und versprich mir, daß du auf dich aupaßt!"

„Ja, Mutti, ich verspreche es. Tschüs!"

Geistesabwesend lege ich den Hörer auf die Gabel zurück. Meine Gedanken überschlagen sich. Verwirrt wende ich mich Ilse Bechthold zu, die eben das Zimmer betritt.

„Ist das wahr, Ilse? Meine Mutter . . ."

„Ja. Arabische Terroristen haben heute morgen das israelische Quartier überfallen. Drüben in der Conollystraße. Niemand weiß Genaues. Es ist fürchterlich!"

„Ich soll meine Mutter entschuldigen. Wegen des Anrufes. . .“
„Laß nur, Liesel, was spielt jetzt überhaupt noch eine Rolle? Das Telefon wird sich heute noch heiß laufen. Viele Eltern werden sich Sorgen machen.“
„Ich ziehe mich jetzt wohl erst mal an. . .“
Das Entsetzliche dieser Hiobsbotschaft hatte mich noch gar nicht erreicht. Zu abrupt war ich aus dem Schlaf gerissen, zu unvermittelt mit dem Fürchterlichen konfrontiert worden!
In meinem Zimmer renne ich zuerst auf den Balkon. Dort drüben ist die Conollystraße. Ich kann sie gut von meinem Zimmer oben im Hochhaus des olympischen Frauendorfes sehen. Menschen drängen sich vor jenem Haus dort, andere starren von den Balkonen ihrer gegenüberliegenden Terrassenwohnungen auf die Szene herunter. Polizisten kann ich kaum erkennen.
Schlagartig ist der Gedanke da: Hannah, Esther, Aviva. . . Mein Gott! Ich schlage die Hände vors Gesicht. Das Entsetzen hat mich erreicht. Minutenlang überfällt es mich, einer Lähmung gleich.
Conollystraße, das ist ja das Männerdorf! Die Lebensgeister kehren zurück. Mein Blick sucht die Bungalows des Frauendorfes, in denen die zahlenmäßig kleinen Frauenmannschaften untergebracht sind. Auch die Israelinnen müssen in diesen Häuschen wohnen. Nein, dort ist es ruhig. Esther kann nichts passiert sein. Hannah und Aviva wohnen ja gar nicht im Dorf, sie gehören nicht zu den Teilnehmern, können also nicht betroffen sein.
Eben noch will ich Erleichterung empfinden, daß jene Mädchen, mit denen wir vom TuS 04 schon einige Zeit eine recht intensive Trainingsgemeinschaft gepflegt haben, den Verbrechern nicht in die Hände gefallen sein können. Dann wird mir klar, wie befremdend, wie schizophren solche Gedanken sind. Und dennoch sind sie so naheliegend, diese besorgten Gedanken um Menschen, die einem nahestehen, deren Gesichter man plötzlich in allen Einzelheiten vor sich sieht.
Hastig greife ich zu meinen Kleidern. Es hält mich nicht mehr hier oben, wo alles immer so ausgestorben wirkt. Nur wenige Athleten wohnen ständig in ihren Zimmern. Die meisten halten sich in Ausweichquartieren außerhalb des Olympischen Dorfes auf, um das laute fröhliche Treiben vor dem eigenen Wettkampf zu meiden.
Es zieht mich hinunter zu den Menschen, zu den anderen, die da unten in den Straßen in Gruppen und Grüppchen zusammenstehen. Ich muß Gesichter sehen, Menschen treffen, sprechen, mit

Freunden den Gedankenaustausch suchen, erfahren, wann und wie es passiert ist.

Beim Frühstück werde ich sie wohl finden, die anderen. Mit der Frühstücksmarke in der Hand haste ich hinaus, zum Aufzug, zum Ausgang des Frauendorfes, um dann zuerst in der Menschenmenge, die sich um das Haus 21 in der Conollystraße eingefunden hat, unterzutauchen.

Ich treffe auf schweigsame, fassungslose Athleten aus aller Herren Länder. Mehr oder weniger vom Zufall zu Gruppen zusammengewürfelt, harren sie hier aus. Stumm vor Entsetzen starren sie auf jenes Haus, hinter dessen ausdruckslosen Mauern Unfaßliches passiert ist, noch immer passiert. Als könnte dieses bunte Völkergemisch durch sein ausdauerndes Verharren selbst Geschehenes ungeschehen machen, stehen die Menschen herum, jeder für sich verloren und allein.

Ich gehe zum Frühstück, zur Mensa zurück. Niemand ist da, die Frühstücksmarke zu kontrollieren. Das hat es auch noch nicht gegeben. Aber wer mag schon über Verstöße gegen Alltagsregeln nachdenken, wenn die Ordnung im ganzen erschüttert ist, das olympische Ganze ins Wanken gerät! Ich werfe meine Marke achtlos in den Papierkorb.

Wenn überhaupt, wird auch hier, im Frühstückssaal, nur in gedämpftem Ton gesprochen. Die gedrückte Stimmung überträgt sich auf jeden, der den Raum betritt. Ich setze mich an irgendeinen Tisch. Jetzt suche auch ich keine Gespräche mehr. Selbst das Klappern aus der Küche scheint heute ohne jene fröhlich laute Betriebsamkeit, die sonst aus allen Ecken dieses Raumes ertönt.

Langsam dringen die Informationen zu mir durch. Im Morgengrauen sind einige Männer über den Zaun gestiegen, der das Olympische Dorf umsäumt. Sie haben die Israelis im Schlaf überrascht. Nur wenige Schüsse sind gefallen. Jemand soll sich durchs Toilettenfenster gerettet haben. Tote habe es gegeben. Um 6.00 Uhr früh haben die Terroristen die Leiche eines Israelis vor die Tür des Hauses Nr. 31 in der Conollystraße gelegt. Kontakt mit den Terroristen sei bereits aufgenommen. Niemand weiß, wieviele Israelis in den Händen von wievielen Terroristen sind.

Die Sprache des Entsetzens ist der Flüsterton.

Ich schaue auf. Eben kommt Ulrike Meyfahrt in die Mensa. Kaum einer hat einen Blick für die sechzehnjährige Sensationsolympiasiegerin von gestern. Die Ereignisse haben sie überholt. Sie wirkt benommen, verwirrt, vielleicht auch nur verschlafen. . .

Zu jäh mag dieser Taumel zwischen den Extremen für sie sein. Eben noch umjubeltes Goldmädchen, Sonnenschein im Blickpunkt von begeisterten Millionen, jetzt eine unter vielen am Rande des Entsetzens. Wie wäre es ihr zu gönnen gewesen, ein wenig langsamer, behutsamer die Höhen ihres olympischen Höhenfluges verlassen zu können! Müßte sie nicht eigentlich strahlen, den Abglanz jener berauschenden Minuten von gestern noch auf dem Gesicht tragen? Ich stehe auf, gratuliere ihr mit einem stummen Händedruck. Ebenso wortlos Ulrikes dankendes Kopfnicken. Wer mag in diesen Stunden auch nur eine Spur von Überschwenglichkeit zeigen?

Ich verlasse die Mensa, mische mich erneut unter die Wartenden, die sich in gebührendem Abstand um das israelische Mannschaftsquartier geschart haben und warten, warten. Plötzlich steht Uta Nolte neben mir, eine Vereinskameradin aus dem TuS 04. Sie gehört nicht zu unserer Olympiamannschaft, aber ihr Freund, ein Hammerwerfer, ist Mitglied des Teams von Uruguay. Das ist auch der Grund, warum sie mit angstgeweiteten Augen auf das Haus des Überfalls schaut.

„Darwin ist noch da drin. Ich habe ihn am Fenster gesehen." Sie muß noch bis nach 9 Uhr warten, mitansehen, wie die Terroristen ein Blatt mit ihren Forderungen aus dem Fenster werfen, bis endlich, über eine Hintertreppe, die Uruguayer, ebenso wie die Mannschaft aus Hongkong, aus dem Haus gelotst werden können.

Ich gehe zurück auf mein Zimmer, mich umziehen für das morgendliche Training. Bei der überaus sorgfältigen Ausweiskontrolle am Eingang des noch einmal vom Hauptdorf abgetrennten Frauendorfes kommt es zu einem kurzen Gespräch mit den Wachhabenden.

Was denn jetzt passieren werde, will ich wissen. Schulterzucken ist die Antwort. Man wisse auch nichts von den beabsichtigten Maßnahmen. Ein Krisenstab tage pausenlos. Bundesinnenminister Genscher und der bayerische Innenminister seien dabei. Aber was nun unternommen werden würde . . .

„Ich möchte nicht in deren Haut stecken", sagt der Uniformierte. „Für uns heißt der Befehl: genaue Kontrolle für alle und jeden, der hier herein oder heraus will." Ein Ohr hat der Mann ständig an seinem Walkie-Talkie-Sprechfunkgerät.

Ich wende mich ab. Ob ich wirklich zum Training gehen soll, frage ich mich unentschlossen auf dem Weg zu meinem Zimmer. Was soll schon dabei herauskommen? Aber Gerd wartet sicher auf dem Trainingsplatz. Also ziehe ich mich um, greife zu meinen Werferschuhen und mache mich auf den Weg.

Er führt mich vorbei an den Treppenaufgängen zum Haupteingang des Dorfes. Aufgestaute Menschenmengen drängen sich dort oben jenseits der Absperrung. Gestern herrschte dort noch ein ständiges, lebhaftes Kommen und Gehen, fast jeder konnte mit Tagesausweisen ins Dorf gelangen. Jetzt gibt es keine Tagesausweise mehr. Kein Fremder darf ins Dorf herein.

Plötzlich meine ich aus dem aufgeregten Stimmengewirr meinen Namen herauszuhören. Ich verharre, suche die Menschenmenge ab. Eine Täuschung wohl? Nein! Jemand beugt sich dort über die Brüstung, rudert wild mit den Armen, schreit laut:

„Liesel, Liesel! Hier bin ich!"

Tatsächlich, ich bin gemeint. Angestrengt suche ich den Rufer zu erkennen. Ethna, aber das ist ja Ethna!

Ich renne die Treppenstufen hinauf. Ethna schiebt sich auf der anderen Seite der Betonmauer mir entgegen. Endlich sind wir einander nahe genug, um reden zu können.

„Liesel, du mußt mir helfen. Die lassen mich nicht rein. Ich muß zu Esther! Muß Esther helfen. Amitzu Shapira ist auch unter den Geiseln. Esther ist ganz allein. Ich muß mich um sie kümmern."

„Ja, Ethna, Ja. Esther – du hast recht . . ." Ich sehe mich um. „Hast du das den Polizisten gesagt?"

„Ach, es hört doch keiner zu. Hilf mir! Sprich du mit ihnen, bitte!"

Ich haste die letzten Stufen hoch und wende mich an den Absperrungsbeamten. Sein Blick streift mitleidig interessiert Ethna.

„Tja, aber ich kann da nichts machen. Hier darf niemand durch. Aber fragt doch mal den Offizier da vorne am Haupteingang, vielleicht kann er euch helfen."

„Gut, Ethna, wir versuchen es da vorne noch einmal. Kämpfe dich durch die Leute durch. Ich laufe hinten herum durchs Dorf zur Absperrung."

Ethna nickt. Ich haste davon, die Treppenstufen hinunter. Hier war nur ein schmaler Zugang. Die breite Straße ist weiter vorne am Ende der Brücke hermetisch zum Dorf hin abgesperrt. Was mit wenigen Schritten an normalen Tagen zu bewältigen ist, kostet nun ein endloses Treppauf, Treppab. Endlich habe ich es geschafft. Ethna ist jenseits der Absperrung noch nicht weit genug vorgedrungen. Hat mich aber wieder im Auge und winkt mir zu.

Sie muß sich noch durch einige Menschenreihen hindurchwühlen. Ich wende mich an den Offizier.

„Ist irgend etwas, Fräulein Westermann? Kann ich Ihnen helfen? Steht ein Angehöriger da drin?"

Er deutet auf das Menschenknäuel jenseits der Absperrung. Ich atme erleichtert auf. Wie gut, daß mein Gesicht so bekannt ist!

„Nein, kein Angehöriger!"

„Wär' auch nichts zu machen! Heute gibt es keine Tagesausweise."

„Es handelt sich um die Dame da drüben." Endlich kommt Ethna durch die Menschen hindurch. „Sie ist ein hoher Offizier der israelischen Armee, bekleidet auch einen hohen Posten im israelischen Sportverband. Ich kenne sie, weil sie schon einige Male bei uns in Leverkusen war und israelische Jugendmannschaften begleitet hat. Darf sie durch?"

„Weshalb muß das denn sein? Sie kann da drinnen nichts helfen."

„Sie will auch gar nicht zu den Geiseln. Es geht um Esther Shachamarov, die israelische Hürdenläuferin, die einzige Frau im Team. Es muß sich doch jemand um sie kümmern. Ihr Trainer ist auch unter den Geiseln. Und morgen ist ihr Endlauf! Bitte, lassen Sie Ethna zu ihr!"

Die Blicke des freundlichen Polizeioffiziers wandern zwischen Ethna und mir hin und her. Unschlüssig fragt er mich:

„Sie kennen sie persönlich?"

Ich nicke.

„Können Sie für sie bürgen?"

„Ja. Jederzeit!"

„Warten Sie einen Augenblick!" Er läuft in sein Wachhäuschen, holt ein Formular. Ich muß unterschreiben. Ethna darf die Absperrung passieren. Sie fällt mir um den Hals.

„Das werde ich dir nie vergessen, Liesel! Hilfst du mir noch, ins Frauendorf zu kommen?"

Wir hasten durch die Straßen, die Treppen hinab. Am Eingang des Frauendorfes wiederholt sich die Szene von eben. Aber wir finden Esther nicht.

„Sie wird doch nicht auch . . ."

„Manchmal bleibt sie in der Conollystraße", Ethna bewegen die gleichen Gedanken wie mich. „Sie ist so ängstlich!"

Zurück zum Eingang. Wir wenden uns an den Wachhabenden. Der greift zu seinem Sprechfunkgerät, tritt ein paar Schritte zur

Seite. Er fragt nach. Es ginge um die israelische Sportlerin. Wo sie sei. Es will eine Ewigkeit scheinen, bis er uns die Antwort geben kann.

„Sie ist in Sicherheit. Ihr Aufenthaltsort ist geheim." Erleichtert blicken Ethna und ich uns an. Gottseidank! In Sicherheit! Aber Ethna will mehr. Sie will zu Esther.

Esther hat wie das fünfte Kind im Hause ihres Trainers Amitzu Shapira gelebt. Ihre Verzweiflung muß grenzenlos, die Angst, die sie aussteht, früchterlich sein. Ich verstehe Ethna, daß sie bei ihrer Landsmännin sein möchte.

Wir lassen nicht locker und werden schließlich in das Organisationsgebäude geschickt. Dort sollen wir weiter fragen.

Wieder treppauf, treppab. An Türen klopfen. Erklärungen. Schulterzucken. Geheim! Es ist zum Wahnsinnigwerden. Kein Weg führt zu Esther.

Endlich werden wir an die Direktorin des Frauendorfes verwiesen. Sie allein könne entscheiden, hält sich aber drüben im Frauendorf auf. Also zurück.

Der Beamte am Eingang des Frauendorfes hilft uns bereitwillig. Es dauert lange, bis er die Gesuchte mit Hilfe seines Sprechfunkgerätes gefunden hat. Er kann sie auch überreden, mit uns zu sprechen. Zuerst ist sie unwillig. Dann hört sie Ethna immer aufmerksamer zu. Schließlich nickt sie. Wir sollen uns in einem bestimmten Zimmer des Verwaltungsgebäudes melden. Sie würde dort Bescheid sagen. Man brächte uns dann zu Esther.

Es ist geschafft. Wir gehen den Weg noch einmal zurück. Auf halber Höhe bleibe ich stehen.

„Findest du dich allein zurecht, Ethna? Ich müßte längst draußen sein. Gerd wartet auf dem Trainingsplatz."

Und jetzt entschuldigt sich Ethna tatsächlich, daß sie mich in Anspruch genommen, mich in meiner Vorbereitung gestört habe.

„. . . aber ich war so froh, daß mir der Zufall gerade dich über den Weg geschickt hat. Niemand hätte mir besser helfen können." Noch einmal umarmt sie mich. Fast ist es um meine Fassung geschehen.

„Liesel, weine nicht. Wo immer wir Israelis hingehen, wir wissen nie, ob wir gesund nach Hause zurückkommen. Und die Männer drüben in dem Haus wissen das genauso wie ich."

Fassungslos hörte ich Ethnas Worte. Sie, die Israelin will mich, die Deutsche, trösten . . . Da hänge ich auch schon in ihren Armen. Ich kann der Verzweiflung nicht Herr werden und sie, die

237

doch viel mehr Grund dazu hätte, tröstet mich, sucht mich zu beruhigen. Dann schiebt sie mich von sich.

„Geh zum Training, Liesel, Gerd wartet auf dich. Vergiß das hier! Denk an deinen Wettkampf. Du mußt gewinnen. Ich wünsche mir das so sehr."

„Wie soll ich denn jetzt noch gewinnen können. Ach Ethna, warum muß das alles sein?" Ich schlucke, die Tränen laufen mir über das Gesicht.

„Geh, Liesel. Ich weiß, das hier hat niemand von euch gewollt, und ihr habt keine Schuld daran."

„Ja, Ethna."

Dann trennen wir uns .

Aus dem Training an diesem Morgen wird nichts. Ich finde Gerd auf einer Bank unter den Bäumen bei den Trainingsplätzen. Ich hocke mich neben ihn.

„Willst du trainieren?"

Ich lasse die Schultern sinken. Mir ist nicht nach Training zumute. Schweigen.

„Ellen konnte auch nichts Rechtes tun. Sie läuft da hinten ein bißchen. Ist ganz fassungslos . . ."

„Ich habe Ethna getroffen."

„Ellen hat Angst um Hannah. Sie wollte die Nacht im Dorf bleiben, bei den anderen."

„Du meinst, sie ist in dem Haus?"

„Ich weiß nicht. Ellen meint das."

Ich sehe mich um, kann Ellen Tittel aber nirgends sehen. Wie Tropfen fallen die Sätze in das Schweigen.

„. . . sie war ja immer viel mit Hannah zusammen . . . Hoffentlich irrt sie sich . . . Esther ist in Sicherheit." Gerd nickt.

„Weißt du, wer das war, der Tote von heute vormittag?"

Ich schüttle den Kopf.

„Es soll Moshe Weinberg gewesen sein."

„Kenne ich den?"

„Du hast dir im Wingate-Institut oft den Schlüssel zum Krafttrainingsraum von ihm geholt."

Ich suche in meiner Erinnerung nach einem Gesicht. Im Frühjahr waren wir, die TuS 04-Athletinnen, zur Olympiavorbereitung in Israel gewesen. Wir hatten dort mit den israelischen Sportlern trainiert. Nein, ich erinnere mich nur undeutlich an die genauen Zusammenhänge.

„Es hat dich sehr getroffen, nicht wahr?" Gerd wendet sich ab, und ich frage nicht weiter. Nach einer Weile sagt er: „Wenn die Forderungen der Terroristen nicht erfüllt werden, dann wollen sie alle Geiseln erschießen."

Jetzt steigen mir wieder die Tränen in die Augen. Tonlos fährt Gerd fort:

„Um zwölf läuft das Ultimatum ab."

Wir sitzen noch eine Weile nebeneinander dort auf der Bank. Der Trainer der bulgarischen Diskuswerferinnen taucht auf. Wartet im Hintergrund. Ich drehe mich um zu ihm. Wortlos fragt er, ob ich trainieren würde. Ich schüttle den Kopf. Er nickt. Versteht. Dann geht er, genauso unauffällig, wie er gekommen ist.

In einem Trauerhaus hätte es nicht schweigsamer zugehen können.

Endlich stehe ich auf.

„Ich gehe wieder." Gerd rührt sich nicht.

„Kommst du mit?" Er starrt über die verlassenen Trainingswiesen. Nein, er geht nicht mit. Er bleibt zurück. Allein.

Auf dem Rückweg durch die Kontrollen ins Dorf sehe ich Männer mit Gewehren in Positionen laufen. Auf den Dächern, auf den Balkonen suchen sie ihre Standorte.

Um zwölf Uhr ist das Ultimatum abgelaufen . . . Ein neuer Weinkrampf überfällt mich. Ich schäme mich dessen nicht. Ich gehe durch die öden Straßen hinter jenen Häusern entlang, deren Vorderfront zur Conollystraße sieht; sehe die bewaffneten Männer und lasse die Tränen laufen. Ich kann es nicht verhindern und versuche es auch nicht. Da ist die Weggabelung, an der ich mich vorhin von Ethna getrennt habe. Mein Blick sucht das Verwaltungsgebäude. Ob sie Esther gefunden hat?

„. . . wir wisssen nie, ob wir zurückkommen . . ." Ethnas unfaßbare Worte klingen in mir nach.

Wie die nächsten Stunden vergangen sind, weiß ich nicht mehr. Wenn ich jetzt, beim Niederschreiben dieser Zeilen, in Auszügen aus den Zeitungen des 5. und 6. September 1972 blättere, kann ich mich nicht an Szenen erinnern, die diese Reporter beschreiben.

„. . . Auf dem Haupttreffpunkt hört man wie immer Jazz und Beat. Es werden, wie immer, Milchgetränke und Tee serviert. Man lacht und fotografiert sich, die Nerven dieser Leute hier sind anders programmiert als wie die des ,Mannes auf der Straße'. Man ist jahrelang auf einen Wettkampf der Nationen dieser Erde getrimmt worden, jetzt muß der Wettkampf gewonnen werden, und man muß alles tun, um sich fit zu halten. Dazu kommt, daß die Nachricht von Avery Brundage durchgesickert ist: ‚Die Spiele gehen weiter.‘

„. . . Also müssen die Flipper im Internationalen Club unter dem Informationszentrum geputzt werden, also wäscht man wie immer die metergroßen Schach-Flächen im Freien, denn schon sind die ersten Schachspieler erschienen, die wie gewohnt auf ihren Stühlen hocken und die Welt ringsum vergessen. Fröhlicher Zuruf von Tischtennis-Spielern übertönt die Polizeisirenen, Busse holen afrikanische Delegationen zu Fahrten in die bayerischen Alpen und zu den Königsschlössern ab. Man jubelt. Am Kinoeingang ist ein Schild angehängt: ‚Bitte nicht eintreten, Vorstellung hat begonnen‘.

Vor den Monitoren im Informationssaal des olympischen Dorfes schlafen einige Athleten von den Philippinen sanft auf den bequemen Sesseln . . .“

Von dem Leben, das im olympischen Dorf offensichtlich weiterzugehen schien, bemerkte ich nichts.

Ich weiß noch, daß ich an jenem Nachmittag oben in unserem Mannschaftszimmer vor dem Fernsehapparat gesessen habe. Nie allein. Irgend jemand findet sich immer ein. Rührend werden wir von Frau Japcke, unserer Masseuse, umsorgt. Sie verläßt unsere Etage selten.

Wir warten angstvoll Stunde um Stunde die jeweilige Verlängerung des Ultimatums der Terroristen ab. Es wird von 12 auf 13 Uhr verlängert, dann auf 15 und 17 Uhr.

Von den Balkonen aus können wir beobachten, daß ständig neue Verhandlungskommissionen eintreffen. Eine Unmenge dunkelgrüner Polizeifahrzeuge überschwemmt das Dorf. Überall sind Wachposten mit Maschinengewehren. Das Fernsehen stellt seine Berichterstattung ein, damit die Terroristen in der Conollystraße nicht auch die Aktionen draußen verfolgen können. Hubschraubergeheul übertönt immer wieder alle anderen Geräusche. Irgendwer hat im Radio gehört, daß das palästinensische Kommando nach Ablauf des Ultimatums für jede Stunde Verzögerung zwei israelische Geiseln erschießen will . . .

Es ist bereits bekannt geworden, daß Israel die ultimative Forderung der Guerillas nach Freilassung von 200 Gefangenen aus israelischen Gefängnissen abgelehnt hat. Die Angst um das Leben der gefangenen Sportler nimmt zu.

Jemand bringt ein Flugblatt mit dem Ultimatum der palästinen-
sichen Terroristen mit:
Sie verlangen von der Bundesrepublik, sie und die Geiseln in
drei Flugzeugen auszufliegen.

Die Hoffnung, daß das Leben der Geiseln gerettet werden kann,
gewinnt an Boden. Wir bangen alle darum, daß die Verhandlungskommissionen einen Weg finden mögen.
Stunde um Stunde vergeht. Die Araber machen ihre Drohung
nicht wahr, Zug um Zug die Geiseln zu erschießen. Eine Übereinkunft scheint getroffen . . .
Ich habe die Stunden fassungslosen Entsetzens anscheinend
überwunden. Als wir uns am Abend des 5. September auf dem
Haupttreffpunkt zusammenfinden, sind wir Leverkusener erstaunlich gelassen gegenüber dem geballten Zorn unserer israelischen Freunde. Sie wollen am liebsten die Befreiungsaktion selbst
übernehmen.
„Räumt für ein paar Stunden das Dorf. Gebt uns Gewehre! Wir
schaffen das und hauen unsere Landsleute heraus.
Niemandem außer uns wird das gelingen. Wer soll unter Einsatz
seines Lebens kämpfen, wenn nicht wir? Wir leben mit dem Krieg.
Woher wollt ihr die zum letzten entschlossenen Männer nehmen?
Hätten wir doch nur Gewehre . . .‟
Wir sind fast alle davon überzeugt, daß den Israelis selbst das
Gesetz des Handelns überlassen werden sollte. Sie sind alle, ohne
Ausnahme, Mitglieder der Armee, den Dienst mit der Waffe in der
Hand gewöhnt. Kein Wort fällt von ihrer Seite, daß ihre Regie-
rung die Gefangenen aus den israelischen Gefängnissen nicht frei-
lassen will. Sie sind ausnahmslos einverstanden mit dieser Weige-
rung, auf die Forderung der Terroristen einzugehen. Und die Geiseln wären es sicher auch, ist die unmißverständliche Überzeugung
unserer Freunde.
„Mit solchen Leuten verhandelt man nicht. Sie müssen mit ihren
eigenen Methoden behandelt werden.‟
Es ist beeindruckend: Verzweifelte Hiflosigkeit bei den Israelis,
weil sie nicht handeln dürfen, bedrückende Ohnmacht bei uns,
weil wir uns handlungsunfähig fühlen. Lange stehen wir beieinander und schauen mit so unterschiedlichen Gefühlen auf das
Haus Nr. 31 in der Conollystraße, starren in die einbrechende
Dunkelheit der Nacht zum 6. September, die uns erneut dem läh-
menden Entsetzen ausliefern wird.

Als ich am andern Morgen aufwache, finde ich mich nur langsam zurecht. Endlich kann ich mich wieder an gestern erinnern. Angestrengt horche ich nach draußen. Ruhe liegt über den Dächern. Kein Hubschrauber dröhnt mehr, kein Motorengeräusch dringt durch die Stille. Ich springe auf, beuge mich über die Balkonbrüstung. Es hat den Anschein, als sei mit diesem Morgen des 6. Septembers der olympische Friede zurückgekehrt. Kein Militär-, kein Polizeiauto ist zu sehen, keine Ordnungskräfte mit Gewehren sind zu entdecken. Die Wachen in der Conollystraße scheinen verschwunden. „Sie haben es geschafft!" Ich atme auf.

Stimmen aus dem Korridor dringen an mein Ohr. Ich reiße die Tür auf.

„Ist alles vorbei?" Fast freudig rufe ich es Frau Japcke entgegen.

„Es ist vorbei". Noch bevor mich die Antwort erreicht, weiß ich, daß Fürchterliches passiert ist.

„Komm, wir hören gerade Nachrichten!" Barfuß laufe ich zu ihr ans Radio.

„. . . von neun Israelis durch palästinensische Terroristen hat am frühen Mittwochmorgen auf dem Münchner Flughafen Fürstenfeldbruck in einem grauenvollen Blutbad geendet. Im Verlauf einer Befreiungsaktion der deutschen Sicherheitskräfte wurden sämtliche israelische Geiseln von den Palästinensern erschossen. Grauen und Entsetzen über diesen Vorfall spiegeln sich auch in den ersten Reaktionen wider. Erschüttert und sicherlich am Ende seiner Kräfte schilderte Bundesinnenminister Genscher in einer frühen Pressekonferenz die Bemühungen der deutschen Sicherheitsorgane sowie die ergebnislosen Verhandlungen, die vorangegangen waren. Auch Bundeskanzler Brandt, der noch am späten Dienstagabend in einem Telefongespräch mit dem ägyptischen Ministerpräsidenten Sidki einen persönlichen Vorstoß unternommen hatte, äußerte sich tief betroffen über den Ausgang des Geschehens in . . ."

Frau Japcke dreht den Lautsprecher ab. Fassungslos starre ich sie an.

„Wie konnte das geschehen? Alle tot?" Ich will es nicht glauben.

„Drei Terroristen haben überlebt . . ."

„Abknallen müßte man sie, diese Verbrecher! Wie konnten sie überleben, wenn die Sportler alle umkommen mußten . . ." Mein erstes Aufbäumen gegen Mord und Terror muß sich Luft machen.

„Zieh dir etwas an! Laß uns zum Frühstück gehen!" Frau Japcke reißt mich aus der Erstarrung.

Ich schüttele den Kopf: „Ich kann nicht zum Frühstück gehen." Aber jetzt entfaltet Frau Japcke ihre mütterliche Fürsorge, die mich noch tagelang schützend umgibt. Sie faßt mich bei den Schultern, schiebt mich in mein Zimmer. „Zieh dich an, Liesel. Du brauchst nicht hinunterzugehen. Ich hole uns etwas, und dann frühstücken wir beide zusammen hier oben. Du ziehst dich jetzt an, ja?"

Gehorsam wie ein kleines Kind füge ich mich ihren Anordnungen. Sie ist mit dem Frühstück viel eher zurück, als ich es schaffe, mir die Kleider überzustreifen. Als ich endlich in den Fernsehraum komme, hat sie bereits aufgeräumt, gelüftet und den Tisch liebevoll gedeckt.

„Ich hole nur noch den Kaffee", ruft sie mir aus ihrem Zimmer zu. Gedankenlos greife ich zu der Zeitung, die sie wohl auch mitgebracht hat. Magisch angezogen saugt sich mein Blick mit einem Mal an einem großen Photo fest: Moshe Weinberg. Die Buchstaben, das Bild, alles verschwimmt vor meinen Augen.

Moshe Weinberg, jetzt weiß ich, wer dieser Mann ist. Stets freundlich und hilfsbereit, hat er mir oft und oft außerhalb der regulären Übungszeiten im Wingate-Institut den Krafttrainingsraum aufgeschlossen. Immer ist ein großer Schäferhund an seiner Seite gewesen. Dort hat er alles für uns getan, und hier, als Gast bei uns, wird er ermordet. Tot.

Die Zeitung gleitet mir aus den Händen. Die Tränen, sie sind da. Unaufhaltsam. Ich stehe auf, gehe auf den Balkon. Es muß mich ja niemand sehen.

„Der Kaffee ist fertig." Frau Japcke ist ins Zimmer getreten, bleibt stehen, sieht, wie ich draußen am Geländer lehne.

„Was ist, Liesel, was ist los?"

„Die Zeitung, der Mann, ich kenne ihn!" Ich kann mich nicht umdrehen. Die Zeitung raschelt.

„Der Tote von gestern?"

Es dauert lange, bis ich meine Beherrschung wiederfinde. In der Zwischenzeit hat sich noch ein anderer Frühstücksgast an Frau Japckes Tisch eingefunden. Christel Freese, die 400 m-Läuferin, hat sich zu Frau Japcke gesetzt.

„Was ist mit Liesel? Hat sie schon gefrühstückt?"

„Laß sie in Ruhe! Sie kennt einige von den Geiseln."

„Ach so", Christel fragt nicht weiter, läßt mich in Frieden.

Die Wettkämpfe sind für einen Tag unterbrochen. Um 10 Uhr soll die Trauerfeier im Olympiastadion stattfinden. Es ist die offizielle Mannschaftskleidung zu tragen. Da müssen einige, die sonst außerhalb in den Hotels wohnen, zurückkommen, um sich umzuziehen. Die Organisation des Aufmarsches wird besprochen. Deutsche Athleten sollen rund um die überlebenden Israelis Aufstellung nehmen. Wessen Wettkampf am nächsten Tag, dem Donnerstag, auf dem Programm steht, der braucht nicht mitzugehen.

„Liesel, du bist doch erst am Sonntag dran. Du kommst doch sicher mit, weil du sie doch gekannt hast." Ilse Bechthold fragt mich, ist um die Zusammenstellung der Leichtathletinnen bemüht.

Mir steigen wieder die Tränen hoch, Moshe Weinberg taucht vor meinen Augen auf. Ich kann nicht antworten. Die mühsam aufgebaute Beherrschung droht zu schwinden.

„Lassen Sie die Liesel, die ist jetzt schon fertig mit den Nerven", antwortet Frau Japcke für mich. Verständnisvoll sieht Ilse mich an, streicht mit über den Arm:

„Bleib ruhig hier. Wir werden schon genug sein. Guck es dir im Fernsehen an."

Ich bin froh, daß ich allein sein darf. So gern ich den Toten auch die Ehre erwiesen hätte.

Am Bildschirm erlebe ich die beeindruckende Trauerfeier, wie sie würdiger wohl nicht hätte sein können.

Wieder ist es einer aus den Reihen der Israelis, der das Zeichen zur Überwindung des Grauens, zur Hoffnung, setzt, wo er doch als erster klagen könnte.

Nach den Worten Willy Daumes spricht Shmuel Lalkin, der Chef der Mission der israelischen Mannschaft.

Er spricht hebräisch. Niemand versteht seine Worte. Doch plötzlich begreifen die Zuhörer: Er verliest die Namen der elf getöteten Geiseln. Erst erheben sich einige wenige Sportler, dann folgen einige Zuschauer, die Ehrengäste, und plötzlich steht jeder auf. Spontan und stumm – eine Gedenkminute, geboren aus dem Augenblick.

Lalkin klagt niemanden an. Das spürt jeder, auch ohne die Sprache zu verstehen. Kein Wort von Schuld, kein Hauch von Selbstmitleid. Statt dessen beginnt der Mann, Signale der Hoffnung zu setzen. Wo er klagen könnte, sagt er Dank, wo er dieses Fest in Frage stellen könnte, bekennt er sich zu ihm:

„Die Sportler Israels werden trotz dieses niederträchtigen Verbrechens auch weiterhin an olympischen Wettkämpfen im Geiste der Brüderlichkeit und Fairneß teilnehmen", sagt er, und die Menge dankt ihm erlöst mit spontanem Beifall, der zum ersten Mal die Stille über dem Stadium zerreißt.

Ben-Horin, der israelische Botschafter, spricht als nächster. Seine Rede, ein scharfer Angriff auf den Terrorismus, wird immer wieder von Beifall unterbrochen.

Bundespräsident Heinemann findet in seiner anschließenden Rede eine Trauergemeinde vor, die bereit ist, seinen offenen und anklagenden Worten mit anhaltendem Beifall Nachdruck zu verleihen. Er spricht den 80 000 Zuhörern aus dem Herzen. Er spricht auch mir aus dem Herzen, wie noch kein Politiker zuvor. Seine Worte lassen an Deutlichkeit nichts zu wünschen übrig. Es sind die rechten Worte zur rechten Stunde, darum will ich seine Rede im Wortlaut wiedergeben:

„Vor elf Tagen habe ich hier in dieser Arena von dieser Stelle die Olympischen Spiele München 1972 eröffnet. Sie begannen als wahrhaft heitere Spiele im Sinne der olympischen Idee. Ein großartiges Echo in der weiten Welt begleitete sie, bis sich gestern morgen der Schatten einer Mordtat auf sie legte. In der vergangenen Nacht haben sich Schrecken und Entsetzen ausgeweitet. Der Versuch zur Rettung der israelischen Geiseln schlug fehl. Wo vor kurzem noch frohe Gelöstheit herrschte, zeichnen jetzt Ohnmacht und Erschütterung die Gesichter der Menschen.

Fassungslos stehen wir vor einem wahrhaft ruchlosen Verbrechen. In tiefer Trauer verneigen wir uns vor den Opfern des Anschlags. Unser Mitgefühl gilt ihren Angehörigen und dem ganzen Volk Israel. Dieser Anschlag hat uns alle getroffen.

Waren der Anschlag und sein Ausgang abzuwenden? Niemand wird darauf eine abschließende Antwort geben können. Wer sind die Schuldigen dieser Untat? Im Vordergrund ist es eine verbrecherische Organisation, die da glaubt, daß Haß und Mord Mittel des politischen Kampfes sein können.

Verantwortung tragen aber auch jene Länder, die diese Menschen nicht an ihrem Tun hindern. Allen Menschen in allen Teilen der Welt ist in den letzten Stunden vollends klargeworden, daß Haß nur zerstört. Die Opfer auch dieses Anschlages rufen uns abermals auf, unsere ganze Kraft für die Überwindung des Hasses einzusetzen.

Bei dem, was wir erleben mußten, besteht keine Trennungslinie zwischen Nord und Süd, keine zwischen Ost und West.

Hier besteht eine Trennungslinie zwischen der Solidarität aller Menschen, die den Frieden wollen und jenen anderen, die dem tödliche Gefahr bringen, was das Lebens lebenswert macht. Das Leben braucht Versöhnung. Versöhnung darf nicht dem Terror zum Opfer fallen.

Im Namen der Bundesrepublik Deutschland appelliere ich an alle Völker dieser Welt: Helft mit, den Haß zu überwinden! Helft mit, der Versöhnung den Weg zu bereiten!

Gerade angesichts der neuen Opfer gilt es jetzt, dem Fanatismus, der die Welt aufschreckt, den Willen der Verständigung entgegenzusetzen. Die olympische Idee ist nicht widerlegt. Wir sind ihr stärker verpflichtet als zuvor."

Vor allem, als der Bundespräsident von jenen Ländern spricht, „die nichts unternehmen, diese Mörder an ihren Tun zu hindern", ist die Zustimmung von allen Seiten grenzenlos.

In dieser Atmosphäre des gemeinsamen Aufschreies gegen die Verursacher des Terrors ist für Avery Brundage der rechte Moment gegeben, jenen Satz in den Mittelpunkt seiner Rede zu stellen, der ihm von den Israelis bereits in den Mund gelegt wurde: „The games must go on" – die Spiele müssen weitergehen!

Ja, auch in bin dieser Meinung. Man darf nicht einer Handvoll fanatischer Terroristen gestatten, durch ihr unverantwortliches Handeln die Olympischen Spiele zu zerstören.

„Aber, Frau Japcke, wie soll es weitergehen? Ich mag gar nicht an meinen Wettkampf denken . . ."

„Du wirst es schon schaffen, Liesel. Es sind ja noch ein paar Tage, in denen du zur Ruhe kommen kannst."

„Ich weiß es nicht, ich weiß es wirklich nicht . . ." Zweifelnd gehe ich hinaus auf den Balkon, starre in den Himmel und suche etwas von der alten Kraft und Wettkampffreude in mir wiederzufinden.

„Ich muß es schaffen. Wenn die Isrealis selbst so aufrecht und ungebrochen sein können, mit welchem Recht sollte ich aufgeben dürfen?"

Am Abend des 7. September treffen wir noch einmal mit Ethna zusammen. Wein aus Pappbechern als Abschiedtrunk. Ethna will nicht heimfahren, ohne uns noch einmal Worte der Ermutigung zu sagen. Noch einmal durchrüttelt uns die Verzweiflung der letzten 48 Stunden. Diese aufrechte Haltung der Israelis, diese Ungebrochenheit selbst im Anblick des größten Grauens, läßt mich, und nicht nur mich, fassungslos zurück.

„Denke an Esther, Liesel. Sie kann nicht mehr antreten. Sie fährt zurück nach Israel wie der Rest unserer Mannschaft. Kämpfe mit für sie! Du wirst siegen, ich weiß es!" Wie soll man solchen Worten begegnen? . . . Es ist ein tränenreicher Abschied. Aber die Tränen fließen nur bei uns, den Deutschen.

In den folgenden Tagen regiert zunehmend der olympische Alltag. Qualifikationen, Wettkämpfe, Ergebnisse stehen im Mittelpunkt der Gespräche. Niemand rührt an die schrecklichen Stunden der vergangenen Tage. Alle scheinen sie überwunden zu haben. Wer noch leidet, spricht nicht darüber, zieht sich zurück. Es wird uns freigestellt, ob wir weitermachen wollen. Einzelne geben auf, fühlen sich kraftlos, aber die Mehrheit macht weiter.

Meine Entscheidung ist während der Trauerfeier gefallen. Ich halte sie aufrecht, weil die Isrealis dazu aufgefordert haben, so schwer es mir zwischendurch auch immer wieder fallen will.

9. . . . und mein Wettkampf

Die Tage bis zum Sonntag, meinem Wettkampftag, vergehen. Die Stunden intensiven Trainings allein gewähren vollkommene Ablenkung. Meine Trainingsleistungen sind hervorragend. Ich scheine in Rekordform zu sein, allem Gewesenen zum Trotz. 66 m, 67 m rücken in den Bereich meiner Möglichkeiten. Eigentlich fehlt es mir an nichts.

Jeden Morgen frühstücke ich jetzt mit Frau Japcke. Es sind gemütliche und friedliche Stunden. Wie eine Mutter umsorgt sie mich. Und dennoch: Jene Frische, jener entschlossene Siegeswille bleiben verschwunden. Es gelingt mir nicht, sie noch einmal aufzubauen. Eine seltsam stoische Ruhe beherrscht mich. Ob das ausreicht für eine große Leistung?

Der Tag des Wettkampfes bricht an. Die Startnummern auf dem Trikot, auf dem Trainingsanzug sind aufgenäht, Werferschuhe und Disken, Lippenstift und Wimperntusche bereitgelegt, ein bißchen Schokolade, ein Apfel – die Wettkampftasche ist gepackt. Letzte Minuten der Sammlung im eigenen Zimmer: ein paar Bewegungssimulationen zwischen Schrank und Bett. Auf was muß ich besonders achten? Zum zigtausendsten Mal stelle ich mir den Bewegungsablauf mit seinen entscheidenen Phasen vor, suche in Gedanken den optimalen Bewegungsablauf zu finden. Meine letzte Anweisung an mich: Sei ruhig und schnell. Überhaste nichts und riskiere alles!

Ich werde als erste werfen müssen. Darum ist es wichtig, daß gleich meiner erster Wurf sitzt. Er muß gut sein, damit ich von eventuellen großartigen Weiten der anderen nicht beunruhigt werden kann. Ich horche in mich hinein. Das Rhythmusgefühl, ist es da, selbstverständlich gegenwärtig?

Ja, ich bin konzentriert, scheine gut gerüstet, nur das Tüpfelchen auf dem i fehlt. Jenes undefinierbare Empfinden vor einem Wettkampf, das ich so oft vor guten Wettkämpfen an mir beobachtete, es ist noch zu vage. Dieses innerliche Lauern, das Versammeltsein psychischer und physischer Kräfte, dieses tranceähnliche Wachsein – ich habe es noch nicht gefunden.

Ein Griff zur Wettkampftasche – es ist soweit. Ich gehe hinunter, warte auf das Auto, das uns, die Trainer, Brigitte Berendonk, die zweite bundesdeutsche Werferin, und mich ins Stadion bringen soll.

„Wie fühlst du dich?"

„Alles in Ordnung?"

Kopfnicken, Schulterzucken sind meine Antwort. Ich sage nichts, versuche in mich zurückzufallen, mit mir selbst identisch zu sein, mich bis zum letzten Nerv zu empfinden . . .

Wir gehen zum Einlaufplatz. Da und dort begegnen uns Bekannte und Unbekannte, die den einen oder anderen aufmunternden Zuruf herüberrufen. Heute messe ich den Grad meiner Konzentration daran, wie diese Zurufe an mir abprallen. Das ist nicht immer so. Manchmal kann ich auch fröhlich reagieren, leichtfüßig herumhüpfen, in schnellen Wortwechseln jenen Vorstartzustand finden, diese innere Lauerstellung, die mir anzeigt, daß ich bereit bin. Heute jedoch bin ich anders – und muß dennoch dieselbe sein.

Es ist ein seltsames Fluidum, das jeweils und immer unterschiedlich, manchmal nur um Nuancen, jene letzten Minuten vor einem Wettkampf bestimmt. Wettkampffieber. Wo es ausbleibt, sind Wettkämpfe langweilig.

Auf dem Einlaufplatz suche ich mir ein entlegenes Eckchen, kauere mich zusammen und warte auf mich. Mit geschlossenen Augen finde ich den Rhythmus – ohne mich zu bewegen, bewege ich mich doch. Erst jetzt beginne ich mich einzulaufen. Ruhige, große Bewegungen werden ganz plötzlich durch Reaktionsübungen unterbrochen. Es stimmt. Es gehorcht mir, ich habe mich in meiner Gewalt.

Jetzt kann ich der Freude, dem Vergnügen an meinem Können immer mehr Raum geben. Zuerst ohne Gerät, dann mit einem Steinchen taste ich meine Bewegungssicherheit ab. Dann erst der Griff zum Gerät. Ein Blick zum Trainer, er nickt mir zu. Ich atme auf. Es klappt. Ich bin bereit.

Ein Blick auf die Uhr. Noch 40 Minuten bis zum Wettkampfbeginn. Ich mache mich auf den Weg in die unterirdischen Gänge zum Sammelpunkt der Athletinnen.

30 Minuten vor dem Wettkampf werden wir gemeinsam ins Stadioninnere geführt. Mindestens zwei Würfe stehen uns dort zum Einwerfen zu. Eigene Geräte dürfen nicht benutzt werden. Fabrikneue Scheiben stehen zur Verfügung. Und weil ein Diskus bei weitem nicht wie der andere ist, stürzen sich die Sportlerinnen auch gleich auf den Geräteständer. Jede sucht unter den verschiedenen Marken das für sie beste Gerät heraus. Wer da nicht schnell genug zugreift, muß sich mit den „Gurken", den schlechteren Wurfscheiben zufrieden geben.

Erst nach diesem Tumult kommt wieder Ruhe in die Szene. In der für den Wettkampf ausgelosten Reihenfolge werfen wir uns ein. Wenngleich die Aufmerksamkeit der Zuschauer wohl vornehmlich auf die 50 km-Geher gerichtet ist, unter ihnen Bernd Kannenberg, der spätere Olympiasieger, spüre ich doch, daß auch ich sehr genau beobachtet werde. Das einheimische Publikum registriert jeden meiner Würfe.

Man erwartet auch von mir eine Medaille, nach dem so überaus erfolgreichen Abschneiden der anderen bundesdeutschen Leitathleten, der Rita Wilden, der Ulrike Meyfarth, der Hildegard Falck, des Klaus Wolfermann, der Heide Rosendahl . . . Diese spürbare Erwartung nehme ich wahr und freue mich sogar über sie. Sie belastet mich nicht.

Meine Eltern, meine Schwester mit Mann sind da, zwei Leverkusener Freundinnen ebenfalls. Ich erkenne sie unter den Zuschauern, winke ihnen zu und vergesse sie.

Jetzt gilt nur noch eines – sich richtig einzuwerfen. Richtig, das heißt sparsam. Nur nicht zuviel Einsatz bei den Probewürfen, aber auch nicht zu wenig, das könnte einschläfernd wirken. Ein Zuviel könnte einen vorzeitigen Abbau der Spannung bewirken. Es muß

eben richtig sein, das Timing bis zum ersten vollen Wettkampfwurf.

Dann ist es soweit, das Einwerfen wird eingestellt. Der Kreis
vom Kampfrichter noch einmal ausgekehrt. Eine Minute vor
15 Uhr. Langsam streife ich meinen Trainingsanzug ab, ziehe die
Söckchen hoch und gehe zum Geräteständer.

15 Uhr. Der Stadionsprecher kündigt das Diskuswerfen der
Frauen an. Meine Startnummer erscheint auf der Leuchttafel. Ab
jetzt läuft meine Zeit. Drei Minuten stehen jedem Wettkämpfer
zu. Ich verreibe ein wenig Kreidestaub auf dem Diskus, damit er
auch schön griffig ist. Aufkeimende Nervosität wird durch
gleichmäßiges, tiefes Durchatmen bewältigt. Sorgfältig säubere ich
die Schuhsohlen auf der Matte am Kreisrand, betrete den Diskuskreis. Meinen Kopf halte ich gesenkt, die Arme hängen schlaff
herunter. „Bin ich locker?" „Ja". Ein Ruck geht durch mich hindurch. Konzentriert blicke ich hinaus auf einen imaginären Ziel-
punkt, weit hinten auf dem Rasen. Stille im Stadion.

Ich drehe mich um, gehe in die Wurfausgangsstellung. Freies
weites Ausholen, dann kommt alles andere von selbst: – ein tiefes
Ausatmen, Einatmen, Schwungholen – dann die Drehung, der
Wurf – gelungen! Ich fange meinen Schwung ab, sehe dem fliegen-
den Diskus nach – Jubel der Zuschauer, ein weiter Wurf. Jenseits
der 65 m-Linie schlägt mein Diskus auf.

Jetzt sollte ich vor Freude springen, den Kreis nach hinten verlassen – Aber was ist das? Was geht mit mir vor? Ich sacke in mir
zusammen, meine Knie geben nach. Ich bekomme Übergewicht,
suche instinktiv nach Balance, muß mein Taumeln abfangen, trete
für den Bruchteil einer Sekunde auf den Kreisrand und werde
durch diese kleine, so unnötige Bewegung wach. Als könnte ich es
ungeschehen machen, drehe ich mich hastig um und verlasse den
Kreis vorschriftsmäßig.

Hatten alle anderen begeistert den Flug meines Gerätes verfolgt,
die Augen eines Mannes waren unbeeindruckt auf meinen Füßen
hängengeblieben. Auch dann noch, als der Wurf längst vollzogen
war, als mit einem Übertreten niemand mehr rechnen konnte. Der
Kampfrichter am Kreisrand, der mit seiner roten oder weißen
Fahne anzeigen muß, ob ein Versuch gewertet werden kann oder
nicht, hat es gesehen.

Er hebt die rote Fahne – Aus!

Das wäre die Silbermedaille gewesen. Zumindest. Denn wer
weiß, wie der Wettkampf verlaufen wäre, hätten die anderen mit

dieser vorgelegten Weite fertigwerden müssen. Außerdem hätte ich auch noch zulegen können, denn so optimal war dieser erste Wurf auch nicht gewesen. Er hätte mich befreien können, dieser erste Wurf, aus jener seltsamen undefinierbaren Stimmungslage der vergangenen Tage, die mich mir selbst so fremd gemacht hat. Doch Wenn und Aber zählen nicht im Wettkampf. Dieses rätselhafte Übertreten bei meinem ersten Versuch, es paßte zu mir, zu dieser Stunde. Der zweite Wurf war dann verrissen, mißlungen. Im dritten Versuch raffte ich noch einmal alles zusammen und qualifizierte mich mit 62,18 m für den Endkampf der besten Acht. Bei dieser Weite blieb es dann auch. Ich wurde Fünfte.

Warum ich nicht annähernd mehr an die Weite meines ersten Versuches herangekommen bin? Alle Spannung, alles Wettkampffieber, das ich so sorgfältig versucht hatte, in mir aufzubauen, es hatte nur für einen Wurf gereicht. Und nicht einmal ganz für diesen. Hätte ich sonst auf so ungewöhnliche Weise übergetreten? Normalerweise tritt eine Werferin nämlich während des Abwurfes oder direkt danach beim Abfangen des Drehschwunges über, niemals aber nachdem sie bereits ruhig im Kreis steht.

Ich weiß mir mein rätselhaftes Übertreten nur dadurch zu erklären, daß mich alle Spannkraft in jenem Augenblick verließ, als der erste Wurf getan war. Es war eben doch alles zu viel gewesen für mich: die Tage zuvor und nun die Wettkampfbelastung. Mit diesem Versuch war alles verpufft, was ich an innerer Spannkraft aufgebaut hatte.

Danach war ich nicht mehr die Wettkämpferin, die ihre Scheibe warf, wenn sie dazu aufgerufen wurde. Plötzlich entdeckte ich, daß ich die anderen Werferinnen beobachtete. Immer wieder versuchte ich mir vor Augen zu halten, daß ich doch gewinnen wollte, daß man nie aufgeben dürfe, daß Konzentration jetzt wichtig sei, aber ich redete an mir vorbei. Zum ersten Mal erlebte ich es damals in München, daß ein Wettkampf an mir vorüberging, mich nicht in seinen Bann ziehen konnte, so sehr ich mich auch darum bemühte. Ich stand neben mir, war mein eigener Zuschauer. Und das war neu für mich.

Trotz oder gerade wegen dieser Verlorenheit bescherte mir dieser Nachmittag aber noch ein Erlebnis, das ich zu meinen schönsten überhaupt zähle. Der Wettkampf neigte sich bereits dem Ende zu. Nach einem neuerlichen ungültigen Versuch hatte ich den Kreis gerade verlassen. Mittlerweile war wohl auch den Zuschauern klar geworden, daß ich mit dem Ausgang des Kampfes um die

Medaillenränge nicht mehr das geringste zu tun hatte. Ich zog mir gerade den Trainingsanzug über, als mich ein Zuruf von der Tribüne erreichte. Erstaunlich, welch stille Momente es immer geben kann, selbst unter Tausenden von Menschen. Ganz klar und deutlich vernehmbar für alle Anwesenden klang es zu mir herüber: „Liesel! Macht nix!"

Mit einem Schlag war der gläserne Kasten, in dem ich mich befand, zersprungen. Ich stand nicht länger neben mir, war wieder ich geworden. Zwar nicht als Wettkämpferin, wohl aber als Mensch.

Ich blickte auf, lachte, winkte einen Gruß in die Richtung jenes anonymen Mitmenschen. Und, als hätte ich einen Goldmedaillenwurf getan, brandete plötzlich ein Beifall um mich herum auf, wie ich ihn als schützenden Zuspruch nie zuvor und nie danach wieder habe erleben können.

Unmittelbar und unvermutet schlug mir hier in diesem Moment des Einsseins mit Tausenden von fremden Menschen etwas entgegen, das schöner ist, unwiederbringlicher als jede meßbare Leistung. Menschen und Menschliches, wer wollte solches in Metern und Sekunden messen...

Ob jener Zuschauer auf der Tribüne wohl jemals geahnt hat, wieviel er mir gegeben hat mit seinen drei spontanen Worten? Das habe ich mich oft gefragt. Heute weiß ich seinen Namen und daß auch er sich noch an jene kleine, bedeutungsschwere Episode erinnert. Im Juni 1976 erhielt ich einen Brief aus Mannheim: „München 1972 . . . enttäuscht kamen Sie aus dem Ring. Ich saß mit meinen zwei jüngsten Söhnen direkt hinter dem Wurfkreis in halber Höhe und organisierte schnell mit ihnen drei Worte: Auf ein Kommando riefen wir dann zu Ihnen hinunter: ‚Liesel! Macht nix!' Sie lachten wieder – und wischten einen leichten Handgruß zu uns herauf!

Sehen Sie, wie so kleine, aber nette Episoden in der Erinnerung bleiben. Gott sei Dank! Alles Gute für Sie, und wenn die Norm für Montreal nicht langt, denken Sie daran: Liesel! Macht nix!

Ihr Verehrer, 63 Jahre alt.

Walter Kleff"

Wie recht er doch hatte mit diesem neuerlichen „Liesel! Macht nix!" für Montreal. Diese Olympischen Spiele, mit denen ich so gern meine Laufbahn abgeschlossen hätte, mußte ich aus der Ferne beobachten. Doch was macht das schon. Vierzehn Jahre in der

Nationalmannschaft liegen hinter mir. Sie haben mir viele herrliche Reisen und Wettkämpfe beschert.

Um die Fahrkarte zu den Olympischen Spielen von Tokio 1964 hatte ich vergeblich gekämpft, und wie die erste, so war auch die letzte Anstrengung um die Teilnahme am olympischen Wettkampf erfolglos. Aber dennoch: seit Jahren hatte ich nicht mehr so viel Freude am Training und Wettkampf, am Diskuswerfen gehabt wie gerade 1976. Daß ich das mir selbst gesteckte Ziel nicht erreichte – Liesel, macht nix!

V. Mit dem Diskus um die Welt

1. Ziele

Gelegentliche Rückschläge verblassen, Machenschaften und Einflüsse von außen verlieren in der Erinnerung an Bedeutung. So glaube ich denn auch, daß entgegen allen Zwängen und fremden Einflüssen das, was den Leistungssport vor allem ausmacht, erhalten bleiben wird: der Ausdruck der Lebensfreude, allen Widerständen zum Trotz.

Auf der Suche nach dem Sinn im Leistungssport fand ich als Studentin bei Karl Jaspers: „Das Eigendasein als Vitalität schafft sich Raum im Sport als einem Rest von Befriedigung unmittelbaren Daseins, in Disziplin, Geschmeidigkeit, Geschicklichkeit. Durch die vom Willen beherrschte Körperlichkeit vergewissert sich Kraft und Mut; der naturoffene Einzelne erobert sich die Nähe zur Welt in ihren Elementen. . . Sport ist nicht nur Spiel und Rekord, sondern wie Aufschwung und Aufraffen."

Dieser Wille, dieses Bekenntnis zur Vitalität, ist der lockende Ursprung des Leistungssports. Zweifellos eine urtümliche Kraft, die auch der medizinisch-chemischen Manipulation und dem politischen Mißbrauch wird standhalten können, weil sie sich jedem erschließt, der nur bereit ist, sich ihr zu öffnen. Diese Verlockung zur Leistung vermag jeden zu verführen und jeden stählend zu bereichern, der sich noch nicht der Resignation ergeben hat.

Sich der Resignation zu entwinden, ist zudem auch gar nicht schwer. Eines nur muß man vermeiden: Wer sich an Leistungen mißt, die die eigene Leistungsfähigkeit bei weitem übertreffen, verbaut sich alles. Dem wird der Sport nie das geben können, was er zu geben vermag. Wer allerdings bereit ist, sich zuerst an sich selbst zu messen, die eigene Leistungsgrenze als erstrebenswertes

Ziel zu sehen, der erschließt sich einen Quell tiefster Lebensfreude.

Erfolge sind nicht nur da zu finden, wo Tausende oder Millionen Beifall zollen. Wohl kein Weltklasseathlet ist unter einer solchen Zielsetzung zu dem geworden, als der er bewundert wird. Das Aufraffen nach Niederlagen, der Mut zum Weitermachen, dieses „dennoch" ist die unermüdliche Triebkraft des Leistungssportlers, die sich nährt aus den kleinen Leistungssteigerungen des Trainingsalltags.

Der ständig gegebene Spannungszustand von Gelingen und Nichtgelingen ist es, der mich all die Jahre dabeigehalten hat. Die großen Erfolge, gewiß, sie bieten herrliche Erlebnisse, aber sie reichen nie und nimmer aus, um tagein, tagaus bei härtester Trainingsbelastung Schwung und Elan zu erhalten. Der Leistungssport, die Auseinandersetzung mit den eigenen Grenzen, fasziniert aus sich selbst heraus.

Wäre es anders, ich wüßte mir nicht zu erklären, warum ich nicht bereits als 17jährige das Diskuswerfen aufgegeben habe. Ich erinnere mich an eine Episode, die mich sehr wohl irritieren und mir die Freude am Leistungssport hätte nehmen können. Trotzdem berührte sie mich wenig.

Es war auf einer Rückfahrt von einem Winterlehrgang in Mainz. Ich saß mit mehreren Diskuswerferinnen in einem Bahnabteil beisammen. Das Gespräch drehte sich um die kommende Wettkampfsaison. Ein Kieler Hochschuldozent für Leibeserziehung, der als Beobachter dem Lehrgang beigewohnt hatte, lenkte das Gespräch auf die Ziele, die sich wohl jede von uns für den Sommer 1962 gesetzt hätte. Schließlich wurde auch ich, die Jüngste, befragt.

„Ich möchte 45 m weit werfen und vielleicht auch deutsche Jugendmeisterin werden." Meine Bestleistung lag zu jenem Zeitpunkt bei 41,72 m; ob ich mir da mein Ziel nicht etwas zu hoch gesteckt hätte, meinten auch einige der erfahreneren Werferinnen.

Ein wenig später nahm mich der Hochschullehrer zur Seite. Ich solle es ihm nicht übel nehmen, was er mir zu sagen habe. Es müsse aber wohl zu meinem eigenen Besten ausgesprochen werden. 45 Meter, das müsse ich ihm glauben, würde ich nie werfen können. Wissenschaftliche Untersuchungen hätten verläßliche Richtmaße ergeben, denen zufolge es nicht zu erwarten wäre, daß ich meine bisherige Bestleistung noch steigern könne. Er maß mich von Kopf bis Fuß mit den Augen. „Sie sind viel zu klein!"

Meine einzige Reaktion auf diese schonende Vorbereitung auf meine sportlichen Grenzen war, daß ich mir schwor, niemals mehr in einem solchen Kreis über meine Ziele zu sprechen. Wer wollte sich das Recht anmaßen, meine Leistungsgrenze zu kennen? Schließlich hatte ich mich bis dahin Jahr für Jahr stets gesteigert. Experte hin, Experte her, vielleicht hatte er seine Weisheit aus den falschen Büchern. Übrigens gelangen mir in jenem Jahr 45 bis 46 m. Außerdem wurde ich aller Wissenschaft zum Trotz deutsche Jugendmeisterin im Fünfkampf und auch im Diskuswerfen.

Mein neues Ziel waren nun die 50 Meter geworden. Erst als ich diese Weite bereits erreicht hatte, erfuhr ich von einem Gespräch, das unser Hausarzt vor anderthalb Jahren mit meiner Mutter geführt hatte.

„Frau Westermann, ich muß Ihnen etwas sagen, bevor es vielleicht zu spät ist. Ihre Tochter, die Liesel, scheint mir an der Grenze ihrer körperlichen Leistungsfähigkeit. Sie sollten das wissen, damit Sie ihr helfen können, wenn die Erfolge ausbleiben. Ein bißchen wird sie sich vielleicht noch steigern können, allerdings nur unerheblich. 50 Meter oder so, ich kenne ihre Ziele ja nicht, liegen aber weit außerhalb ihrer Möglichkeiten. Das Mädchen hat nämlich eine Schilddrüsenüberfunktion. Da wachsen die Bäume nicht in den Himmel!"

Trotzdem beendete ich die Saison 1963 mit einer Weite von 51,70 Meter als Bestleistung. Nachdem ich bei den Deutschen Meisterschaften in Augsburg zum ersten Mal die 50 m-Marke übertroffen hatte, gelang es mir bereits 14 Tage später, diese 51,70 m zu erzielen, und zwar in London, bei meinem ersten Start im Nationaldreß der bundesdeutschen Ländermannschaft. Sorgfältig hatte ich mich auf diesen Wettkampf vorbereitet, bedeutete er doch die Erfüllung eines Traumes für mich.

Ich kann mich noch gut daran erinnern. Im Scherz hatte ich es im vorangegangenen Winter meinen Schulfreundinnen gegenüber erwähnt. Beim Schwatz über unsere Freunde, Verliebtheiten, erste Erfahrungen mit Jungen, und über Schulangelegenheiten war hin und wieder auch mein Sport zum gemeinsamen Thema geworden. Vor allem wenn ich wegen eines Lehrganges oder eines besonderen Trainingsabschnittes wieder einmal nicht an einer Party teilgenommen hatte, wollten die anderen wissen, ob ich nicht endlich genug von der ständigen Trainiererei hätte.

„Es macht mir ja auch nicht immer Spaß. Manchmal würde ich auch lieber zu einer Party gehen. Aber einmal möchte ich fünfzig Meter werfen und einmal das Nationaltrikot tragen. Dann höre ich auf . . .“

Mit dem Erreichen des ersten Zieles hatte ich gleichzeitig das zweite erreicht. Mein erster 50-Meter-Wurf bescherte mir zugleich die erste Einladung in den Kreis der Nationalmannschaft. Die Deutschen Meisterschaften waren noch in den Sommerferien gewesen; dieser Länderkampf in London fiel bereits in die Schulzeit.

Zur Vorbereitung auf die Deutschen Meisterschaften in Augsburg hatte mir mein Sulinger Trainer, Herr Vogt, einen umfangreichen Trainingsplan aufgestellt, zugeschnitten auf die zeitlichen Möglichkeiten während der Sommerferien. Da das Einhalten dieses Planes in Augsburg mit meinem ersten 50-Meter-Wurf belohnt worden war, wollte ich mich unbedingt auch noch bis London nach ihm richten. aber die Sommerferien waren zu Ende. An drei Wochentagen waren aber jeweils zwei Trainingseinheiten zu bewältigen. Wie sollte ich nur die Zeit dafür aufbringen, wenn ich doch bis Mittags in der Schule sein mußte!? Es erschien mir sinnlos, zwei Trainingseinheiten hintereinander am Nachmittag zu absolvieren. Das Vormittagstraining bestand aus Hantelarbeit, die dem Erfolg eines unmittelbar anschließenden technischen Trainings nur abträglich sein konnte. Also entschloß ich mich, morgens vor der Schule mit Hanteln und Sandsack zu trainieren.

Ich stand also während dieser vierzehn Tage vor London dreimal pro Woche anderthalb Stunden früher als gewöhnlich auf, zog mir meine Trainingssachen an und verschwand vor dem Frühstück im Haushaltskeller der elterlichen Wohnung.

Weil es in Sulingen keine Turnhalle mit einem Krafttrainingsraum gab, Herr Vogt mich aber von der Notwendigkeit des Hanteltrainings überzeugt hatte, waren meine Eltern bereit gewesen, im häuslichen Keller ein Eckchen zur Verfügung zu stellen. Herr Vogt hatte mir einen Sandsack genäht und irgendwo eine alte verrostete Hantel für mich aufgetrieben. Meine Hantelständer hat er aus Alteisen selbst zusammengeschweißt.

Man sollte nicht glauben, was alles zu schaffen ist, wenn nur genügend Initiative und Aktivität dahintersteckt! Und daran hat es Herrn Vogt nie gemangelt, was die Konstruktion der Hantelständer hinlänglich beweist: Auf die Scheiden einer Bremstrommel hatte er je ein Eisenrohr geschweißt. Ein zweites, dünneres Rohr, das man in das erstere hineinschieben konnte, hatte er oben mit einer Gabelung versehen. In beide Rohre waren Löcher gebohrt, so daß ich mit Stahlhaken als Stöpseln meine Ständer beliebig in der Höhe verändern konnte.

Eine alte massive Holzbank, die bei uns in einem dunklen Winkel längst verstaubt war, eignete sich ideal zum Bankdrücken. Für andere Übungen, die eine höhere Liegefläche verlangten, stellte er kurzerhand drei Stühle so geschickt zusammen, daß ich angesichts dieser Initiative meine Einwände, die ich lange gegen jegliches Krafttraining vorgebracht hatte, unterließ. Zu guter letzt hatte Herr Vogt noch alte Teppiche zusammengelegt, damit ich mir auf dem nackten Betonboden die Gelenke nicht zu sehr stauchte.

Das waren meine Geräte, und – muß ich das eigentlich betonen? – es waren ausgezeichnete, zweckmäßige Geräte, mit denen ich nun bereits ein halbes Jahr lang gearbeitet hatte.

Der Raum selber war alles andere als ein freundlich gehaltener, zu schweißtreibender Trainingsarbeit einladender Aufenthaltsort. Da türmten sich ungebrauchte Federbetten. Regale mit Eingemachtem und eine Kartoffelkiste schränkten meinen Bewegungsradius genauso ein wie ausrangierte Möbel und Gartengeräte. Aber Raum ist in der kleinsten Hütte, wenn man sich nur entsprechend anzupassen vermag und bereit ist, selbst zu regeln, was sich nicht von allein oder durch andere regelt.

Es war nicht eben wenig, was mich Herr Vogt mit der Gestaltung meines „Krafttrainingsraumes" lehrte. Ganz gewiß verdanke ich dieser Lehre ein gut Teil meines späteren Erfolges. Wo ein Wille ist, ist auch ein Weg! Ob ich ohne diese vorausgegangene Erfahrung wohl überhaupt auf die Idee gekommen wäre, am frühen Morgen noch vor dem Frühstück und der Schule zu trainieren?

Ob dieser Frühsport, als Training betrachtet, sehr fruchtbar war, muß wohl dahingestellt bleiben. Für meine Einstellung aber war er gewiß von unschätzbarem psychischem Wert. Zum einen tat ich es aus mir selbst heraus, unbeeindruckt von dem lächelnden Kopfschütteln meiner Mutter. Zum anderen erwuchs daraus eine ungeheure Sicherheit, bestens vorbereitet zum großen Wettkampf in London anzutreten. Allein das ist entscheidend.

2. London 1963, mein erster Länderkampf

Ich benötigte für London zwei Tage Urlaub von der Schule. Bereits am Donnerstag, dem 22. August 1963, sollte es im Flugzeug von Düsseldorf nach London losgehen. Mein erster Flug. Alles war neu und aufregend. Vor dem Abfertigungsschalter wurden die Bordkarten verteilt, das Gepäck aufgegeben. Die Paßkontrolle wurde passiert, und nach einiger Zeit im Aufenthaltsraum stiegen wir in die wartenden Flughafenbusse. Trotz der bereits eingebrochenen Dämmerung versuchte ich, soviel wie möglich zu sehen und zu entdecken. Ich war nämlich noch nie zuvor auf einem Flughafen gewesen.

Der Bus hielt vor einer großen Propellermaschine. Zwei Gangways führten zu den beiden Eingängen, vor denen uns jeweils eine elegante, hübsche Lufthansa-Stewardeß erwartete.

Es war alles so, wie ich es mir immer vorgestellt, in Büchern und Prospekten gelesen und in Filmen gesehen hatte. Nur eines vermißte ich, das Herzklopfen, das sich doch eigentlich hätte einstellen müssen. Alle Mitreisenden um mich herum bewegten sich mit einer ruhigen Selbstverständlichkeit, als sei es die alltäglichste Sache der Welt, an einem Donnerstagabend mal eben von Düsseldorf nach London zu fliegen. Zu meinem Erstaunen beobachtete ich eben dieselbe Gelassenheit an mir selbst. Den freundlichen Gruß der Stewardeß beantwortete ich im gleichen Tonfall wie die anderen. Es war alles so enttäuschend normal.

Woran mag es nur liegen, daß Ereignisse, denen man erwartungsvoll entgegenfiebert, im Augenblick der Wirklichkeit so farblos sind? Hatte ich mir alles so eindringlich vorgestellt, daß das Herbeigesehnte ganz alltäglich ausfiel? Auch als das Flugzeug dann abhob, wir bereits in der Luft waren, gab es keinen Augenblick, der mir das Außerordentliche des Fliegens erschlossen hätte. Ich hätte genauso gut in einem D-Zug sitzen können, so ruhig glitt das Flugzeug durch die Dunkelheit.

Plötzlich setzte um mich herum Betriebsamkeit ein; Tischchen wurden heruntergeklappt, die Stewardessen schoben schwere Containerwagen durch den Gang.

„Was hat denn das zu bedeuten?" fragte ich erstaunt meine Nachbarin.

„Jetzt gibt es was zu essen!"

„Zu essen? Hier im Flugzeug? Das muß ja wahnsinnig teuer

sein! Zum Glück habe ich schon vor dem Abflug im Flughafenrestaurant etwas Preiswertes gegessen." Zufrieden mit meinem ungeahnten Weitblick lehnte ich mich zurück und klappte mein Tischchen wieder hoch. Da hatte ich bestimmt 'ne Menge Geld gespart.

„Teuer? Du bist wohl nicht ganz bei Trost! Das gehört hier einfach dazu. Jeder kriegt ein Essen. Das ist im Flugpreis inbegriffen . . ."

Ich staunte nicht schlecht über das warme Essen, das nun allen Reisenden serviert wurde: ein saftiges Steak mit ebenso appetitlichen Beilagen. Also erlebte ich doch etwas Besonderes auf meinem ersten Flug . . .

Das Eigentliche aber stand noch bevor – mein erster Länderkampf. Ein lang erträumtes Ziel war Wirklichkeit geworden: Einmal im Nationaltrikot an den Start gehen.

Nachdem am Freitagmorgen die Trikots und Trainingsanzüge ausgeteilt worden waren, hastete ich auf mein Zimmer, das ich mit zwei anderen Sportlerinnen teilte.

Gottseidank, die beiden anderen waren noch nicht oben. Vielleicht hätten sie mich ausgelacht, wie ich da, einem feierlichen Zeremoniell gleich, meine Wettkampfkleidung vor mir ausbreitete. Und dann das Anprobieren! Ich konnte und konnte mich nicht sattsehen an mir selbst. Wir gut mir das weiße Trikot mit dem roten Brustring und dem schwarzen Adler auf gelben Grund stand! Da kein großer Wandspiegel zur Verfügung stand, mußte ich im Bad auf dem Toilettendeckel herumturnen und etliche Verrenkungen machen, um mich im Waschbeckenspiegel bewundern zu können.

Dabei hatte ich eigentlich damals ein äußerst ausgeleiertes Trikot erwischt. Die Armlöcher an dem ärmellosen Hemd waren so breit gemangelt, daß sie Flügelärmeln gleichkamen. In späteren Jahren hätte ich dieses Hemd als untragbar zurückgewiesen. Aber heute vermochte nichts mein Hochgefühl zu beeinträchtigen. Die Flügelarmränder schlug ich kurzerhand um, als müßte es so sein. Daß mir der Trainingsanzug, blauer Popeline mit gelben Streifen am Strickbündchen und Strickkragen, auch nicht gerade wie angegossen saß, konnte meine Hochstimmung genauso wenig trüben wie die allgemeine Unzufriedenheit meiner erfahrenen Wettkampfkameradinnen mit ihren Trikots und Trainingsanzügen. Meine beiden Zimmergenossinnen hielten sich in ihrer Kritik an der Ausstattung der Nationalmannschaft sehr zurück, als sie merkten, wie viel

Freude ich an diesen Kleidungsstücken hatte. Sie wurden auch nicht müde, mich in allen möglichen Posen draußen auf dem Balkon vor unserem Zimmer geduldig zu fotografieren. Ich hoffe nur, daß ich in späteren Jahren ebensoviel Zartgefühl bewiesen habe, wenn immer ich mit einem Länderkampfneuling zusammenwohnte. Wie leicht läßt sich mit ungeschickten Bemerkungen die naive Freude anderer zerstören. Die glücklichen Augenblicke kindlichen Stolzes haben nämlich in Wahrheit wenig mit übersteigertem Nationalgefühl zu tun, das für viele Deutsche mit unangenehmen Erinnerungen verbunden ist und das daher oft durch übertriebene Lässigkeit gegenüber unserem Hoheitszeichen ersetzt wird.

Es hieße jedoch das Kind mit dem Bade ausschütten, wollte man das eine Extrem durch das andere ersetzen. Es geht vielmehr darum, daß das Auftreten in der Nationalmannschaft ein gewisses Maß an Wohlverhalten auferlegt. Es muß etwas anderes sein, ob sich ein Tourist daneben benimmt oder ein Athlet, der weithin sichtbar als ein Repräsentant seines Staates auftritt.

Bei den Mannschaftsleitungen unserer Nationalmannschaft ist bedauerlicherweise diese Einstellung und das daraus zu erwartende konsequente Verhalten nicht immer selbstverständlich gewesen. Wenn Athleten über die Stränge schlagen, ist Toleranz fehl am Platz.

In anderen Ländern ist das anders. Nur ein Beispiel: Wegen Disziplinlosigkeit wurde der polnische Weltklasse-Weitspringer Crzegorz Cybulski für ein halbes Jahr gesperrt. Der Sportler hatte in betrunkenem Zustand auf der Zugfahrt Minsk–Moskau randaliert und sich mit dem Zugpersonal gestritten.

Auch bei uns hat es Vorfälle dieser Art gegeben. Es ist mir jedoch in keinem Fall bekannt, daß sie ähnlich wie bei den Polen geahndet wurden. Hier ist, meine ich, etwas nicht in Ordnung und nachzuholen.

Im übrigen sei gesagt, daß nicht nur wir Athleten hier und da einen heilsamen Dämpfer herausfordern. Auch Funktionäre wissen manchmal nicht, welches Verhalten ihrer Position angemessen ist. Wenn der Herr Präsident zwischen zwei Wettkampftagen eines Europapokalfinales voll des süßen Weines oder anderer Dinge lauthals grölend zu nächtlicher Stunde duscht und die Athleten um ihre notwendige Nachtruhe bringt, ist das ebenso beklagenswert. Eine nachträgliche Entschuldigung ändert daran auch nichts. Wie schlecht steht es einem solchen Mann an, die Notwendigkeit einer kleinen Mannschaft bei Europameisterschaften oder Olympischen Spielen damit zu begründen, daß die Athleten, die frühzeitig aus dem Wettkampf ausscheiden müssen, durch ihr rücksichtsloses Benehmen die Erfolgreichen nur in der Konzentration stören werden.

Doch zurück zum Londoner Länderkampf des Jahres 1963. Als jüngstes Mitglied der deutschen Frauenmannschaft genoß ich meinen ersten Länderkampf unbefangen und in allen Einzelheiten. Dazu gehörte es, daß ich den Trainingsanzug nur noch vor dem Schlafengehen auszog, abgesehen selbstverständlich vom abschließenden Bankett.

Wenn ich im Laufe der Jahre dieser Bankette mit den üblichen Reden auch recht müde geworden bin, damals war es noch etwas besonderes. Da ich mit einem zweiten Platz wertvolle Länderkampfpunkte geholt hatte, außerdem mit 51,70 m erneut meine Bestleistung verbessert hatte, war ich natürlich besonders aufgeschlossen für alles Geschehen um mich herum. Außerdem war dieses Londoner Bankett keines der üblichen Bankette. Es erhielt einen besonderen Anstrich dadurch, daß sein Ablauf von einem richtigen Zeremonienmeister gelenkt wurde. Ob es am königlichen Hof wohl so ähnlich zugeht?

In prächtiger goldbetreßter, purpurroter Livree kündigte der Zeremonienmeister jeden Redner in gesetzten Worten an, nachdem er zuvor ein Glockenzeichen hatte ertönen lassen. Mit dem Essen und Trinken durften wir nicht beginnen, bevor diese würdevolle Person nicht in äußerst gemessener Form das Zeichen dazu gegeben hatte.

Dieses Zeichen bestand in einem respektvollen Toast auf die Queen. Der Zeremonienmeister erhob das Glas, wir folgten seinem Beispiel, er sagte einen Trinkspruch, in den alle Briten einstimmten, und dann erst durfte der erste Schluck genommen werden. Gleich anschließend wiederholte sich der Ablauf. Diesmal zu Ehren des Bundespräsidenten.

Ich muß sagen, unsere Resonanz war kümmerlich. Kaum einer wußte recht, wie und in was er einstimmen sollte.

Erst nachdem auch noch die Nationalhymnen abgespielt worden waren, wurde das Essen aufgetragen. Der Feierlichkeit war Genüge getan, und wir verbrachten noch etliche ausgelassene Stunden bei Getränken, Musik und Tanz.

Am Sonntagmorgen ging es dann zurück in die Heimat, gemeinsamer Rückflug nach Düsseldorf, von wo aus wir uns dann wieder in alle Richtungen zerstreuten. Mein erster Länderkampf war vorbei, ich um ein rundum schönes Erlebnis reicher.

3. „Ewige Zweite"?

Was es von dem Jahr 1964 aus meiner Sicht zu berichten gibt, habe ich bereits in anderen Zusammenhängen erzählt. 1964 und auch 1965 war ich bei den Deutschen Meisterschaften wiederum Zweite im Diskuswerfen geworden. Allem Anschein nach war ich auf dem besten Wege, eine sogenannte „ewige Zweite" zu werden.

Ich konnte so gut in Form sein wie ich wollte, dennoch schien es ein hoffnungsloses Unterfangen zu bleiben, die langjährige Deutsche Meisterin im Diskuswerfen, Kriemhild Limberg-Hausmann, übertreffen zu wollen. Zwar hatte ich schon Anfang des Jahres meine Bestleistung auf 54,61 m gesteigert. Aber sobald ich auf Kriemhild traf, flatterten mir die Nerven derart, daß ich mein Können nicht auszuspielen vermochte.

Oh, das sind fürchterliche Situationen! Vom Verstand her ist einem alles klar, was und wie es anzufangen ist. Tritt man aber dann in den Wurfkreis, ist alle Sicherheit verschwunden, und ein mißlungener Wurf folgt dem anderen.

So war es auch bei den Deutschen Meisterschaften 1965 in Duisburg gewesen. Obgleich ich meinen vorausgegangenen Leistungen nach nichts zu fürchten gehabt hätte, wollte mir nichts gelingen. Niemand konnte zorniger mit sich sein, als ich es war. Und gerade durch solchen Zorn gerät man in einen Teufelskreis. Je größer die Unzufriedenheit, desto schwerer, ihr mit einem gelungenen Wurf zu entrinnen. Sobald ich gegen Kriemhild antreten mußte, war es mit meiner Konzentrationsfähigkeit zu Ende. Es war, als ob ich gegen eine Mauer anrannte. Noch besser trifft vielleicht der Vergleich mit jenen Träumen, aus denen man schweißgebadet aufwacht. Schweißgebadet deshalb, weil man irgendwelchen Verfolgern davonlaufen will und einem plötzlich die Beine nicht mehr gehorchen.

Ob jeder Athlet irgendwann in seiner Laufbahn solchen Zwangsvorstellungen ausgesetzt ist? Es ist wohl anzunehmen, daß viele durch so eine Erfahrung hindurch müssen. Aber Hindernisse, Schwierigkeiten und Hemmungen sind nicht dazu da, daß man sich ihnen ausliefert, sondern sie müssen überwunden werden. Und dazu gehört eine gute Portion Ausdauer und der Wille zur Selbstüberwindung.

Mit 52,24 m gegen 52,96 m hatte ich bei den Deutschen Meisterschaften gegen Kriemhild verloren. Jetzt ging es darum, ob dennoch eine Chance für mich bestand, in die Europacup-Mannschaft berufen zu werden. Anders als bei den Länderkämpfen, zu denen jeweils zwei oder gar drei Athletinnen eingeladen werden, ist bei den Europapokal-Veranstaltungen nur jeweils eine Sportlerin pro Disziplin startberechtigt.

Für meine Nominierung sprach die bessere Jahresbestleistung, für Kriemhild der Meistertitel und die größere Erfahrung. Außerdem hatte sie in Duisburg ihre persönliche Jahresbestleistung um einen halben Meter gesteigert und war damit zum achten Mal hintereinander Deutsche Meisterin im Diskuswerfen geworden. Eine Leistung, die mir eigentlich hätte Hochachtung abnötigen sollen. Aber ich sah nur meine eigenen Probleme, die dahinschwindende Chance, in die Europapokal-Mannschaft berufen zu werden . . .

„Ach, Rudi, es ist zum Verzweifeln! Ich kann Kriemhild einfach nicht schlagen. Mein Gott, was habe ich wieder angestellt bei diesem Wettkampf! Jetzt ist der Europapokal auch hin. Und ich wollte so unbedingt in die Mannschaft . . ."

Rudi Franz, unser Leichtathletikboß bei Hannover 96, kam gar nicht dazu, mir zu meinem zweiten Platz, der Vizemeisterschaft, zu gratulieren. Wo er Glückwünsche anbringen wollte, mußte er nun Mut zusprechen.

„Komm, laß den Kopf nicht hängen! Du hast doch die bessere Leistung stehen . . ."

„Was das schon gilt. Die gehen bestimmt stur nach den Meisterschaftsergebnissen."

„Das glaube ich nicht! Und außerdem ist in 14 Tagen noch der Länderkampf gegen die USA. Reiß dich zusammen, wirf da gut, und du bist dabei!"

„Meinst du wirklich, das wäre noch eine Chance?" Meine Lebensgeister regten sich wieder.

„Du mußt nur dran glauben, und dann gut werfen!"

„Mensch, Rudi! Als hätte man mit gutem Glauben schon jemals etwas ausgerichtet! Also wirklich, du benimmst dich gerade so, als hättest du zum ersten Mal etwas mit dem DLV zu tun . . .

„Na, gut. Ich werde mich erkundigen."

„Da mußt du nicht nur so fragen, sondern gleich genaue Angaben verlangen, wie weit ich in München beim Länderkampf werfen muß und um wieviel ich Kriemhild übertreffen muß. Noch besser wäre es, du ließest dir das Ganze schriftlich geben! Sonst hält sich doch niemand daran . . ."

„Immer langsam, Mädchen! Jetzt übertreibst du aber. Warum bist du so mißtrauisch?"

Kopfschüttelnd machte sich Rudi auf den Weg, um die gewünschten Informationen einzuholen.

Ja, warum dieses Mißtrauen? Glaubte ich selbst so wenig an mein Leistungsvermögen, daß ich mir nicht zutraute, jene 52,96 m von Kriemhild eindeutig zu überbieten, so daß ich mein fehlendes Selbstvertrauen in ein Mißtrauen nach außen, auf den Verband übertrug? Möglich. Andererseits, was man so alles über Mannschaftsaufstellungen zu hören bekam. . . Es wäre schon besser, verbindliche Bedingungen zu kennen, die gegebenenfalls einen berechtigten Anspruch begründen konnten. Sicher ist sicher!

Ob ich in München endlich diese rätselhafte Unsicherheit überwinden würde, die mich bei jedem indirekten Leistungsvergleich mit Kriemhild überfiel? Schließlich handelte es sich in München ja „nur" um einen Länderkampf, beruhigte ich mich selbst, und das war etwas wesentlich anderes als der Kampf um die Meisterschaft. Nicht so wichtig und darum nicht so entnervend. Es müßte da doch leichter sein, mich endlich in die Hand zu kriegen und auch im Wettkampf gegen Kriemhild zu bestehen.

Stunden später konnte Rudi mir das Ergebnis seiner Erkundigung berichten. Es gäbe noch eine Chance für mich. Die Mannschaft für den Europapokal, übrigens den ersten in der Geschichte der Leichtathletik, würde erst nach dem USA-Länderkampf von München aufgestellt. Im wesentlichen könnten nur die Deutschen Meister berücksichtigt werden. Sollten in München jedoch in der einen oder anderen Disziplin die Meister geschlagen werden, das Ergebnis über dem Meisterschaftsergebnis liegen, dann würde der Länderkampfsieger in die Mannschaft kommen.

„Das heißt, ich muß Kriemhild mit einer Weite von mehr als 52,96 m schlagen, oder?"

„Richtig", bestätigt Rudi, „und weil du es ja so genau wissen willst, kann ich dir auch noch mehr sagen. Gewinnst du mit einer solchen Leistung, muß der Abstand zu Kriemhild aber größer sein, als er von ihr zu dir hier in Duisburg war."

„Ich muß also über 53 m werfen, und Kriemhild darf nicht über 52 m kommen?"

Rudi nickte zustimmend. „Zufrieden?"

„Ja. Danke, daß du dir so viel Mühe gegeben hast. Jetzt weiß ich wenigstens, woran ich bin. Das verspricht ja, spannend zu werden. . ."

4. Der Kampf um den Vorrang

Und das war es dann auch, am Freitag, den 13. August 1965, im Münchner Dantestadion. Spannend war nicht allein der Wettkampf, sondern die ganze bemerkenswerte Situation:

Bei der Mannschaftsbesprechung am Mittag jenes Freitags saßen wir vollzählig beisammen. Nur eine Athletin fehlte: Kriemhild. Niemand wußte, warum. Es war lediglich bekannt, daß sie direkt aus ihrem Urlaubsort im Schwarzwald anreisen wollte, und zur Mannschaftsbesprechung selbstverständlich erwartet worden war.

Nun mußte wohl mit allem gerechnet werden. Vorsorglich wurde Gertrud Schäfer, die Kugelstoßerin, aufgefordert, sich für das Diskuswerfen bereit zu halten.

Dem Getuschel unter den Mädchen nach war das jedoch eine unnötige Maßnahme. Offensichtlich waren nämlich einige von uns besser informiert als die Mannschaftsleitung. Kriemhild habe sich in Duisburg mächtig darüber geärgert, daß man ihr nicht den Rudolf-Harbig-Gedächtnispreis verliehen habe. Nun ließe sie sicher aus Rache die Funktionäre zappeln. Zu Beginn des Wettkampfes würde sie bestimmt auftauchen. . .

„Halt dich da raus, Liesel", dachte ich bei mir. „Du darfst nur an deinen Wettkampf denken. Das ganze Theater bringt dich sonst nur durcheinander."

Der Rudolf-Harbig-Gedächtnispreis ist die höchste Auszeichnung des Deutschen Leichtathletikverbandes. Jedes Jahr zum Abschluß der Titelkämpfe wird er feierlich einem überragenden und vorbildlichen Sportler bzw. einer Sportlerin verliehen. Da Kriemhild in Duisburg zum achten Mal den Titel im Diskuswerfen errungen, die Auszeichnung aber nicht erhalten hatte, konnte an dem Gerede in der Tat etwas wahr sein.

Kriemhild blieb unsichtbar. Wir begannen den Wettkampf ohne sie. Ohne jede Belastung gelang es mir, gleich im ersten Versuch eine respektable Leistung zu erzielen: 53,57 m. Meine Freudenhüpfer waren dementsprechend.

Mitten im ersten Durchgang, wir glaubten unseren Augen nicht trauen zu dürfen, kam sie über den Platz gelaufen.

„Kinder, ihr glaubt ja gar nicht, was das für ein Feierabendverkehr in und um München ist! Wir kamen einfach nicht durch. Nach wem bin ich dran?"

Das war alles, was wir zur Erklärung von Kriemhild hörten. Himmel, hatte es sowas schon einmal gegeben?

Bestürzt und doch beinahe bewundernd beobachtete ich, wie meine um so viel erfahrenere Konkurrentin in aller Sebstverständlichkeit in das Wettkampfgeschehen eingriff. Nein, nervös wurde ich ihretwegen nun zwar nicht mehr, aber meine Konzentration war doch ziemlich verflogen. Ich vermochte mich nicht mehr zu steigern, aber für Kriemhild blieben auch meine 53,57 m unerreichbar. 50,27 m maß ihr weitester Wurf. Ich hatte den Kampf um den Vorrang gewonnen. Dachte ich.

Abends, beim Bankett, erfuhr ich es: Trotz des eindeutigen Wettkampfergebnisses war mir keineswegs die Fahrkarte nach Constanza zur Europapokal-Vorrunde sicher. Der eigentliche Kampf um die einzige Auslandsreise dieses Jahres brach erst jetzt so richtig los. Die Mannschaftsleitung zeigte sich von all den Widrigkeiten, unter denen Kriemhild offenbar vor dem für sie so erfolglosen heutigen Wettkampf zu leiden gehabt hatte, tief beeindruckt. Das faszinierendste Argument lautete: Kriemhild leide an den Folgen einer Pilzvergiftung. Wie nichtssagend nahm sich doch dagegen mein schlichter 53,57-Meter-Wurf, mein Länderkampfsieg mit „nur" 3 m Vorsprung aus!

Salomonisch war dann auch der Funktionärsspruch: Endgültige Nominierung im Diskuswerfen erst morgen nach einem erneuten Ausscheidungswerfen zwischen Kriemhild und mir. Wer gewinnt, nimmt am 22. 8. in Constanza teil.

Ich war erbittert.

Kein Appell an Sportkameradschaft und Fairneß erreichte mich. Leeres Gequatsche war das für mich, die ich geglaubt hatte, mich nun endlich sportlich freigestrampelt zu haben.

Es meldete sich zwar eine innerliche Stimme in mir und mahnte, daß der Wettkampf vielleicht anders ausgegangen wäre, hätte sich Kriemhild nicht verspätet. Ich achtete aber nicht darauf. Kriemhild war immerhin zehn Jahre älter als ich und hatte als Krefelderin genug Erfahrung mit dem Straßenverkehr zu haben. Da war sie selbst schuld, das Argument stach nicht. Und an die Pilzvergiftung glaubte ich auch nicht.

Oh, diese verflixten Entscheidungen am grünen Tisch. Ich fühlte mich übervorteilt. Wie sinnlos erschienen nun Rudis Anstrengungen in Duisburg! Als hätte ich es nicht geahnt.

Der Samstag, der Tag der erneuten Ausscheidung, war dann von Anfang an entsprechend beklemmend. Nach und nach verließen alle meine Sportfreundinnen unser Münchner Quartier, die Sportschule Grünwald. Gut versorgt mit aufmunternden Zusprüchen und gutgemeinten Ratschlägen blieb ich schließlich allein zurück.

Kriemhild war nirgends zu sehen. Der Sprinttrainer Erich Fuchs, der die Aufsicht bei unserem Werfen aufgetragen bekommen hatte, schien auch spurlos verschwunden. Und es lagen noch so viele Stunden bis zum Nachmittag vor mir, deren gähnende Leere es zu überbrücken galt.

Meine Schwester Ute, die zu dieser Zeit auf der Postausstellung in München arbeitete, konnte sich dann doch für drei Stunden freimachen. Ich war froh, daß ich wenigstens vorübergehend nicht ganz ohne Gesellschaft sein mußte.

Beim Mittagessen half mir dann ein weiterer Zufall, meiner bedrückten Stimmung zu entkommen. Die Fußballer von Bayern-München waren in Grünwald eingezogen. Es ging für die Bayern damals um den Bundesligaaufstieg. Czik Tschaikowsky, der fröhliche Jugoslawe, war ihr Trainer. Als er meine Schwester und mich so ziemlich verloren an einem Tisch hocken sah, schnappte er sich spontan einen Stuhl und setzte sich zu uns.

„Rest von Nationalmannschaft?"

Ich nickte. Ute schüttelte den Kopf: „Ich bin nur die Schwester, aber dort hinten sitzt noch eine Sportlerin!"

Kriemhild saß jetzt mit ihrem Mann in der entgegengesetzten Ecke der Grünwalder Mensa.

„Warum so traurig, Streit?" Czik deutete mit dem Kopf zu Kriemhild hinüber. Jetzt mußte ich doch lachen, weil mich der kleine Jugoslawe so verschmitzt-verständnisvoll bei seiner Frage ansah.

„Nein, wir haben keinen Streit", und ich erklärte ihm die Situation.

„Ah, Pilzvergiftung!" lustig mit den Augen zwinkernd, sprang er auf. „Du gut essen, Mädchen, ich holen etwas Besonderes!"

Im Handumdrehen hatte er eine Riesenportion köstlichsten Obstsalates aus der Sonderverpflegung seiner Fußballer herbeigeholt.

„Das essen! Wir gewinnen, du gewinnen!"

Ob er mit Absicht so laut sprach, daß ihn jeder im Raum, auch Kriemhild, verstehen mußte? Es schien ihm Vergnügen zu bereiten, mich aufzumuntern und gleich noch ein bißchen psychologische Kriegsführung auszuprobieren. Und tatsächlich gelang ihm zumindest ersteres. Ich ließ mich von seiner Munterkeit anstecken. Nachdem er Ute und mich noch zu einer Tasse Kaffee eingeladen hatte, war nichts mehr von meiner vorher so bedrückten Stimmung zu spüren.

„Gut so!" Er klopfte mir, als wir auseinandergingen, auf die Schulter und zwinkerte mir fröhlich zu. „Toi, toi, toi!"

Ute mußte in die Stadt zurück. Jetzt waren es aber nicht einmal mehr zwei Stunden bis zum angesetzten Termin. Mit frisch gewonnener Zuversicht würde ich auch diese Zeit noch überbrücken können. Bange machen gilt nicht!

Langsam zog ich mich um, legte mich noch für einen Augenblick der Sammlung auf mein Bett und machte mich dann auf den Weg. Wie ausgestorben wirkte das Grünwalder Sportgelände an diesem heißen Sommertag. Natürlich, niemand würde bei dieser Hitze trainieren. So fand sich auch keine Menschenseele, die mir Auskunft hätte geben können, wo die Wurfanlagen zu finden waren. Aber es war ja noch Zeit. Eine Stunde noch.

Mit mutwilliger Gleichgültigkeit schlenderte ich durch das so friedliche Gelände. Endlich fand ich den Wurfplatz weit abseits von den anderen Anlagen. Erleichtert, endlich am Ziel zu sein, prüfte ich den Beton des Wurfkreises. Gut. Eine griffige Oberfläche, trotzdem noch glatt genug für meine schnelle Drehung. Ich war zufrieden.

Doch plötzlich – mein Pulsschlag beschleunigte sich besorgniserregend – es war ja überhaupt nichts vorbereitet hier! Kein Kampfrichter, keine Markierung des Wurfsektors, nichts deutete im entferntesten an, daß hier gleich ein wichtiger Wettkampf stattfinden sollte. Himmel, ich war auf der falschen Anlage!

Hastig lief ich zum Hauptplatz zurück. Nein, da gab es keine Wurfkreise. Wo, um alles in der Welt, sollte denn nun die Ausscheidung stattfinden? Kriemhild? Sie müßte sich doch auch langsam vorbereiten, einlaufen. Keine Menschenseele. Der Uhrzeiger rückte vor. Nur noch eine halbe Stunde. Suchend blickte ich um mich. Es vergingen noch bange Minuten steigender Verunsicherung für mich, bis ich endlich Herrn Fuchs daherkommen sah, den verantwortlichen DLV-Trainer.

„Herr Fuchs, Herr Fuchs!" Ich laufe ihm entgegen. „Es ist schon viertel vor vier und ich kann den Wurfplatz nicht finden!"

„Komm mit, ich bin auf dem Weg dorthin. Bis vier ist ja noch Zeit! Warum bist du so aufgeregt?"

„Aber wir müssen uns doch einlaufen, einwerfen. Und bis vier, das schaffe ich doch kaum noch. Kriemhild ist auch nirgends zu entdecken. . ."

„Immer mit der Ruhe. Wir sind doch unter uns. Ihr werft, wenn ihr fertig sein. Und es ist ja auch noch nicht vier Uhr. Übrigens dahinten läuft sich Kriemhild bereits ein."

Tatsächlich. Sie mußte gerade eingetroffen sein. Herr Fuchs winkte ihr zu. Mit einem Mal schien mir meine Bangigkeit auch übertrieben zu sein. Nun ja, Herr Fuchs hatte es leicht, ruhig zu sein. Für mich ging es schließlich um was. Er steuerte auf den Wurfplatz zu.

„Da kann es nicht sein. Ich komme eben von dort. Kein Kampfrichter ist da. Und die Anlage ist auch nicht vorbereitet", klärte ich ihn auf.

„Dann werden wir sie eben vorbereiten. Bereite du dich nur auf dein Werfen vor. Ich suche inzwischen den Platzwart. Und auf Kampfrichter brauchst du gar nicht zu warten. Das müssen wir so regeln."

Prüfend blickte ich Herrn Fuchs von der Seite an. War ich ihm lästig? Hielt er meine Aufregung für Wichtigtuerei? Ich konnte doch nichts dafür, daß mir, der Zwanzigjährigen, ein solcher außerordentlich anberaumter Wettbewerb mehr an die Nerven ging als Kriemhild, der Einunddreißigjährigen! Da traf mich ein aufmunterndes Lächeln.

„Ich mach das schon. Nun lauf dich ein, Mädchen!"

Alle unnötige Aufregung fiel von mir ab. Konzentriert bereitete ich mich vor. Und dann war es soweit. Kriemhild und ich hatten beide unser Probewerfen eingestellt, der Platzwart den Sektor abgekreidet. Jetzt stand er draußen im Wurfsektor, um unsere Würfe zu markieren. Herr Fuchs stand vorn am Kreis. Es konnte losgehen.

Um es kurz zu machen – ich gewann dieses Ausscheidungswer-

271

fen mit 53,49 m gegen 52,92 m. Nichts von der gewohnten Unsicherheit im Wettkampf gegen Kriemhild hatte mich mehr behindert. Die Fahrkarte nach Constanza in Rumänien gehörte mir.

5. Constanza, die Vorrunde zum ersten Europapokalfinale in der Leichtathletik

Wir hatten gegen die Frauenmannschaften der Sowjetunion, Rumäniens, Jugoslawiens, Norwegens und Österreichs anzutreten. Sollten wir es nicht schaffen, einen der ersten beiden Plätze einzunehmen, würden wir in der Endrunde in Kassel nicht dabei sein.

Also hofften alle auf den 2. Platz hinter der Sowjetunion, die natürlich bei den Frauen als unschlagbar galt. Doch da waren noch die starken Rumäninnen, die zudem noch im eigenen Land kämpften.

Aber auch unsere Mannschaft war besonders motiviert, denn das erste Europapokalfinale im eigenen Land sollte nicht ohne uns deutsche Athletinnen stattfinden. Dennoch sprach vieles für einen Erfolg der Rumäninnen.

Am 20. August flogen wir über Bukarest nach Constanza. Der 22. August war unser Wettkampftag – und welch ein Wettkampf!

Tags zuvor hatte Hilde Landgrebe noch auf einem gemeinsamen Spaziergang am Strand des Schwarzen Meeres zu uns gesagt:

„Kinder, eine von uns geht hier baden. Entweder ihr – oder ich!"

Und es war Frau Landgrebe, die baden „gegangen wurde". Am Abend nach dem Wettkampf warfen wir sie voll bekleidet ins Meer. Ein Riesenspaß für alle. Daß wir nicht zuvor im Stadion baden gegangen waren, hatte an unserer großartigen kämpferischen Steigerungen gelegen.

Durch Siege von Inge Schell über 80-m-Hürden mit 10,6 sec, von Erika Pollmann mit 11,6 sec über 100 m, durch die Staffel mit 45,4 sec vor der Sowjetunion und schließlich durch mich im Diskuswerfen mit 53,88 m zu 53,84 m gegen die Olympiafünfte von Tokio, Kusnezowa (SU) hatten wir es auf sensationellen Punktegleichstand 53 : 53 mit der Sowjetunion gebracht. 3,5 Punkte vor den gefürchteten Rumäninnen.

Selten mag Frau Landgrebe lieber ‚ins Wasser gegangen' sein als nach diesem Wettkampftag. Damit ist aber das Kapitel Constanza noch nicht abgeschlossen: Die Deutsche Leichtathletik-Nationalmannschaft der Frauen ist vom Europapokal-Vorrundenkampf in Constanza am Schwarzen Meer gewissermaßen nicht zurückgekehrt!

In der Tat, auf dem Bukarester Flughafen war unsere Heimreise zu Ende. Nach der Feierei im Anschluß an unsern Sieg des Vortages hatten wir nur wenig Schlaf gehabt, weil die Sondermaschine Constanza-Bukarest uns bereits im Morgengrauen in die Landeshauptstadt gebracht hatte. Um 7.30 Uhr sollte es weiter von Bukarest nach Deutschland gehen. Sollte! Aber es ging nicht.

Die meisten hatten bereits die Paßkontrolle überstanden, als der vorletzten Athletin plötzlich die Ausreise verweigert wurde. Drei von vier Beamten hatten an unseren Pässen nichts zu beanstanden gehabt. Aber der vierte!

In jedem unserer Pässe lag ein bei der Einreise ausgestelltes provisorisches Visum, einem Kontrollschein ähnlich. Bei allen Mannschaften war es so gewesen. Der rumänische Sportverband hatte damit kurzfristige Mannschaftsaufstellungen ermöglicht, weil Visaanträge einen wesentlich langwierigeren Amtsweg erfordert hätten. Und dieser vierte Kontrollbeamte beanstandete nun dieses Papier. Er verlangte ein Vollvisum. In erregtem Wortwechsel mit seinen Kollegen wies er auch diese auf den rechtswidrigen Charakter unserer Ausreisepapiere hin. Fazit: Alles zurück – marsch, marsch!

Verstört rannte Frau Landgrebe durch das Abfertigungsgebäude. Vergebens. Jene Rumänin, die als Vertreterin ihrer Sportorganisation uns eben durch die Zollkontrolle begleitet hatte, war schon in die Stadt zurückgefahren.

Auf dem Rollfeld heulten die Motoren der noch wartenden Maschine bereits auf.

Erneutes Betteln, die Beamten mögen unser Sondervisum doch akzeptieren. Vergebens. Mit einem Mal verstand sogar niemand mehr Deutsch.

Da hockten wir nun, morgens um 7.30 Uhr, unausgeschlafen, hungrig, ohne Frühstück, und starrten auf das einzige Flugzeug auf dem riesigen Rollfeld – unser Flugzeug. Wir wollten es nicht glauben, aber jetzt wurde tatsächlich unser Gepäck wieder ausgeladen und zu dem Gebäude zurückgebracht. Die Maschine rollte auf die Startbahn, startete, drehte ab und flog davon – ohne uns. Wir saßen fest.

Eine Viertelstunde nach der anderen verrann, ohne daß etwas passierte. In die Stadt durften wir nicht, weil wir ja kein gültiges Visum hatten . . .

Endlich hatte Frau Landgrebe es erreicht, daß uns zumindest ein provisorisches Frühstück serviert wurde. Und ich muß sagen – zumindest wir Sportlerinnen fügten uns schnell in das Unvermeidliche. Unverdrossen schleppten wir die Stühle und Sessel aus dem Warteraum in die warme Morgensonne auf die Terrasse. Einige sonnten sich, und andere spielten Karten.

Drei Stunden saßen wir auf dem wenige Meter breiten Streifen Niemandsland zwischen Einreise und Ausreise, als unversehens Michaela Penes, die rumänische Speerwurfolympiasiegerin von Tokio 1964, auftauchte. Sie erschien uns wie ein Geschenk des Himmels. In perfektem Deutsch übernahm sie bei dem nächsten Verhandlungsversuch die Aufgabe einer Dolmetscherin. Jetzt erfuhren wir auch, warum wir über Stunden die einzigen Gäste auf dem Flughafengelände gewesen waren. Heute würden überhaupt keine Maschinen mehr abgefertigt werden.

„Wir können heute überhaupt nicht nach Hause fliegen?"

„Nein", Michaela schien die Situation selbst zu bedrücken.

„Das gibt es doch nicht, daß in einer Landeshauptstadt ab 7,30 Uhr keine Flugzeuge mehr abgefertigt werden!"

„Eigentlich nicht", gab Michaela zu. „Aber heute ist hier ein Feiertag, ein nationaler Gedenktag. Darum ist der Luftraum über Bukarest gesperrt für Paradeflüge der Militärmaschinen."

„Ach, du liebes bißchen! Müssen wir jetzt hier bei Wasser und Brot bis morgen früh ausharren?"

„Natürlich nicht," Michaela lachte erheitert auf. „Es ist nur sehr schwer, heute einen zuständigen Beamten anzutreffen. Die Bukarester Büros sind natürlich alle geschlossen. Eure Pässe müssen in Ordnung gebracht werden, bevor ihr in die Stadt dürft. Wir werden so lange telefonieren, bis wir jemanden aufgetrieben haben, der das alles regelt."

„Nun denn, Kinder, auf zum fröhlichen Sonnenbaden! Übrigens – was ist denn das für ein besonderer Feiertag?"

„Wir feiern die Befreiung von den Deutschen."

Welch eine paradoxe Situation! Da feiert die rumänische Nation heute das Jubiläum des Tages, an dem sie die Deutschen endlich los geworden ist. Und ausgerechnet heute werden Deutsche in Rumänien festgehalten. Wenn das nicht höhere Politik ist!

Wir waren entschlossen, aus dem außergewöhnlichen Zwangs-
aufenthalt das Beste zu machen; selbst eine weitere Stunde der
Verhandlungen und Telefonate konnte uns Sportlerinnen die gute
Laune nicht verderben. Als dann endlich eine hohe Ministerialbe-
amtin erreicht worden war, die die Visa-Angelegenheit mit einem
Federstrich erledigte, durften wir in einem bereitgestellten Bus in
die Stadt fahren.

Durch die mit zahllosen Fahnen und Spruchbändern bunt geschmückten Straßenzüge rollten wir laut singend dem Stadtzen-
trum entgegen. Die hohe Beamtin, mitten unter uns, war sichtlich
erleichtert, uns in so friedlich ausgelassener Stimmung zu sehen.
Immer wieder versicherte sie, wie peinlich dem Gastgeber die
ganze Situation sei. In Constanza hätte das provisorische Visum in
die Pässe eingetragen werden müssen, eine Aufgabe, die von unserer Hosteß versäumt worden war. Es sei ihr außerordentlich unangenehm, uns für den unvorhergesehenen Aufenthalt in der Landeshauptstadt nun zu guter letzt auch nicht einmal in ein erstklas-
siges Hotel einweisen zu können.

Was machte uns das schon aus. Nachdem uns versichert worden
war, daß Angehörige und Arbeitgeber in Deutschland benachrich-
tigt worden waren, freuten wir uns alle über diesen Ferientag, der
uns in den Schoß gefallen war. Wann jemals zuvor hatten wir auch
schon einmal zusammen sein dürfen nach getaner Arbeit, sprich
absolviertem Wettkampf?

Schnell hatten wir unser Gepäck im Hotel abgestellt, die Badesachen herausgezerrt, und ab ging's ins wenig entfernte Hotel-
schwimmbad des Luxushotels Lido. Welch ein herrliches
Schwimmbad!

Das vom Gemäuer her alte und im Vergleich zu modernen Bä-
dern kleine Bassin war ausgeschlagen mit bunten mosaikartigen
Kacheln. Es kam mir vor, als sei ich in ein altes Römerbad geraten.
Arkadenbögen über Nischen mit steinernen Bänken und Tischen
umsäumten die mit Steinplatten vollständig ausgelegten schmalen
Sonnenterrassen und verliehen diesem Freibad eine verträumte In-
timität. Üppige Efeuranken vertieften diese Atmosphäre noch.
Reizvoller Gegensatz zu dieser Kulisse aus vergangenen Zeiten:
das sauber gechlorte Wasser – und die mechanisch erzeugten Wel-
len, die bei diesem Wetter pausenlos zum Baden verlockten.

Zwischendurch wurden von irgendwo Kuchen und Limonade
herbeigeschafft. Alle waren in bester Stimmung. Kurz – wir ver-
lebten einen wunderbaren Urlaubstag.

Als unsere Hochspringerin am Abend in hysterische Schreikrämpfe ausbrach aus Angst vor Ungeziefer in unserem muffigen, drittklassigen Hotel, war das nur ein weiterer Spaß. Unser Masseur versprühte alles, was er an Sprays hatte, in dem Zimmer des ängstlichen Mädchens, und wir lachten uns halbtot über ihre von Ekel verzerrte Mimik und Gestik.

Aber wer zuletzt lacht, lacht am besten. Am anderen Morgen bei der Rückreise war dann die Gelegenheit für die Hochspringerin gekommen, sich in Schadenfreude zu aalen. Himmel, kaum jemand außer ihr war ungeschoren davonbekommen. Von Ungezieferstichen und -bissen übersät, wußte ich nicht, wo ich mich zuerst kratzen sollte.

Zu Hause angekommen, erzählte ich auch zuerst davon.

„Jetzt guck dir nur mal all diese roten Quaddeln an, Mutti. Und wie das juckt!"

„Um Gotteswillen, Kind, das sind Wanzenbisse! Ab ins Badezimmer. Zieh dich aus und schmeiß dein Zeug in die Badewanne."

Und schon hatte sie meinen Koffer beim Wickel und kippte seinen Inhalt komplett in die Wanne und ließ Wasser ein.

„Warum, was . . .?"

„Nichts kann man leichter einschleppen als dieses Zeug. Stundenlang im Wasser – das hält die hartnäckigste Wanze nicht aus!"

Nach meinem ersten Sieg in der ersten Europapokalvorrunde nun auch die ersten Wanzen. Allerhand für's erste Mal!

Im Europapokalendkampf in Kassel war dann wieder Kriemhild dabei. Sie hatte mich auf dem als Qualifikation zählenden Länderkampf Deutschland–Polen in Lübeck mit beinahe sechs Metern Vorsprung geschlagen: 54,75 m zu 48,86 m. Eigentlich war ich ganz gut in Form gewesen, steckte aber mitten in meinem Landschulpraktikum. Morgens Unterricht als Praktikantin, mittags in dem Zug von Göttingen nach Lübeck, abends Wettkampf. Das war zuviel gewesen für eine gute Leistung. Ich akzeptierte das Ergebnis natürlich, konnte mir aber doch eine beziehungsreiche Frage nicht verkneifen.

„Wenn ich jetzt ein Pilzvergiftung reklamieren würde, Frau Landgrebe, würde dann morgen auch noch eine Ausscheidung angesetzt werden?"

„Sei nicht albern!" war die lakonische Antwort.

In Kassel, wo ich als Zuschauerin dabei war, war Kriemhild von ihren Lübecker 54,75 m weit entfernt, wertvolle Punkte gingen verloren. Das hätte mir natürlich auch passieren können, und trotzdem, so ein bißchen Schadenfreude habe ich doch dabei empfunden. Vor allem, als ich eine Woche später in Ludwigshafen bei dem Länderkampf gegen Großbritannien meine persönliche Bestleistung auf 55,81 m schraubte, genoß ich die Siegerehrung besonders. Nicht deshalb, weil ich zum ersten Mal für die beste Leistung innerhalb der deutschen Mannschaft mit einem Ehrenpreis ausgezeichnet wurde. Nein, der Grund lag in einer Äußerung von Frau Landgrebe:

„Ach, Liesel, warum hast du uns nicht gesagt, daß du so gut in Form bist. Deine Leistung hätten wir in Kassel so nötig gebraucht."

„Aber ich habe Ihnen in Lübeck doch gesagt, daß ich nur wegen des langen Schultages nicht so gut geworfen habe."

„Na ja, ist ja jetzt auch egal."

Ich nickte und hätte fast am liebsten „Ätsch" gesagt. Aber sowas tut man ja nicht.

6. Vier Wochen Südafrika

Nun war man mir gut gesonnen und lud mich im Frühjahr des Jahres 1966 zu einer Traumreise ein: Vier Wochen Südafrika!

Diese erste große Reise, die der Leistungssport mir bescherte, blieb meine schönste Reise überhaupt, so oft ich später auch zwischen den Kontinenten hin und her pendelte. Vier Wochen in einem einzigen Land, das wurde mir nie mehr geboten. Ein mehrtägiger Besuch im Krüger-Nationalpark und acht Sportfeste standen auf dem Programm von Ende März bis Ende April. Von Pretoria aus, unserem ständigen Quartier, starteten wir in Johannesburg, Port Elizabeth, Pretoria, Standerton, Bethlehem, Bloemfontain, Johannesburg, Windhuk. Ich reihte einen Sieg an den anderen, ein südafrikanischer all-comers-record folgte dem anderen.

Es war eine traumhafte Reise bei gleichbleibend strahlendem Wetter. Die Bewohner südlicher Breitengrade haben es wirklich leichter, immer guter Laune zu sein. Ständig blauer Himmel, verschwenderischer Sonnenschein. Muß man da nicht fröhlich sein?

Entsprechend liebenswert waren unsere Gastgeber. Die Besitzer unseres Stammlokals in Pretoria waren deutsche Auswanderer, die uns umsorgten, als wären wir engste Verwandte. Kein Tag verging, an dem sie sich nicht irgendeine Kleinigkeit ausgedacht hätten, um uns eine Freude zu machen. Einmal war es ein besonderer Nachtisch beim Mittagessen, dann wieder ein reich gefüllter Obstkorb auf unseren Zimmern. Bis zu Lockenwicklern und Trockenhaube wurde uns jeder Wunsch erfüllt. Zu Hause hätte es uns nicht besser gehen können, wäre niemand mehr um unser Wohlbefinden bemüht gewesen als unsere südafrikanischen Gastgeber.

Neben unseren „Hoteleltern" umsorgten uns die Herren von dem Public Relations Industriekonzern Rembrandt van Rijn, der die ganze Reise finanziert hatte. Mit ihren Pkw's fuhren uns diese Gentlemen durchs Land. Und ich hatte immer das Gefühl, daß ihnen nichts wichtiger war, als unsere kleinen Wünsche schon zu erfüllen, bevor wir sie nur aussprechen konnten. Eine Atmosphäre, wie geschaffen, sich in Land und Leute zu verlieben. Und ich war nicht die einzige, die diesem Reiz erlag. Verliebtsein, sportliche Erfolge, blauer Himmel, Sonnenschein, ringsum freundlich fröhliche Herzlichkeit – wirklich eine Traumreise!

Eine kleine Episode am Rande: Wir folgten einer Einladung zum festlichen Abendessen in das Clubhaus eines der exklusiven Johannesburger Springbok-Clubs. Der Springbok, eine Antilopenart, ist das Wappentier Südafrikas. Wer jemals in ein Nationalteam, in welcher Sportart auch immer, berufen war, ist ein ‚Springbok' und besitzt eine Springbok-Clubjacke, die er bei allen offiziellen Anlässen stolz trägt. Im Club war alles vornehm-gepflegt. Auch die festliche Tischdekoration paßte in diesen Rahmen. Servietten, Tischtuch, Blumenarrangements, alles in blau und orange. Edles Porzellan und schweres Tafelsilber glänzten im Kerzenlicht. Gedämpfte Gespräche hätten dieser Atmosphäre besser entsprochen als unser helles, fröhliches Lachen und Sprechen. Herr Beuermann, der DLV-Generalsekretär und Leiter unserer Delegation, ermahnte uns mehrere Male mit ernsten Blicken, uns dem vornehmen Ton doch besser anzupassen. Es fruchtete nichts. Im Gegenteil, wir steckten unsere Gastgeber mit unserer Munterkeit an. Eine harmlos-fröhlichere Tafelrunde war selten beisammen. Und dann stieß mich Jens Reimers, der Diskuswerfer, plötzlich an.

„Der Beuermann . . .!"

Er konnte sein Lachen kaum unterdrücken. Ich folgte seinem Blick. Und was ich sah, brachte auch mich um meine Beherrschung. Unser vornehm gemessener Patriarch schneuzte sich verstohlen in eine blaue Serviette. Mein Nachbar zur Rechten wurde nun auch aufmerksam. Wir unterdrückten mit Mühe unser Grinsen und ernteten natürlich wieder einen mißbilligenden Blick Herrn Beuermanns.

„Da kannste sagen, was de willst," platzte Jens heraus. „Aus einer alten Sau kannste nun mal keinen Paradiesvogel machen!" Das war zuviel. Wir platzten laut heraus. Obgleich niemand wußte, weshalb wir uns vor Heiterkeit bogen, lachten an unserm Tischende alle mit. Selbst Herr Beuermann wurde angesteckt, was uns zu erneuten Lachsalven verführte.

Unsere südafrikanischen Freunde wollten selbstverständlich den Anlaß für unsere Heiterkeitsstürme wissen, aber wir hielten dicht, bis wir das Lokal verließen. Herr Beuermann ging vor uns, und wir glaubten unsern Augen nicht trauen zu können: Ein kleiner blauer Zipfel jener belustigenden Serviette lugte vorwitzig aus seiner Hosentasche.

Jetzt konnten wir natürlich nicht mehr ausweichen und übersetzten unseren public-relations-Freunden die Situation.

Für uns Eingeweihte hatte Herr Beuermann fortan seinen Spitznamen weg: „Mister Paradise Bird". Dieser Spaß begleitete uns auf der ganzen Reise. Wann immer Herr Beuermann nun seine Anweisungen zum Wohl seiner Athleten und Athletinnen gab, scholl es ihm prompt entgegen: „Yes, Mister Paradise Bird!" Er selbst hatte Spaß an diesem Namen. Und dieser Spaß wäre ihm wohl kaum genommen worden, hätte er den Anlaß seines neuen Titels gekannt. Denn eigentlich hat er immer mitgelacht, wenn es etwas zu lachen gab. Ob mit oder ohne Serviettenzipfel, eine Respektsperson war und blieb Her Beuermann allemal. Wahrscheinlich erklärt das allein unser Vergnügen an seiner unfreiwillig-komischen Zwangslage. Erzählt haben wir es ihm aber trotzdem nicht. . .

Uns zeigte sich das Land mit seinem gesegnetem Klima und der überwältigenden Gastfreundschaft von seiner besten Seite. Und die Rassendiskriminierung, das Schicksal der Farbigen in der Republik Südafrika? Auch davon haben wir einiges erlebt und erfragt. Die Südafrikaner waren ohne Ausnahme bereit, darüber zu reden, selbstverständlich aus ihrer Sicht. Und wir haben zugehört. Ich kann mich nicht erinnern, daß es irgendwann zu hitzigen Konfrontationen gekommen wäre. Hätten wir es dazu kommen lassen sollen? Auch heute noch bezweifle ich dies. Es ist so leicht, einen überlegenen Standpunkt zu beziehen, wenn man doch den Alltag nicht kennt.

Beklemmend waren jene Schilder über allen öffentlichen Eingängen, sei es zur Post oder zu Toiletten: White – Non white. Oder die Abgrenzung von ghettoähnlichen Bereichen in den Städten für Schwarze und Farbige, vor allem Inder. Dann aber erinnere ich mich an ein Gespräch in Port Elizabeth, wo ich für die Zeit unseres Aufenthaltes Gast im Hause des dortigen Deutschen Konsuls war. Die Hausherrin erzählte:

„Wenn ich meine Kinder so betrachte, wird doch deutlich, daß sich die Dinge verändern. Ganz langsam nur, zu langsam vielleicht, aber immerhin. Als ich jung war, war es undenkbar für mich, mit Farbigen in einem Bus, in einer Straßenbahn zu fahren. Meine Kinder nehmen heute keinen Anstoß mehr daran, und ich denke, daß in der nächsten Generation sich wohl auch die getrennten Wohnbereiche auflösen werden . . .“

Zur Abrundung unserer Informationen fehlten natürlich Kontakte mit Farbigen. Ob sie jemand gesucht hat? Ich weiß es nicht. Ich persönlich habe es nicht getan. Hätte ich es, dann wären meine Erinnerungen an diese Reise vielleicht auch nicht so uneingeschränkt positiv geblieben. Aber man drängt sich nicht danach, unangenehme Eindrücke zu sammeln, so ist der Mensch eben.

7. Sportreisen

Sportreisen haben ihren eigenen Charakter. Sie sind nicht zu vergleichen mit dem üblichen Tourismus. In wie vielen interessanten Ländern und Städten halten wir Sportler uns auf, ohne sie wirklich gesehen zu haben! Flughafen – Hotel – Stadion – Hotel – Flughafen, das ist der übliche Ablauf. Allenfalls haben wir noch Zeit zu einer Stadtrundfahrt. Begegnungen mit den Menschen anderer Länder können sich nur zufällig ergeben. Alles beschränkt sich auf das Zusammentreffen von Sportlern mit Sportlern. Man kennt sich und wird vor allem aus der Perspektive des Wettkämpfers heraus taxiert. Im Grunde genommen sind es über Jahre hinaus auch immer dieselben, die sich begegnen.

Das klingt armselig, gemessen an der Erfahrungsvielfalt, die weltweite Reisen dem ‚normalen‘ Bürger bieten. Und dennoch liegt auch in dieser Einseitigkeit ein besonderer Erlebnisbereich, der wiederum den anderen verschlossen bleibt.

Ich glaube, daß es sehr angenehm sein müßte, einmal eine Reise um ihrer selbst willen zu unternehmen. Dann gäbe es auch keine Notwendigkeit mehr, sie jedesmal mit einem Sieg oder einer Niederlage zu verbinden und – noch wichtiger – auch nicht mit den vielen Sorgen, die beiden vorausgehen. Leider ist es aber so, daß es für unsere Hinreise unwichtig ist, ob wir nun mit dem Flugzeug, mit der Eisenbahn oder mit dem Schiff reisen; zurück jedoch kehren wir als Sieger oder Besiegte. Selbstverständlich gibt es Abstufungen: man kann ein glorreicher Besiegter sein, so wie man auch ein Sieger ohne Ruhm sein kann. Immerhin ist die Alternative sehr streng: Sieg oder Niederlage. Daher kommt es, daß unsere Reiseeindrücke überwiegend subjektiv sind. Das rosige Licht eines Sieges ist wie ein Scheinwerfer, der jede Reise als Traumreise erscheinen läßt, und umgekehrt. Unter dem drückenden Bleigewicht einer Niederlage wird die Empfänglichkeit selbst einer exotischen Landschaft gegenüber erstickt.

Wenn ich heute in meinem Notizbuch nachblättere, dem ich meine verschiedenen Reiseeindrücke anvertraut habe, so kann ich immer noch nicht jene beiden Teile trennen, die für mich so eng miteinander verbunden sind: das Gesehene und die Aufregung vor und nach dem Wettkampf.

Zum Beispiel Athen – September 1962. Die Akropolis an einem leuchtenden Sonntagmorgen nach einem Wettkampf, der mir einen bitteren Beigeschmack hinterlassen hat. Ich hatte schlecht geworfen. Der Diskus flog träge dahin, und bei allen sechs Versuchen berührte er unglaublich nahe von mir den Boden. Nach so vielen Wettkämpfen hatte ich gleich einer Anfängerin den Kopf verloren. Sollte die Grippe daran Schuld sein, mit der ich mich noch vor zwei Tagen gequält hatte? Oder das tags zuvor eingenommene Penicillin? Oder aber war es die geheimnisvolle Chemie der Muskeln? Muskeln, die man einmal beherrscht und zehnmal nicht, die launisch und unberechenbar sind wie wilde Tiere bei der Dressur? Die Form war es, die berühmte ‚Form‘ . . . bin ich in Form oder bin ich nicht in Form? Aus welchem Grund? Warum bin ich gestern in Form gewesen und gerade beim Wettkampf war ich es nicht? Diese Fragen quälten mich während einer langen und schlaflosen Nacht.

Jetzt an diesem Morgen aber hat die Akropolis Vorrang. Ich steige die Marmorstufen hinauf, die von den Propyläen flankiert sind. Im Hintergrund der Parthenon. Weiße Säulen, die ins Unendliche ragen und den von den Göttern bewohnten Himmel stützen.

Ich setze mich auf die steinernen Stufen des Tempels und träume vom Olymp. Gestern waren mir seine Bewohner nicht freundlich gestimmt. Welches Opfer hätte ich ihnen bringen sollen? Aber ich bin entschlossen, sie heute nicht mit meinen kleinlichen, irdischen Grübeleien zu verletzen, sondern die kommenden zwei freien Stunden der versteinerten Vollkommenheit zu widmen. Zwei Stunden Zeit, um die Kunst auf ihrem Höhepunkt, das Ideal kommender Jahrtausende auf mich wirken zu lassen . . . Und dennoch, warum habe ich so schlecht geworfen?

8. Universiade Tokio 1967

Im Jahr 1967 brachten mich Sportreisen weit in der Welt herum: Erdteilkampf in Montreal, Sieg, tagelanges Herumlaufen auf der Weltausstellung und dennoch, nach einer langen schlaflosen Nacht beim Rückflug, mit einem Bein fast noch im Flugzeug, Deutscher Rekord in Fulda, meiner erster Gesamtdeutscher Rekord.

Tokio – Universiade, zwei Goldmedaillen für mich, im Kugelstoßen und im Diskuswerfen, wieder mit deutschem Rekord. Gute Erinnerungen sind mit dieser kurzen Wettkampfreise an das andere Ende der Welt verbunden:

Über Beirut, Neu Delhi, Bangkok und Hongkong erreichen wir auf der sogenannten Südroute am 22. August 1967 den Haneda-Flughafen von Tokio. Und gleich erhalten wir den ersten Vorgeschmack japanischer Gründlichkeit in allen Fragen der Organisation.

Ein Mainzer Zehnkämpfer darf keine Apfelsine mit durch die Kontrolle der Gesundheitspolizei nehmen. Entweder aufessen oder abgeben, heißt es, was zu dem Vorschlag führte: „Gib sie in Quarantäne und hol sie nach zehn Tagen wieder ab!"

Sehr genau, ja fast pedantisch halten sich unsere japanischen Betreuer hier im Dorf (die übrigens ohne Entgelt arbeiten und sich den Dienst hier als Ehre anrechnen) an die Anordnungen ihres Organisationskomitees. Die Essenszeiten werden auf die Sekunde genau eingehalten. Es ist unmöglich, fünf Minuten nach der Zeit zum Frühstück eingelassen zu werden oder die Marken für die Mahlzeiten zu tauschen. Die ersten ein, zwei Tage führt mancher deutsche Teilnehmer lange Debatten, versucht diese oder jene List, aber es nützt keinem, weder dem kleinen unbekannten Müller, Meyer, Schulze noch dem großen internationalen Star. Jeder hat sich zu fügen, und es fügt sich auch jeder der sonst so verwöhnten Athleten.

Im Hauptgebäude gibt es ein ‚Shopping-Center' mit Wechselstube und Poststelle. Die Eßsäle befinden sich ebenfalls in diesem Gebäude, außerdem ein Lesesaal und ein International-Club mit kleinen Darbietungen wie Jazzkonzerten oder einer Vorführung wie etwa der traditionellen Teezeremonie.

Des weiteren steht uns noch ein Waschzentrum zur Verfügung, ausgerüstet mit Waschpulver, Waschmaschinen, Bügelbrettern, Bügeleisen und, zur gefälligen Unterhaltung, ein Fernsehgerät. Obgleich ich mich eigentlich darauf eingestellt habe, hier und da einem ‚hilflosen' Mann beim Hemdenwaschen oder -bügeln helfen zu müssen, muß man unsere Männer loben, denn sie werden fast ausnahmslos gut mit ihrer ‚großen' Wäsche fertig.

Es herrscht überhaupt ein guter Ton in der Mannschaft. Jeder ist für jeden da, die Fotofachleute helfen beim Kamerakauf bereitwillig den Unwissenden, und in den ersten Tagen sind die Einkaufserfahrungen Gesprächsthema Nummer eins. Hier hat jemand 15 Prozent, ein anderer nur 10 Prozent, und ein dritter gar 20 Prozent Rabatt herausgehandelt. Aber auch diese Einkaufsbetriebsamkeit flaut langsam ab, die Geldbörsen sind leichter geworden, und die allgemeine Aufmerksamkeit wendet sich mehr und mehr den Sitten und Gebräuchen zu. Man wird neugierig auf das ‚japanische' Japan. Mit Beginn der Wettkämpfe rückt dann, wie es sich auf einer Sportreise gebührt, auch der Sport wieder in den Mittelpunkt des Interesses.

Ein wenig Pech haben die Japaner allerdings mit der Ausrichtung der Universiade 1967. Weil Südkorea Athleten entsendete, sagte der gesamte Ostblock ab. Nur aus Jugoslawien sind vier Athleten dabei.

Das wirkt sich sehr auf die Teilnehmerfelder und natürlich auch auf die Zuschauerzahlen aus. So entfallen bei uns Technikern ausnahmslos die Qualifikationskämpfe. Beim Kugelstoßen der Frauen gibt es nur sieben, beim Diskuswerfen gar nur sechs Wettkämpferinnen, und bei den Läufen fallen reihenweise Vorläufe und Vorentscheidungen aus.

Manche Vorläufe, die eingehalten werden, sind sinnlos, wie zum Beispiel die 800-m-Vorläufe der Männer. Fünf Läufer sollen sich in jedem Vorlauf für das Semifinale qualifizieren, wobei in einem der drei Vorläufe jedoch nur fünf Läufer antreten. Ein Grund für Bodo Tümmler, unserem Mittelstreckler, seinem Protest in einem Dauerlauf von weit über zwei Minuten Ausdruck zu geben. Der Unmut auf seiten der Aktiven ist verständlich; aber kann man nicht auch den Veranstalter verstehen, der ein einigermaßen abendfüllendes Programm retten möchte?

Nun, der grandiose Auftakt der Schwimmer, genauer gesagt, der amerikanischen Wunderkinder, hilft endlich darüber hinweg, daß auf diesen Studentenweltmeisterschaften nur die ,halbe Welt' vertreten ist. Während die Schwimmwettkämpfe eindeutig im Zeichen der Amerikaner und ihrer Weltrekorde stehen, hat sich in der Leichtathletik die deutsche Mannschaft mit ihren acht Siegen und zahlreichen guten Plätzen in den Vordergrund geschoben und den Amerikanern teilweise die Schau gestohlen. Vom ersten Leichtathletiktag an – gleich mit vier Medaillen (Gold für Michael Sauer und mich, Bronze für Brigitte Berendonk und Lutz Philipp) – befinden sich die Deutschen in einem regelrechten Medaillenrausch. Kein Tag ohne Medaillen, das hat es auch in früheren Studentenmannschaften seit dem Kriege nicht gegeben.

Wenn wir uns an jedem zweiten Abend zu einer Mannschaftsbesprechung treffen – sprich: interne Siegerehrung –, dehnt sich diese meistens bis Mitternacht aus.

So mancher Teilnehmer hier fährt wieder nach Hause, ohne von Tokio, von Japan viel mehr gesehen zu haben als die Trainingsplätze, das Dorf und die Wettkampfstätten, und wird von den Daheimgebliebenen eigentlich um diese Asienreise umsonst beneidet. Was ist dann die Universiade in Tokio für die so Betroffenen mehr als eine Sportveranstaltung wie jeder andere internationale Wettkampf in der Heimat? In einem Interview formuliert ein Spanier, der wegen eines Länderkampfes nach dem Wettbewerb zurückfliegen muß, den Satz: „Wir sind doch Sklaven, Sklaven des Sports." Ganz gewiß hat er damit nicht unrecht. Aber sind wir es nicht auch gern und aus freien Stücken?

Sportler haben's schwer, zweifellos. Unser Reiseablauf ist eintönig, kommt einem besonderen Anpassungskult gleich: Kaum in Tokio angekommen, bemüht man sich, seinen gewohnten Lebensrhythmus von Training, Schlaf und Essen zu finden, um möglichst ohne Beeinträchtigung von Kondition und Leistungsstärke die Zeit- und Klimaumstellung zu überwinden. Wie viel lieber würde man sich statt dessen dem Neuen, Fremdartigen des anderen Kontinents hingeben und Entdeckungsausflüge nach allen Richtungen unternehmen! Aber die Leistung steht im Vordergrund, unabhängig davon, ob man nun in Amerika, Asien oder daheim in Deutschland antritt. Dennoch habe ich das Glück gehabt, ein wenig japanische Lebensart kennenzulernen.

Eine Journalistin vermittelt mir eine Einladung ihrer Schwester in deren typisch altjapanisches Haus. Was ich da erlebe, ist wirklich ein Stück Völkerverständigung. Man ist bemüht, mir wirklich alles an Sitten und Gebräuchen zu zeigen, was in der kurzen Zeit nur möglich ist.

Stolz und zugleich liebevoll führt mir die Frau des Hauses das zur Teezeremonie gehörende Geschirr vor und erklärt mir das Zeremoniell, bereitet ein typisch japanisches Essen zu, und als Höhepunkt kleidet sie mich stilgerecht in einen Kimono und lehrt mich, wie sich eine Japanerin darin bewegt, am Tisch niederkniet, sich verneigt. Es ist rührend, wie eifrig um mein Verständnis geworben wird, wie man mich schließlich mit kleinen Geschenken verabschiedet.

Von der Universiade her erinnere ich mich weniger an das Land Japan, dessen Eigenart zu entdecken uns weitgehend versagt blieb, als vielmehr an den japanischen Menschen, sein höfliches, entgegenkommendes und dennoch zurückhaltendes Bemühen, das eigene Land, die eigene Art dem Fremden verständlich zu machen. „. . . and please try to understand us", mit dieser Bitte endet ein Glückwunschschreiben einer Japanerin an mich, das ich nach den Siegen im Kugelstoßen und Diskuswerfen erhalten habe.

Genau wie jener Spanier, der sich selbst als Sklave des Sports betrachtete, mußten auch die besten Leichtathleten der deutschen Studenten gleich nach Abschluß der Universiade-Wettkämpfe zurück nach Hause. Für die andern schloß sich eine ausgedehnte Wettkampfreise durch Asien an. Sie blieben noch in Japan, erlebten dann Hongkong, Bangkok und Neu Delhi.

In diesem Fall wirkten sich unsere besseren Leistungen als Bumerang aus: auf dem schnellsten Wege zurück nach Deutschland und auf zum Europapokalendkampf in Kiew.

Nun, auch auf dem schnellstmöglichen Weg um den halben Erdball kann noch etwas passieren. Wie einige andere Athleten auch, holte ich mir bei der Zwischenlandung mit Übernachtung in Neu Delhi eine folgenreiche Darmerkrankung. Vorsorglich hatten wir uns zwar die Zähne nur mit Coca-Cola geputzt. Dem Morgentee aber konnten wir nicht entkommen. Ob der schmuddelige Kellner wohl seinen Daumen dringehabt hatte?

Die Krampfanfälle, unter denen ich selbst noch in Kiew litt, waren fürchterlich. Lag daran meine schlechte Leistung von Kiew, der vierte Platz im sogenannten wichtigsten Wettkampf des Jahres? Ich kann mir diesen plötzlichen Leistungsabfall nicht anders erklären. Jedenfalls habe ich Kiew in düsterster Erinnerung. Weniger bekümmert haben mich dagegen die Vorhaltungen unseres Präsidenten Dr. Max Danz.

„Mit dieser miserablen Leistung, Liesel, haben Sie sich nun alles vermasselt. Wer wird Sie jetzt noch zur Sportlerin des Jahres wählen?"

9. Südamerika und der erste 60-m-Diskuswurf einer Frau

Vielleicht hätte er Recht behalten. Aber ich wurde doch noch Sportlerin des Jahres 1967. Der Paukenschlag des Jahres stand nämlich noch aus: mein Weltrekord von Sao Paulo am 5. November. Elf Sportler waren mit einer dreiwöchigen Reise durch Südamerika für ihre Leistungen der Saison 1967 belohnt worden. Wir jetteten kreuz und quer durch den Kontinent: Peru, Chile, Argentinien und Brasilien.

Am 14. Oktober 1967 geht es los: Frankfurt, New York, Bogota (Columbien), und endlich, nach 20 Stunden Flugzeit, Ankunft in Lima, der ersten Station unserer dreiwöchigen Südamerikareise.

Lima ist die Hauptstadt von Peru und mit etwa zwei Millionen Einwohnern der absolute Mittelpunkt des Landes. Alles Leben strömt hier zusammen. Ein Ballungszentrum und Magnet für die Menschen aus der Sierra, dem umliegenden Bergland. Viele lassen sich von dem Großstadtleben verführen, bleiben dort in der Hoffnung, im Lima ein weniger mühsames Leben fristen zu müssen als in den kargen Bergen. Diese Hoffnungen erfüllen sich meist nicht, sie enden in trostlosen Elendsvierteln am Rande der Stadt. In drangvoller Enge ducken sich Papp- und Wellblechhütten nebeneinander und aneinander über endlose Flächen. Wir Europäer starren fassungslos auf dieses unglaubliche Elend. Bei uns zu Hause dürften Hunde nicht ungestraft in solchen Behausungen gehalten werden. Und hier leben Menschen, Familien. . .

Sicher – es werden uns auch Sozialwohnungen gezeigt, hier und da, aber die Regierung ist wohl nicht in der Lage und hält es vielleicht auch nicht für nötig, dem allgemeinen Elend abzuhelfen. Schließlich habe niemand die Bauern aufgefordert, in der Stadt zu bleiben, keiner will sie hier. Außerdem werden auch keine Steuern erhoben, wie man uns erzählt. Dazu Bestechungen und Vetternwirtschaft in den führenden Schichten: es scheint keinen Ausweg zu geben.

Das ständige Defizit im Staatshaushalt wird durch Staatsanleihen gedeckt, die wiederum Geldabwertungen zur Folge haben. Im Jahre 1967 wird der Sol, die Landeswährung, gerade wieder um 50% abgewertet. Für unsere Ohren klingt das katastrophal, unwirklich, denn zu dieser Zeit haben die europäischen Normalverbraucher – und erst recht wir jungen, unbeschwerten Leistungssportler – Inflation und Arbeitslosigkeit im eigenen Land noch nicht kennengelernt.

Aber auch vor diesem sozialen Hintergrund fühlen wir uns wohl unter der Obhut unseres väterlich besorgten Delegationsleiters Richard Schauffele. Er läßt nicht mit sich spaßen, wenn es um die Versorgung seiner ihm anvertrauten Athleten geht. Nicht nur in Peru hatte ‚Molly' Schauffele einen harten Kampf auszufechten gegen die so völlig anders geartete Verhandlungs- und Vertragsmentalität der Südamerikaner.

Der erste Wettkampf findet am Abend unter Flutlicht in jenem Stadion statt, in dem 1964 bei einem Olympia-Qualifikations-Fußballspiel über 300 Menschen zu Tode gedrückt wurden, weil sich die Stahltore nicht rechtzeitig öffneten. . . Stählerne Türen in Stadien, hohe Drahtgitter zwischen Arena und Tribünen, auch das ist neu für uns.

Natürlich erwartet niemand ähnlich dramatische Szenen wie bei jenem Fußballspiel im Jahre 1964. Was wir auch von zu Hause kennen, gilt hierzulande erst recht. Die Leichtathletik zieht nicht annähernd so viele Zuschauer ins Stadion wie der Fußballsport. Einige wenige tausend Menschen verlieren sich fast in dem riesigen grauen Oval der hohen Tribünen.

Dennoch sind die Organisatoren dieses Abendsportfestes hoch erfreut über ein solches Echo in der Bevölkerung. Das ist verständlich, bedenkt man, daß unserem Häuflein von elf Athleten kaum mehr peruanische Sportler gegenüberstehen. In einigen Wettbewerben sind wir Deutsche sogar unter uns, wie z. B. beim Weitsprung, Kugelstoßen und Diskuswerfen der Männer. Ich muß sogar mit den Männern zusammen antreten, weil es gar keine peruanische Werferin gibt. Wir kommen uns vor wie Entwicklungshelfer in Sachen Leichtathletik.

Trotzdem ist die Stimmung ausgezeichnet. Gleich der erste Wettkampf reißt die Zuschauer von den Bänken. Beifallsstürme brausen auf, als ein Peruaner unseren Hans Nerlich über 110 m Hürden in 14,1 zu 14,5 sec schlägt und einen neuen Landesrekord aufstellt. Keiner will offenbar bemerkt haben, daß der Peruaner fast drei Meter am Start „klaute".

Die beste Leistung in unseren Reihen vollbringt zweifellos Gunther Spielvogel mit 2,09 m im Hochsprung. Damit hat er die Mexico-Olympianorm geschafft. Er scheint in guter Form zu sein, denn alle Höhen bis auf die 2,09 m nimmt er im ersten Versuch, und er wäre wohl noch höher gesprungen, wenn er mit der Anlage besser zurechtgekommen wäre. Schließlich haben wir auch noch die lange Reise zu verkraften; sie steckt nicht nur Gunther in den Knochen.

Für's Diskuswerfen haben Hein-Direck Neu und ich eine spezielle Wette abgeschlossen. Er muß immer einen Meter weiter werfen als ich. Nach dem ersten Wettkampf steht es nun 1 : 0 für ihn – 56,96 m zu 54,10 m. In Santiago, unserer nächsten Station, will ich zum 1 : 1 gleichziehen.

Aber erst einmal verschlafen Ingrid Becker und ich, die einzigen Mädchen der Truppe, beinahe den Abflug aus Lima.

„Der Bus wartet schon!" werden wir aus der Siesta, dem Mittagsschlaf, getrommelt. Hastig stürzen wir uns in unsere Reisekleidung, werfen unsere Sachen in den Koffer, zugeklappt, draufgesetzt, Riemen drum. Keuchend kommen wir beim Bus an.

„Ja, ja immer Ärger mit den Frauen!" Neckend empfangen uns „unsere Männer".

„Laßt mir die Mädchen in Ruhe!" Herr Schauffele hilft uns, die Koffer zu verstauen. Aufatmend sinken wir in unsere Ecke. Erst im Flugzeug, hoch über den Wolken, fällt mir ein, daß ich meine Pumps unter meinem Bett habe stehen lassen. Ich habe also noch ein Paar Schuhe in Lima!

Wir verbringen vier Tage in Santiago. Als erstes lernen wir den deutschen Club dort kennen, der ein wenig außerhalb Santiagos, umgeben vom Panorama der Schneegebirge Chiles, phantastisch gelegen ist. Dazu das frische Grün der Bäume und das bei uns zu

Hause schon fast verstummte Gezwitscher der Vögel – Frühling im Oktober – welch ein Vergnügen, hier zu trainieren!

Die einen lockern sich beim Ballspiel auf, während andere pflichtbewußt ihre Runden drehen. Ich dehne und recke mich nur ein wenig in der Frühlingssonne, genieße den Anblick der Berge in vollen Zügen und tändele ein bißchen mit meinem Diskus herum. Mittagessen im Club – Eisbein mit Sauerkraut! –, der Nachmittag zum Sonnen, und am Abend geht es schon zur Eröffnung ins Stadion.

Der Rahmen für diese internationalen Chilenischen Leichtathletikmeisterschaften ist außerordentlich: Prachtvolle Eröffnungsfeierlichkeiten mit einer eindrucksvollen Militärparade, alle Soldaten in weißen, goldbetreßten Uniformen – dem „alten Fritz" hätte das Herz vor Freude gehüpft. Danach der Einmarsch der Teilnehmer zu den ersten Wettkämpfen. Teilnehmer aus aller Welt sind da. So farbig die Eröffnungszeremonie, so eindrucksvoll ist das auserlesene Feld internationaler Spitzenkönner. Beinahe mehr ausländische Athleten als Chilenen. Kurt Bendlin kann Bill Toomey begrüßen, und Hein-Direck Neu sieht sich plötzlich in Gesellschaft von Ludwik Danek und Edmund Datkowski. Dementsprechend gibt es auch einige ausgezeichnete Ergebnisse.

Gleich am ersten Abend stellt Dupresne, der Franz-Josef Kemper bei den vorolympischen Wettkämpfen in Mexico-City schlug, mit 1 : 47,9 min einen neuen französischen Rekord auf. Von den Sitzen reißt es die 20 000 Chilenen dann bei den Läufen ihres Landsmannes Ivan Moreno. Er gewinnt die 100 m in 10,3 sec vor Maniuk (Polen) in 10,4 sec. Hans Herlich läuft 10,8 sec. Den 100 m-Lauf der Damen gewinnt J. Meyer (Frankreich) in 11,7 sec vor Ingrid Becker, die zu diesem Zeitpunkt allerdings schon den Weitsprung hinter sich hat. Auf einer Anlage, die bergauf geht und deren Sandberge erst auf Hinweis Herrn Schauffeles eingeebnet wurden, hatte sie mit ausgezeichneten 6,22 m gewonnen. Ingrids Sechs-Meter-Sprünge sind wohl die ersten, die das Publikum hier erlebt.

Die Begeisterungsfähigkeit ist überhaupt enorm. Wenngleich das Verständnis für die technischen Übungen hier noch fehlt, feiert man doch begeistert die hiesige Kugelstoßerin, die mit 14,28 m zum siebten Male den südamerianischen Rekord verbessert. Wie bei jedem neuen Rekord wird auch ihr zu Ehren die chilenische Fahne gehißt und die Hymne gespielt. Außerdem läuft sie unter dem Beifall der Zuschauer noch eine Ehrenrunde.

Begeisterung für die Sportlerin des eigenen Landes, die sich erneut gesteigert hat, wenngleich ihre Leistung weit hinter der Weltspitze zurückliegt. Warum erlebt man solche Szenen in den Sportarenen nur so selten? Man muß nämlich wissen, daß Rosa Molina ihren Wettkampf nicht einmal gewonnen hat; sie ist hinter mir „nur" Zweite geworden.

Eine der herausragenden Leistungen vollbringt Gerhard Hennige, der die 400 m-Hürden in 50,3 sec gewinnt, angetrieben von dem Argentinier, Juan Drzyska, der auf 50,4 sec kommt. Übertroffen wird dieses Ergebnis eigentlich nur noch vom 1500-m-Lauf. Der Franzose Claude Nicolas schlägt mit 3 : 41,6 sec den Tschechen Jungwirth (3 : 43,6 sec).

Die Wettkampfbedingungen sind aber auch hervorragend, und fast wäre mir deshalb auch der Weltrekord gelungen.

Schon beim Einwerfen flog mein Diskus weit hinaus. Das Publikum ging begeistert mit. Irgendwie knisterte es im Stadion vor gespannter Erwartung, und ich befand mich in einer phantastischen Wurflaune.

„Mensch, Liesel, heute hast den Weltrekord drin," Hein-Direck kam aufgeregt zu mir gelaufen.

„Meinst du?" Ich war von unbändiger Energie erfüllt.

Eben sollte der Wettkampf beginnen, da kam Dr. Danz aus der Präsidentenloge heraus über den Platz gelaufen. Auch er hatte beobachtet, daß eine gute Leistung in der Luft lag. Eben das wollte er besonders zelebrieren, darum bestand er darauf, daß eine Kreidelinie bei 60 Metern gezogen und die gültige Weltrekordmarke von 59,7 m mit einem Fähnchen für alle sichtbar markiert wurde. Niemand konnte ihn von seinem Vorhaben abhalten.

Die Spannung im Stadion mag deswegen nur noch weiter gestiegen sein. Nur auf mich hatte diese störende Betriebsamkeit eine entgegengesetzte Wirkung. Der Faden war gerissen, meine Stimmung vorbei, als der Wettkampf endlich anfing. Gerade jenes Quentchen überschäumender Energie, Lebensfreude, es war einfach weg. Verpufft in dem Ärger, ja Zorn, über den Eingriff von Dr. Danz in das Geschehen – von seiner Seite her gewiß verständlich, nicht aber für den Wettkämpfer, der sich konzentrieren muß.

Dennoch, mein erster Wurf landete jenseits des Weltrekordfähnchens, aber ich trat über. Es stimmte nicht mehr mit meiner Konzentration, mit meinem Bewegungsablauf. Atmosphärische Störungen könnte man diese Erscheinung leichthin nennen, und so blieb es letztlich bei 58,79 m als Endergebnis.

Nach dem Wettkampf ließ Dr. Danz die Kampfrichter jenen ersten Wurf nachmessen: 60,09 m. Das wäre der Weltrekord gewesen. Aber Dr. Danz hat sich selbst um dieses Fest inmitten begeisterter Zuschauer gebracht.

Immerhin: das Duell zwischen Hein-Direck und mir steht nun 1 : 1. Er war „nur" auf 55,89 m gekommen.

Am andern Tag erzählen mir unsere deutschen Freunde, ich hätte die Herzen der Chilenen erobert – so der Kommentar der Zeitungen und des Rundfunks. Tatsächlich, die größte Tageszeitung Chiles bringt heute ein ganzseitiges Farbfoto von Rosa, der Kugelstoßerin, und mir auf der Titelseite. Die Übersetzung des Bildtextes klingt einigermaßen kurios:

„Ein strahlendes Bild bot der Athletismus. Die Gegenwart von bekannten Spezialisten der Welt im Stadion Nacional zeigte während dreier Tage bei herrlicher Qualität einen Überfluß von überragenden Ergebnissen. Aber außerdem, die Qualität der Leichtathletik kombinierte sich mit der Schönheit und der Sympathie. So wie bei der deutschen Liesel Westermann, die nicht nur fast erreichte, uns einen Weltrekord in ihrer Spezialdisziplin zu schenken, sondern uns ihre Jugend und Schönheit zeigte, wie man es in diesen Szenen sehen kann, als die kräftige Liesel sich in den Kreis des Abwurfes begibt . . ."

Welch eine Überschwenglichkeit! Aber zeigt nicht gerade sie, wieviel wirksame Impulse man dem Frauensport in der Dritten Welt geben könnte, nähme man entgegen den Gepflogenheiten auf solchen Reisen immer Frauen, mehr Frauen mit?

Daß mir diese und ähnliche Kommentare, als sie uns übersetzt wurden, viel Vergnügen bereiten, kann ich nicht leugnen. Richtig genießen können wir dieses südamerikanisch temperamentvolle Echo bedauerlicherweise nicht, denn es hat uns mal wieder erwischt. Der sogenannte „flotte Otto" geht durch unsere Reihen. Gottseidank trifft es uns aber nicht so hart, daß wir anderntags auf die Fahrt an den Strand von Valparaiso verzichten müssen. Dafür kommt aber jetzt zu dem einen Leiden noch ein anderes – der Sonnenbrand.

Zwei weitere Tage verbringen wir im Süden Chiles. Schon der Hinflug ist ein Erlebnis. Das Wetter, die Sicht sind so wunderbar, wie es selbst hier selten ist. Ganz klar können wir die Küstenkordilleren und die hohen Gletscherkordilleren erkennen. Am liebsten hätte ich zwei Paar Augen – die einen, um rechts, die anderen, um links aus dem Flugzeug zu schauen.

Unser Aufenthalt in Osorno wird von Max Freund gestaltet, einem bekannten deutschen Sprinter der 20er Jahre, der vor 30 Jahren Deutschland verlassen und sich hier eine neue Existenz aufgebaut hat. Er ist ein persönlicher Freund von Dr. Danz, wie es viele der Deutschen sind, die sich so herzlich um uns kümmern.

In Osorno trifft man überall auf Landsleute, hört die deutsche Sprache, ißt deutsche Gerichte – man meint gar nicht, auf einem anderen Kontinent zu sein, 15 000 km von zu Hause entfernt. Dazu kommt, daß das Landschaftsbild hier ganz ähnlich dem norddeutschen ist. Viel Weideland, schwarz-weiß geflecktes Vieh, verstreut und einsam gelegene Höfe, die hier Fundos genannt werden. Das Gletscherpanorama im Hintergrund führt dann allerdings wieder in die Wirklichkeit zurück. Es ist nicht die Heimat, mag dieser Flecken auch zu den schönsten unserer Erde gehören.

Zum ersten Willkommensgruß am Flughafen von Osorno treten etwa 20 Jungen und Mächen an, die mit ihren Reitpferden direkt auf der Rollbahn des ländlichen Flughafens ein Spalier für uns bilden. Kurt Bendlin schwingt sich gleich auf ein Pferd und reitet mit voraus zu unseren Gastgebern. Er avanciert schnell zum Schwarm der kleinen Chileninnen. Selbst Gunther Spielvogel kommt da nicht mit. Ganz praktisch die Argumente der Mädchen – er sei zu groß.

Den ersten Tag verbringen wir in einem Hotel am Fuße der Schneeberge. Gleich im Anschluß an die Begrüßungsparty werden wir mit Privatautos hinauf in die Bergwelt gebracht. Kilometerlang fahren wir an verträumten Seen vorbei durch einsame unberührte Natur.

Am Fuße eines schneebedeckten Gipfels, inmitten des immergrünen Urwaldes, in dem noch der Puma zu Hause ist, liegt unser Hotel. Eine Wonne sind die heißen Quellen aus dem vulkanischen Boden. Niemand stört sich an der ausgelassenen Badeschlacht im Badehaus. Wir sind nämlich die einzigen Gäste.

Die Urwälder bis zum Gipfel hin stehen unter Naturschutz. Keiner darf Hand anlegen, was in manchen Fällen zu gespenstischen Bildern führt. Über große Strecken ragen nur noch ausgebleichte, tote Baumstümpfe aus dem niedrigen Unterholz. Idealer Hintergrund für einen Frankensteinfilm. Man stelle sich nur vor, daß hier noch Schnee liegt, das grüne Unterholz also versteckt, die ganze Landschaft in kaltes Mondlicht getaucht ist . . .

Übrigens ist die Gegend hier ein Paradies für Angler, und Lachse von drei Kilogramm sollen nicht selten sein.

Wir machen große Augen, als uns des Abends Schwarzbrot, Teewurst und Landleberwurst nach Hausmacherart vorgesetzt werden. Was für ein Unterschied zu anderen Reisen! Wenn ich da an Indien denke . . .

Es entgeht uns nicht, daß die politische Situation hier sehr gespannt ist. Einem Elend wie in Peru begegnen wir zwar nirgends, aber die sozialen Unterschiede sind auch hier nicht zu übersehen. Die reichen Fundo-Besitzer mit über 1000 Stück Vieh und mehreren hundert Hektar Landbesitz fürchten eine Enteignung durch eine Bodenreform, die den chilenischen Landarbeitern zugute kommen soll. Jetzt hausen diese noch besitzlos in teilweise recht erbärmlichen Katen.

Unser Wettkampf ist mehr eine Demonstration im Rahmen eines Schulfestes, eines Festes der Deutschen von Osorno, das bei der gesamten Bevölkerung ein großes Echo findet. Herausragend die 2,11 m von Gunther Spielvogel im Hochsprung. Nur äußerst knapp reißt er die Rekordhöhe von 2,16 m. Dazu mein Diskuswurf von 59,05 m. Ich glaube, ich befinde mich hier auf einer Goodwill-Reise in Sachen Diskus. Das Publikum tobt vor Begeisterung.

Anderntags, am Morgen vor unserer Abreise, folgen dann einige von uns einer Einladung des deutschen Konsuls auf seinen Fundo. Die gepflegte Villa ist von einem beeindruckenden Park umgeben. Ein Butler läßt uns ein. Es herrscht ein gedämpfter Ton.

„Vornehm geht die Welt zugrunde", flüstere ich Ingrid Becker zu. Aber lange hält die Befangenheit nicht an. Spätestens als die Hausherrin uns durch die Gärten zu ihrer privaten Mopszucht führt, ist das Eis geschmolzen. So etwas Niedliches habe ich noch nie gesehen. Zu putzig sind diese kleinen Kerlchen, wie sie da über den Rasenrand purzeln und sich dann zutraulich an uns schmiegen.

Zum Schluß wird es dann noch einmal feierlich. Der Hausherr bittet in den Salon. Der Butler serviert Sekt in zarten Kelchen. Ein Toast auf unsere Delegation, die Wettkämpfe des Vortages und ein Toast auf unseren Gastgeber. Ganz wie es sich gehört. Wohlerzogener geht es nicht. Der Konsul räuspert sich und beginnt nun zu unserem Erstaunen, eine Episode aus seinem Leben zu erzählen. Ungewöhnlich. Fragend sehen wir uns an, wenden uns wieder höflich dem Erzähler zu, dem es jedoch schnell gelingt, uns wirklich anzusprechen.

Es geht um den Puma in den chilenischen Wäldern. Mit ihm ist ein Aberglaube verbunden: denn der Volksmund behauptet, Pumafleisch verleihe demjenigen eine geheimnisvolle Kraft, der den Puma erjagt und an Ort und Stelle von dem Fleisch ißt. Heranwachsende Jünglinge zählen erst dann zum Kreis der Männer, wenn sie einen Puma zur Strecke gebracht haben.

Er selber, der Konsul, habe in jungen Jahren diese Jagdgewohnheiten noch miterlebt. Eines Tages sei er mit den Jägern seines Vaters zur traditionellen Pumajagd aufgebrochen. Tage-, nächtelang hätten sie mit ihren Hunden durch die Wälder streifen müssen, bis ein Jungtier gestellt war. Die Angst habe ihm angesichts der gereizten Wildkatze im Nacken gesessen, sein Jagdgewehr habe gezittert. Doch der Wille, die Mutprobe vor den aufmerksamen Beobachtern zu bestehen, sei schließlich stärker gewesen. Er habe angelegt und das Tier mit einem Schuß erlegt. Jedenfalls habe ihn der Jagdaufseher in diesem Glauben bestärkt. Bis heute zweifle er jedoch daran. Denn beim Zerlegen des Tieres hätten die erfahrenen Jäger nicht unauffällig genug eine zweite Kugel aus dem Fleisch entfernen können. Eigentlich sei er überzeugt, daß sein Jagdaufseher, ein außerordentlich geschickter Schütze, gleichzeitig mit ihm abgedrückt habe. . .

Mit dieser lebendigen Erzählung aus dem Bereich traditioneller Sitten und Gebräuche hat uns der Konsul restlos gefesselt. Ein Trinkspruch auf die geheimnisvolle Wirkung frischen Pumafleisches beendet in unseren Augen den Vormittagsbesuch. Doch der Konsul ergreift noch einmal das Wort.

Er habe viel Freude gehabt an diesem Besuch deutscher Sportler und wolle uns deshalb ein Gastgeschenk mit auf den Weg geben. Ein Wink zum Butler, der leise den Raum verläßt. Er wisse, daß einige von uns sich vergeblich um Pumafelle bemüht hätten. Nun, er habe noch eines im Hause. Der Butler ist zurück und reicht ihm ein Fell. – Es sei zwar nicht das Fell seines ersten Jagderfolges, außerdem auch etwas arg von Hundebissen zugerichtet, doch vielleicht hinge noch etwas von dem vielversprechenden Zauber daran.

Er steht auf. Auch Dr. Danz erhebt sich – üblicherweise werden solche Geschenke immer von Funktionären entgegengenommen – und streckt schon die Hand aus. Aber der Konsul beachtet ihn nicht, geht an ihm und seiner ausgestreckten Hand vorbei und kommt ausgerechnet auf mich zu.

„Liebe Liesel Westermann, Sie haben uns in wunderbarer Vollendung das Zusammenspiel von Kraft, Anmut und Bewegung vor

Augen geführt. Nehmen Sie dieses Pumafell als Symbol unserer Wünsche für Sie, daß Ihnen noch weitere, vielleicht noch großartigere Leistungen gelingen."

Vor Überraschung bin ich sprachlos.

Zum letzten Mal werden die Gläser gefüllt.

"Wir werden Ihnen auch hier in Chile die Daumen halten, wenn Sie alle nächstes Jahr in Mexiko-City um olympische Ehren kämpfen werden!"

Die Gläser klingen noch einmal. Wir verabschieden uns.

Jetzt habe ich also einen Puma als Glücksbringer im Reisegepäck. In Santiago erhielt ich als Ehrengabe einen etliche Kilo schweren Löwen aus Bronze. Wenn soviel erlesene Gesellschaft ein gutes Omen sein soll – ich bin zwar nicht abergläubisch –, dann muß mir das Glück doch noch einmal hold sein. Drei Wettkämpfe, Buenos Aires, Sao Paulo, Rio de Janeiro, stehen noch aus. Ob der Rekordwurf noch gelingt?

Buenos Aires reißt mich unsanft aus meinen Träumen. 54,48 m, mehr kann ich nicht schaffen. Wie in Lima übertrifft mich Hein-Dierck Neu. Unser Privatduell steht jetzt auf 2 : 2.

Das Leben aus dem Koffer, die kurzfristigen Aufenthalte rufen bei mir größere Leistungsschwankungen hervor als bei den anderen. Darum freue ich mich auch besonders, daß unser Aufenthalt in Sao Paulo länger sein wird, als ursprünglich geplant war. Ein Wettkampf im Landesinneren von Brasilien ist abgesagt worden, statt dessen dürfen wir mehr als eine Woche lang das eigenartig faszinierende Sao Paulo genießen.

Die Bevölkerung dieser explosionsartig expandierenden Industriestadt ist bunt, ein vielfarbiges Völkergemisch. Rassenprobleme scheint es hier nicht zu geben. Schwarze und Weiße, Rote und Gelbe, niemand nimmt Anstoß an der Hautfarbe des anderen. So ist unser Eindruck, als wir, ausgerüstet mit Fotoapparaten und Filmkameras, durch die Straßen streifen.

Atemberaubend konstruierte Hochhäuser neben kleinen geduckten Altbauten, auch das ist typisch für diese vitale Stadt. Und immer wieder unterbrechen kleine grüne Inseln die Straßenzüge als ruhende Pole. Bänke laden ein zum Verweilen im Schatten von Palmen und Laubbäumen und bieten uns reizvolle Motive.

Da sitzt ein grauhaariger Schwarzer neben einer glutvollen südamerikanischen Schönheit. Er liest geruhsam seine Tageszeitung, sie sonnt sich. Es gelingen uns prachtvolle Schnappschüsse von dem friedvoll selbstverständlichen Zusammenleben des Vielvölkergemisches.

Wieder ist es ein großer Club, in dem wir uns die meiste Zeit des Tages aufhalten. Früher war es ein deutscher Club, heute steht er allen Interessenten offen. Allerdings muß man ganz schön in die Tasche greifen, will man Mitglied werden. Clubaktien müssen erworben werden. Steuerliche Unterstützung und öffentliche Trägerschaft aus Gemeinnützigkeit kennt man hier nicht. Die Mitglieder finanzieren alles selbst. Und das ist teuer.

Die Anlage hier ist mit den bei uns üblichen Sportclubs gar nicht zu vergleichen. Das riesige Areal besitzt eine Vielzahl von Sporthallen, gesonderten Spezialanlagen für jede Sportart: Turnhalle, Tischtennishalle, Gewichtheberhalle, Hockeyplätze, Volleyball- und Basketballfelder, Tennisplätze, ein großzügiges Schwimmbad mit einer 50 m-Bahn und ein Leichtathletikstadion. Restaurants und Bars, Sauna und Massageräume, sogar ein Kosmetik- und Friseurladen und zu guter Letzt ein Kindergarten stehen den Mitgliedern und ihren Familien zur Verfügung. Übrigens: Sportler, die sich durch besondere Leistungen hervortun, werden von allen finanziellen Beiträgen befreit. Als Gäste dürfen wir kommen und gehen, wann wir wollen. Wir verleben herrliche Stunden und Tage in dem Club. Ob wir uns nun bei leichtem Training vergnügen – Herr Scheuffele achtet sehr darauf, daß wir nicht nur faulenzen – oder uns in der Sonne am Rande des Schwimmbassins aalen, wir erholen uns prächtig.

Zur Abwechslung laden uns unsere deutsch-brasilianischen Betreuer zu einem Tagesausflug nach Santos ans Meer ein. Wir alle kennen diese Stadt dem Namen nach, denn sie ist die Heimat des Ausnahmefußballers Pélé. Aber von der Stadt sehen wir so gut wie nichts, wie genießen viel lieber ausgiebig das Tummeln im Meer und an dem herrlichen Sandstrand, der uns ganz allein zu gehören scheint. Den sonnenverwöhnten Brasilianern ist es nämlich noch zu kalt.

Hein-Dierck und ich holen uns Steinchen vom Straßenrand und werfen sie unermüdlich hinaus aufs Meer. Dabei entdecken wir eine uns neue, ideale Möglichkeit zum technischen Training der Diskusdrehung. Der weiche Sand zwingt zur genauen Bewegungsausführung, und die Fußspuren im Sand bieten uns eine jeder einfachen Beobachtung überlegene Grundlage zur Fehleranalyse. Immer wieder greifen wir zu unseren Steinen und können nicht genug bekommen davon, die Spuren im Sand zu diskutieren.

Seit diesem unorthodoxen Trainingstag am Strand von Santos schwöre ich auf das Steinchenwerfen als feinsinnigste Form der Wettkampfvorbereitung.

Dies war das letzte Training vor dem Wettkampf des 5. November auf den Leichtathletikanlagen des Clubs in Sao Paulo. Die Vorzeichen waren günstig: Am Vortage des Wettkampfes hatte mir ein Vogel etwas auf die Schuler fallen lassen, ich hatte ein geheimnisvolles Pumafell im Gepäck; konnte man bei richtiger Auslegung dieser Vorzeichen überhaupt noch in Frage stellen, daß dieser 5. November 1967 der besondere Tag für mich werden mußte?

Nun, es macht immer Spaß, im nachhinein nach schicksalhaften Fingerzeigen zu suchen. Sie lassen sich in solchen Fällen auch immer finden oder konstruieren.

Aberglaube hin – Vorzeichen her – der Bann ist gebrochen: Mir gelingt mein erster 60-m-Wurf. Eine „Traumgrenze" der Leichtahtletik ist durchbrochen: Noch nie hatte eine Frau den Diskus über 60 m geworfen. Die 59,50 m der Russin Tamara Press galten jahrelang als das Maß aller Dinge. Jetzt habe ich sie auf einem Schlag um mehr als eineinhalb Meter übertroffen: Weltrekord – 61,26 m! Als den Superweltrekord des Jahres 1967 feiern balkenbreite Überschriften meine neue Leistung, die auf einem Provinzsportfest zustande gekommen ist. Die Szene in Sao Paulo unterscheidet sich aber auch in allen Punkten von jener prickelnden Großveranstaltung in Santiago. Die Zuschauer sind meistenteils Clubmitglieder auf ihrem Sonntagsspaziergang. Der Charakter des Wettkampfes ist ähnlich. Die Wurfweiten werden nicht sofort gemessen. Steckschilder kennzeichnen vorerst die einzelnen Versuche. Erst nachdem der letzte Wurf der Teilnehmerinnen erfolgt ist, wird das Bandmaß hervorgeholt. So können wir die außerordentliche Weite meines letzten Versuches nur ahnen. Hans Fahsl hat mit Schritten schon abgemessen, daß der Weltrekord gelungen scheint.

Die heutige Siegerehrung erhält durch einen allerdings nicht zufälligen Beobachter des Ereignisses einen besonderen Anstrich: Adhemar Ferreira da Silva, der brasilianische Dreisprung-Olympiasieger von 1952 und 1956. Er schaffte vor 15 Jahren bei seinem ersten olympischen Triumph in Helsinki mit 16,22 m ebenfalls einen neuen Weltrekord. Damals gratulierte als erste ein deutsches Mädchen mit einem Kuß.

„Ich habe lange darauf gewartet", sagt da Silva, „diesen Kuß einmal bei einer ähnlichen Gelegenheit zurückgeben zu können."

Die Gelegenheit, die nun da ist, packt er denn auch gleich beim Schopfe. Er nimmt mich herzhaft in die Arme und gibt mir jenen Kuß zurück, den er vor 15 Jahren bekommen hat.

Am Abend findet sich unsere elfköpfige Gruppe gemeinsam mit den beiden brasilianischen Betreuern, mit denen wir uns mittlerweile angefreundet haben, zu einer kleinen Feier beim Abendessen zusammen. Sie ist als Nachfeier für meinen dreiundzwanzigsten Geburtstag vom 2. November und zugleich als stimmungsvoller Ausklang dieses ereignisreichen Tages gedacht. (Im Privatduell steht es übrigens 3 : 2 für mich.)

Ich bin in nachdenklicher Stimmung, mir fehlt die übermütige Sektlaune. Es ist Kurt Bendlin, der das am besten nachempfinden kann. So machen wir zwei uns bald auf zu einem ruhigen Nachtspaziergang. Er erzählt mir von seinem Zehnkampfweltrekord, den er zu Beginn der Saison in Heidelberg aufgestellt hat. Wir tauschen unsere Erfahrungen aus und suchen zu ergründen, wie man sich eigentlich fühlt als Weltrekordler. Ist es mehr als eine beglückende Zufriedenheit, mehr als die Ernte vieler einsamer Trainingsstunden?

10. Weltrekordlerin

Diese Frage: Wie fühlt man sich als Weltrekordlerin? wird mir nach unserer Ankunft in Deutschland immer und immer wieder gestellt. Kein Interview ohne sie, die so schwer mit einem einzigen Satz zu beantworten ist. Weil mir diese Frage also überall gestellt wird und ich mit meinen Antworten nie zufrieden bin, läßt sie mich schließlich auch nicht mehr in Ruhe. So setzte ich mich zu Hause in einer ruhigen Stunde an den Schreibtisch und versuche, die Antwort für mich allein zu finden:

Wenn ich das alles rückblickend betrachte, ist es eigentlich seltsam, daß der Weltrekordwurf als solcher mir nicht das Bewußtsein vermitteln konnte, Weltrekordlerin zu sein. Es war nicht überschäumende Freude, die in Sao Paulo etwa in hohen Freudensprüngen ihren Ausdruck fand, ich geriet auch nicht in einen Glückstaumel – es breitete sich vielmehr eine heilsame Ruhe in mir aus, Befriedigung, eine Prüfung bestanden, die Wettkampfsituation beherrscht und völlig ausgenutzt zu haben. Es hat einfach alles gestimmt an diesem Wurf. Ich hätte nichts besser machen können. In einem Zeitablauf von Bruchteilen von Sekunden arbeitete jeder Muskel meines Körpers gerade so viel und so wenig, wie unabdingbar notwendig war für einen Bewegungsablauf von vollkommener Harmonie. Das allein ist schon ein Erlebnis, ein hoher ästhetischer Genuß, und wie ich mir wünsche, nicht nur für mich, sondern auch für den Zuschauer. Gibt es für mich doch keine höhere Wertschätzung meines Sports, als wenn ich erfahre, daß jemand das Werfen miterlebt, die Schönheit der Bewegung mitgenießt, die sich wahrlich nicht allein in der Meterzahl ausdrückt. Daß sich für mich in diesem Fall die optimal ausgeführte Bewegung mit einem Maximum an Weite, nämlich jenen 61,26 Metern, verband, war das zweite Überwältigende an diesem Wurf.

Zu gern wäre ich in jenen Augenblicken zu Hause gewesen, in Stuttgart bei den Deutschen Meisterschaften zum Beispiel, inmitten von Menschen, die mich kennen, die ich kenne, die sich so mit mir gefreut hätten. Wenn so viele, eigentlich fremde Menschen sich spontan mit mir freuen können, empfinde ich das als einen Gefühlausbruch, eine emotionale Explosion, die momentan Tausende von Menschen verbindet – etwas unendlich Beglückendes an der sportlichen Leistung, das mich immer wieder mit Dankbarkeit erfüllt.

Eigentlich ist es das, was mir in Sao Paulo gefehlt hat. Der äußere Rahmen der Wettkämpfe dort hatte nichts von jener spannungsgeladenen Atmosphäre, die so einen Freudenausbruch ermöglicht. Die Zuschauer waren nicht sachkundig, mehr Sonntagsspaziergänger, die zufällig im Club waren, nicht wegen Leichtathletik. Nicht daß ich um Aufmerksamkeit buhlen möchte, aber das Erlebnis der eigenen Leistung ist viel intensiver, wenn viele gemeinsam mit mir das Risiko eines jeden Wurfes eingehen, mitbangen und sich dann spontan freuen.

Es ist wirklich ein Risiko, ein Wagnis, das man mit jedem Versuch eines Wettkampfes auf sich nimmt. Man läßt sich von dem unbändigen Willen leiten, alles an Schnelligkeit und Kraft aufzubieten, was der eigene Körper nur eben hergeben will. Sei es drum, daß der Wurf dann völlig mißlingt oder übergetreten wird. Nicht immer bringt man den Mut zu diesem Einsatz auf, riskiert zu wenig. Wenn aber einmal bei aller Anspannung die Harmonie der Bewegung erhalten bleibt, der Wurf also gelingt, bedeutet er immer Bestleistung, Rekord, oder wie in diesem Fall, Weltrekord.

Um die Leistung als solche weiß man sicher im Moment der Bekanntgabe der geworfenen Meterzahl; die Entspannung, die spontane Freude, der Jubel und das Glücksgefühl, die mich die eigene Leistung erst erleben lassen können, ergeben sich jedoch nur in dem winzigen Augenblick, in dem der Funke überspringt zu den Zuschauern, sich die Spannung gemeinsam in der Freude löst. Wo sieht man erwachsene Menschen sich reiner, kindlicher freuen als auf dem Sportplatz, als im Stadion? Dieses intuitive Erleben meines Weltrekordes, es hat mir in Sao Paulo gefehlt, darum hätte ich mir gewünscht, daheim gewesen zu sein. In dem Falle hätte ich, um die Frage zu beantworten: „Wie fühlt man sich als Weltrekordlerin?" nur ein Wort gebraucht – „glücklich."

Wer einwendet, daß doch genug Rummel um mich und meinen Rekord gemacht wurde, der hat gewiß recht. Reporter, Fotografen, Kameramänner gab es genug und auch Glückwünsche, die gewiß von Herzen kamen, aber mit jedem Wort, das ich hier schreibe, wird mir klarer, daß das wirklich Beglückende nur die spontane Freude und Mitfreude im Moment des Geschehens sein kann. Es ist wie mit Festen, von denen man sagt, daß sie gefeiert werden müssen, wie sie fallen, und die nie gelingen, wenn sie aufgeschoben werden. Mein Lachen und Lächeln in die Kameras war gewiß nicht Maske, hatte aber dennoch etwas Maskenhaftes, weil es des Ursprünglichen entbehrte, das eben nur aus dem unmittelbaren Erleben erwachsen kann. Ich habe das Gefühl, nie so oberflächlich oder besser gleichgeschaltet in allen Reaktionen gewesen zu sein, wie in diesen 14 Tagen nach dem Rekord. Dieser Rummel, der für Außenstehende vielleicht erst einen Weltrekord ausmacht, konnte mir nicht das erwartete Hochgefühl vermitteln, Weltrekordlerin zu sein. So gesehen muß ich sogar dankbar sein, den Weltrekord in Sao Paulo unter jenen Bedingungen geworfen zu haben. Wäre mir sonst jemals die Bedeutung der Freude und Mitfreude an der sportlichen Leistung bewußt geworden?

So fielen der Weltrekord und die Weltrekordlerin allmählich ab von mir wie eine Haut, die mir Gottseidank nicht mehr paßte. Ich gewann meine Spontanität wieder, konnte traurig und fröhlich sein. Ich war wieder ich geworden und hatte nur einen Wunsch, daß das, was der Weltrekordlerin an Achtung entgegengebracht wurde, genauso dem Menschen gelten mag, der, so hoffte ich, mit der Weltrekordlerin fertig geworden war.

VI. Vom Wurfkreis zum Katheder

1. Zurück auf die Schulbank

Es gab Anlässe genug, die mich in die Wirklichkeit zurückführten: Ich studierte im zweiten Semester an der Deutschen Sporthochschule Köln. Der Unterricht des Wintersemesters hatte bereits begonnen, als wir aus Südamerika zurückkamen. Eigentlich hätte ich als pflichtbewußte Studentin sofort am Tage nach unserer Ankunft mein Studium aufnehmen müssen. Aber der Rummel um mich hatte mich so gepackt, war so groß, und machte mir natürlich auch Spaß, daß ich erst einmal ein paar Tage blau machte.

Andere Studenten machen das auch und niemandem fällt es auf, entschuldigte ich mich vor mir selbst. Ich ahnte natürlich nicht, daß ich mir das nun erst recht nicht mehr erlauben konnte. Natürlich wurde jede Unregelmäßigkeit bei mir ab jetzt besonders registriert.

Bevor ich wieder zur Hochschule ging, fuhr ich noch nach Hause, nach Sulingen zu meinen Eltern. Sie wollten mich doch auch in die Arme schließen und beglückwünschen und ich brauchte einfach ein wenig Ruhe. (Außerdem mußte meine Wäsche ja in Ordnung gebracht werden.) Aber auch in Sulingen stand das Telefon nicht still.

Unter anderem kam ein Anruf aus Köln, von der Hochschule. Frau Professor Diem, die Rektorin, war am anderen Ende der Leitung. Auch sie wollte mir ihre Glückwünsche aussprechen, versäumte aber nicht, mit leiser Verwunderung nachzufragen, warum ich statt in Köln in Sulingen sei.

„Ach, ich will hier nur ein bißchen zu Atem kommen. Zwei Tage möchte ich mich bei meinen Eltern ausruhen. Darf ich das?"

„Das dürfen Sie mich eigentlich nicht fragen. Sie haben ja sowieso schon den Anfang des Semesters verpaßt. Eigentlich sollten Sie selbst am besten wissen, was ihre Pflicht ist."

„Muß ich dann morgen schon wieder in Köln sein?"

„Ich würde es Ihnen anraten."

Ein paar Worte noch, dann legte ich ziemlich betroffen den Hörer zurück auf die Gabel. Damit hatte ich ja nun zuallerletzt gerechnet.

Allerdings war ich schon einmal nach einem besonderen sportlichen Erfolg in Schwierigkeiten geraten. Es lag zwar schon lange zurück, fiel mir aber jetzt wieder ein.

1962, vor fünf Jahren, war ich Deutsche Jugendmeisterin im Fünfkampf und Diskuswerfen geworden. Ganz Sulingen feierte damals meinen Erfolg mit mir. Mit Unmengen von Blumen und Glückwünschen teilten mir die Sulinger ihre Freude mit. Der Schützenverein stoppte sogar seinen Festzug vor unserem Haus und brachte mir ein Ständchen. Mein Kunstlehrer hatte die Haustür geschmückt. Kurz, ich genoß für einige Tage den Zustand, Sulingens liebstes Kind zu sein, dermaßen, daß ich für vierzehn Tage nicht mehr zum Training ging. Ich wollte den Lohn der vielen Trainingsmühen jetzt voll auskosten und hatte einfach keine Lust mehr zum Training. Als ich mich dann endlich wieder aufgerafft hatte, wollte Herr Vogt, der als mein Trainer der Wegbereiter dieses Erfolges gewesen war, nichts mehr von mir wissen. Unverzeihlich war meine schlampige Haltung in seinen Augen, berechtigt der Wunsch nach Ausspannung in den meinen. Es hatte damals langer Wochen und schließlich des Einschaltens eines Dritten von außen bedurft, bis Herr Vogt mich als verlorenes Leichtathletikkind wieder aufnahm.

Und nun war ich 1967 in einer ähnlichen Situation. Diesmal war ein Weltrekord mein Alibi. Aber Frau Diem wußte wohl recht gut, warum sie mich ermahnte.

Schweren Herzens machte ich mich also noch am selben Abend auf den Weg zurück ins Rheinland, um gleich anderntags in den Übungen und Seminaren wieder aufzutauchen.

Erste Stunde, 8.15 Uhr, Schwimmen im Agrippabad mitten in Köln. Da ich mich der Stadt noch nicht so gut auskannte, fuhr ich rechtzeitig los. Trotzdem wurde eine ziemliche Irrfahrt daraus. Fünf Minuten zu spät fand ich mich endlich umgezogen zum Unterricht ein. Eben wollte ich mich wegen meiner Verspätung entschuldigen, da holte meine Lehrerin auch schon zu einer gepfefferten Begrüßung aus:

„Eigentlich wollte ich Ihnen ja zum Weltrekord gratulieren. Wenn Sie sich allerdings zu derartigen Verspätungen hinreißen lassen, kann ich mir meine Worte wohl sparen!"

Ich mußte sofort ins Wasser, nutzte aber eine kurze Verschnaufpause, um eine Studienfreundin, zu fragen:

„Was hat die denn? Stellt sich wegen fünf Minuten so an. . ."

„Im Wintersemester fängt der Unterricht immer s. t. an, Punkt 8 Uhr. Aber mach dir nichts draus. Die mußte nur mal Dampf ablassen. Das gibt sich wieder. Kennst sie doch."

In diesem Fall war es eine Lehrerin, die mich in den Alltag zurückbeförderte. In vielen anderen Situationen waren es die Kommilitoninnen, die keine Gelegenheit ausließen, mir klarzumachen, daß ich nichts anderes sei als sie. Ich wollte ja auch gar nichts anderes, besseres sein. Zu einer überkorrekten Studentin fühlte ich mich aber auch nicht berufen. Und dennoch wurde ich in eine solche Rolle gedrängt. Manches Mal hat mich dieser Maßstab, der mir nun ständig angelegt wurde, an den Rand der Verzweiflung gebracht.

Ich denke da an unser Hockeysemester im nächsten Sommer. Gerade diejenigen, die es selbst mit ihrer Anwesenheit nie so genau nahmen – eine andere rief einfach das ‚Hier' beim Aufrufen der Namen – machten mir am Ende das Leben sauer. Zugegeben, ich hatte zuviel gefehlt. Aber nicht, um mich im Schwimmbad zu vergnügen, sondern weil ich zu Wettkämpfen unterwegs gewesen war.

Ob Schwimmbad oder Wettkampf tut zwar nichts zur Sache. Es war eben mein persönliches Pech, daß niemand für mich ‚Hier' schreien konnte. Das wäre nun wirklich sofort aufgefallen. Daß nun aber der zuerst durchaus wohlwollende Lehrer beeinflußt wurde, mir auf keinen Fall das Semester anzuerkennen, erboste mich nicht wenig.

Was nützte mir aber der Zorn? Ich mußte mich fügen, im folgenden Winter als einzige die versäumten Stunden nachholen und bekam erst dann meinen Schein.

Den Höhepunkt dieser und anderer Sticheleien – Neid und Mißgunst treiben wirklich eigenartige Blüten – erlebte ich dann während der Turnprüfung.

Ich hatte eine besorgniserregende Archillessehnenverletzung. Weil ich im Ausbildungsunterricht immer gut gesprungen war, befreite mich unsere Turndozentin von diesem Prüfungsteil, um nicht eine eventuell schwerwiegende Verletzung herauszufordern. Am Prüfungstag kam jedoch alles ganz anders. Der Freund einer anderen Kandidatin – es standen nur noch die Sprünge bevor – stürzte auf die Dozentin zu, erhob drohend die Fäuste und fauchte ihr ins Gesicht:

„Wenn die Westermann eine Drei kriegt, dann ist aber was los!"

Den Prüfern verschlug es die Sprache. Mit mir waren andere Studentinnen gleichermaßen bestürzt. Hatte es so etwas je gegeben? Warum das? Es gab keinen Grund. Zum einen war über Noten noch gar nicht gesprochen worden, zum anderen hatte ich eine durchaus abgerundete Leistung geboten.

Die Dozentin beherrschte sich mühsam und notierte sich mit hochrotem Kopf den Namen des unverschämten Unruhestifters. Dann wandte sie sich an mich.

„Ich hoffe, daß Sie sich nicht verwirren lassen durch diesen Zwischenfall, Liesel. Das Prüfungsamt wird Mitteilung davon bekommen. Können Sie aber nicht doch einen Sprung wagen? Nur deshalb, weil wir nun wohl mit allem rechnen müssen und wir keine Sondergenehmigung für Sie beantragt haben. Es ist ganz gleich, wie Ihr Sprung wird."

„Wenn Sie meinen. Trainiert habe ich natürlich nicht dafür. Darf ich denn zur Schonung meiner Sehne die Turnschuhe anbehalten?"

„Selbstverständlich. Es ist ja auch nur eine Formsache. Aber seien Sie um Himmelswillen vorsichtig."

Also absolvierte ich meinen Sprung. Kein Probesprung, gleich zur Bewertung. Und Glück muß der Mensch haben! Es war der beste Sprung aller Prüflinge.

Allein der Gesichtsausdruck jenes Jünglings wäre das Risiko einer Verletzung wert gewesen. Zuerst war er sprachlos; dann wurde er wütend. Wohl weil ihm nun der Wind aus den Segeln genommen war, lamentierte er zwischen den anderen Zuschauern herum.

„Ruhe während der Prüfung!" donnerte die Dozentin dazwischen, um mich gleich darauf strahlend anzulächeln. Dem äußeren Anschein nach seelenruhig, innerlich den Tränen näher, zog ich meinen Trainingsanzug über und verließ die Halle. Meine Drei habe ich übrigens bekommen, ohne daß deshalb „etwas los" war.

Aber warum wurde mir das Leben hier so schwer gemacht? Häufig grübelten wir in kleinem Kreis über dieses Problem. Dabei wurde immer klarer, daß ich nicht ganz schuldlos, wenn auch unwissend, in diese Schwierigkeiten geraten war.

An der Sporthochschule hatte ich mich nur zu den Unterrichtsstunden aufgehalten. Keine Fete, kein Hochschulfest verlockten mich, an dem allgemeinen lebhaften Studentenleben teilzunehmen. Ich lebte, trainierte und feierte in Leverkusen mit meinen Freunden und Freundinnen aus dem Verein. Durfte es mich da verwundern, daß ich langsam aber sicher von meinen Mitstudenten als ungeliebter Außenseiter abgelehnt wurde? Unauffällig konnte mein Außenseiterdasein auch nicht bleiben, dafür folgten mir zu häufig Fotografen und Kamerateams bis in den Unterricht. Presse, Funk und Fernsehen stellten mich zudem immer wieder als lustig, fröhlich und aufgeschlossen, dem Feiern durchaus nicht abgeneigt dar. An der Hochschule war ich zwar immer freundlich, doch, wenn auch unabsichtlich, nie mitteilsam. Um Unauffälligkeit bemüht, hielt ich mich überall zurück. Allen offensichtlich, war es stets mein Ziel, schnell wieder nach Leverkusen zu fahren; Training und Wettkämpfe beanspruchten meine ganze Aufmerksamkeit.

Es lag auf der Hand, daß ich in den Augen der anderen unerträglich arrogant und widerwärtig hochnäsig wirken mußte. Wer sich nie um andere bemüht, darf nicht auf deren Wertschätzung hoffen. Wenn er aber, aus welchem Grund auch immer, noch eine aus der Gruppe herausragende Position einnimmt, so setzt er sich, einer Gesetzmäßigkeit gleich, allen möglichen Abwehrhaltungen und feindseligen Angriffen aus. Nie hatte ich meinen Kommilitoninnen eine Chance gegeben, mich kennenzulernen, meine Leistungen darum mitzuerleben, weil ich eine von ihnen war. Das Gegenteil war der Fall gewesen. Ungewollt hatte ich mich ständig so verhalten, als gehöre ich eben nicht in den gemeinsamen Kreis. Ich hatte es in der Hand gehabt, ein gehaßter oder ein geliebter Star zu sein. Naiv, ahnungslos hatte ich gewählt. Nun mußte ich damit leben. Einfach war das nicht.

Diese Erkenntnis aber hat mir für die Zukunft geholfen, nicht noch einmal in einen solchen Teufelskreis gedrängt zu werden. Noch an der Sporthochschule gelang es mir in den letzten beiden Semestern, die eine oder andere Barriere zu durchbrechen. Zwar habe ich ähnliche Konfrontationen auch noch anfangs im Beruf erlebt. Weiß man aber, warum das so ist und was daraus entstehen kann, ist es unendlich leichter, angemessen zu reagieren.

Meine Ausbildungslehrerin aus meiner Referendarzeit hat mir zum Beispiel Monate nach unserer ersten Begegnung von ihrer vorgefaßten Abneigung gegen mich erzählt. Sie habe mit ihrem Schicksal gehadert, daß gerade sie eine solche Referendarin zugeteilt bekommen hätte. Nichts als Schwierigkeiten habe sie auf sich zukommen sehen und haufenweise Arbeit, die ich als Leistungssportlerin natürlich ihr aufbürden würde. Hier eine Ausnahme und dort eine Extrawurst.

„Du kannst dir nicht vorstellen, wie skeptisch und mißtrauisch ich dir gegenüberstand. Deine Weltrekorde haben mich zwar auch begeistert, aber im Beruf wollte ich lieber nichts mit dir zu tun haben."

Heute sind wir die besten Freundinnen, ihr Haus und ihre Familie mir ein zweites zu Hause. Die Kinder hängen an mir und ich an ihnen, als hätten wir immer zusammengehört. Ich hoffe und wünsche, daß diese enge Freundschaft eine Verbindung fürs Leben bleibt.

Überhaupt habe ich allen Grund festzustellen, daß ich der Leichtathletik unendlich viel an Erlebnissen und Erfahrungen verdanke, lebensbegleitende Freundschaften aber hat sie mir kaum zu geben vermocht. Fast alle Menschen, die zur mir stehen werden, was immer auch kommen mag, tun dies nicht wegen der Leistungen, Rekorde oder Lorbeeren, denen ich eine gewisse Prominenz verdanke, sie sind trotz des Sportes meine Freunde geworden oder geblieben.

2. Trotz des Sports

Dieses „trotz des Sports" ist kennzeichnend für meinen ganzen beruflichen Werdegang. Ich habe nirgendwo darum gebuhlt, als „Diskus-Liesel" Vergünstigungen oder Erleichterungen zu erhalten. Wer da jedoch glaubt, daß prominenten Leistungssportlern mit aller Selbstverständlichkeit viele, fast alle Steine (von Geisterhand) aus ihrem Weg geräumt werden, der irrt mächtig.

Ich wüßte nicht, in welchem Examen, bei welcher Prüfung mir etwas geschenkt worden wäre. Im Gegenteil, immer wurde gerade an mir äußerst korrekte Neutralität geübt. Manches Mal wurde ich sogar schärfer herangenommen als dies bei einer Liesel Unbekannt geschehen wäre.

Ich betone das auch nicht so ausdrücklich, weil ich es etwa beklage. Vielmehr geht es mir darum, weit verbreitete Vorurteile abzubauen. Ganz eliminieren kann ich sie nicht, das weiß ich wohl. Vielleicht aber bringe ich den ein oder anderen, der noch nicht ganz so festgerannt ist, dazu, genauer zu beobachten.

Wie häufig habe ich es erlebt, daß in Gesprächen über Schulprobleme meine Beiträge leichthin zur Seite geschoben wurden: „Wie wollen Sie denn hier mitreden. Eine Lehrerin mit Ihrem Namen kann überhaupt keine Probleme haben. Ihre Schüler müssen Sie doch einfach anhimmeln." Das ist die stereotype Meinung erwachener Sportfans.

Ja, glaubt denn allen Ernstes wirklich jemand, daß meine Schüler nur deshalb sittsam und brav an ihren Tischen sitzen, folgsam ihre Aufgaben erledigen, andächtig meinen Worten lauschen, was immer ich ihnen erzähle, allein weil ich die Liesel Westermann bin?

Gottseidank sind unsere Kinder von gesünderer und unverbildeterer Lebensart. Solch eine Haltung, mag sie zugegebenermaßen vereinzelt vorkommen, hält höchstens eine Stunde lang an. Dann regiert der Alltag, der überall an jeder Schule gleich aussieht. Schüler, ob es Kinder oder Jugendliche sind, tanzen jedem Lehrer auf der Nase herum, der es zuläßt. Achtung zollen sie, gelenkt von gesundem Instinkt, überall und in jeder Situation nur der Lehrperson, die ihnen diese Achtung kraft ihrer Persönlichkeit im lebendigen tagtäglichen Gegenüber abverlangt. Medaillen und Rekorde, mögen sie zu ihrer Zeit auch noch so umjubelt gewesen sein, sind als Fundament für die Schüler-Lehrer-Beziehung ein jämmerlich dürftiges Kapital. Wer meint, darauf bauen zu können, hat auf Sand gebaut.

Nicht einmal am Anfang hat man es als sogenannte Prominente unbedingt einfacher. Nur zu leicht versucht ein wacher Oberprimaner, nun erst recht Maß zu nehmen. Mal ausprobieren, wie weit die standhält!

Im ersten halben Jahr am Gymnasium mußte ich einen Kollegen in einem Oberstufen-Volleyball-Kurs vertreten.

Zu Beginn des Unterrichts lief noch alles normal. Dann aber sollte gespielt werden. Wie es das Unglück wollte, fehlte in einer Mannschaft ein Spieler. „Ach, spielen Sie doch mit", versuchte mich ein Schüler aus der Gegenmannschaft herauszufordern. Gleichzeitig zwinkerte er einem Mitschüler bedeutungsvoll zu. Was jetzt auf mich zukam, konnte ich mir leicht an allen zehn Fingern abzählen. Die Jungen wollten wissen, ob ich abgesehen von

Diskuswerfen auch sonst mithalten konnte. Natürlich konnte ich das nicht im Volleyball gegen gut trainierte und aufeinander eingespielte Oberstufenschüler. Die zwei waren wirklich gute Spieler, ich selbst hatte aber seit Jahren nicht mehr Volleyball gespielt, und überhaupt noch nie gegen männliche Partner. Da ich aber keinen Ausweg sah und mich auch nicht drücken wollte, rackerte und plackte ich mich so schlecht und recht ab, so gut es eben ging. Ein gezielter Schmetterball nach dem anderen stellte mich anfangs vor unlösbare Aufgaben. Ich verschlug fast jeden Ball. Die anderen Schüler hatten natürlich schnell gemerkt, welcher Kampf hier ausgefochten wurde. Die Spannung knisterte beachtlich. Schafft sie es, oder schafft sie es nicht? Man sah ihnen diese Gedanken förmlich an. Und ich plagte mich weiter, fing mir hier und da schon mitfühlende Blicke der Spieler meiner Mannschaft ein. Doch langsam spielte ich mich ein, streckte mich nicht nur vergeblich nach dem Ball. Das Spiel kriegte Farbe. Bravo-Rufe aus unseren Reihen spornten die anderen aber nur noch mehr an.

„Und noch einmal die Weltrekordlerin!" Der scharfe Schmetterball war nicht anzunehmen, prallte von meinen Händen ab und sprang in den Geräteraum.

„Ex! Exweltrekordlerin", keuchte ich zurück und holte den Ball zwischen zwei Kästen hervor.

Einer Zauberformel gleich hatte dieses atemlos hervorgebrachte „Ex" gewirkt. Erstaunt sah ich mich mit einem Mal hell auflachenden Schülern gegenüber.

„Man kann ja nicht immer an der Spitze bleiben." Der Superschmetterer grinste mich verständnisvoll an. Nicht zu glauben, daß das derselbe war, der mich eben noch am Boden zertrümmern wollte.

„Nein wirklich nicht. Wäre auch zuviel verlangt", stimmte ich in die allgemeine Heiterkeit mit ein.

Der Bann war gebrochen. Die Fortsetzung des Spieles bereitete uns allen Vergnügen. Die Schüler hatten mich angenommen trotz der „Diskus-Liesel".

3. Die 7 L's

Heute habe ich viel Freude an den Leichtathletiknachmittagen für Mädchen meiner Schule. Aber auch da galt es zuerst, Hemmungen der Schülerinnen zu überwinden. Sie fürchteten, zu hart gefordert zu werden. Die Angst, leistungssportmäßig getrimmt zu werden, mußte im täglichen Miteinander ausgeräumt werden. Ich glaube, das habe ich geschafft. Hier und da gibt zwar wieder ein Mädchen auf, kommt nicht mehr in meine Neigungsgruppe. Dafür kommen andere. Warum sollte es mir auch anders gehen als irgendeinem Sportlehrer. Wo gibt es schließlich ein Non-plus-ultra, wenn Menschen mit Menschen auskommen müssen?

In meinem Wohn- und Arbeitszimmer hängt ein Plakat, das meine Leichtathletikmädchen mir zu meinem 32. Geburtstag gemalt haben. Sie haben Reime und Verse über unsere Leichtathletikerlebnisse gefunden und aufgeschrieben. Als Überschrift wählten sie eine spontane Äußerung, die der Muntersten aus unserer Mitte einmal eingefallen war. An jenem Nachmittag fragte sie mich mitten aus dem Hochsprungtraining heraus:

„Kennen Sie die sieben L's?"

„Wie sollte ich. Verrate sie mir!"

„Lachend, Lustig, Luftig, Locker, Leicht: Liesels Leichtathletik!"

Dieses Plakat ist meine wertvollste Urkunde.

Wenn aus meiner Arbeit im Schulsport Talente hervorwachsen, werde ich versuchen, ihnen die Begeisterung an sportlichen Leistungen über den Rahmen der Schule hinaus zu vermitteln. Denn ich weiß, wieviel Wertvolles ihnen der Leistungssport bieten kann. Werte, die nicht allein an Lorbeerkränzen abgezählt werden können. Es ist viel mehr um und an dem Suchen nach eigenen Leistungsgrenzen im Wettstreit mit anderen.

So kostbar ist mir dieses Plakat aus Schülerinnenhand darum, weil es mir die Gewißheit gibt, etwas von dem Reichtum weitergegeben zu haben, den die Leichtathletik für jeden bereithält, ob Schüler oder Rekordler. Verlöre der Sport jedoch im bedingungslosen Kampf um die Leistung-um-jeden-Preis das Moment des Lachenden und Leichten, er verlöre sich selbst.

Es kann nicht immer Lorbeer sein. Gewiß ist das Streben danach das Ziel, aber nie und nimmer darf der Lorbeer selbst der einzige Inhalt des Leistungssportes sein.

DIE 7 L'S : Lachend, Lustig, Luftig, Locker, Leicht: LIESELS LEICHTATHLETIK

MIT 'NEM BIßCHEN MEHR
PEPP ❤

SUPERSPITZEN-
KLASSE

DOLLER LIESEL VEREIN

SCHON WIEDER
IM KACKSTUHL ❤

BIST DU MÜDE ODER MATT
LIESEL RÄT EIN SALZGRBAD
DIESES TUT DEM KREISLAUF GUT
ABER AUCH DES MENSCHEN BLUT

WAS ICH ÜBER LIESEL SAG:
JEDEN DIENS- UND DONNERSTAG
TREFFEN WIR AUF SPORTGELÄNDE
UNSRE LIESEL, DAS SPRICHT BÄNDE.
LÄUFT DIE LIESEL MIT UNS EIN
WIRD SIE IMMER SEHR SCHNELL KLEIN.
DENN SCHON NACH ZWEI RUNDEN
IST SIE GANZ UND GAR GESCHUNDEN
IHRE KONDITION IST SCHWACH
SO SCHREIT SIE NUR WEH UND ACH.
DIE GYMNASTIK DARF NICHT FEHLEN
DER KÖRPER SCHWITZT, WEH TUN DIE SEELEN
DOCH WIR KOMMEN IMMER WIEDER,
DENN WIR SIND UND BLEIBEN...

SCHUSTERN

IN DÜSSELDORF SAß AUF DER
DIE LIESEL DIE AUF EISEN ZAUN,
BAUM.
STRAß SPRAß ETWAS
SCHNELL WAR SIE UNTER WIE EID.
DOCH DER 2 AUD 2 AR LISE
FLITZER.

VII. Statt eines Schlußwortes

1931 beschrieb Professor Dr. Karl Jaspers die geistige Situation der Zeit:

„Der Strudel des modernen Daseins macht, was eigentlich geschieht, unfaßbar . . .

Dasein ist heute mit einer allverbreiteten Selbstverständlichkeit gesehen als Massenversorgung in rationaler Produktion auf Grund technischer Erfindungen. Es ist, als ob das Ganze durch Verstand allein zu vollendeter Ordnung zu bringen wäre . . .

Jedoch zeigt sich die Daseinsordnung stets gestört; sie droht zu zerfallen; sie scheint unvollendbar. Es ist die Frage, ob sie selbst schon das Ganze für uns werden kann, oder ob ein übergreifendes Ganzes sie in sich schließt. Die Grenzen der Daseinsordnung lassen Staat, Geist und das Menschsein selbst als Ursprünge menschlichen Tuns sichtbar werden, die in keine Daseinsordnung eingehen, obgleich sie auch diese Ordnung erst möglich machen . . .

Die in scheinbar zwangsläufigen Perspektiven sich zeigende Wirklichkeit offenbart zwar eine vollkommene Abhängigkeit des Menschen; aber erst wie er dieses Wissen, das ihm die geistige Situation heute aufzwingt, verarbeitet, bedeutet, was aus dem Menschen selbst wird. Der Mensch steht jetzt vor der Frage, ob er sich dem gewußten Übermächtigen, das alles zu bestimmen scheint, fatalistisch unterwerfen will, oder ob er Wege sieht, die er gehen kann, weil diese Macht dahin nicht reicht . . .

. . . Die Weise, wie er sich bedroht sieht, zeigt sich in der Lebensangst; wie er sich täglich, seine Leistung hervorbringend, selbst fühlen kann, in der Arbeitswelt; wie er seine vitale Daseinswirklichkeit ergreift, im Sport . . .

Sport. – Das Eigendasein als Vitalität schafft sich Raum *im Sport, als einem Rest von Befriedigung unmittelbaren Daseins,* in

Disziplin, Geschmeidigkeit, Geschicklichkeit. Durch die vom Willen beherrschte Körperlichkeit vergewissert sich Kraft und Mut; der naturoffene Einzelne erobert sich die Nähe zur Welt in ihren Elementen.

Der Sport als Massenerscheinung, organisiert zur Zwangsläufigkeit eines geregelten Spiels, lenkt Triebe ab, welche sonst dem Apparat gefährlich würden. Die Freizeit ausfüllend, schafft er eine Beruhigung der Massen. Der Wille zur *Vitalität* als Bewegung in Luft und Sonne wünscht diesen Daseinsgenuß in Gesellschaft; er hat kein kontemplatives Verhältnis zur Natur als Chiffre und hebt die fruchtbare Einsamkeit auf. *Kampfeslust* sucht die höchste Geschicklichkeit, um in der Konkurrenz Überlegenheit zu fühlen; ihr wird alles Rekord. Sie sucht die Öffentlichkeit der Gemeinschaft, bedarf des Urteils und Beifalls. In den Spielregeln findet sie eine Form, die dazu erzieht, auch im wirklichen Kampf Spielregeln einzuhalten, welche den Gang des gesellschaftlichen Daseins erleichtern.

Was der Masse versagt bleibt, was sie darum nicht für sich selbst möchte, aber als den Heroismus bewundert, den sie von sich eigentlich fordert, das bringen die waghalsigen Leistungen Einzelner zur Anschauung. Sie schlagen als Bergsteiger, Schwimmer, Flieger und Boxer ihr Leben in die Schanze. Sie sind auch die Opfer, in deren Anblick die Masse begeistert, erschreckt und befriedigt ist, und die zu der geheimen Hoffnung Anlaß geben, auch selbst vielleicht zum außerordentlichen zu kommen.

Es mag aber auch mitschwingen, was die Masse schon im antiken Rom bei den Schaukämpfen suchte: der Genuß an Gefahr und Vernichtung des dem Einzelnen persönlich fernen Menschen. Wie in der Ekstase für gefährliche Sportleistungen entlädt sich die Wildheit der Menge in der Lektüre von Kriminalromanen, dem fieberhaften Interesse an der Gerichtsberichterstattung, an der Neigung zum Verrückten, Primitiven, Undurchsichtigen. In der Helligkeit des rationalen Daseins, wo alles bekannt oder gewiß kennbar ist, wo das Schicksal aufhört, und nur der Zufall bleibt, wo das Ganze trotz aller Tätigkeit grenzenlos langweilig und absolut geheimnislos wird, da geht der Drang des Menschen, wenn er selbst kein Schicksal mehr zu haben glaubt, das ihn dem Dunkel verbindet, wenigstens auf den lockenden Anblick exzentrischer Möglichkeiten. Der Apparat sorgt für seine Befriedigung.

Was durch solche Masseninstinkte aus dem Sport wird, macht jedoch *die Erscheinung des modernen Menschen im Sport* keineswegs begreiflich. Über den Sportbetrieb und seine Organisation hinaus, in welcher der in die Arbeitsmechanismen gezwungene Mensch nur ein Äquivalent unmittelbaren Eigendaseins sucht, ist in dieser Bewegung doch eine Großartigkeit fühlbar. *Sport ist nicht nur Spiel und Rekord, sondern wie Aufschwung und Aufraffen.* Er ist heute wie eine Forderung an jeden. Noch das durch Raffinement übertünchte Dasein vertraut sich in ihm der Natürlichkeit des Impulses. Man vergleicht wohl den Sport des heutigen Menschen mit dem der Antike. Damals war er wie eine indirekte Mitteilung des außerordentlichen Menschen in seiner göttlichen Herkunft; davon ist nicht mehr die Rede. Aber auch die heutigen Menschen wollen irgendwie sich darstellen, Sport wird Weltanschauung; man wehrt sich gegen Verkrampfung und möchte etwas, dessen transzendent bezogene Substanz jedoch fehlt. Dennoch ist als ein Ungewolltes, wenn auch ohne gemeinschaftlichen Gehalt, jener Aufschwung da wie zum Trotz der steinernen Gegenwart. Der Menschenleib schafft sich sein Recht in einer Zeit, wo der Apparat erbarmungslos Mensch auf Mensch vernichtet. Um den Sport schwebt etwas, das, unvergleichlich in seiner Geschichtlichkeit, der Antike als ein anderes wahlverwandt scheint. Der heutige Mensch ist dann zwar nicht Grieche, aber auch nicht Sportfanatiker; *er scheint der im Dasein gestraffte Mensch, der in Gefahr ist wie in einem beständigen Krieg und der, von dem fast Untragbaren nicht erdrückt, für sich steht, aufrecht den Speer wirft.*

Aber wie auch der Sport als Grenze rationaler Daseinsordnung erscheint, mit ihm allein gewinnt der Mensch sich nicht. Er kann mit der Ertüchtigung des Körpers, dem Aufschwung in vitalem Mut und beherrschter Form nicht schon die Gefahr überwinden, sich selbst zu verlieren.''

Trainingspläne und Leistungsspiegel

Inhalt

Ein typischer Bewegungsablauf beim Diskuswurf

A. WINTER 1961/SOMMER 1962

1. Eine Trainingswoche im Winter 1961

Montag, 13. November 1961 (Halle):

Aufwärmen mit dem Basketball
Laufarbeit
Körperschule
Steigerungen diagonal durch die Halle
Startübungen
Medizinballgymnastik und Medizinballwürfe
An Kästen: aus der Bauchlage (ein Partner hält die Beine fest)
Rumpfkreisen und Rumpfbeugen
Kniebeugen mit Partner im Huckepack
Basketballspiel

Mittwoch, 15. November 1961 (Halle):

Warmlaufen: Entengang
Liegestütz, Anhocken, Liegestütz quer durch die Halle
Hock-Strecksprünge durch die Halle
Körperschule
Hürdenlauf über kleine Kästen
Hochsprung
Basketball

Samstag, 18. November 1961 (Sportplatz):

Einlaufen
20 Standwürfe, gut gelungen, etwa 32 bis 34 m
21 Drehwürfe, nur die Hälfte gut, 4 Würfe um 39 m

2. Meine ersten von Herrn Vogt erstellten Trainingspläne im Sommer 1962

a) 27. April 1962: Plan bis Mitte Juni

Montag (Sportplatz):

Warmlaufen: Steigerungsläufe (50 bis 60 m)
Spazierengehen mit der Kugel: 30 bis 40 Stöße

Wurf der Kugel aus dem Angehen: 30- bis 40mal
Standstöße aus dem Ring mit der Kugel (6,25 kg): ca. 20mal
Diskuswurf (1,5 kg) aus dem Ring und aus dem Stand: ca. 20mal

Dienstag (Halle):

Gewichtheben mit der Hantel, Sandsackübungen und Liegestütz:
ca. 30 Minuten

Mittwoch (Sportplatz):

Warmlaufen: 4 Steigerungsläufe (50 bis 60 m)
Schlußsprung in die Grube: ca. 20mal
Weitsprung mit verkürztem Anlauf: 20- bis 30mal
Weitsprung mit vollem Anlauf: 6- bis 8mal
Kugel aus dem Stand: ca. 20mal
Kugel mit Anhupf: ca. 15- bis 20mal
Diskus aus dem Stand: ca. 20mal
Diskus mit Drehung: ca. 15- bis 20mal

Donnerstag: wie Dienstag

Freitag (Sportplatz):

Warmlaufen: 6 Steigerungsläufe (50 bis 60 m)
Körperschulung
Spazierengehen mit der Kugel: 30 bis 40 Stöße
Wurf der Kugel aus dem Angehen: 30- bis 40mal
Standstöße aus dem Ring: ca. 20mal
Kugelstöße mit Anhupf: ca. 20mal
Diskuswurf aus dem Stand: ca. 20mal
Diskuswurf mit Drehung: ca. 20mal

Samstag (Sportplatz):

Warmlaufen: 6 Steigerungsläufe (50 bis 60 m)
Startübungen: ca. 10mal
Schlußsprung in die Grube: ca. 10mal
Weitsprung mit verkürztem Anlauf: ca. 20mal
Weitsprung mit vollem Anlauf: ca. 4- bis 6mal
Kugelstoß aus dem Stand: ca. 30mal
Kugelstoß mit Anhupf: ca. 10mal
Diskuswurf aus dem Stand: ca. 30mal
Diskuswurf mit Drehung: ca. 10mal

Die Steigerungsläufe sind mit ca. 65% Belastung zu laufen.
Die Stöße und die Würfe aus dem Stand und aus der Bewegung sind ohne größere Pausen durchzuführen.
Die Gewichtarbeit ist unter Vermeidung größerer Pausen unter öfterem Wechsel der Übungen intensiv durchzuführen.
Trotz sonntäglicher Teilnahme an Sportfesten ist dieser Plan v o l l einzuhalten!
Die Durchführung des Planes ist zur persönlichen Kontrolle im Kalender abzuzeichnen.

b) 26. Juni 1962: Plan bis Mitte Juli

Montag (Sportplatz):

Warmlaufen inklusive Körperschule: ca. 20 Minuten
4 Steigerungsläufe (50 bis 70 m)
Spazierengehen mit der Kugel (6,25 kg): ca. 40 Stöße
Wurf mit der Kugel (3,68 kg) aus dem Angehen: 40- bis 50mal
Diskuswurf (1,5 kg) aus dem Ring: ca. 10 Standwürfe, ca. 20 Drehwürfe

Dienstag (Sportplatz):

Warmlaufen: 2 bis 3 Runden (800 bis 1200 m)
4 Steigerungsläufe (50 m)
Weitsprung mit 5 Schritten Anlauf: ca. 15mal
Sprünge mit vollem Anlauf: ca. 20mal
Spazierengehen mit der Kugel (4 kg): ca. 50 Stöße
Diskuswurf (1 kg): ca. 10 Standwürfe, ca. 30 Drehwürfe

Mittwoch (Sportplatz):

Warmlaufen: 2 Hopserläufe (100 m)
4 Steigerungsläufe (50 m)
Weitsprung mit vollem Anlauf: ca. 15mal
Diskuswurf vor dem Kugelstoßen!
ca. 10 Standwürfe mit Diskus (1 kg)
ca. 50 Drehwürfe mit demselben Gewicht
40 Standstöße mit der Kugel (4 kg)

Donnerstag (Halle):
Gewichtheben – Liegestütz – Sprünge und Umsprünge mit der Hantel und dem Sandsack

Freitag (Sportplatz):

Stärkeres Warmlaufen mit einigen Körperübungen
2 Koordinationsläufe (70 bis 100 m)
Weitsprung mit vollem Anlauf: ca. 10mal
Kugelstoßen aus dem Stand: ca. 20mal
Diskuswurf aus der Drehung: ca. 20mal

Samstag (Sportplatz):

Warmlaufen – 4 Steigerungsläufe (50 m)
Kugelstoßen aus dem Angehen: 30mal
Diskuswurf aus der Drehung: ca. 20mal
Hochsprung: nach Möglichkeit die Höhe 1,25 bis 1,30 m sauber
überspringen

Sämtliche Übungen b i t t e ohne größere Pausen durchführen!

B. WINTER 1962/SOMMER 1963

1. Trainingsplan ab 6. Dezember 1962

Montag (Turnhalle):

Laufschule, Körperschule, Sprungschule
Sprungübungen (mit dem Sandsack oder der Gewichtsweste) auch
über Hindernisse
Spiele

Dienstag (Turnhalle):

Spezielle Kraftübungen, ca. 30 Min.
Als Zusatzgewichte gelten Hanteln sowie ein kleiner Sandsack,
manchmal auch Versuche mit dem großen Sandsack
Übungen von der Bank nach mündlicher Erläuterung

Mittwoch (Turnhalle):

Laufschule, Körperschule
Spezielle Dehnübungen
Sprungschule
Medizinballarbeit

Donnerstag oder Freitag (Bei Schönwetter auf dem Sportplatz, bei Schlechtwetter in der Turnhalle, dann den Plan wie Dienstag):

Einlaufen und kurze Gymnastik (Warmmachen)
ca. 30 Stöße mit der Kugel (6,25 kg)
ca. 30 bis 40 Stöße mit der Kugel (5 kg). Die Stöße sollen aus dem Angehen erfolgen.
ca. 40 Schockwürfe mit der Kugel (3 bis 4 kg) aus dem Angehen. (Die Anfertigung eines Rundgewichts erfolgt noch. Mit diesem Gerät werden ab Januar nochmals 20 Würfe gemacht.)
ca. 40 Würfe aus dem Angehen mit dem Diskus (1,5 kg)

Samstag (Sportplatz):

Einlaufen (Warmmachen)
Intervallarbeit: 3 bis 4 Läufe (200 bis 250 m) in ca. 35 Sek. (die Zeit muß noch überprüft werden)
Weiterhin: ca. 5 bis 6 Tiefstarts bis 30 m Antreten
Kugelgymnastik (ca. 15 bis 20 Min.)

Sonntag: Ruhe!

Während des speziellen Krafttrainings im Hause ist darauf zu achten, daß die einzelnen Übungsserien schnell und ohne Pause durchgeführt werden, kleinere Pausen sollen durch leichtere Übungen überbrückt werden.
Ähnlich sollte es mit den Würfen auf dem Sportplatz geschehen. Die Anzahl der Serie wollen wir vorerst auf ungefähr 10 begrenzen. Hiernach erfolgt die Ablösung der Serie durch eine andersgeartete Serie, die wiederum dann abgelöst wird.

2. Trainingsplan ab 23. Juli 1963

(Sommerferien: Intensive Vorbereitung auf die Deutschen Meisterschaften in Augsburg)

Montag, Mittwoch und Freitag vormittags:

a) Gewichtstraining (jeweils 3 Serien):

   1) Bankdrücken mit der schweren Hantel (ca. 30 kg): 8mal

2) Reißen mit der schweren Hantel (ca. 30 kg): 8mal
3) im Sitz Ausstoßen: nach vorne 4- bis 6mal, nach oben 4- bis 6mal, zur Seite 4- bis 6mal (mit der 2,5-kg-Kurzhantel pro Arm ausgeführt)

b) Weiteres Training:

1) Kniebeugen bis in den Zehenstand mit schwerer Hantel: 8mal
2) Wechselsprünge mit dem Sandsack: 8mal
3) Rumpfbeugen mit der Hantel: 8mal
4) Abwurfimitationen im Sitz mit Sandsack auf dem Rücken: 8mal

Montag, Mittwoch und Freitag nachmittags:

a) Warmlaufen mit Körperschule – schweißtreibend
Steigerungen pro Gerade (2mal)
Schlußsprünge in die Grube (10mal)

b) Übungen mit der Kugel (4 kg) (ca. 10- bis 15mal je Übung):

1) Halbe Standauslage, linker Arm vor dem Körper, über das Standbein gehen, rechte Hand hinter der Kugel
2) Ganze Standauslage – weite Auslage, Druck aus dem Standbein
3) Gleiten über das gestreckte Bein in die Standauslage – Abschlagen des linken Beines (Imitation)
4) Stöße mit Angleiten, 70% Krafteinsatz, langsam anfangen!

c) Diskuswurf (10- bis 15mal)

1) Halbe Standauslage, fester Stand des vorderen Beines, Hebelwirkung des vorderen Beines suchen – Vorwärtsbewegung
2) Volle Standauslage, Belastung des Ballens des vorderen Beines
3) Ohne Gerät bis zur Standauslage drehen, mit gebeugten Knien in die Drehung gehen und in die Standauslage kommen
4) Wurf, weite Auslage, über das vordere Bein kommen, Wurfarm vor den Körper bringen, linker Arm am Körper, langsam anfangen!

Dienstag und Donnerstag:

a) Warmlaufen
4 Sprints über 40 m
10 Schlußsprünge in die Grube
10 Weitsprünge mit verkürztem Anlauf

b) mit der Kugel (6,25 kg) aus dem Angehen stoßen (50mal), vor dem Körper, vorderes Bein!

c) 50 Würfe aus der Standauslage (über das vordere Bein!)

Samstag:

a) Warmlaufen, leichte Körperschule

    4 Sprints über 40 m
  10 Schlußsprünge in die Grube
  10 Weitsprünge mit verkürztem Anlauf
    5 Weitsprünge mit vollem Anlauf

b) Technische Schulung ohne Gerät oder auch mit Gewichtsweste. Wie Montag je 10 bis 15 Wiederholungen der speziellen Übungen für das Kugel- und Diskustraining

C. WINTER 1963/SOMMER 1964

1. Trainingsplan ab 18. November 1963

Montag: allgemeine Körperübungen – Lauf- und Sprungschulung
Dienstag: Gewichtstraining laut Plan
Mittwoch: wie Montag
Donnerstag: wie Dienstag
Freitag: frei
Samstag: Läufe – Konditionstraining

Gewichtstraining, bestehend aus drei Serien à 4 Übungen – ca. 45 Min.

1. Serie

a) 7 Kniebeugen und Heben in den Zehenstand (Belastung 50 kg)

b) Bankdrücken mit der Hantel (40 kg): 7mal

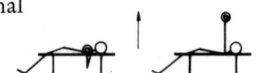

c) Reißen der Hantel (50 kg) bis zur Brust:

d) Rumpfdrehen im Stand mit Scheibenhantel auf den Schultern (50 kg): 7mal

3 Minuten Pause!

2. Serie

a) Seitgrätschstellung – Hantel (40 kg) rechts vom Körper auf dem Boden: 7mal
Aufrichten und Hinüberführen der Hantel auf die linke Körperseite

b) Anreißen der Hantel (40 kg) bis Schulterhöhe: 7mal

c) mit Hantel (40 kg) auf den Schultern Rumpfbeugen und -drehen: 7mal

d) Schrägbankdrücken (40 kg), (ca. 20°)

3 Minuten Pause!

3. Serie

a) Unterarmziehen mit fixiertem Oberarm auf der Bank (Belastung 5 kg, eventuell 10 kg): 7mal

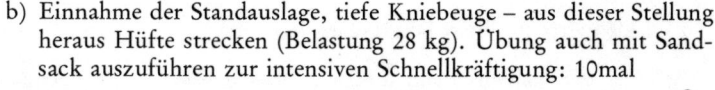

b) Einnahme der Standauslage, tiefe Kniebeuge – aus dieser Stellung heraus Hüfte strecken (Belastung 28 kg). Übung auch mit Sandsack auszuführen zur intensiven Schnellkräftigung: 10mal

c) auf einer schrägen Bank (ca. 25°) bäuchlings liegend die Hantel (50 kg) bis zur Bank anreißen: 7mal

d) auf der Bank sitzend die Hantel (40 kg) hinter dem Kopf hoch-
   drücken: 7mal

3 Minuten Pause!

Anschließend verschiedene Dehn- und Streckübungen, ca. 5 Min.

2. Trainingsplan ab 9. April 1964
   (1. Semester in Hannover)

Montag:

Gewichtstraining nach Plan vom 18. November 1963 (Schnelligkeit!)

Dienstag:

20 Min. Warmlaufen: Körperschule – schweißtreibend
 6 Steigerungen über 60 bis 70 m
 6 Hopserläufe über 100 m
10 Schlußsprünge in die Grube
 3 Min. Körperschule – Dehnen
10 Schlußsprünge in die Grube
15 Weitsprünge aus 13 Schritten Anlauf, auf dem Sprungbein landen,
steigen
 4 bis 6 Weitsprünge aus vollem Anlauf

Kugelstöße mit der Kugel (4 kg): je 10mal

a) aus der halben Standauslage

b) aus der vollen Standauslage, Schulter hinter der Kugel.

Diskuswürfe mit dem 1-kg-Gerät: je 20mal

a) aus der halben Standauslage 2-Phasen-Wurf: Hüfte-Arm, den
   Diskus tief nachschleppen

b) aus der vollen Standauslage, weit von hinten kommen, das vordere
   Bein stehen lassen

Mittwoch:
Gewichtstraining nach Plan

Donnerstag:

10 bis 15 Minuten Warmlaufen
5 Doppelantritte und Hopserläufe
3 × 10 Wiederholungen Kugelgymnastik

40 Stöße mit der Kugel (6,25 kg) aus dem Angehen
50 Diskuswürfe

Freitag: wie Dienstag

Samstag:

10 bis 15 Min. Warmlaufen
3 bis 4 Doppelantritte und Hopserläufe
10 bis 15 Starts
10 Schlußsprünge in die Grube
10 Weitsprünge aus 13 Schritten Anlauf

10 Sek. Wanddrücken isometrisch: 3mal
10 Sek. Ziehen in der Diskussionsstandauslage isometrisch: 3mal
10 Liegestützen
das Ganze noch einmal

Stoß und Wurf wie Dienstag

3. Notizen aus dem Trainingstagebuch

11. Juli 1964:

Nachdem ich in Mainz bereits im Frühjahr 50, 70 m geworfen hatte, war ich fest zu einem harten Training entschlossen.
Mit dem Gewichtstraining war es schon schwieriger, weil ich in Hannover keine Bank, keine Kurzhanteln und keine Hantelständer hatte. Erst nach Pfingsten bekam ich sie. Dennoch habe ich das Gewichtstraining noch nie so konsequent durchgezogen. Auch den Trainingsplan erfüllte ich hundertprozentig, außer, wenn ich in Sulingen war. Dann haben Herr Vogt und ich manchmal fünf bis sechs Stunden am Tag trainiert. Es ging bis zum Umfallen. Vorher Gewichte im Keller zu Hause; und hinterher auf dem Sportplatz bestimmt 150 Stöße und 100 Würfe.

Am Donnerstag um 9 Uhr beginnt nun das Training mit Herrn Vogt, die Vorbereitung auf die Deutschen Meisterschaften und die Olympia-Ausscheidungen. Hoffentlich reißt meine Pechsträhne endlich einmal. Nach den guten Leistungen am Jahresanfang ist mir trotz des intensiven Trainings nämlich fast nichts mehr gelungen. Herr Vogt will mir nicht glauben, daß ich in Hannover den Trainingsplan voll erfüllt habe.

20. Juli 1964:

In Hannover wurde mir gesagt, daß am folgenden Wochenende in Karlsruhe Deutsche Mehrkampf- und Staffelmeisterschaften sind. Ich fiel aus allen Wolken und trainierte nun Hochsprung und Kugelstoßen mit Herrn Vogt. Herr Vogt war gar nicht einverstanden mit diesem Start. Er sagte, ich würde mich zerreißen, sollte endlich wissen, was ich wolle! Ich wolle ja wohl nicht laufen, sondern im Diskuswerfen mit nach Tokio zu den Olympischen Spielen. Am besten sollte ich Karlsruhe absagen, auch bei den Norddeutschen Meisterschaften auf keinen Fall mehr in der 4 × 100-m-Staffel laufen. Ich sollte mich in Ruhe nur mit Kugelstoßen und Diskuswerfen befassen. Hoffentlich ist mein Training erfolgreich!

D. FRÜHJAHR/SOMMER 1967

1. Zwischenbemerkungen zu der Zeit von 1964 bis 1967.

Ich fuhr nach Karlsruhe, wurde mit den anderen Mädchen von Hannover 96 Deutsche Meisterin in der Staffel und in der Fünfkampfmannschaft. Für die Olympiamannschaft konnte ich mich bei den Ost-West-Ausscheidungskämpfen nicht qualifizieren. Weil ich am Jahresende außerdem an einem Wettkampf teilgenommen hatte, den Herr Vogt mir verboten hatte, lehnte er es ab, weiter mit mir zu trainieren. In den Jahren 1965 und 1966 war ich deshalb auf mich gestellt. Ich trainierte nach eigenen Vorstellungen weiter. Die einzige Anleitung und Beobachtung in dieser Zeit erhielt ich bei den Verbandslehrgängen durch den Bundestrainer Kurt Scheibner. Dennoch gelang es mir, meine Leistungen weiter zu steigern. Meine Silbermedaille bei den Europameisterschaften 1966 in Budapest mit neuer Bestleistung von 57,38 erzielte ich also mehr oder weniger aus selbständiger Trainingsgestaltung.

Da mein erstes Staatsexamen für das Frühjahr 1967 bevorstand, stellte ich im Winter 1966/67 das Training ganz ein. Erst im Februar 1967 begann ich wieder zu trainieren. Nun war 1967 mit dem ersten Diskuswurf einer Frau über 60 m – ich warf 61,26 m – wohl das erfolgreichste Jahr meiner Sportlerinnenlaufbahn. Auch in diesem Jahr habe ich, wie in den beiden vorangegangenen Jahren, ohne Trainingsplan trainiert. Außerdem, und das scheint mir das Außerordentliche, jeder Trainingslehre Widersprechende zu sein, gründeten jene 61,26 m nicht auf einem planmäßigen Wintertraining. Von September 1966 bis Februar 1967 hatte ich überhaupt nicht trainiert! Dieses Faktum, das Aufstellen eines Weltrekordes ohne vorausgegangenes Wintertraining, veranlaßt mich, mein Training des Jahres 1967 ausführlich darzustellen. Ich gehe davon aus, daß diese Darstellung, meinem Trainingstagebuch gemäß, von großem Interesse für Sportlehrer, Trainer und auch Aktive ist. Für die Zeit vom 4. Februar bis 16. August verfüge ich über ausführliche Aufzeichnungen.

2. Skizzen zur Erläuterung der Krafttrainingsübungen

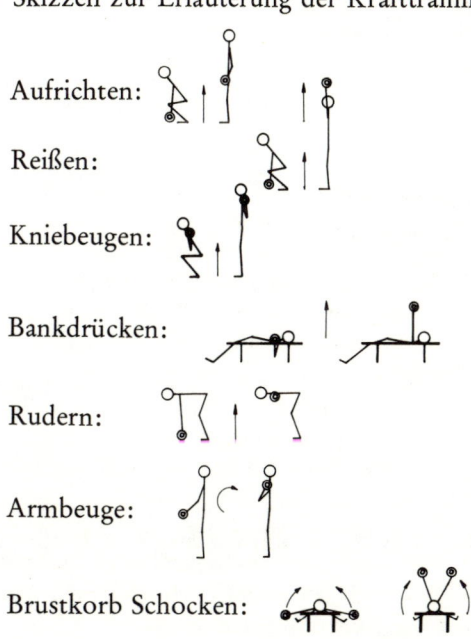

Aufrichten:

Reißen:

Kniebeugen:

Bankdrücken:

Rudern:

Armbeuge:

Brustkorb Schocken:

Seitliches Anheben, Seitwärtsumsetzen: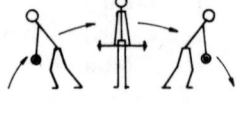

Umsetzen:

Aufsteigen:

3. Trainingsaufbau zu meinem ersten Weltrekord:

a) FEBRUAR 1967 (35,4 Tonnen)

4. Februar:

Warmlaufen
3 × 100-m-Tempoläufe
6 Standwürfe aus dem Halten
6 Standwürfe aus dem Schwingen
6 Drehwürfe

6. Februar (5,96 t)

Bankdrücken (30 kg): 6mal
Kniebeugen (60 kg): 8mal
Aufrichten (60 kg): 6mal
Rudern (40 kg): 8mal
Brustkorb (12,5 kg je Arm): 6mal

Alles 4mal wiederholen

7. Februar:

Warmlaufen
4 Runden (400 m) à 100 m Hopserlauf, Gehen, 100 m Tempolauf
Gehen
Gymnastik
20 Kugelschocken (2,5 kg) aus dem Stand

8. Februar:

Rudern (40 kg): 8mal
Kniebeugen (60 kg): 10mal
Bankdrücken (30 kg): 8mal und 6mal (je 2mal wiederholen)
Alles 4mal wiederholen
2 Stunden Fußballspiel

10. und 11. Februar:

Diskuslehrgang in Dortmund mit zweimaligem Training pro Tag

12. Februar:

Bankdrücken (30 kg): 8mal; 4mal wiederholen
Reißen
Armbeuge
Kniebeugen
Rudern (5,9 t)

15. Februar:

Bankdrücken
Reißen
Rudern
herausgesprungene Kniebeugen
1 Stunde Basketballspiel (5,04 t)

18. Februar:

Bankdrücken
Reißen
Armbeuge
Rudern
Kniebeugen (5,04 t)

21. Februar:

Kniebeugen (70 kg): 10mal; 4mal wiederholen
Reißen
Bankdrücken (4,72 t)

b) MÄRZ 1967 (68,675 t)

4. März:

Kniebeugen

Bankdrücken
Reißen
Rudern (4 t)

5. *März:*

Leichtes Wurftraining (20 bis 30 Würfe)
2 Würfe zwischen 48 und 49 m!

7. *März:*

Brustkorb
Bankdrücken
Kniebeugen
Reißen
Rudern
Armbeuge (8,975 t)
Schwimmen in Diepholz

8. *März:*

3 × 100-m-Steigerungslauf
1 × 100-m-Hopserlauf
ca. 30 Würfe (2 Würfe lagen etwa bei 50 m)
Bankdrücken (30 kg): 10mal
Aufrichten (60 kg): 10mal
Beides 4mal wiederholen
Kniebeugen (70 kg): 10mal
Rudern (30 kg): 10mal
Beides 5mal wiederholen (8,65 t)

10. *März:*

Bankdrücken
Reißen
Armbeuge
Kniebeugen
Rudern (habe mich sehr schwach gefühlt) (8,6 t)
Schwimmen in Diepholz

11. *März:*

3 Steigerungen über 100 m
20 Drehwürfe (1mal über 50 m)

12. März:

Bankdrücken (30 kg): 10mal
Aufrichten (60 kg): 10mal
Kniebeugen (70 kg): 15mal
Alles 4mal wiederholen (7,8 t)

14. März:

Bankdrücken (30 kg): 10mal
Reißen (30 kg): 10mal
Rumpfdrehen (30 kg): 10mal
Armbeuge (30 kg): 10mal
Aufrichten (60 kg): 10mal
Kniebeugen (70 kg): 15mal
Rudern (40 kg): 10mal
Alles 4mal wiederholen (13 t)

15. März:

Bankdrücken
Armbeuge
Verwringen
Umsetzen
Kniebeugen
Rudern (11 t)

16. und 17. März (in Leverkusen):

1 Tonne Kraftarbeit und Wurftraining
1 55-m-Wurf und einige weitere im Bereich 53 bis 54 m

18. und 19. März (in Mainz):

Diskuslehrgang mit 2mal täglichem Training. Beim Wurftraining
erzielte ich gemessene 54,50 m!
2 Wochen Skilaufen

c) APRIL 1967 (69,17 t)

7. April

Leichtes Auflockerungstraining im Freien

9. April:

7,8 t Kraftarbeit

10. und 11. April:

Aufnahmeprüfung an der Deutschen Sporthochschule Köln: 10,2 Sek. (75-m-Lauf), 5,06 m (Weitsprung) und 1,26 m (Hochsprung)
(Habe hernach entsetzlichen Muskelkater gehabt)

12. April:

Am Vormittag und Nachmittag Wurftraining (ca. 80 bis 90 Würfe): 53 m!

13. April:
Vormittag:

Armbeuge (25 kg): 10mal
4mal wiederholen
Wechselsprünge (50 kg): 10mal
6mal wiederholen
Seitumsetzen (40 kg): 10mal
4mal wiederholen
Kniebeugen (80 kg): 10mal und Kniebeugen (70 kg): 10mal
3mal wiederholen

Nachmittag:
45 Diskuswürfe (fühlte mich anschließend sehr müde)

14. April:

ca. 70 Würfe mit technischen Schwerpunkten: Mehrfachdrehungen, immer noch zu weiter zweiter Schritt in der Drehpause, die letzten 6 Würfe auf Weite: um die 50 bis 52 m.

15. April:

50-m-Steigerungen: 3mal
10 Weitsprünge mit unterschiedlichem Anlauf
36 Würfe (50 bis 52 m) – Herr Vogt korrigierte:
Linkes Bein und linker Fuß (Spitzentanz), zu hohe Drehung, in der Mitte keine Beugestellung mehr, rechter Fuß muß in der Drehung hereingenommen werden, damit das Knie sicher und schnell einsatzfähig ist. Die Schulter beziehungsweise der Arm kommen nicht weit genug vor.
Sobald ich schnell drehen wollte, war die Kontrolle weg. Mangel an Kondition, Kraft und Schnelligkeit!

16. April:

Wechselsprünge (50 kg): 10mal
6mal wiederholen
Seitumsetzen (40 kg): 10 mal
Rudern (40 kg): 10mal
Brustkorb (12,5 kg je Arm): 8mal
Kniebeugen (70 kg): 10mal
Alles 4mal wiederholen (9,4 t)
Heißes Bad, schwitzen, kalte Dusche

17. April:

Warmlaufen
40- bis 50-m-Sprints: 8mal
50 bis 60 Würfe mit Herrn Vogt

18. April:

Kniebeugen (70 kg): 10mal und 15mal
2mal wiederholen
Seitumsetzen (40 kg): 10mal
Rudern (40 kg): 10mal
Beides 4mal wiederholen
Wechselsprünge (50 kg): 20mal
3mal wiederholen (9,7 t)

19. April:

Vormittag:

5 Runden (2000 m) Einlaufen ohne Gehpausen
Kugelschocken (2,5 kg) aus dem Stand: 50mal
(die beste Leistung lag bei 23 m)

Nachmittag:

45 Würfe (grausam – absolut keine Reaktionsfähigkeit!)
1 Stunde Konditionstraining in der Halle

20. April:

3 Steigerungen über 100 m
36 Standwürfe auf Technik
27 Drehwürfe auf Technikschulung (grausam!)

21. April:

Vormittag:

Mit Kurzhanteln (12,5 kg): 10mal; aufwärmen
3mal wiederholen
Brustkorb (12,5 kg): 10mal
2mal wiederholen
Wechselsprünge (50 kg): 20mal
3mal wiederholen
Reißen (30 kg): 10mal
Seitumsetzen (40 kg): 10mal
Rudern (40 kg): 10mal
Alles 4mal wiederholen (8,025 t)

Nachmittag:

50- bis 70-m-Steigerungen: 8mal
Kugelschocken (2,5 kg): 50mal

22. April:

Warmlaufen
Sprints
Gymnastik
Kugelgymnastik (5 kg): 8mal (rückwärts, vorwärts und seitwärts)
3mal wiederholen
20 Kugelschockwürfe

24. April:

1. Training:

Warmlaufen
16 Standstöße mit 4 kg
8 Stöße aus dem Angehen
16 Drehwürfe um die 51 m
32 Standwürfe auf Technik

2. Training

Warmlaufen
Staffelspiel (insgesamt 7 Sprints)
Weitsprung (Knie gestaucht!)

3. Training:

40mal Abwurfphase
10mal Drehung

25. April:
Mit Kurzhanteln (12,5 kg) Aufwärmprogramm: 10mal
3mal wiederholen
Bankdrücken (30 kg): 10mal
Armbeuge (30 kg): 10mal
Beides 4mal wiederholen
Wurfauslage (28 kg): 10mal
2mal wiederholen (3,335 t)

26. April:
Vormittag:
Mit Kurzhanteln (12,5 kg) warmgemacht: 10mal
3mal wiederholen
Bankdrücken (30 kg): 10mal
2mal wiederholen
Armbeuge (30 kg): 10mal
Umsetzen (40 kg): 10mal
Beides 4mal wiederholen
Wurfauslage (28 kg): 10mal
Seitliches Anheben (40 kg): 10mal
Beides 2mal wiederholen (5,135 t)

Nachmittag:
Eine Stunde Konditionstraining in der Halle

27. April:
Warmlaufen
6 Steigerungen
10 Sprünge in die Grube
insgesamt 95 Diskuswürfe:
3 Serien à 9 halbe Standauslage
4 Serien à 8 genaue Standauslage
4 Serien à 9 mit Drehung (50 bis 51 m)

28. April:
Reißen (40 kg): 20mal bis zur Stirn und Armbeuge
4mal wiederholen
Kniebeugen (80 kg): 10mal (Abdruck vom ganzen Fuß bis zum
Lösen)
5mal wiederholen
Seitumsetzen (50 kg): 10mal
3mal wiederholen
Rudern (50 kg): 8mal und Rudern (40 kg): 10mal
Letztes 2mal wiederholen (10,275 t)

29. April:

2 Runden Warmlaufen mit Lockerungsgymnastik
9 Würfe aus halber Standauslage: 1mal
9 Würfe aus ganzer Standauslage: 1mal
9 Würfe aus voller Standauslage mit Einsatz: 2mal
9 Würfe aus voller Standauslage auf Technik: 2mal
9 Drehwürfe mit vollem Einsatz (53 bis 54 m): 3mal
9 Zurückwerfen aus der Standauslage auf Technik: 4mal

Korrekturen:

Das rechte Bein, d. h. rechtes Knie und rechter Fuß beim Abwurf sind das wichtigste, reindrehen. Die ganz schnelle Drehung führt zur Zeit bei mir dazu, daß ich unsicher in der Mitte bin, nicht konzentriert sein und mich nicht mehr steigern kann in der Geschwindigkeit.

30. April:

30 Würfe unter Herrn Vogts Aufsicht
20 Sprünge in die Grube

d) MAI 1967 (62,170 t)

1. Mai (in Leverkusen):

Warmlaufen
4 Steigerungen
Armbeuge und Reißen bis zur Stirn (40 kg): 10mal
4mal wiederholen
Kastensprung rechts/links (24 kg): 10mal
3mal wiederholen
Seitliches Anheben (50 kg): 10mal
Rudern (40 kg): 10mal
Beides 4mal wiederholen
Bankdrücken (35 kg): 10mal, 8mal, 7mal
Das erstemal 2mal wiederholen, sonst je 1mal (9,465 t)

2. Mai:

Warmlaufen
Sprünge auf Schaumgummi
Dreiersprünge: 10mal
Fünfersprünge: 5mal
Siebenersprünge: 5mal
Lockerungsgymnastik

9 Würfe aus dem Angehen, etwa voller Einsatz (gute Weiten):
4mal
9 Drehungen (1 × 51; 2 × 51/52; 1 × 52,50; 1 × 54,50): 1mal
9 Standwürfe zurück: 2mal
5 Drehungen – wegen zu schlechter Konzentration abgebrochen
3 Sprints mit Start
Fußgelenkarbeit an der Hürde

5. Mai:

Wurftraining (ca. 80 Würfe)

6. Mai:

1. Wettkampf in Kempen:
53,50; *55,74*; – 55,17; 53,60; 55,30

7. Mai:

Kastensprünge (24 kg): 10mal
Seitumsetzen (50 kg): 10mal
Reißen (35 kg): 10mal
Armbeuge (40 kg): 10mal
Rudern (40 kg): 10mal
Alles 4mal wiederholen (8,52 t)

8. Mai:

40-m-Sprint: 5mal
20-m-Sprint: 5mal
60-m-Sprint: 3mal
Kugelschocken

9. Mai:
Wurftraining

10. Mai:
Wurf- und Sprungtraining

12. Mai:
Abflug nach Bari

13. Mai:

56 m beim Training in Bari
Schwimmen

14. Mai:

2. Wettkampf in Bari: 48,80 m (verliebt!)
Zwischen Vor- und Endkampf allerdings um die 55 m geworfen

15. Mai:

Rückflug nach Hause

16. Mai:

ca. 12 t Gewichtstraining

19. Mai:

Würfe ca. 100 Stück

20. Mai:

Wettkampf in Opladen: 56,75 m, Kugel 13,70 m

21. Mai:

Mit Gisa 2 bis 3 Stunden Lauftraining
10 Steigerungen
Lockerungsgymnastik
Gummikugelwerfen

22. Mai:

10 Steigerungen
Sprungtraining

23. Mai:

Wurftraining
Rudern
Kastenaufsteigen
Brustkorb
Reißen
Kugelschwingen (4,32 t)

24. Mai:

Wurftraining (keine Lust!)

25. Mai:

Brustkorb
Kasten
Rudern
Armbeuge
Seitumsetzen (7,22 t)

26. Mai:

Gemischtes Krafttraining (7,8 t)

27. Mai:

Wurftraining
Kugelschocken im Wettkampf mit Gerd und Marlene

28. Mai:

Vormittag:

Brustkorb (12,5 kg): 10mal
5mal wiederholen
Reißen (30 kg): 10mal
Rudern (40 kg): 10mal
Kastenaufsteigen (17 kg): 10mal
Alles 2mal wiederholen
Seitumsetzen: 1000 (5,05 t)

Nachmittag:

DMM-Durchgang in Leverkusen – Rekord der Leverkuserinnen
56,79 m bei nur 4 Versuchen (beim Einwerfen 57,50 m)

30. Mai:

Vormittag:

Volleyball – Schwimmen – 2 × KÜ
8 Hürdenläufe über 5 Hürden: 6mal
Ballwürfe
Reißen
Koordinationsübungen

Brustkorb (2,0 t)
Sprünge von Kasten zu Kasten (Fußgelenk!)
Reißen auf Leistung: 35 kg (5mal); 40 kg (3mal); 45 kg (3mal);
50 kg (3mal); 60 kg (2mal im Ansatz)
30 kg (10mal) zum Ausklang

Nachmittag:

Dies gymnasticus in Köln:
Diskus: 51,80 m; Kugel: 14,60 m; Staffel
Bis 12 Uhr geschlafen – Muskelkater vom Montag. Gerd hat die
schlechte Leistung vorausgesehen, wegen des vormittäglichen
Trainings, mich auf der Fahrt darauf hingewiesen, so daß ich vor-
bereitet war.
Am Abend danach noch Wurftraining
ca. 45 Würfe mit einigen über 55 m

31. Mai:

Warmlaufen
Reißen (30 kg): 10mal und 35 kg (10mal)
Erstes 2mal, letztes 1mal wiederholen
Rudern (35 kg): 10mal
Armbeuge (35 kg): 10mal
Brustkorb (12,5 kg): 10mal
Alles 2mal wiederholen (2,6 t)
(körperlich und geistig müde!)

e) JUNI 1967 (36,14 t)

1. Juni:

Wurftraining mit Anneliese – Pause – mit Gerd
Beinahe vollkommene Würfe bei Gerd, vorher Gurken. Das Werfen war ein Genuß, ich habe 58 m geworfen. Ein Wurf so schön
wie der andere – die bewußte Atmung hat mir dabei sehr geholfen.

2. Juni:

Gewichtstraining (etwa 3,8 t)
Medizinballwürfe
Werfen mit Pause zwischendurch (weit: 56,55 bis 58 m): 2mal

4. Juni:

70 Würfe. Davon rund 40 Würfe allein, wobei auch 56-m-Würfe
dabei waren – beruhigend, weil ich bei Gerd immer das Gefühl
habe, besonders locker und spritzig zu sein. 45 t Gewichtsarbeit.

5. Juni:

50 Würfe um die 58 m, aber die Koordination ist längst nicht so gut wie am Donnerstag.

6. Juni:

Wettkampf in Münster: 52,66 m (4 × 50 m)
Aus dem Auto, eine Hast zum Einwerfen und dementsprechend auch der ganze Wettkampf. Ein Wurf über 55 m, aber übergetreten.

7. Juni:

Hürdenlauf – Schmerzen in der Achillessehne
Als Ausweichübungen mit Gerd:
Kastenseitenlage – anheben und drehen
Bauchmuskeln – Gewichtschwingen und Reißen mit gebeugten Knien

8. Juni:

Werfen aus dem Angehen – gut!
Mit normaler Drehung – schlecht, starker Rückenwind!
Mühe mit 50 m.

10. Juni:

Kassel: 55,33 m (47; 51; 54; 55; 52; 53)

11. Juni:

Leverkusen: 53,. . . (Am Abend zuvor gemütliches Beisammensein bei Ingrid Linden, viel Rotwein getrunken. Um 3 Uhr erst ins Bett! Gerd sagt, er habe es gestern absichtlich so spät werden lassen. Ich solle erst in Ostberlin bei der Erdteilkampfausscheidung weit werfen.)

12. Juni:

50 Würfe mindestens
Reißen (30 kg): 10mal, 35 kg (10mal), 37,5 kg (10mal), 32,5 kg (10mal), 30 kg (10mal), 27,5 kg (10mal) – (2,6 t)
20 Kugelstöße – gute Rumpfschleuder
10 Stunden Schlaf

13. Juni:

Technisches Werfen – recht gut, rechts innen Oberschenkelzerrung
10 Stunden Schlaf

14. Juni:

Nur Warmlaufen, da mir überall etwas weh tat.

15. Juni:

Warmlaufen mit Gerd
Skippings – Sprunglauf – Schlußsprünge am Hang
Kastenaufsprünge (17 kg): 20mal rechts und links
2mal wiederholen
Bauchmuskeln:
10 kg (2mal) an der schrägen Bank (Beine anheben)
10 kg (2mal) an der schrägen Bank (Rumpf anheben)
Reißen (30 kg): 10mal
2mal wiederholen
Rudern (35 kg): 10mal
3mal wiederholen
Medizinballwürfe (ca. 30)

16. Juni:

2 Stunden Wurftraining mit Gerd

17. Juni (in Sulingen):

40 Würfe (rechts raus)
Kniebeugen
Rudern
Brustkorb
Bankdrücken
Seitumsetzen (5,5 t)

18. Juni:

40 Würfe mit Herrn Vogt. Er machte mich auf mein rechtes Knie
aufmerksam, das gleich gebraucht werden muß, so daß es in der
Verwringung schon aufgesetzt und gleich gestreckt werden kann.

19. Juni (in Leverkusen):

20 Würfe um die 55 m
Bankdrücken

Reißen
Armbeuge (2,4 t)

20. Juni:

Zur Massage gegangen!

21. Juni:

Wettkampf in Ostberlin: 57,98!
(56,30 – 53,. . . – 54,. . . – 57,98 – 55,. . .)

22. Juni:

Warmlaufen
Weitsprungtraining
6,8 t Gewichtsarbeit

23. Juni:

Warmlaufen
Skippings
Sprungarbeit
3 Steigerungen bergab
Kugelstoßen

24. Juni:

Warmlaufen – Skippings – Gewichte – Pause
Warmlaufen
Kugelschocken
Wurftraining

25. Juni (Wettkampf in Kommern):

52,75 (starker Muskelkater)
14,63 m im Kugelstoßen

26. Juni:

Massage
6 gute Würfe (wettkampfähnlich), etwa um die 54 bis 55 m, dann
schlechter

28. Juni:

Massage
Köln, ASV-Sportfest: 57,62 m
(57,42 – 56,. . . – 56,. . . – 57,62)

29. Juni:

Einlaufen – Speerwurf – Sprungarbeit

30. Juni:

Film gedreht, nach Hause gefahren, Training sausen lassen, keine Lust!

f) JULI 1967 (43 t)

1. Juli:

Wettkampf in Göttingen: 54,35 m
Nochmals Fernsehfilmaufnahmen und ein Interview.

3. Juli:

Warmlaufen
Skippings am Hügel: 3mal
100-m-Steigerungen mit Spikes: 3mal
Rechts-links-Sprünge mit Fußgelenkarbeit
50 Würfe
Kniebeugen (55 kg; 65 kg; 75 kg): je 10mal
Armbeuge (12,5 kg): 10mal
2mal wiederholen
Bauchmuskeln (27 kg; 30 kg; 35 kg; 30 kg; 30 kg): je 10mal

4. Juli:

Warmlaufen – nicht viel getan – müde – 2 Stunden vorher geschlafen. Mit Rückenwind 54,60. Am Mittag die Filmaufnahmen gemacht.
10 × Standwürfe
10 × aus dem Angehen – Rückeneinsatz zum erstenmal wieder gespürt
10 × Drehung allein – 4 × mit Ingrid – insgesamt ca. 50 Würfe – müde, dennoch recht gute Reaktion.
20 bis 25 Weitsprünge (5,50!) mit kurzem Anlauf und Turnschuhen – Laufsprung!
Hinterher beim Treppengehen schon Muskelkater!

5. Juli:

Uni DMM: Diskus: 52,90; Kugel: 14,71; Weit: 5,57
Anschließend noch Wurftraining

6. Juli:

2 × Wurftraining mit zwischenzeitlicher Pause (ein bis eineinhalb Stunden)

7. bis 10. Juli (Wettkampf in Moskau):

Qualifikation: 54,32 m
Endkampf: 56,56 m (Sieg gegenüber 55,60 m)

11. Juli:

Zerrung beim Sprinten geholt, dennoch Wurftraining, jedoch ganz schlecht!

12. Juli:

Viel geworfen, doch sehr schlecht, um die 54 m.

13. Juli:

Wurftraining und anschließend 4 t Gewichtsarbeit

14. Juli:

Stoß- und Wurftraining mit Gerd

16. Juli:

Wettkampf in Wuppertal: 55,61 m
2 Stunden lang wahnsinnige Schmerzen gehabt!

17. Juli:

Wurftraining – wieder besser – 56 bis 57 m
Kniebeugen
Bankdrücken
Seitumsetzen
Rudern
Armbeuge
Bauchmuskeln
Brustkorb (8 bis 9 t)

18. Juli:

Wurftraining
Rudern
Seitumsetzen
Knie- und Rumpfbeugen
Brustkorb
Fußgelenk am Kasten
Ballwürfe

19. Juli:

100-m-Steigerungen: 6mal
Sprungtraining – vom Schlußsprung bis zum Siebenersprung –
matschige Knie!

20. Juli:

Wettkampf in Solingen: 58,55 m!
(ohne Gegenwind, eher Rückenwind!)

21. Juli:

Kniebeugen (65 kg; 75 kg; 85 kg; 75 kg) je 10mal
Bankdrücken (35 kg): 10mal; 35 kg (7mal): 2mal wiederholen;
30 kg (10mal); 30 kg (7mal): 2mal wiederholen
Brustkorb: 12,5 kg je Arm (10mal); 4mal wiederholen
Seitumsetzen (43 kg): 10mal
2mal wiederholen
Bauchmuskeln (6,87 t)
Medizinballwürfe

22. Juli:

etwas geschwommen

23. Juli:

Wettkampf: Weit: 5,82 m; Kugel: 15,48 m; 100 m: 12,6 Sek.
Habe mich betrunken, da entsetzliches Heimweh!

24. Juli:

Hochsprung
Speer
Lustlos herumgegammelt!

25. Juli:

Nachmittags 60 bis 70 Würfe um die 57 m
Am Abend noch einmal geworfen: 40 bis 50 Würfe – sehr gut am Anfang, dann schlechter, dennoch bei den letzten 10 bis 15 Würfen noch 6- bis 8mal um die 56,50 m geworfen – bei Rückenwind! Auf das Stehenbleiben geachtet, Herausspringen ohne Umzuspringen, reaktionsschwach, da großen Rumpf- und Beinmuskelkater!

26. Juli:

ca. 7 t Gewichtstraining

27. Juli:

ca. 4 t Gewichtsarbeit

29. Juli:

Wettkampf in Rhens: Kugel: 15,25 m; Diskus: 58,51 m!

30. Juli:

Wettkampf in Heidelberg: 58,65 m!

31. Juli:

Warmlaufen mit Sprüngen im 5er-Rhythmus
100-m-Steigerung: 1mal
60-m-Steigerungen: 6mal
15 bis 20 Sprünge in die Grube mit 7 bis 10 Schritten
60-m-Steigerungen: 5mal
Bauchmuskeln: 2 × 10 Rumpf zu Knien, 2 × 10 Knie zur Brust
Rudern (42,5 kg): 10mal
4mal wiederholen
Seitumsetzen (43 kg): 10mal und 50 kg (10mal)
Beides 2mal wiederholen
20 Ballwürfe

g) AUGUST 1967

1. August:

Kniebeugen: 60 kg; 70 kg; 80 kg; 90 kg; 100 kg (je 10mal); 90 kg; 80 kg; 70 kg; 60 kg (je 6mal)
Reißen: 30 kg (10mal); 35 kg; 37,5 kg; 35 kg (je 6mal); 30 kg (7mal)

Bankdrücken: 30 kg; 35 kg; 40 kg; 35 kg (je 6mal); 30 kg (10mal)
– (8,092 t)
Abends unter Flutlicht geworfen

2. August:

Wurftraining
Seitumsetzen
Rudern

3. August:

Am Abend geworfen

4. August:

Abfahrt nach Stuttgart zu den Deutschen Meisterschaften

5. August:

Wettkampf in Stuttgart: Qualifikation 58,76 m (noch 2 über
55 m)
Endkampf: 58,92 m (im 4. Versuch), keinen Wurf unter 56 m.
2. Platz in der Staffel mit 46,6 Sek.

7. August:

Abflug nach Montreal

8. August:

Leichtes Einlaufen abends mit Ingrid

9. August:

Wettkampf in Montreal: 56,70 m (schlechter Kreis!)
Von 10. bis 12. Besuch der Weltausstellung, kein Training

13. August:

Nach Nachtflug morgens in Frankfurt aus Montreal gelandet.
Anschließend direkt nach Fulda zum Länderkampf!
Deutscher Rekord: 59,10 m!
(Im ersten Versuch, unglaublich, und das ohne Schlaf!)

14. August:

Kniebeugen: 60 kg, 70 kg, 80 kg (je 10mal); 90 kg, 90 kg (je 8mal); 80 kg, 70 kg, 80 kg (je 6mal)
Rudern (45 kg): 10mal
Bankdrücken (30 kg): 10mal
3mal wiederholen
Brustkorb (12,5 kg je Arm): 10mal
2mal wiederholen
Bauchmuskeln
Ballwürfe

15. August:

100-m-Steigerungen: 2mal
Tretlauf-Sprint (50 m): 3mal
Skippings-Sprint (50 m): 3mal
50 bis 60 Würfe (gut aus dem Stand, mit Angehen mittelmäßig)
Aus der Drehung: 57,75 m
10 bis 20 Weitsprünge
Kugelstoßen aus dem Stand: 10mal

16. August:

Morgens und abends je 50 Würfe um 57 m, der letzte Wurf von 6 Leistungswürfen lag bei 59,60 m!!
Bauchmuskeln – Brustkorb – Ballwürfe

E. WINTER 1970/71

Mein erster Trainingsplan in Leverkusen

Für den Winter 1970/71 erhielt ich seit jenen Trainingsplänen von Herrn Vogt, meinem Jugendtrainer, zum erstenmal einen Basistrainingsplan von Gerd Osenberg, dem Leichtathletiktrainer von TUS 04 Leverkusen, unter dessen Führung ich vom April 1967 an meine großen Erfolge erzielte.

Basistrainingsplan 1970/71
Gewichtstraining:
4 Serien à 8 Wiederholungen für jede Übung.
Alle 14 Tage Erhöhung der Gewichte bis Mai, dann Abnahme im gleichen Rhythmus.

351

Programm 1:
Kniebeugen: 50; 60; 70; 60 + 5 kg bis 115; 125; 135; 125
Seitumsetzen: 35, 6 Wochen lang, dann 43; 50; 43
Reißen: 20; 22,5; 25; 22,5 + 2,5 kg bis 52,5; 55; 57,5; 55
Schocken: 6,5 kg pro Arm + 0,5 kg bis 10 kg
Programm 2:
Umsetzen: 35; 40; 45; 40 + 2,5 bis 67,5; 72,5; 77,5; 72,5
Aufsteigen: 20; 22,5; 25; 22,5 + 2,5 bis 52,5; 55; 57,5; 55
Bankdrücken: 25; 27,5; 30; 27,5 + 2,5 bis 57,5; 60; 62,5; 60
Rudern: 30; 35; 40; 35 + 2,5 bis 62,5; 65; 67,5; 65
Läufe (jeweils 4 Läufe), wöchentliche Steigerung der Streckenlänge
80 m in 11,4 Sek.; 100 m in 14,6 Sek.; 120 m in 17,8 Sek.; 140 m in
21,0 Sek.; 160 m in 24,6 Sek.; 180 m in 28,4 Sek.; 200 m in 33,2 Sek.

F. WINTER 1971/72

Vorbereitung auf die Olympischen Spiele in München 1972

Das umfangreichste Trainingsprogramm absolvierte ich zur Vorbereitung auf die Olympischen Spiele 1972 in München:

Montag vormittags:

5 Min. ohne Pause einlaufen
6 beidbeinige Sprünge rückwärts: 6mal
Rumpfdrehungen mit Hantelstange, 10 zu jeder Seite: 4mal
Medizinballwerfen, 30 Würfe je Art:
a) seitwärtsführen mit gestreckten Armen
b) hochwerfen aus der Rückenlage über Kasten
c) Einwurf mit Schrittstellung
d) Einwurf mit Anschwung
e) Einwurf mit Anschwung und Anhupf
Stoß mit der 4-kg-Kugel aus dem Stand: 20mal
Stoß mit der 4-kg-Kugel mit Angleiten: 30mal

Montag nachmittags:

5 Min. ohne Pause einlaufen
30-m-Hopserlauf mit Armkreisen vorwärts: 6mal
Beine nach rechts-links in Rückenlage, Gesäß an Wand: 20mal
10 Min. Hürdengymnastik, individuell
3 Hürden überlaufen aus dem Tiefstart, 13 m Abstand,
Abstand und Höhe der Hürden beliebig: 6mal
Krafttraining 9,66 t; je 2 × 4 Wiederholungen:
a) Bankdrücken   30, 35, 40, 35
b) Kniebeugen   60, 70, 80, 90, 100, 90, 70
c) seitwärts umsetzen   43, 43

352

d) Reißen   20, 25, 30, 25
e) Schocken   12, 12, 12, 12
f) Umsetzen   40, 50, 60, 50
Hampelmannspringen: 100mal

Dienstag:

5 Min. einlaufen ohne Pause
6 Strecksprünge aus halber Kniebeuge in halbe Kniebeuge: 6mal
6 Bauchmuskel – Beine oben: 6mal
10 Min. Gymnastik zur Vorbereitung auf Wurf
1 Std. Wurf mit kleinen Bällen (1,25 bis 0,5 kg) bis 2 Dreiviertel-drehungen
80-m-Steigerungslauf: 4mal

Mittwoch:

8 Min. ohne Pause einlaufen
30-m-Steigesprung li . . . li . . . li . . .: 6mal
Armkreisen mit Kleinhantel (2,5 kg): 20mal je Art
a) beidarmig vorwärts
b) beidarmig rückwärts
c) Windmühlenkreisen
d) Brust vorspannen
10 Min. Gymnastik Vorbereitung Sprint
Start à 25 m: 6mal
2,5 kg schocken gegen die Wand: 40mal
4 kg rückwärts über Kopf werfen: 20mal
4 kg stoßen aus dem Angehen: 20mal
Medizinballwerfen: 30 Würfe je Art:
a) aus der Bauchlage gegen die Wand
b) hochwerfen aus der Rückenlage über Kasten
c) Einwurf in Schrittstellung
d) Einwurf mit Anschwung
e) Einwurf vom Boden, Ball aufnehmend

Donnerstag morgens:

8 Min. einlaufen
Gymnastik für Wurf
1 Std. Diskuswerfen mit Drehungen, ca. 40 Würfe

Donnerstag abends:

Kraftprogramm 9,664 t wie Montag
1 Min. Seilchenspringen: 3mal

Freitag:

8 Min. einlaufen ohne Pause
Weitsprung im 5er-, 7er- und 9er-Rhythmus: je 6mal
Wurf mit Kugel oder Kurzhantel (2,5 kg): 30mal
150-m-Lauf: 3mal
Medizinballwerfen, 30 Würfe je Art:
a) aus dem Kniestand
b) aus der Rückenlage über Kasten
c) senkrecht hochwerfen
d) Einwurf in Schrittstellung
e) Einwurf mit Anhupf

Samstag morgens:

Leistungstests:
a) 25-m-Sprints nach Zeit
b) reißen nach Zeit (25 kg)
c) maximal umsetzen
d) maximal Kniebeugen
e) maximal Bankdrücken
f) wettkampfmäßig Diskuswerfen

Samstag nachmittags oder Sonntag:

Einlaufen 5 Min. ohne Pause
6 Einbeinkniebeugen mit Festhalten: 6mal
25 m aus dem Tiefstart: 6mal
2,5 kg schocken: 40mal
Krafttraining 9,12 t wie Montag

Mit diesem Plan, der die Grundlage für das gesamte spätere Training darstellt, möchte ich die Berichterstattung über mein Trainingspensum beenden.

G. MEINE LEISTUNGEN:

1. Bestleistungen am Jahresende 1961 – 1. Jahr weibliche Jugend A

75-m-Lauf:	9,9 Sek.
100-m-Lauf:	13,0 Sek.
80 m Hürden:	13,0 Sek.
Weitsprung:	5,06 m
Hochsprung:	1,27 m

Kugelstoßen: 12,50 m
Diskuswerfen: 41,72 m
Fünfkampf: 3626 Punkte
(100 m – Weitsprung – Hochsprung – Kugelstoßen – Diskus)

2. Bestleistungen am Jahresende 1962 – 2. Jahr weibliche Jugend A

75-m-Lauf: 10,0 Sek.
100-m-Lauf: 12,8 Sek.
80 m Hürden: 12,1 Sek.
Weitsprung: 5,03 m
Hochsprung: 1,37 m
Kugelstoßen: 13,26 m
Diskuswerfen: 45,55 m
Fünfkampf: 3928 Punkte
(100 m – Weitsprung – Hochsprung – Kugelstoßen – Diskuswerfen)

3. Bestleistungen am Jahresende 1963 – 1. Jahr in der Frauenklasse

75-m-Lauf: 10,0 Sek.
100-m-Lauf: –
200-m-Lauf: 26,4 Sek.
80 m Hürden: 12,1 Sek.
Weitsprung: 5,43 m
Hochsprung: 1,30 m
Kugelstoßen: 14,35 m
Diskuswerfen: 51,70 m
Fünfkampf: 4081 Punkte
(80 m Hürden, Hochsprung, Weitsprung, Kugelstoßen, 200 m)

4. Bestleistungen vom Jahresende 1964 – 2. Jahr in der Frauenklasse

75-m-Lauf: 9,7 Sek.
200-m-Lauf: 26,4 Sek.
80 m Hürden: 11,5 Sek.
Weitsprung: 5,26 m
Hochsprung: 1,35 m
Kugelstoßen: 15,86 m
Diskuswerfen: 52,70 m
Fünfkampf: 4127 Punkte
(80 m Hürden, Hochsprung, Weitsprung, Kugelstoßen, 200 m)

355

5. Absolute Bestleistungen

Für den, den es interessiert, seien zum Abschluß noch meine Bestleistungen aufgeführt, die aus diesem Training erwuchsen:

75-m-Lauf:	9,6 Sek.
100-m-Lauf:	12,6 Sek.
200-m-Lauf:	26,4 Sek.
80 m Hürden:	11,4 Sek.
Weitsprung:	5,81 m
Hochsprung:	1,37 m
Kugelstoßen:	16,96 m
Diskuswerfen:	64,96 m

6. Wettkampfergebnisse 1967 im Diskuswerfen in chronologischer Reihenfolge:

6. 5. Kempten:	55,74 m	5. 8. Stuttgart:	58,65 m
14. 5. Bari:	48,80 m	Qualifikation	
20. 5. Opladen:	56,75 m	6. 8. Stuttgart:	58,92 m
28. 5. Leverkusen:	56,79 m	9. 8. Montreal:	56,70 m
30. 5. Köln:	51,80 m	13. 8. Fulda:	59,10 m
6. 6. Münster:	52,66 m	Tokio:	59,22 m
10. 6. Kassel:	55,33 m	Kiew:	53,. . . m
11. 6. Leverkusen:	53,80 m	London:	57,50 m
21. 6. Ostberlin:	57,98 m	Leverkusen:	55,70 m
25. 6. Kommern:	52,75 m	Leverkusen:	57,78 m
28. 6. Köln:	57,62 m	Leverkusen:	59,30 m
1. 7. Göttingen:	54,35 m	Lima:	54,. . . m
5. 7. Köln:	52,90 m	Santiago:	58,68 m
9. 7. Moskau:	56,56 m	Osormo:	59,05 m
16. 7. Wuppertal:	55,81 m	Buenos Aires:	54,. . . m
20. 7. Solingen:	58,55 m	Sao Paolo:	61,26 m
30. 7. Heidelberg:	58,51 m	Rio:	57,30 m

7. Meine Leistungsentwicklung im Diskuswerfen

1959: 30,06 m	1968: 62,54 m
1960: 38,21 m	1969: 63,96 m
1961: 41,72 m	1970: 62,02 m
1962: 45,55 m	1971: 63,00 m
1963: 51,70 m	1972: 64,96 m
1964: 52,70 m	1973: 61,90 m
1965: 55,86 m	1974: 60,08 m
1966: 57,38 m	1975: 60,80 m
1967: 61,26 m	1976: 61,48 m